NÃO É AMOR

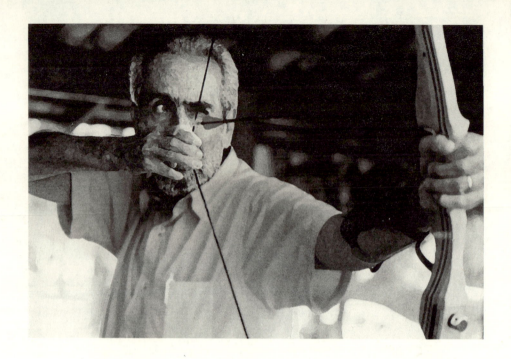

O Arqueiro

GERALDO JORDÃO PEREIRA (1938-2008) começou sua carreira aos 17 anos, quando foi trabalhar com seu pai, o célebre editor José Olympio, publicando obras marcantes como *O menino do dedo verde*, de Maurice Druon, e *Minha vida*, de Charles Chaplin.

Em 1976, fundou a Editora Salamandra com o propósito de formar uma nova geração de leitores e acabou criando um dos catálogos infantis mais premiados do Brasil. Em 1992, fugindo de sua linha editorial, lançou *Muitas vidas, muitos mestres*, de Brian Weiss, livro que deu origem à Editora Sextante.

Fã de histórias de suspense, Geraldo descobriu *O Código Da Vinci* antes mesmo de ele ser lançado nos Estados Unidos. A aposta em ficção, que não era o foco da Sextante, foi certeira: o título se transformou em um dos maiores fenômenos editoriais de todos os tempos.

Mas não foi só aos livros que se dedicou. Com seu desejo de ajudar o próximo, Geraldo desenvolveu diversos projetos sociais que se tornaram sua grande paixão.

Com a missão de publicar histórias empolgantes, tornar os livros cada vez mais acessíveis e despertar o amor pela leitura, a Editora Arqueiro é uma homenagem a esta figura extraordinária, capaz de enxergar mais além, mirar nas coisas verdadeiramente importantes e não perder o idealismo e a esperança diante dos desafios e contratempos da vida.

Título original: *Not in Love*

Copyright © 2024 por Ali Hazelwood
Trecho de *The Love Hypothesis* © 2021 por Ali Hazelwood
Copyright da tradução © 2024 por Editora Arqueiro Ltda.

Todos os direitos reservados. Nenhuma parte deste livro pode ser utilizada ou reproduzida sob quaisquer meios existentes sem autorização por escrito dos editores.

Publicado mediante acordo com a Berkley, um selo da Penguin Publishing Group, uma divisão da Penguin Random House LLC.

coordenação editorial: Gabriel Machado
produção editorial: Ana Sarah Maciel e Guilherme Bernardo
preparo de originais: Beatriz D'Oliveira
revisão: Carolina Rodrigues e Midori Hatai
diagramação: Gustavo Cardozo
capa: Vikki Chu
adaptação de capa: Natali Nabekura
ilustração de capa: lilithsaur
impressão e acabamento: Lis Gráfica e Editora Ltda.

CIP-BRASIL. CATALOGAÇÃO NA PUBLICAÇÃO
SINDICATO NACIONAL DOS EDITORES DE LIVROS, RJ

H337n

Hazelwood, Ali, 1989-
  Não é amor / Ali Hazelwood ; tradução Thaís Britto. - 1. ed. - São Paulo : Arqueiro, 2024.
  368 p. ; 23 cm.

  Tradução de: Not in love
  ISBN 978-65-5565-648-0

  1. Romance italiano. I. Britto, Thaís. II. Título.

24-91585   CDD: 853
                CDU: 82-31(450)

Meri Gleice Rodrigues de Souza - Bibliotecária - CRB-7/6439

Todos os direitos reservados, no Brasil, por
Editora Arqueiro Ltda.
Rua Artur de Azevedo, 1.767 – Conj. 177 – Pinheiros
05404-014 – São Paulo – SP
Tel.: (11) 2894-4987
E-mail: atendimento@editoraarqueiro.com.br
www.editoraarqueiro.com.br

Para Jen. Às vezes eu me pergunto o que faria sem você e morro de medo.

P.S.: Na verdade, chocolate branco é bom, sim.

P.P.S.: Quando ler isto aqui, dê um biscoito da tia Ali para Stella.

Querido(a) leitor(a),

Só queria dar um aviso rápido e dizer que *Não é amor* tem um tom um pouco diferente das outras obras que já publiquei. Rue e Eli tiveram que lidar – e ainda lidam – com as consequências de questões como luto, insegurança alimentar e negligência infantil. Eles estão ávidos para se conectar um com o outro, mas não sabem muito bem como fazer isso a não ser pelo relacionamento físico. O resultado, eu acho, é menos uma comédia romântica e mais um romance, digamos, erótico.

    É claro que a história de Rue e Eli tem um final feliz! Mas também tem temas sérios, e eu quis fazer esse alerta para que vocês soubessem o que esperar.

    Com amor,
    Ali

1

BASTANTE SIMPLES

Rue

— Meninas, essa é uma pergunta genuína, zero retórica: como é que vocês duas sobrevivem no mundo real?

Olhei para a expressão desdenhosa de Nyota e pensei no tamanho da humilhação que era ter a irmã caçula da sua melhor amiga (uma pessoa que foi diversas vezes impedida de entrar na casa da árvore do quintal, que comeu meleca em público no Natal de 2009 e foi flagrada treinando beijo de língua em uma tangerina dentro do armário, alguns meses depois) questionando sua capacidade de levar uma existência produtiva.

Mas, pensando bem, Tisha e eu somos três anos mais velhas do que ela e, naquela época, com certeza nutríamos um complexo de superioridade obviamente indevido. Já não fazíamos isso agora que Nyota tinha 24 anos, fora um prodígio na faculdade de direito e era uma advogada de falências recém-formada cujas horas de trabalho valiam muito mais do que o altíssimo seguro do meu carro. Para piorar, eu a segui no Instagram, e foi assim que descobri que ela consegue levantar mais que o próprio peso, fica linda de maiô e sabe fazer focaccia de cebola e alecrim.

E, em um grande gesto de ostentação, com um brilhantismo que me deixou de cara no chão, Nyota jamais me seguiu de volta.

– Você sabe como a gente é – respondi, escolhendo sinceridade em vez de orgulho.

Tisha e eu estávamos enfiadas no meu minúsculo escritório na Kline, fazendo uma videochamada com alguém que provavelmente nem tinha nossos números salvos. Dignidade era a última das nossas preocupações.

– Estamos por um fio.

– Você não poderia só responder à pergunta? – irritou-se Tisha.

Por mais humilhante que aquilo fosse para mim, certamente era pior para ela. Nyota era irmã *dela*, afinal.

– É sério? Você me liga no meio de um dia de trabalho para perguntar o que é *cessão de financiamento*? Não podia pesquisar no Google?

– Nós pesquisamos – respondi. – A gente acha que entendeu mais ou menos a ideia.

– Ótimo, então perfeito. Vou desligar, vejo vocês duas no Dia de Ação de Graças...

– No entanto... – interrompi. Ainda era final de maio! – As reações dos outros funcionários da Kline sugerem que talvez a gente não tenha compreendido todas as implicações dessa *cessão de financiamento*.

Minha tolerância para situações constrangedoras era bem alta, e eu já tinha conseguido ignorar até o funcionário do RH que navegava descaradamente por um site de empregos; os químicos que trombavam em mim e saíam andando sem dizer nem um "opa"; o olhar vago de Matt, meu chefe normalmente ditatorial, quando eu informei que o relatório que ele me pedira ia demorar mais três horas para ficar pronto. Então, enquanto eu esvaziava minha garrafa de água em uma planta que estava na copa havia mais tempo do que eu trabalhava ali, um técnico caiu no choro e me disse: "Você devia levar Christofern para casa, Dra. Siebert. Ela não merece morrer por causa do que vai acontecer com a Kline."

Eu não tinha *a menor ideia* do que estava acontecendo. Tudo que eu sabia era que amava meu trabalho na Kline, o projeto mais importante da minha vida estava em um momento crucial e eu era muito desajeitada para me adaptar com facilidade a outro emprego. O acontecimento daquele dia também não era um bom presságio.

– Vai ter uma reunião geral daqui a quinze minutos e queríamos chegar lá com uma ideia melhor do que está...

– Ny, deixa de ser escrota e explica como se tivéssemos 5 anos de idade – ordenou Tisha.

– Vocês duas são *doutoras* – observou Nyota, e *não* foi um elogio.

– Ok, me escuta, Ny, porque isso vai fazer sua cabeça explodir e talvez a gente tenha que fazer uma denúncia à ONU e levar ao Tribunal de Haia: tópicos como empresas de capital privado e cessão de financiamento *não* faziam parte da ementa de *nenhuma* das nossas aulas do doutorado em engenharia química. Eu sei que é uma falha *chocante*, tenho certeza que a OTAN vai querer enviar os militares...

– Fica quieta, Tish. Não começa com o deboche quando é *você* quem precisa da *minha* ajuda. Rue, como você descobriu sobre a cessão de financiamento?

– Florence mandou um e-mail para toda a empresa – respondi. – Hoje de manhã.

– Florence é a CEO da Kline?

– Isso. – Mas aquilo parecia meio reducionista. – CEO e fundadora.

Ainda não era só isso, mas não era hora nem lugar de bancar a fã.

– A mensagem dizia alguma coisa sobre a empresa de capital privado que comprou o empréstimo?

Dei uma olhada no e-mail.

– Grupo Harkness.

– Hum, não me é estranho.

Nyota digitou em silêncio, o horizonte de Nova York reluzindo atrás dela. Seu escritório ficava em um arranha-céu, a milhares de quilômetros e um universo de distância de North Austin. Assim como eu e Tisha, ela ansiara por sair do Texas. Mas, ao contrário de nós duas, nunca voltara.

– Ah, é. *Esses* caras – concluiu ela, estreitando os olhos para a tela do computador.

– Você conhece? – perguntou Tisha. – Eles são, tipo, famosos?

– É uma empresa de capital privado, não uma banda de k-pop. Sim, eles são *bem* conhecidos na área de tecnologia.

Ela mordeu o lábio. De repente, sua expressão já não passava mais tranquilidade, pelo contrário. Senti Tisha tensa ao meu lado.

– Não é a primeira vez que algo assim acontece – falei, me recusando a entrar em pânico. Eu tinha me formado um ano antes, na Universidade do Texas, em Austin, mas trabalhava para Florence Kline enquanto ainda estava no doutorado. Nada daquilo me parecia novo. – Mudanças de gestão e questões com investidores acontecem o tempo inteiro. As coisas sempre se ajeitam.

– Não sei bem dessa vez, Rue. – Nyota franziu a testa em uma careta. – Olha, a Harkness é uma empresa de capital privado.

– Ainda não sei o que isso significa – irritou-se Tisha.

– *Como eu ia explicar*, empresas de capital privado são... grupos de pessoas com muito, muito dinheiro e tempo livre. E, em vez de se deleitarem com seu dinheiro, tipo o Tio Patinhas, ou deixá-lo na poupança, como vocês duas...

– Otimismo seu pensar que tenho uma poupança – murmurou Tisha.

– ... eles costumam comprar outras empresas.

– Então eles compraram a Kline? – perguntei.

– Não. A Kline não é uma empresa de capital aberto, então não dá para comprar suas ações. Mas, na época em que foi fundada, ela precisou de dinheiro para desenvolver... ravióli? É isso que vocês fazem?

– Nanotecnologia de alimentos.

– Entendi. Vamos fingir que isso significa alguma coisa. Enfim, quando fundou a Kline, Florence pegou um empréstimo enorme. Agora a pessoa que concedeu esse empréstimo a ela decidiu vender o financiamento para a Harkness.

– Isso significa que agora a Kline deve dinheiro para a Harkness?

– Correto. Muito bem, Rue, eu sabia que você não era completamente inútil. Já minha irmã nunca cansa de... – A voz de Nyota começou a sumir conforme ela franzia a testa para o computador.

– O que foi? – perguntou Tisha, assustada. Nyota não era do tipo que parava de falar no meio de um insulto. – O que aconteceu?

– Nada. Estou lendo sobre a Harkness. São bem respeitados. Focados em startups de tecnologia de porte médio. Acho que uns caras de ciência trabalham lá... Eles compram empresas promissoras, investem capital e estimulam o crescimento, depois vendem e lucram. Mas comprar um financiamento parece um pouco fora do *modus operandi* deles.

Tisha apertou minha coxa e segurei a mão dela. Conforto físico não costumava fazer parte do meu repertório, mas eu abria exceções para Tisha sem problemas.

– Então tudo o que Florence precisa fazer é pagar o empréstimo para a Harkness e eles saem de cena? – indaguei.

Parecia bastante simples. Não havia necessidade de procurar um novo emprego.

– Hã... No mundo de arco-íris onde você vive, talvez. Divirta-se brincando com os unicórnios, Rue. Não tem a menor chance de a Florence ter esse dinheiro.

Tisha me apertou ainda mais.

– Ny, o que isso significa na prática? Eles podem assumir o controle da empresa?

– Talvez. Depende do contrato de empréstimo.

Balancei a cabeça.

– Florence nunca permitiria.

– Florence talvez não tenha escolha. – A voz de Nyota ficou mais suave de repente e foi *isso*, entre todas as coisas, que abriu o primeiro buraco de medo no meu estômago. – Dependendo dos termos do contrato, talvez a Harkness tenha direito de instituir um novo CTO e interferir de verdade nas operações.

Perguntar o que é um CTO não ia me deixar mais perto de conseguir que ela me seguisse no Instagram, então eu só disse:

– Tá bem. Qual é o resumo da ópera?

– A Harkness pode ser completamente inofensiva ou pode obrigar vocês a encontrar um novo emprego. Neste momento não dá pra saber.

Tisha murmurou "merda". *Florence*, pensei, e senti a boca seca. *Onde está Florence agora?*

– Obrigada, Nyota. Você ajudou bastante.

– Me liguem depois da reunião de hoje. Aí nós podemos ter uma ideia melhor das coisas. – Foi simpático da parte dela esse "nós". – Mas não seria ruim começar a dar uma ajeitada no currículo, só pra garantir. Austin é um lugar cheio de startups de tecnologia. Deem uma olhada na internet, perguntem aos seus amigos nerds se eles têm alguma dica. Vocês têm algum outro amigo?

– Eu tenho o Bruce.

– Bruce é um *gato*, Tish.

– E daí?

Elas começaram a se bicar e eu parei de prestar atenção enquanto tentava imaginar qual era a chance de Tisha e eu encontrarmos outro trabalho na mesma empresa. E que pagasse bem e nos desse a autonomia científica que a Kline oferecia. Florence tinha me autorizado até a...

Um pensamento terrível me atingiu.

– E nossos projetos pessoais? As patentes dos funcionários?

– Hum? – Nyota inclinou a cabeça. – Patentes de funcionários? Pra quê?

– No meu caso, um bionanocompósito que...

– Aham, pode me poupar do TED Talk.

– É um aparelho que mantém os produtos frescos por mais tempo.

– Ah, entendi.

Ela assentiu, os olhos de repente mais acolhedores, e eu me perguntei quanto ela sabia. Tisha com certeza não teria contado a minha história, mas Nyota era observadora e podia ter deduzido por conta própria. Afinal, passei todas as horas livres na casa delas durante anos só para evitar voltar para a minha.

– Esse projeto é *seu*? *Sua* patente? E existe um acordo que garante a *você* a propriedade dessa tecnologia?

– Sim. Mas se a Kline for vendida...

– Desde que o acordo tenha sido firmado por escrito, tudo bem.

Eu me lembrei de um e-mail da Florence. Palavras difíceis, letras pequenas, assinaturas eletrônicas. Uma onda de alívio me percorreu. *Obrigada, Florence.*

– Gente, tentem não pirar demais com isso, está bem? Vão para a reunião, porque já devem estar atrasadas. Descubram o que puderem e me contem. E, pelo amor de Justice Brown Jackson, atualizem seus malditos currículos. Você não trabalha como tosadora de animais desde a faculdade, Tish.

– Saia do meu LinkedIn – murmurou Tisha, mas já estava reclamando diante de uma tela preta.

Ela então se recostou na cadeira e soltou mais um "merda" baixinho. Olhei para ela e assenti.

– Pois é.

– Nenhuma de nós tem estrutura emocional para lidar com instabilidade no emprego.

– Não mesmo.

– Para, vamos ficar bem. Trabalhamos na área de tecnologia. É só que...

Assenti mais uma vez. Éramos felizes na Kline. Juntas. Com Florence.

Florence.

– Florence me mandou uma mensagem ontem à noite – contei a Tisha. – Perguntou se eu queria ir à casa dela.

Tisha se virou para mim.

– Ela disse por quê?

Balancei a cabeça, meio envergonhada e meio culpada. *Muito bem, Rue, belo jeito de apoiar as amigas.*

– Eu falei que já tinha compromisso.

– O que você estava... Ah, é. Sua transa trimestral. Rue Depois da Meia-Noite. Meu Deus, como é que ainda não falamos sobre *o cara*?

– Que cara?

– Sério? Você me manda a foto da carteira de motorista de um homem aleatório e depois pergunta *que cara*? Valeu a tentativa.

– Foi uma tentativa corajosa.

Eu me levantei, tentando evitar a imagem daqueles olhos azuis profundos. Daquele perfil de deus grego que me fez ficar encarando. Dos cabelos castanhos curtos e encaracolados, quase bagunçados demais. Ele manteve o olhar firme à frente ao me levar para casa de carro, como se estivesse determinado a não se virar na minha direção.

– Você teve notícias dele? Presumindo que você fez o impensável e... – ela leva a mão ao peito, arfando – deu seu *número* para ele.

– Ainda não olhei meu celular.

O telefone estava agora no fundo da mochila, debaixo de um casaco, minha garrafa d'água e uma pilha de livros da biblioteca com o prazo de devolução vencido. E lá ia ficar, pelo menos enquanto eu estivesse me perguntando a cada dez minutos se ele tinha mandado mensagem.

Preferia me obrigar a manter certo distanciamento no que dizia respeito a *caras*.

– Eu devia ter ido até a casa da Florence – admiti, sentindo o remorso me corroer o estômago.

– Que nada. Se eu tivesse que escolher entre você transar ou eu receber um aviso antecipado dessa merda toda aqui, eu provavelmente escolheria os seus orgasmos. Esse é o tamanho da minha generosidade – disse Tisha, baixando a voz enquanto caminhávamos lado a lado pelos corredores azuis ultramodernos da Kline, todos lotados de funcionários que também seguiam rumo ao espaço aberto no primeiro andar.

Todos sorriram para Tisha – e acenaram para *mim*, educados, mas muito mais sérios. A Kline começou como uma pequena startup de tecnologia, depois cresceu exponencialmente, chegando a centenas de funcionários, e eu parei de acompanhar todas as novas contratações. Além disso, a natureza solitária do meu projeto me deixava um tanto isolada. Eu era a garota alta, séria e distante que andava sempre com aquela *outra* garota alta, a engraçada e divertida que todo mundo adorava. Na Kline, meu grau de popularidade e o de Tisha eram tão díspares quanto sempre foram, desde o ensino fundamental. Felizmente, eu já não ligava mais.

– Infelizmente, não houve orgasmos – murmurei.

– *O quê?* Ele *não* tinha a menor cara de que seria ruim de cama!

– Não tive como saber.

Ela fez uma careta.

– Não foi pra isso que você foi encontrá-lo?

– A princípio.

– E aí?

– Vincent apareceu.

– Ah, *porra*, Vincent. Como é que ele... Nem quero saber. Ficou pra próxima, então?

Já que você nunca repete, argumentara ele, e meu corpo ficara quente com a melancolia em seu tom de voz.

– Não sei – sussurrei com sinceridade, também sentindo um pouco daquela melancolia ao me sentar ao lado de Tisha no sofá no fundo da sala. – Acho que...

– Nunca temos um minuto de paz – disse uma voz musical, e senti o assento ao meu lado afundar.

Jay era nosso técnico de laboratório favorito. Ou, para ser mais precisa, o favorito de Tisha, com quem rapidamente fizera amizade. Como eu estava sempre com ela, acabei me integrando ao relacionamento. Essa era a história da minha vida social.

– Juro por Deus, se demitirem todos nós, eu perder meu visto, tiver que voltar pra Portugal e Sana terminar comigo... – começou ele.

– Adorei o otimismo, querido. – Do meu outro lado, Tisha se inclinou para ele com um sorrisinho. – Nós fizemos uma pesquisa sobre essa confusão. Podemos te contar o que é uma cessão de financiamento.

Jay arqueou a sobrancelha e os piercings se mexeram.

– Vocês não sabiam o que era?

Tisha se encolheu e desapareceu atrás de mim.

– Tudo bem, tudo bem. – Eu dei tapinhas na perna dela para consolá-la. – Pelo menos nunca fingimos ser nada além do que somos.

– Idiotas?

– Pelo visto.

Uma cascata de cachos ruivos apareceu na multidão e o nó de pânico no meu peito se afrouxou na mesma hora. *Florence*. A brilhante e engenhosa Florence. Ela *era* a Kline. Tinha lutado com unhas e dentes pela empresa e não ia deixar que ninguém a tirasse de suas mãos. Principalmente nenhum...

– Quem são esses quatro? – sussurrou Tisha no momento em que a sala caiu em um silêncio repentino.

Ela olhava para além de Florence, para as pessoas paradas ao lado dela.

– Alguém da Harkness? – sugeriu Jay.

Eu estava esperando ternos e cabelos impecavelmente penteados, além daquele jeito desagradável característico dos caras de finanças. Mas as pessoas da Harkness poderiam até ser da Kline em um universo paralelo. Talvez as roupas mais despojadas fossem uma estratégia, mas eles pareciam... normais. Acessíveis. A mulher de cabelos compridos estava à vontade de calça jeans e parecia satisfeita com a quantidade de pessoas na reunião, assim como o homem de ombros largos um tanto próximo demais dela. A outra figura alta, de barba bem aparada, examinava a sala com ar de arrogância, mas quem era *eu* para julgar? Já tinham me dito várias vezes que eu não era exatamente um poço de simpatia. E o quarto cara, que chegou por último, andando sem pressa e com um sorriso confiante, parecia...

O sangue congelou nas minhas veias.

– Já odeio todos eles – murmurou Jay, e Tisha riu.

– Você odeia *todo mundo*.
– Eu não.
– Odeia, sim. Não é, Rue?

Assenti sem prestar muita atenção, meus olhos fixos no quarto funcionário da Harkness como um pássaro preso em um derramamento de óleo. Minha cabeça rodava e a sala de repente ficou sem ar porque, ao contrário dos outros rostos, aquele era conhecido.

Ao contrário dos outros, eu sabia exatamente quem era ele.

2

MUITO DISPOSTO A DEIXÁ-LA CONTINUAR

Eli
A noite anterior

Ela era ainda mais bonita do que na foto.

E já parecia bonita pra caralho na imagem, parada diante de uma placa dolorosamente familiar da Universidade do Texas, em Austin. Não era uma selfie – era uma foto normal, como dos velhos tempos, que excluía a pessoa ao lado. Só tinha sobrado um braço magro de pele marrom que a abraçava pelos ombros. E, claro, *ela*. Sorrindo, mas só de leve. Presente, mas com um ar meio distante.

Linda.

Não que isso importasse muito. Eli já tinha ficado com gente suficiente para saber que a aparência tinha muito menos impacto na qualidade do sexo casual do que as intenções da pessoa. Ainda assim, quando chegou ao lobby do hotel e a viu no bar, sentada no banquinho alto, ficou impressionado. Hesitou, embora a reunião com Hark e os outros tivesse demorado e ele estivesse alguns minutos atrasado, depois de passar em casa para ver como Mini estava.

Ela bebia água Sanpellegrino – um alívio, já que, dados os planos para a noite, qualquer outra bebida o faria pensar duas vezes. Usava uma calça jeans e um suéter bem simples, e sua postura tinha uma beleza própria. Relaxada, mas majestosa. Coluna ereta, mas não tensa. Não parecia nervosa, tinha o ar tranquilo de alguém que fazia aquilo com frequência e já sabia o que esperar.

Eli se lembrou das perguntas e respostas diretas. Ela tinha mandado mensagem no dia anterior e, quando ele perguntou "Onde você gostaria de me encontrar?", a resposta dela fora:

Não no meu apartamento.

No meu também não funciona.
Posso reservar um hotel, por minha conta.

Não me importo em dividir.

Não precisa.

Tudo bem por mim, então.
Só para constar, vou compartilhar minha
localização com uma amiga que tem minhas
informações de login do aplicativo.

Claro, por favor. Quer meu telefone?

Podemos continuar falando por aqui.

Está ótimo.

Qualquer coisa que a fizesse se sentir mais segura. O universo dos aplicativos de relacionamento poderia ser perigoso. Por outro lado, o aplicativo que eles estavam usando não era para relacionamentos, pelo menos não para encontros daquele tipo.

Eli observou a mulher mais uma vez e sentiu despertar dentro dele algo parecido com a expectativa que costumava sentir. *Que bom*, disse a si mesmo. *Isso vai ser bom*. Recomeçou a caminhar, mas parou a alguns passos de distância.

Quando outro homem a abordou.

Um coitado de um babaca dando em cima dela, pensou Eli de início, mas rapidamente ficou claro que ela o conhecia. Os olhos dela se arregalaram e depois se estreitaram, uma combinação perfeita. A postura ficou rígida. Ela se remexeu, tentando se afastar.

Algum ex, pensou Eli enquanto o homem falava em um tom ansioso. Uma conversa sussurrada teve início e, embora a música ambiente estivesse muito alta para Eli conseguir ouvir, a tensão nos ombros dela não era um bom sinal. Ela balançou a cabeça, passou a mão pelos cachos escuros e reluzentes, e ele então conseguiu ver a linha de sua nuca: rígida. Ficou ainda mais quando o homem começou a falar mais rápido. A chegar mais perto. A gesticular mais intensamente.

Ele então a segurou pelo braço e Eli interveio.

Chegou ao bar em segundos, mas a mulher já estava tentando se desvencilhar. Ele parou atrás do banco dela e ordenou:

– Solta ela.

O homem ergueu o rosto, os olhos brilhando. Bêbado, talvez.

– Isso não é da sua conta, irmão.

Eli se aproximou, o bíceps roçando as costas da mulher.

– Solta. Ela.

O homem então o olhou *de verdade*. Teve um breve momento de consciência, no qual se deu conta, com razão, de que não tinha chance contra Eli. Devagar e com relutância, soltou a mulher e levantou os braços em um gesto de trégua, derrubando o copo dela sem querer.

– Foi um mal-entendido...

– Foi?

Ele encarou a mulher, que resgatava o celular do meio da poça de Sanpellegrino. O silêncio dela foi resposta suficiente.

– Não foi. Vá embora – mandou Eli, em um tom amigável mas ao mesmo tempo ameaçador.

Toda a vida profissional dele dependia de sua habilidade em encontrar algo que motivasse as pessoas a trabalhar bem e, em sua opinião de especialista, aquele babaca precisava de um pouquinho de medo.

21

Funcionou: o idiota fechou a cara, cerrou o maxilar e olhou em volta, como se procurasse testemunhas que o ajudassem a denunciar a enorme injustiça que estava sofrendo. Como ninguém apareceu, ele saiu pisando firme na direção da porta do hotel. Eli se virou para a mulher.

Sentiu uma onda de eletricidade percorrer seu corpo. Os olhos dela eram grandes e reluzentes, de um azul-escuro que ele tinha a impressão de nunca ter visto. Eli olhou bem para eles e, por um momento, se esqueceu do que ia perguntar.

Ah. Sim. Era algo muito complicado, mais ou menos parecido com "Você está bem?".

Em vez de responder, ela retrucou:

– Você tem o hábito de pagar de justiceiro para compensar algum complexo? – A voz dela era baixa, mas o olhar, incendiário. Eli percebeu que seu lábio superior era levemente maior que o inferior. Ambos pintados de rosa-escuro. – Talvez devesse pensar em comprar um tanque de guerra.

Ele ergueu a sobrancelha.

– E talvez você devesse escolher melhor os homens com quem costuma sair.

– Com certeza, já que vim aqui pra sair com *você*.

Ah. Ela o tinha reconhecido, então. E não estava muito feliz.

Eli não a culpava por considerá-lo um babaca impetuoso de cabeça quente, mas a última coisa que queria era deixá-la desconfortável. Era óbvio que ela não o queria por perto e *isso* o deixou um pouco decepcionado. A decepção aumentou quando olhou para os lábios dela uma última vez, mas ignorou a sensação.

Uma pena, embora não fosse uma tragédia. Ele acenou uma última vez, se virou e...

Sentiu uma mão segurando seu pulso.

Olhou para ela por cima do ombro.

– Desculpa.

Ela fechou os olhos com força, então respirou fundo e abriu o sorriso mais fraco que ele já tinha visto, desencadeando toda uma nova onda quente de interesse.

Eli não era nenhum esteta. Não tinha a menor ideia se aquela mulher era objetiva e *cientificamente* bonita ou se o rosto dela apenas se encaixava de um modo que parecia perfeito para ele. De qualquer forma, o resultado era o mesmo.

Um tesão absurdo.

– Eli, não é? – perguntou ela.

Ele assentiu. Virou-se totalmente na direção dela.

– Desculpa. Eu ainda estava no modo reativo. Não costumo ficar tão na defensiva quando alguém... – ela fez um gesto vago. As unhas eram vermelhas. As mãos, graciosas, mas trêmulas – me ajuda. Obrigada.

Ela soltou o pulso dele e pousou a mão no próprio colo, e Eli acompanhou o movimento, hipnotizado.

– Você não falou seu nome – disse ele, em vez de "de nada".

No aplicativo, ela só tinha usado a inicial: R.

– Não falei.

Ela parou, e seu tom de voz firme era por si só excitante.

Rachel? Rose? Ruby se virou para a entrada, onde o homem continuava parado, olhando feio para eles. Ela engoliu em seco, então Eli se ofereceu:

– Posso expulsá-lo se você quiser.

Seus dias de arrumar briga já tinham ficado para trás – desde o ensino médio, quando sua vida era jogar hóquei, levar suspensão e sentir muita raiva. Mas ainda sabia lidar com aquele tipo de babaca.

– Está tudo bem – respondeu ela, balançando a cabeça.

– Ou chamar a polícia.

Mais um gesto com a cabeça. Depois de um momento de hesitação, ela disse:

– Mas você poderia...

– Eu fico – completou ele, e a postura dela relaxou de alívio.

Pelo jeito como aquele idiota estava se comportando, Eli já planejava mesmo ficar de olho nela – o que provavelmente era um comportamento bizarro, mas fazer o quê? Sentia-se responsável por uma garota aleatória e nem sabia o nome dela. Eli se recostou na bancada e cruzou os braços. Um grupo grande entrou no bar e se sentou ao lado deles, forçando-o a ficar mais perto dela.

R.

Rebecca.
Rowan.

– Sei que era pra gente... – começou ela, fazendo um gesto vago para cima. Milhares de coisas passaram pela cabeça dele ao movimento daquele dedo indicador.

O tom pragmático da primeira mensagem que ela mandou: Você ainda está em Austin? Quer me encontrar?

A frase *apenas casual – nada de relacionamento sério ou encontros repetidos* na bio dela.

A resposta dela à pergunta *Fetiches?* no formulário aberto.

A lista do que ela *não* estava disposta a fazer. E do que *estava*.

Àquela altura, ele já não acreditava que algo fosse acontecer entre os dois naquela noite, mas ainda pensaria naquela última lista durante muito tempo. Muito tempo.

– Eu não quero mais – continuou ela, a voz firme.

Ele gostou do fato de ela ter dito "não quero" em vez de "não posso". Do seu tom de voz que não carregava nenhum pesar. Da expressão séria e contida.

– Quer dizer que não quer transar com um homem que você não conhece porque um homem que você *conhece* tentou te agredir?

Ele fingiu uma expressão de surpresa e ela assentiu.

– Bom resumo. Não deve mais dar tempo de conseguir reembolso pelo quarto, então, se quiser marcar com outra pessoa, fique à vontade.

Ele sentiu o canto da boca se curvar de leve.

– Vou sobreviver – comentou ele, seco.

– Como quiser – respondeu ela, indiferente.

Era óbvio que ela não dava a mínima se ele ia pegar o celular e ligar para metade da cidade ou se juraria lealdade eterna a ela. Isso fez Eli reprimir um sorriso. Ela inclinou a cabeça.

– Você faz isso sempre?

– O quê? Transar?

– Salvar donzelas em perigo.

– Não.

– Porque não encontra muitas por aí ou porque costuma deixá-las em perigo mesmo? – A voz dela era suave e, se fosse qualquer outra pessoa, aquilo teria parecido um flerte. Mas, no caso dela, não. – De qualquer forma, estou lisonjeada.

– Deve ficar mesmo. – Ele olhou para o cara que ainda estava lá fora observando. – Você mora sozinha?

Ela arqueou as sobrancelhas e ele percebeu que havia uma cicatriz discreta na da direita. Tamborilou o dedo indicador na bancada, refreando a vontade de tocá-la.

– Está tentando descobrir se sou solteira?

– Estou tentando descobrir quais são as chances de aquele idiota aparecer na sua casa, quem poderia ajudar se isso acontecesse ou se algum animal de estimação poderia te proteger.

– Ah. – Ela não pareceu constrangida por ter entendido errado. Fascinante. – Eu moro sozinha, sim. E ele não deveria saber onde fica a minha casa.

– Não deveria?

– Não sei muito bem como ele me encontrou aqui. Só posso imaginar que descobriu onde eu moro, não conseguiu passar pela portaria e seguiu o Uber que foi me buscar.

Um minuto antes, ela estava abalada, mas agora parecia calma e pragmática. *Assim como em suas mensagens*, pensou Eli. Ela havia escrito sem qualquer emoji. Nem um *haha* ou *kkkk*. Pontuação correta, letras maiúsculas e minúsculas de acordo com as regras. Ele imaginou que fosse alguma peculiaridade específica, mas o comportamento dela parecia a personificação de sua escrita.

Séria. Impenetrável. Complicada.

E Eli sempre gostara de desafios.

– Como você vai pra casa?

– Uber. Ou Lyft. O que for mais rápido. – Ela pegou o celular, mas, quando tocou a tela, o aparelho não acendeu. Eli se lembrou da água derramada. – Ah, não acredito. – Ela suspirou. – Vou chamar um táxi.

De jeito nenhum, ele quase falou, mas parou com a boca já aberta. Aquela mulher não era sua amiga, nem sua irmã, nem colega. Era alguém com quem ele planejara transar durante parte da noite e nunca mais reencontrar. Não tinha direito de dizer a ela o que fazer.

Mas ele *podia* tentar convencê-la.

– Ele ainda está lá fora – argumentou Eli, apontando com o queixo para o homem, que andava de um lado para outro junto à porta, suando. – Esperando você sair do bar.

– Certo. – Ela coçou o pescoço. Eli observou o gesto por mais tempo do que deveria. – Pode me acompanhar até lá fora?

– Posso. Mas e se ele *souber* onde você mora e esperar lá? E se ele te seguir? – Eli a encarou enquanto ela ponderava a situação. – Você tem algum vizinho confiável? Um amigo? Irmão?

Ela deu uma risada silenciosa, de um jeito melancólico que Eli não compreendeu.

– Não exatamente.

– Está bem. – Ele assentiu, nem um pouco contrariado ao pensar no que teria que fazer em seguida. – Eu vou te levar em casa, então.

Ela o fitou por um longo tempo. Eli se perguntou por que seus olhos grandes e límpidos lhe davam a sensação de um soco no estômago.

– Está sugerindo que eu entre no carro de um homem que eu não conheço para evitar ser assediada por um homem que eu conheço?

Ele deu de ombros.

– Basicamente.

Ela mordeu o lábio inferior. De repente, Eli se deu conta de que havia muito, *muito* tempo não se sentia tão atraído por outro ser humano.

– Obrigada, mas vou ter que recusar. O potencial de ironia dessa situação é alto demais até para mim.

– Não acho que se qualifica como ironia.

– Acho que se qualificaria caso você acabasse se revelando um assassino em série.

Sorrir não ia ajudar em nada, mas ele não conseguiu evitar.

– Você ia subir para um quarto de hotel reservado no meu nome e passar horas sozinha comigo.

– Horas?

Pelo que ele estava sentindo naquele momento, muitas horas.

– Horas – repetiu. Ela manteve os olhos fixos nos dele enquanto ele pronunciava cada sílaba. – Acho que é meio tarde para se preocupar com isso.

– Uma amiga sabe da minha localização e como conferir se estou bem. Ir para outro lugar já muda tudo.

– É mesmo?

Não era para ele estar tão contente com o instinto de autopreservação dela.

– Vincent é um escroto. Mas, até onde eu sei, você pode ser o Unabomber.

Vincent. Ela sabia o nome do idiota. E Eli ainda não sabia o *dela*. Que irritante.

– O Unabomber está morto.

– Isso é o que o Unabomber diria para tentar me enganar – contestou ela, impassível.

Eli não sabia se ela estava flertando, zombando ou falando muito sério.

Aquilo era excitante.

– Ele construía bombas e resolvia teoremas matemáticos. Não sequestrava mulheres.

– Você sabe muito sobre o Unabomber para alguém que teoricamente não é ele.

Eli ergueu os olhos para esconder seu divertimento e suspirou devagar. Depois endireitou a postura. Pegou a carteira no bolso de trás da calça jeans e tirou a habilitação. Colocou-a sobre a bancada, bem ao lado da mão dela.

– O que é isso?

Ele se recostou no balcão, sem responder, e ela pegou o documento. Seus olhos se revezavam entre ele e a foto da carteira, como se tentasse encontrar os sete erros.

– Eli Killgore. Seu sobrenome literalmente significa "matar" e "sangue coagulado", Eli.

Ele franziu a testa.

– É escocês.

– Parece o nome de alguém que corta os pelos pubianos de garotas e costura em bonecas. Você não parece já ter 34 anos.

Ele soltou um suspiro pesado e ela devolveu o documento com uma expressão séria.

– Então, sabemos agora que seu sobrenome tem relação com banho de sangue. Mas ainda não sei se isso é uma identidade falsa que você usa para atrair as mulheres para seu covil decorado com mariposas.

– Aposto que você se acha muito engraçada.

– Na verdade, eu *sei* que não sou. Nasci sem senso de humor.

Ele bufou, achando graça. Ela estava de sacanagem, não era possível. E, pelo visto, Eli estava muito disposto a deixá-la continuar, porque entregou a carteira toda para ela.

– É toda sua.

Ele observou com atenção enquanto os dedos finos dela a abriam, tentando entender por que aqueles movimentos elegantes desencadeavam alguma espécie de fetiche adormecido em seu cérebro.

Ela levou a carteira ao nariz para cheirar o couro (um gesto estranho e inexplicavelmente atraente), tirou um cartão de crédito aleatório, depois outro.

– Eli Assassino – disse ela.

– Não é esse meu nome.

– Você tem um cartão de biblioteca.

Ela soou confusa, e ele soltou um muxoxo.

– Aqui estou eu tentando te ajudar a escapar de uma situação complicada, e você retribui ficando surpresa por eu saber ler.

Ela abriu um sorrisinho misterioso que não deveria ter provocado aquele arrepio em sua espinha.

– Achei que você seria mais o tipo que tem um cartão da academia.

– Nem um pouco condescendente da sua parte.

Ele tentou não sorrir, sem sucesso. Mas tudo bem, porque ela seguia vasculhando sua vida de forma metódica, parando nos objetos mais interessantes e até cantarolando em certo momento. Aquilo provocava em Eli uma sensação física, uma vibração no ar e em seu corpo. Como se os dedos dela percorressem as camadas dele próprio, implacáveis.

– Bom, você tem plano de saúde, que espero que cubra as sessões de terapia necessárias para você aprender a conter impulsos assassinos – disse ela, sem qualquer emoção, antes de fechar a carteira e devolvê-la para ele com um aceno solene.

Ela deu uma última olhada para a porta, onde Vincent fumava um cigarro, nervoso. Ainda esperando.

– Essa carteira é bem crível. Apesar de seu sobrenome ser literalmente Carnificina.

– Literalmente, não. Nem figurativamente.

– Mesmo assim... – Os lábios dela se curvaram em um arremedo de sorriso, que Eli sentiu nos ossos, sentiu nas bolas. – Sr. Killgore, pode me levar para casa.

3

TERIA SIDO DIVERTIDO

Eli

O coração dele pulou uma batida e depois disparou. Teve a vontade idiota e esquisita de fazer uma corrida vitoriosa ao redor do bar. Reprimiu esse impulso e disse, com a voz mais seca que conseguiu:

– Que honra.

– De nada.

Mais um aceno sem sorriso. Havia algo de estonteantemente sereno naquela mulher. Como se ela não tivesse interesse em ser nada além de si mesma.

– Tenho autorização para saber seu nome agora?

– Não.

– Vai entender. – Eli suspirou e entregou o celular desbloqueado na mão dela. – Tire uma foto da minha carteira de motorista e envie para algum amigo, então vamos embora. Compartilhe minha localização também.

– Isso é uma ordem?

Sim, e meio inapropriada, mas ela não pareceu se importar. Quem quer que fosse o amigo ou amiga, era alguém bem íntimo, porque ela sabia o número de cabeça. Enviou a foto da habilitação, digitou uma explicação que Eli se esforçou para não espiar e devolveu o celular dele. Depois, desceu graciosamente do banquinho.

Cacete, ela era alta. Mesmo sem salto, seus olhos ficavam poucos centímetros abaixo dos de Eli – e, não adiantava mais negar, eram espetaculares. Ele se obrigou a desviar o rosto.

– Você está sóbrio o suficiente para dirigir, certo? – perguntou ela.

– Estou. Meus planos combinavam mais com sobriedade.

– Muito bem.

As palavras dela tinham uma altivez quase majestosa, e ele abriu um sorriso ainda maior.

– Sabe que não é você quem está *me* fazendo um favor, não é? – indagou ele, embora ela estivesse.

Como Vincent estava rondando por ali, ele não teria conseguido deixá-la voltar sozinha sem perder o pouco de paz de espírito que ainda lhe restava.

Ela o encarou, o rosto sereno, e por um momento ele teve certeza de que a mulher conseguia ler sua mente. Todos os pensamentos indecentes que não conseguia controlar. O modo como o perfume doce dela parecia ter se instalado no cérebro dele.

Não. Ela não conseguia, porque estava claramente relaxada ao seu lado. Confiava nele o suficiente para lhe causar uma pequena sensação de triunfo. Ainda era difícil decifrá-la, mas Eli tinha a impressão de que ela não se importava em prolongar o tempo dos dois juntos, assim como ele.

– Venha. Meu carro está no estacionamento.

Eles evitaram a entrada principal, onde Vincent aguardava, e chamaram o elevador em um silêncio confortável. Um homem de meia-idade entrou com eles e Eli não gostou *nem um pouco* da longa olhada que ele deu em...

Ele ainda não sabia a porcaria do nome dela. Isso significava que não podia fazer cara feia para um idiota qualquer olhando os peitos dela. Ainda assim, fechou a cara, e o homem devia ter sentindo a agressividade que Eli emanava, porque baixou a cabeça, envergonhado. Eli se sentia como um homem das cavernas, meio preso em uma batalha ridícula para ser o macho dominante, como se tivesse voltado cinquenta mil anos na evolução humana nos últimos vinte minutos e...

Meu Deus do céu. Ele precisava... transar, provavelmente. Ou dormir. Férias. Tempo, era disso que ele precisava. Os últimos seis meses tinham sido apenas trabalho e exaustão, sem chance para pensar em nenhuma dessas coisas. E então, no dia anterior, ela enviara uma mensagem naquele aplicativo que ele não abria havia quase um ano, parecendo até um presente do universo.

Uma comemoração para o que ele, Hark e Minami haviam conquistado. Um prelúdio do que estava por vir. No dia seguinte.

Só que ele se enganara. Um descanso, era disso que precisava.

– Onde você mora? – perguntou ele, conduzindo-a na direção do carro com um gesto.

Tentou tocá-la o mínimo possível, mas era difícil, porque ela estava bem próxima dele. O ombro dela tocou seu braço e ele sentiu uma eletricidade, mesmo por cima das roupas. O ar frio do estacionamento foi uma distração bem-vinda.

– Posso colocar o endereço no seu GPS...

– Será que você pode me ouvir *por um minuto*? – gritou alguém, e, quando eles se viraram, Vincent vinha correndo pelo estacionamento vazio. – Você não pode tomar a decisão por nós dois, só preciso que você...

– Vá para casa, Vince – disse ela.

Vince parou. Então voltou a caminhar na direção deles, dessa vez com um andar mais ameaçador.

– Não até você me ouvir...

– Eu *já* ouvi. E pedi a você alguns dias para pensar.

– Você está sendo uma escrota, como sempre...

Eli já tinha ouvido o suficiente e entrou na frente da mulher.

– Ei. Pede desculpas e some daqui.

– Ah, vai se ferrar. – Vince lançou a ele um olhar furioso. – Você não tem nada a ver com o assunto.

Eli não concordava. Destravou o carro de longe e jogou as chaves para a mulher, que pegou sem hesitar.

– Entre no banco do carona. Eu já vou.

Ela não se mexeu, ficou apenas olhando para Eli com uma expressão que ele só podia definir como abatida. Depois de um tempo, abriu a boca e mexeu os lábios: "Não o machuque."

Eli cerrou os dentes e se perguntou como aquele babaca podia ter tanto poder sobre ela. Como tinha conseguido alguém como *ela*, para começar. Mas assentiu e a observou entrar no carro, depois se virou para Vincent.

Ele também era alto e tinha ombros largos, embora não tanto quanto Eli. Ainda assim, devia ter visto algo nos olhos de Eli, porque sua primeira reação foi dar um passo para trás. Nisso, bateu numa pilastra e se encostou ali.

— Você precisa parar de incomodar mulheres que já mandaram você embora, Vincent — contestou Eli. De modo amigável, achou. Estava sendo um maldito cavalheiro naquela situação.

— Você não tem ideia do que ela...

Ele chegou mais perto e sentiu o cheiro de álcool em Vincent.

— Não importa. — "Não o machuque", ela tinha pedido, mas, caramba, Eli estava tentado. — Você pode sair daqui por conta própria ou eu posso te botar para fora. A escolha é sua.

Vincent não demorou para decidir. Saiu falando alguns palavrões e se virando de vez em quando, percebendo que Eli ainda o observava. Quando ele desapareceu, Eli foi até o carro e encontrou a mulher no banco do passageiro, as mãos no colo.

Rosie, talvez. Rosamund também combinaria com ela.

— Onde você disse que morava?

Ela o encarou, mas não respondeu.

— Estou surpresa.

Ela olhou em volta e ele pôde sentir seu cheiro de forma tão intensa que precisou se recompor. Pele, flores e amaciante. Era muito mais do que *bom*, era algo que entrava em um território perigoso.

— Não achei que você fosse do tipo que tem um carro híbrido.

Ele deu uma risada e ligou o carro.

— Nem me diga que tipo você *achou* que eu fosse.

— Mustang, talvez.

— Meu Deus.

Ele passou a mão pelo rosto.

— Ou um Tesla.

— Sai daqui. Você vai embora andando.

Ela deu uma única risada, bem baixinha, e aquele som fez Eli se sentir tonto, poderoso, realizado. Ela se sentia segura no carro dele, fazia

33

piada. Não mais em estado de alerta. Estava deixando que ele cuidasse dela.

Ele só precisava parar de prestar atenção na proximidade dela.

– Aqui. – Eli entregou o celular para ela. – Coloque seu endereço.

– Está bloqueado. Preciso da sua senha.

Ele se virou para dizer e perdeu a fala. Percebeu que o corte de cabelo dela era muito mais elaborado do que pensara. Era mais curtinho na altura da orelha esquerda. *Lindo*. Ia ter que perguntar a Minami como se chamava aquele corte.

– Está com vergonha porque é uma sequência de 69?

A mente dele tomou um súbito rumo sexual bem inapropriado. E inevitável. Ele já estava se segurando havia um tempo, e ficava cada vez mais difícil.

– Dois, sete, um, oito, dois, oito.

– Sua senha é o número de Euler?

Os dois trocaram um olhar surpreso e confuso. Como se só agora estivessem de fato se conhecendo.

– Você é cientista? – perguntou ela, curiosa de repente, e foi a primeira vez que Eli percebeu um interesse real da parte dela.

Ela havia pedido para usar o corpo dele e oferecera o próprio em retorno, tinha vasculhado sua carteira com a eficiência de uma policial, mas *não* pensara nele para além do aqui e agora.

Até aquele momento.

– Se eu disser que sim, você vai considerar isso uma prova de que eu sou o Unabomber?

Ela abriu um sorriso um pouco maior.

– Não sou cientista – admitiu ele, relutante em decepcioná-la. Mas era a verdade, mesmo que dolorosa. – Só estudei ciências por um tempo.

– Uma matéria na faculdade?

– Algo assim.

Não havia motivo para explicar o resto da história.

– E o que você faz, então?

– Coisas chatas envolvendo finanças.

– Entendi.

Ela não parecia decepcionada. Ainda o encarava, curiosa. Era inebriante sentir o olhar dela. Sua atenção parecia mais valiosa do que ouro, ações, projeções de mercado.

– E *você* é cientista?

– Sou das ciências. Engenheira.

Ele saiu do estacionamento e se virou para ela ao sentir o peso suave de sua mão no braço, um choque de calor em meio ao vento do ar-condicionado.

Porra. Só... *porra*.

– Obrigada – disse ela apenas.

Parecia séria, como sempre. Sincera.

– Por não ter um Tesla?

Ela balançou a cabeça.

– Por ser gentil.

Ele não era *gentil*. Nenhuma pessoa *gentil* acordaria no dia seguinte e faria o que Eli estava planejando, e ainda curtindo cada momento. Mas saber que ela pensava assim lhe dava uma sensação gostosa.

– E por se importar, eu acho.

Havia um tom atordoado em sua voz. Algo que deixou a voz de Eli mais dura ao dizer:

– Você devia ligar para as autoridades, denunciar o que aconteceu esta noite. Conseguir uma ordem de restrição.

Ela fechou os olhos e deitou a cabeça no encosto – um sinal de profunda confiança, no entendimento dele. Eli examinou seu pescoço esguio, imaginou seu próprio rosto enfiado ali, depois lembrou que estava prestes a entrar em uma avenida.

Olhe. Para. A. Frente.

– É para a sua segurança – acrescentou.

– É complicado.

– Não tenho dúvidas. Mas, mesmo que vocês tenham filhos juntos, sejam casados, isso não muda o fato de que ele pode ser perigoso...

– Ele é meu irmão.

Eli fez uma careta.

– Merda.

– É. – Ela se virou para as luzes da rua. – Merda.

Havia uma semelhança entre os dois, agora que parava para pensar. A altura. O cabelo quase preto. A cor dos olhos era diferente, mas o formato era o mesmo.

– Merda – repetiu ele.

– Ele não é sempre assim. Mas, quando bebe... Você viu.

– Vi.

– Acho que ele não iria realmente me machucar.

– *Acha*? Isso não é suficiente.

– Não é. – Ela mordeu a bochecha por dentro. – Meu... Nosso pai, nosso pai *ausente*, morreu há alguns meses. E nos deixou uma pequena cabana em Indiana, imagine só. A gente nem sabia que ele morava lá. Não chegamos a um acordo sobre o que fazer com ela. – A mulher se virou na direção de Eli. Estavam sozinhos, e era encantador ver quanto ela parecia à vontade. – Já está entediado?

– Não.

Ela sorriu de leve.

– Não é fácil dizer "não" para alguém que tem cinquenta por cento dos seus genes.

– Sei como é.

– Sabe?

Ele assentiu.

– Irmão?

– Irmã. Não rolou assédio em público, mas ela sempre encontra maneiras muito criativas de me tirar do sério.

– Tipo o quê?

Eli pensou em Maya adolescente, gritando que ele tinha destruído a vida dela e que preferia que tivesse sido *ele* a morrer. Agarrando sua camisa e encharcando o tecido depois de levar um bolo no baile da escola. Mexendo nas coisas dele com a desculpa de que estava "procurando pilha" e depois seguindo-o pela cozinha para criticar suas escolhas de camisinha *e* lubrificante. Reclamando com ele ao telefone por sempre deixá-la sozinha e dizendo que teria dado no mesmo se ele a tivesse abandonado em um orfanato... e depois se queixando quando ele tentava passar um tempo com ela.

– Irmãos às vezes são difíceis.

– Tenho certeza de que Vincent concorda.

– Não sei se Vincent tem o direito de concordar.

Ela ficou em silêncio por um longo tempo, mas, quando Eli pensou que o assunto tinha passado, ela voltou a falar:
– Um dia, quando ainda éramos crianças, ele estava demorando para voltar da casa de um amigo. Eu esperei por ele, fiquei muito preocupada durante uma, duas, três horas. Pensando se ele tinha sido atropelado ou algo assim. A certa altura, ele *voltou* para casa, mas, em vez de ficar aliviada, quando eu o vi na porta, pensei: "Minha vida seria bem mais fácil se ele só desaparecesse."
Ele se virou para fitar os olhos dela. Tinham uma expressão curiosa, como se ela estivesse surpresa consigo mesma por ter compartilhado algo que a envergonhava. E ele surpreendeu *a si mesmo* ao dizer:
– Quando minha irmã nasceu, meus pais só falavam que ela era perfeita. Fiquei tão ressentido que me recusei a *olhar* para ela por semanas.
Ela não deu nenhuma resposta banal, não arqueou a sobrancelha, não tentou suavizar o que ele tinha acabado de dizer. Apenas olhou para ele com a mesma ausência de julgamento que ele dispensara a ela, como se não tivessem acabado de contar histórias ruins, até que ele desviou o rosto. Não sabia nem o nome dela, mas tinha acabado de admitir algo que nunca falara em voz alta, nem para seus melhores amigos.
Provavelmente *porque* não sabia o nome dela.
– Como você acha que seu irmão descobriu seu endereço? – perguntou ele, mais para encerrar aquela conversa esquisita. Fora um lapso. Só podia ter sido.
– Pela internet?
– Que merda.
Ele virou à direita, na direção de North Austin, seguindo a mesma rua que pegaria na manhã seguinte. Iria passar por ali pensando nela, e não no dia seguinte, ele tinha certeza. Aquela garota iria permanecer com ele, ainda que só na sua cabeça.
– Exato. Que merda.
Ela fez aquilo de novo – fechou os olhos e deitou a cabeça no encosto –, mas dessa vez ele aproveitou para observá-la com mais atenção. As pernas bem, bem longas. O peito. A linda curva da orelha. Havia algo de cortante na personalidade dela, mas seu corpo era suave. Ela fazia o tipo dele, se é que ele tinha um.
Se não fosse pelo irmão dela, poderia ter confirmado. Era uma pena.

– Quantos anos você tem? – perguntou ele, para se distrair.

– Seis anos, dois meses e cinco dias mais nova do que você – respondeu ela, sem hesitar.

– Legal. Você também decorou meu número de seguro social?

– Você deveria investir em proteção contra roubo de identidade antes de descobrir.

– Vou fazer isso se você arranjar uma ordem de restrição contra o seu irmão. – Lá estava ele de novo. Claramente se metendo. – Está sendo ingênua se acha que ele não vai te machucar para conseguir o que quer.

– Eu acho que *você* é ingênuo.

– Eu?

– Sim. Já parou para pensar que *eu* poderia ser uma assassina em série? Bem aqui, no seu carro.

Eli a encarou novamente. Um sorriso fraco, os olhos ainda fechados. Queria passar os dedos por seu rosto.

– Estou disposto a correr o risco.

– Com uma garota que está te atraindo para um lugar diferente do combinado e nem te falou o nome dela.

Robin? Não, não combinava com ela. E Eli já começava a achar que era melhor ficar na ignorância. Quanto menos soubesse, mais vaga e imprecisa seria a lembrança dela, e mais rápido pararia de pensar nela. Ainda assim:

– Então me fale.

– É a terceira vez que você pergunta.

– É a terceira vez que você não responde. Será que as duas coisas estão ligadas?

Ela apertou os lábios – sério, eles pareciam ter sido criados especialmente para Eli. Saídos de algum sonho bastante erótico da época em que ele era bem jovem e cheio de hormônios.

– Acho que teria sido divertido – disse ela, meio melancólica.

– O quê?

– Esta noite. Nós dois.

O sangue de Eli latejou nas veias – alto, violento. Quando olhou para o GPS, o destino estava a três minutos de distância. Desacelerou bem abaixo do limite de velocidade, de repente um motorista muito prudente.

– É mesmo?

– Você parece alguém que sabe o que está fazendo.

Ah, porra, você não tem ideia. Ainda temos tempo. Posso ser gentil. Ou não. Posso ser várias coisas se você...

Meu Deus. Ela acabara de ser agredida pelo irmão. Ele era nojento.

– Talvez você esteja me superestimando.

Só que não. Ele teria garantido que ela se divertisse. E teria se divertido junto no processo.

– Acho que só estou estimando corretamente a mim mesma. – Um pequeno sorriso. – Afinal, fui eu que mandei mensagem para você.

Ele começava a desejar que ela não tivesse mandado. Aquilo tudo era muito atordoante – e, naquele momento, precisava estar com os pés fincados no chão.

– E por que mandou, aliás?

– Gostei que sua foto não era uma selfie na academia nem um joinha ao lado de um tigre sedado.

– Pelo visto, o sarrafo da concorrência está lá embaixo.

Ele tentou se lembrar da própria foto. Alguma que Minami tinha tirado, provavelmente. Ela sempre tirava fotos espontâneas dele e de Hark. *Para o site. Muito melhor do que aquela merda de terno e gravata atual.*

– Seu perfil dizia que você não ficava on-line havia um tempo. Imaginei que estivesse num relacionamento ou inadimplente. Você está?

– Estou o quê?

– Num relacionamento?

Ela parecia... não supercuriosa, mas pelo menos interessada, e Eli teve que se lembrar de não extrair qualquer esperança daquilo. Esperança *de quê*, afinal? Não era como se estivesse procurando uma namorada. Tinha falhado demais naquilo.

Nem todo mundo tem capacidade de amar, Eli.

– Não. E você? Escreveu "nada de encontros repetidos" em seu perfil.

– Escrevi – confirmou ela.

Que inferno aquele hábito de nunca explicar nada. Que inferno ela não morar mais longe. Lá estava o condomínio dela. Eli segurou no volante, consciente de que não podia ir mais devagar, senão seria parado.

– É uma regra sua?

Ela assentiu, inflexível.

– Parece arbitrária – disse ele casualmente enquanto estacionava. *Parece ser a única coisa nos impedindo de passar uma noite espetacular.*

– Toda regra existe por um motivo.

Ele desligou o motor e se obrigou a encerrar o assunto. Não era bom para nenhum dos dois falar sobre algo que não ia acontecer.

– Vamos, eu te acompanho até a porta, caso seu irmão esteja esperando aqui perto.

Mas Vincent já tinha desistido dela, pelo menos naquela noite. Nenhum carro os seguira.

Era fim de maio no Texas, o que significava um calor instantâneo e absurdo, até mesmo de noite. Eli ficou satisfeito ao ver um porteiro no lobby, não apenas corpulento e atento, mas também desconfiadíssimo. *Isso mesmo, essa é a atitude correta*, pensou ao acenar para o homem, e fez uma anotação mental de contar a ele toda a situação quando estivesse saindo.

– Sabe que não vou te convidar para entrar, não é? – perguntou ela quando chegaram à porta do apartamento.

Eli tivera vários pensamentos bastante indecentes nos últimos vinte minutos, mas aquele especificamente nem tinha passado por sua cabeça.

– Vou embora quando você entrar e eu ouvir a porta trancar. E você deveria colocar o celular em um pote com arroz – acrescentou, se perguntando que porra estava acontecendo com ele.

Entre os amigos, era famoso por ser tranquilo. Relaxado. Nunca agia *assim*, intrometido, mandão... nem mesmo com a irmã. Talvez porque Maya teria arrancado sua cabeça.

Mas aquela mulher parecia levemente entretida. Olhou para ele com a expressão plácida e indecifrável com a qual ele já estava se acostumando, então chegou mais perto. O coração de Eli bateu mais alto e mais forte sem qualquer motivo.

– Obrigada. Agradeço muito o que fez por mim hoje.

– Era o mínimo.

Não era um bom momento para comentar que estava considerando dormir no carro, lá fora, só para deter seu irmão idiota.

Que maluquice. Estava desenvolvendo um *crush*? Não sabia nem que era capaz disso.

– Não era, não.

Ela balançava as chaves de casa na mão. Um cintilante chaveiro de patins de gelo, uma daquelas canetas que também tinham uma lanterninha, um cartão de supermercado com o nome da rede atrás. Ele tinha exatamente o mesmo cartão.

– Você é gentil. E acho você muito atraente – disse ela.

Eli teve um branco por um segundo. Não era tímido, nem um pouco, mas não se lembrava da última vez que alguém o elogiara assim, de um jeito tão direto. O olhar dela tinha aquela expressão séria, sem malícia, e ele se pegou meio encantado.

Precisava ir embora imediatamente.

– Isso parece irrelevante agora – retrucou ele, odiando a aspereza em sua voz.

– Parece?

– Já que você nunca repete um encontro. Não é a sua regra?

Ela ficou pensativa por um momento.

– Tem razão. Então isso é uma despedida.

Era. Inevitavelmente. Mas, antes que Eli tivesse tempo de dar mais alguma recomendação de segurança, ela fez algo tão simples quanto inesperado: chegou mais perto, ficou na ponta dos pés e lhe deu um beijo suave na bochecha.

A mão de Eli foi por vontade própria para a cintura dela, e aquele toque quase imperceptível cresceu para algo exponencial.

Possibilidades.

Corrente elétrica.

Calor.

O cheiro dela o envolveu. O mundo inteiro se resumiu a *eles* e mais nada. Eli virou a cabeça, curioso para ver o que encontraria nos olhos dela em meio a toda aquela eletricidade. Ela o encarou por um segundo, então acabou com a distância entre os dois.

Mal foi um beijo. Os lábios se tocaram de leve, mas o corpo dele pegou fogo. Uma onda de calor o percorreu, repentina e violenta. Eli tentou se lembrar da última vez que tinha sentido algo próximo disso e não encontrou resposta. Mas não importava, porque os dedos dela encontraram os de Eli, que estava zonzo, atordoado, com tudo que passava por sua mente.

Ele podia *tomá-la*. Fugir com ela. Imprensá-la contra a porta de casa com o próprio corpo. Podia *mostrar* a ela quanto a achava linda e...

– Mas acabei de pensar... – murmurou ela, ainda com a boca encostada à dele, quebrando sua espiral de pensamentos – que toda regra existe por um motivo.

Ela deu um passo para trás. Eli estava arrebatado. Era seu servo. Enfeitiçado. Pensou em implorar para que ela o deixasse tocá-la. Que o deixasse chupá-la ali mesmo no corredor. Iria ao mercado e compraria os ingredientes para preparar o jantar seguindo qualquer receita que ela quisesse do YouTube. Lavaria seu carro, leria um livro para ela, ficaria sentado ali do lado de fora da porta só para garantir que estivesse segura e protegida. Eles poderiam ficar de mãos dadas a noite inteira. Poderiam jogar Scrabble. Ele estava muito próximo de implorar por alguma coisa, tudo, *qualquer coisa*, quando ela acrescentou:

– E às vezes ela existe para poder ser quebrada.

Ela ainda estava de mãos dadas com ele, o polegar acariciando a palma de sua mão, mas Eli não conseguia parar de fitar os olhos dela, de um azul profundo e acolhedor. As mãos dela estavam frias. *Essa pele*, ele pensou. Era macia. Poderia fazer muita coisa com aquela pele. E aquela pele poderia fazer muita coisa com ele. Queria vê-la corada, avermelhada, roxa, por milhões de motivos. Queria *profaná-la*.

– Boa noite, Eli.

Seus lábios lindos, grossos e obscenos se curvaram uma última vez para um sorriso e, antes que o oxigênio tivesse voltado ao cérebro de Eli, ela já tinha ido embora. O cinza esmaecido da porta se fechou na cara dele, e tudo que sobrou no corredor pouco iluminado foi o cheiro dela, o calor de seus lábios na pele dele e uma ereção furiosa.

Ele ouviu o clique da fechadura e deu um passo cambaleante para trás, desorientado, perguntando-se que porra aquela mulher tinha feito com ele. Então sentiu o ar frio da noite nas mãos e finalmente baixou os olhos.

Enquanto estivera mergulhado nela e nos pensamentos mais indecentes, ela aparentemente andara ocupada fazendo outra coisa, porque havia dez números escritos na palma de sua mão – a quantidade de dígitos de um telefone.

E, embaixo deles, três letras que o deixaram sem fôlego.

Rue.

4

NÃO SÃO INIMIGOS

Rue

– Existem dois motivos principais para eu ter marcado esta reunião – disse Florence Kline.

Se ela estava passando por um décimo da crise de pânico que parecia ter acometido seus funcionários, era impossível perceber. Florence era assim mesmo. Nervos de aço. Proativa. Indomável. Uma correnteza. Eu nunca a vira duvidar de si mesma, e não ia ser uma empresa de capital privado que a levaria a fazer isso.

– O primeiro é assegurar a todos que seus empregos *estão* garantidos.

Um burburinho de alívio se espalhou pela sala como formigas em um açucareiro, mas muitos não se convenceram.

– Não existe nenhum plano de remanejamento. Eu ainda sou a CEO, o conselho permanece, assim como os contratos de trabalho de vocês. Se você não estiver roubando tinta da impressora, sua vida profissional não terá nenhuma mudança.

A maioria das pessoas riu. Era um bom exemplo de como Florence Kline tinha construído uma empresa de sucesso em poucos anos. Inventar um biocombustível muito promissor a tornou uma cientista de destaque, mas Florence era mais do que isso. Florence era uma *líder* nata.

E era também uma das minhas amigas mais próximas. Logo, eu a conhecia bem o suficiente para duvidar da maioria das palavras que saíam de sua boca.

– O segundo motivo: os representantes da Harkness, nossa nova financiadora, *não* são inimigos. A Harkness tem uma longa história de incentivo a startups de tecnologia e saúde, e é por isso que estão aqui. O objetivo deles, obviamente, é conduzir a devida auditoria para garantir que suas metas financeiras sejam atingidas, mas o nosso trabalho, o trabalho *de vocês*, sempre foi impecável. Eles vão marcar reuniões com alguns funcionários, o que deve ser a prioridade de vocês. E gostaria que vocês os conhecessem, para saberem quem são quando os virem por aí: Dra. Minami Oka, Dr. Sullivan Jensen, Sr. Eli Killgore e Sr. Conor...

– Rue? – chamou Tisha em um sussurro.

Não respondi, mas ela continuou falando:

– A carteira de motorista que você mandou ontem à noite...

Eu assenti. O chão tinha sumido e se abrira uma cratera até o centro do planeta. Eu estava caindo e não havia nada em que me segurar.

– A foto daquele cara... o rosto dele.

Assenti de novo. Sem dúvida era um rosto memorável. Impressionante. *Atraente*. Eu tinha dito isso a ele, e fui sincera. Cabelos curtos, ondulados – não, *cacheados*, quase bagunçados demais. Queixo quadrado. Um nariz forte e aquilino que ficava entre as civilizações romana e grega, bem no fundo do mar Adriático. Vogais longas e algumas consoantes graves.

– E o nome dele. Killgore.

Eu tinha feito piada com isso, algo novo para mim. Eu só brincava com uma pessoa quando me sentia à vontade, ou seja, depois de décadas de convivência. Mas com Eli fora algo natural, e eu não conseguia entender o motivo.

Era só um cara normal, e na noite anterior irradiara a mesma energia que naquele momento: um cara legal, radicalmente destemido, muito confortável consigo mesmo e com os outros. Durante nossa viagem de carro, manteve a mesma calma imperturbável. Enquanto isso, eu mal conseguia tirar os olhos dele, as mãos tremendo quando me aproximei para escrever meu telefone na palma de sua mão, sentindo seu cheiro amadeirado e acolhedor.

– Aquele homem lá no palco. É ele, não é?

Assenti uma última vez, sem conseguir falar.

– Certo. É. Uau. – Tisha fez menção de esfregar os olhos, mas então se lembrou da maquiagem elaborada que usava. – Isso é uma... Acho que o termo científico é "puta coincidência".

É mesmo? Será possível? Senti um gosto ácido na garganta, porque não tinha tanta certeza de que coincidências dessa magnitude pudessem existir. Será que Eli sabia quem eu era? Onde eu trabalhava? Fiquei olhando para ele na esperança de que alguma resposta surgisse em seu rosto. Ele estava de óculos. De aro preto. O disfarce mais ridículo do Clark Kent.

– Não acredito que mandaram quatro representantes da financiadora – disse Jay em meio à confusão em minha cabeça.

Eu me virei para ele, perplexa.

– Isso é estranho?

– Eles ainda nem são *donos* da Kline, né? Parece um gasto de recursos muito grande com uma empresa que eles nem adquiriram ainda, mas... – ele deu de ombros – quem sou eu para opinar? Sou apenas um humilde técnico de laboratório da roça.

– Você nasceu em Lisboa e fez mestrado na Universidade de Nova York – frisou Tisha. – Talvez eles só gostem de viajar juntos, em comitiva. Compartilhando um chef particular e um cartão fidelidade da farmácia.

– E os quatro... são todos funcionários da empresa de capital privado? – perguntei.

– Acabei de olhar o site da Harkness. Eles são os *sócios-fundadores*. Até entendo que quisessem enviar alguém para checar se as cláusulas estão sendo cumpridas...

– As *o quê*? – indagou Tisha, parecendo já estar cansada desse dia.

Eu me identificava bastante.

– Sabe aquelas promessas que você faz quando assina um contrato? Eles nos dão dinheiro e, em troca, a gente entrega até a mãe? Mas por que os *sócios* vieram? Por que não mandar um gerente? A Kline é tão importante assim? Parece meio suspeito.

Tisha e eu nos entreolhamos.

– Precisamos conversar com a Florence. Em particular – sussurrei.

– Você ainda tem a chave da sala dela? Daquele dia do aniversário, quando a gente encheu a sala com balões de "você está velha pra caralho"?

Eu me levantei.

– Tenho.

– Ótimo. Jay, a gente se vê depois.

– *Se* eu não for demitido, perder meu visto e acabar extraditado.

– Isso. – Tisha deu um tchauzinho para ele. – Tente não surtar, ok?

Saímos da sala bem na hora em que Florence pedia que todos mantivessem a calma e voltassem ao trabalho.

♥ ♥ ♥

Tudo tinha começado com fermentação. Não era um tópico muito fascinante, preciso admitir, até mesmo para alguém como eu, com uma paixão incessante por engenharia química e um interesse descomunal pela produção de etanol. Ainda assim, foram umas reações químicas chatas que mudaram a trajetória da microbiologia de alimentos, e Florence Kline era a pessoa responsável por isso.

Menos de uma década antes, ela era uma professora da Universidade do Texas com uma ideia muito, *muito* boa para aperfeiçoar um processo que poderia converter resíduos alimentares em biocombustíveis em larga escala e com baixo custo. Como era do corpo docente, Florence tinha os laboratórios da universidade à sua disposição, mas sabia que, se fizesse qualquer descoberta no campus, usando os recursos acadêmicos, a propriedade intelectual acabaria sendo da instituição. E Florence não estava *nem um pouco* a fim disso.

Então ela alugou um laboratório em um prédio ali perto. Fez o próprio trabalho. Deu entrada na patente e fundou sua empresa. Outros foram se juntando a ela: subsídios da iniciativa privada, investidores-anjo, investidores do capital de risco e alguns poucos, depois dezenas, depois centenas de funcionários. A empresa cresceu, aperfeiçoou a tecnologia revolucionária de Florence e colocou-a no mercado.

Então, cerca de quatro anos antes, eu entrei nesse bonde.

Florence e eu morávamos em Austin na mesma época, mas, por um acaso do destino, nos conhecemos em Chicago, na conferência anual da Sociedade de Tecnologia de Alimentos. Eu estava parada obedientemente ao lado do meu pôster, usando um cardigã cafona e uma calça de Tisha apertada na cintura, muito entediada.

Sozinha.

O jogo do networking acadêmico demandava uma série de encantos e habilidades interpessoais que eu não possuía. Na verdade, quando cheguei à pós-graduação, eu já estava havia mais de uma década bem habituada ao meu *modus operandi*: escondia minha timidez, introversão e incapacidade generalizada de estabelecer interações sociais com outros seres humanos atrás de uma fachada arrogante. Mas as pessoas eram *difíceis* de ler, entender ou agradar. A certa altura da minha juventude, meio sem querer, eu deixei de ser a pessoa incapaz de conversar e passei a parecer alguém que não *queria* conversar, nunca, com ninguém, em nenhuma circunstância. Ainda me lembro do dia, lá no ensino fundamental, em que compreendi: se as pessoas me achassem antissocial e indiferente, iriam manter distância. E, se mantivessem distância, nunca notariam quanto eu era esquisita, desajeitada e ansiosa.

Uma vitória parcial, na minha humilde opinião. Uma maneira de me esconder, na opinião profissional da minha terapeuta. Ela achava que eu estava ocultando minha verdadeira personalidade e esmagando meus sentimentos como marshmallows, mas já havia passado tanto tempo que eu não tinha mais certeza se existia alguma coisa a esconder dentro de mim. A desconexão que eu sentia em relação ao resto do mundo não parecia que ia mudar e, fosse ela *verdadeira* ou não, me dava uma sensação reconfortante de segurança.

Mas havia algumas desvantagens. Por exemplo, as pessoas não estavam exatamente fazendo fila para andar comigo, logo aquele dia de conferência em Chicago estava sendo entediante e bem solitário. Também não ajudou muito eu ter me recusado firmemente a mudar o título da minha apresentação ("Uma investigação por cromatografia gasosa e espectrometria de massa do efeito de três revestimentos à base de polissacarídeos na minimização de perdas pós-colheita de frutas e hortaliças") para a proposta da minha orientadora, que preferia "Três micróbios com capa de chuva: usando polissacarídeos para manter sua produção fresca por mais tempo". Ou então a sugestão do meu coautor: "Ponha uma capa, vai durar mais". Ou ainda a espantosa ideia de Tisha, inspirada em uma música da Beyoncé: "*If you liked it, then you should have put a coat on it*".

Eu sabia que divulgação científica era um trabalho importante, essencial para construir confiança pública e servir de base para uma série de políticas, mas não era o *meu* trabalho. Eu não tinha nenhum talento para instigar as pessoas a se importarem com a minha pesquisa: ou elas enxergavam seu valor ou estavam erradas.

Infelizmente, a imensa maioria parecia estar errada. Eu já estava cochilando de tédio e considerando dar no pé mais cedo quando uma mulher parou ao lado do meu pôster. Era bem mais baixa do que eu, mas ainda assim imponente. Por causa da postura assertiva ou talvez apenas pelo volume massivo dos cabelos ruivos e cacheados.

– Me conte mais sobre esse revestimento microbiano – pediu ela.

Sua voz era profunda, aparentando alguém mais velho. Fez muitas perguntas pertinentes, ficou impressionada nos momentos certos e, quando terminei minha apresentação, ela comentou:

– Essa pesquisa é genial.

Eu já sabia disso, então não fiquei particularmente lisonjeada, mas agradeci de qualquer forma.

– De nada. Meu nome é...

– Florence Kline.

Florence sorriu.

– Isso mesmo. Sempre esqueço que estamos usando crachás e...

Ela baixou os olhos para si mesma, mas não havia nenhuma credencial. Nenhum crachá, nenhum nome. Ela então me encarou de volta.

– Como sabia?

– Eu já li sobre você. Bem, sobre sua saga pela patente.

– Minha saga pela patente.

Eu não fazia ideia se o caso de Florence realmente tinha sido de destaque ou se eu tinha essa sensação apenas por causa dos círculos que frequentava, mas os fatos eram simples: apesar das provas incontestáveis de que ela havia desenvolvido a tecnologia do biocombustível de forma independente, a Universidade do Texas ainda assim reivindicou a propriedade intelectual (bastante lucrativa). Advogados foram envolvidos, algo que poderia ter pesado em favor da universidade, mas Florence conseguira reverter a situação ao levá-la para a mídia.

Eu não era nenhuma estrategista de relações públicas, mas obviamente a abordagem fora brilhante: uma mulher, uma *cientista*, estava tendo sua propriedade intelectual, o trabalho de uma vida inteira, roubada por uns burocratas gananciosos do Texas. A notícia logo se espalhou, e a universidade recuou mais rápido do que um ioiô.

– Você conseguiu manter a propriedade do que criou – falei com sinceridade. – Achei impressionante.

– Certo. Bom, isso é muito simpático da sua parte.

Florence parecia se perguntar se uma aluna qualquer de pós-graduação, usando uma calça notoriamente apertada demais, estava sendo condescendente com ela. Então achei melhor não mencionar que já a conhecia mesmo antes do escândalo da patente, já que seu nome era constantemente citado no departamento de engenharia química da Universidade do Texas – em geral naquele tom de voz baixo reservado às pessoas profundamente invejadas por terem conseguido se livrar das implacáveis obrigações acadêmicas, como dar aula de Biofísica I todo ano.

– Você parece uma ótima cientista – opinou Florence. – Se estiver procurando emprego, considere se candidatar para a Kline.

Pensei na ideia por alguns segundos, mas logo a descartei.

– Biocombustível não é bem a minha área de interesse.

– E qual é sua área de interesse?

– Extensão de vida útil.

– Bom, são assuntos relacionados.

– Não tanto quanto eu gostaria.

Eu estava soando teimosa e inflexível, e sabia disso. Mas também sabia qual era o meu objetivo e não via razão para fingir que estava aberta a discutir coisas que me eram inegociáveis.

Fazer concessões nunca foi meu forte.

– Entendi. Quer continuar na vida acadêmica?

– Não. Queria fazer alguma coisa realmente útil – respondi, solene, com uma presunção da qual consegui me livrar na segunda metade dos 20 anos, mas cuja lembrança vai me envergonhar até os 80.

Mas Florence deu risada e me entregou um cartão.

– Se em algum momento estiver procurando estágio, um estágio *remunerado*, me mande um e-mail. Estarei aberta a ouvir suas ideias de projetos.

Eu tinha crescido em uma família pobre, do tipo que usava fita isolante para proteger joelhos ralados, que comia torrada com ketchup e rezava para que parasse de crescer porque já não tinha mais roupas de segunda mão que coubessem. Graças às bolsas de estudo e à minha bolsa de doutorado, eu tinha migrado de pobre para apenas sem grana, o que era muito empolgante, mas ainda não tinha me transformado em alguém que recusava dinheiro.

Naquele verão, eu mandei um e-mail para Florence. E comecei um estágio na Kline, depois outro, depois mais alguns. Trabalhei com pesquisa e desenvolvimento, produção, controle de qualidade e até logística. Acima de tudo, eu trabalhava com Florence, o que acabou mudando minha vida da melhor maneira possível.

Antes dela, todos os meus mentores tinham sido homens – alguns ótimos, encorajadores e brilhantes, que me transformaram na cientista que me tornei. Mas Florence era diferente. Algo mais próximo de uma amiga ou uma irmã mais velha brilhante que podia responder minhas perguntas sobre reações cinéticas, me consolar quando meus experimentos não davam certo e, mais tarde, quando terminei a pós-graduação, me dar os meios para fazer o tipo de trabalho que eu queria. Eu não era uma pessoa muito emotiva, não se pudesse evitar, mas não precisei de um terapeuta nem de meses de autoanálise para trazer à tona o que eu sentia por Florence: gratidão, admiração, amor e um bocado de senso de proteção.

E foi exatamente por isso que detestei as linhas profundas em sua testa quando ela entrou em seu escritório.

– Puta que pariu!

Florence levou a mão ao peito, assustada. Depois de respirar e se acalmar, olhou para nós com uma expressão indulgente, me observando sentada confortavelmente em sua cadeira ortopédica enquanto Tisha enfiava na boca os pretzels de manteiga de amendoim que estavam sobre a mesa dela.

– Imagina, não sejam tímidas. Sintam-se em casa. Comam o que quiserem, de verdade.

– Não está nem gostoso – disse Tisha, comendo mais dois.

Florence fechou a porta e sorriu com ironia.

– Obrigada por seu sacrifício, então.

– Tudo por você, minha soberana.

– Nesse caso, se importa de ir arranhar o carro de algumas pessoas por mim?

Ela deixou o tablet em cima da mesa e esfregou os olhos vermelhos. Era jovem para o tamanho de seu sucesso, mal tinha completado 40 anos, e parecia até mais jovem. Mas não naquele dia.

– A que devo o prazer da visita?

Ela estava claramente feliz em nos ver.

– Parecia que você estava tendo um dia de merda, então invadimos sua sala.

Tisha abriu um largo sorriso, sem nenhuma vergonha.

– Adoro uma visita por pena.

– E visita para fofocas? – Tisha apoiou o queixo nas mãos. – Também gosta?

Florence suspirou.

– O que vocês querem saber?

– Tanta coisa. Por exemplo, quem são essas pessoas da Harkness e o que elas querem?

Florence olhou para trás para se certificar de que a porta estava fechada. Depois soltou o ar devagar.

– Quem dera eu soubesse.

– Que anticlímax. E menos informativo do que eu esperava. Espere aí, eu conheço esse olhar. Quem dera você soubesse, mas...?

– O que eu disser não pode sair dessa sala.

– Claro.

– Estou falando sério. Se alguém souber, todo mundo vai entrar em pânico...

– Florence – interrompi. – Para quem a gente iria contar?

Ela pareceu refletir a respeito dos nossos poucos relacionamentos íntimos, então assentiu, relutante.

– Como vocês sabem, eles compraram nosso financiamento. Nem eu nem o conselho tivemos qualquer influência nessa compra, e a Harkness

52

interagiu diretamente com o credor. Só nos comunicamos por meio de advogados. – Ela suspirou. – De acordo com o jurídico, o mais provável é que a Harkness tenha comprado o financiamento porque quer o controle total da tecnologia de fermentação.

– Mas a tecnologia é sua – falei, franzindo o cenho. – Eles até podem tomar a empresa, mas não a patente, certo?

– Infelizmente, Rue, a tecnologia é a empresa. Para ser mais precisa, a patente é parte da garantia para o financiamento. – Ela pegou uma das cadeiras e se sentou. – O problema é que, quando pegamos empréstimos para expandir as operações, temos que prometer certas coisas.

– Claro. As *cláusulas* – disse Tisha, com o tom de alguém que descera à terra com um conhecimento genético de vários termos de leis de falência, e *não* o de alguém que aprendera aquela palavra cinco minutos antes, graças a um técnico de laboratório de 23 anos.

Florence assentiu em aprovação e Tisha pareceu muito satisfeita consigo mesma. Balancei a cabeça para ela.

– Algumas dessas cláusulas são bem diretas, como fornecer declarações financeiras, de não concorrência, esse tipo de coisa – continuou Florence. – Mas outras são... mais difíceis de interpretar.

Cocei a cabeça, já desconfiando de onde aquilo ia dar, apesar dos meus altíssimos níveis de ignorância gerencial. Se as duas partes encarassem o contrato com boa-fé, as cláusulas ambíguas poderiam ser resolvidas com uma simples conversa. Mas se uma das partes tivesse segundas intenções...

– A Harkness comprou o financiamento, ainda não é proprietária da empresa, mas tem o direito de fiscalizar o cumprimento dessas cláusulas. Isso dá a eles o direito de vir aqui, bisbilhotar tudo e se queixar se encontrar alguma coisa. Se alguém perguntar, eles vão dizer que estão apenas se certificando de que estamos sendo bons devedores e usando seu capital da melhor maneira. – Florence afundou na cadeira. Sua postura era de frustração, mas não de derrota. – Isso está sendo negociado há semanas.

– Semanas? – Tisha ficou de queixo caído. – Florence, você devia ter nos contado. Podíamos ter...

– Vocês não iam poder fazer nada, e foi por isso que não contei. O departamento jurídico vem tentando, mas...

Ela deu de ombros.

53

– Eles estão tentando tomar a tecnologia de você.

Eu me inclinei para a frente, com um frisson de emoções intensas que eu não soube identificar imediatamente se agitando dentro de mim.

Eu estava preocupada. Ou irada. Ou indignada. Ou todas as opções anteriores.

– Parece ser isso, sim – falou ela.

– Por quê? Por que a *sua* tecnologia e não um milhão de outras por aí?

Florence abriu os braços.

– Eu adoraria ter uma história elaborada e contar que sequestrei o cachorro de Conor Harkness para vendê-lo a fabricantes de casacos de pele, e que seu interesse súbito na Kline é apenas o início de um enorme plano de vingança. Mas acho que só tem a ver mesmo com o potencial de lucro do biocombustível.

Tisha se virou para mim.

– Rue, Eli falou alguma coisa sobre a Kline no encontro de ontem à noite?

– Espere aí... Eli? – Florence arregalou os olhos. – Você se encontrou com *Eli Killgore* ontem à noite?

Se eu fosse do tipo inquieto, teria começado a me remexer imediatamente. Por sorte, já tinha treinado bastante para esse tipo de situação. *Robótica*, foi como uma colega da pós-graduação me chamou quando fui convocada de surpresa na aula de bionanotecnologia e não demonstrei o nível de aflição apropriado. *Escrota sem coração*, disseram minhas companheiras do time de patinação porque fui a única que não chorou quando nosso time não subiu ao pódio por uma fração de ponto.

– Encontrei.

– Como? – Florence fechou a cara. – Foi um encontro romântico?

– Rá! *Romântico*. – Tisha fez um gesto de desdém e ignorou meu olhar fulminante. – Isso implicaria um nível de disponibilidade emocional que minha amiga aqui só conseguiria ter depois de um transplante de coração.

Até que era verdade. Eu não sabia se já tivera um encontro romântico na vida – na verdade, com certeza *não* tive.

– Demos match num aplicativo e combinamos de nos ver ontem à noite. Não aconteceu nada físico.

Mesmo que tenha parecido que sim.

Minhas transas casuais eram prazerosas, mas, em última instância, uma parte insignificante da minha vida. Com exceção de Tisha, que era meu contato de segurança – *Se alguma vez você for sequestrada, eu vou passar o pau do cara num ralador de queijo e te resgatar na hora* –, eu nunca falava sobre a questão com ninguém. Florence só sabia da minha vida sexual graças às piadas ocasionais de Tisha, mas pelo visto isso já bastava, porque ela pareceu abismada com a ideia de eu ter saído com alguém e *não* ter transado.

– Por que não?

– Longa história. Tem a ver com Vince.

– Entendi.

Diferentemente dos outros homens, Vince era assunto frequente das nossas conversas.

– Que babaca – murmurou Tisha. – Sempre relevei os anos que ele passou te tratando como se fosse mãe dele e responsabilizando você por todas as merdas que sua mãe fez, mas agora ele ainda vai querer empatar sua foda? Não vou deixar.

– Acho que agora ele foi longe demais – murmurei.

– Com toda a certeza.

– Ele falou algo sobre mim? – perguntou Florence, alarmada.

– Quem? – Inclinei a cabeça. – Vince?

– Não, Eli. Ele falou alguma coisa sobre a Kline?

– Não. Ele... Acho que ele não sabia que eu trabalhava aqui.

Ou será que sabia?

Florence semicerrou os olhos e fez menção de abrir a boca para dizer algo, mas Tisha foi mais rápida:

– Olha, Rue, da próxima vez que você o encontrar...

– Eu não vou mais encontrá-lo.

Eu me lembrei do calor em meu peito naquela manhã, quando me dei conta de que estava na expectativa de um homem me ligar pela primeira vez em décadas – talvez pela primeira vez na vida. Do modo como ele me observou na noite anterior, como se estivesse se divertindo com a própria incapacidade de me decifrar. De sua pele quente quando o beijei na bochecha, recém-barbeada, mas ainda assim já áspera.

– Não agora que eu sei o que ele faz.

– Talvez seja melhor assim – disse Florence, com calma. – Mas não vai ser tão fácil quanto você está pensando.

– Por quê?

– A Harkness vai ficar aqui por um tempo. Pelo contrato, eles podem pedir para receber informações dos líderes de todas as pesquisas e projetos em desenvolvimento. E já pediram.

Florence pegou o tablet, clicou algumas vezes e então me entregou. Havia uma lista e meu nome estava nela.

Quando ergui os olhos, Florence tinha os lábios apertados. Não identifiquei nenhuma emoção em sua voz quando ela disse:

– Eli Killgore vai fazer algumas dessas entrevistas.

5

UMA GRANDE ACUSAÇÃO

Rue

Cheguei bem na hora em que Arjun estava saindo da sala de conferências – ele era o supervisor de outra equipe e eu queria desesperadamente que fosse o meu, substituindo Matt. Ele se aproximou com um sorriso e se abaixou para dizer no meu ouvido:
– Estava nervoso pra cacete de entrar lá, mas eles são tranquilos.
– *Eles* quem?
– Esqueci os nomes, para falar a verdade. Dois dos caras.
Sessenta e seis por cento de chance de ser Eli, então.
– Eles são acessíveis – continuou Arjun. – Eu tinha certeza de que iam ficar procurando motivos para dizer que nossos cargos são desnecessários, mas eles pareciam genuinamente interessados na ciência. Fizeram muitas perguntas.
– Sobre o quê?
– Sobre o meu trabalho com aumento de escala. Reclamei de toda aquela saga do pH que tivemos no último trimestre. A etapa inicial da hidrólise. Eles se solidarizaram com a minha dor.

– Eles entendem de hidrólise?

Eu sabia que a pergunta soava arrogante, mas não conseguia imaginar uma pessoa normal com esse tipo de conhecimento. Por outro lado, eu mal falava com seres humanos além da Tisha, então como eu ia saber?

– Pois é. Comecei explicando de um jeito mais leigo, mas eles logo entenderam. Devem ter alguma experiência com química, porque sabiam do que estavam falando. Talvez...

– Você é a Dra. Siebert?

Olhei por cima do ombro de Arjun para a pessoa esperando na entrada na sala de conferências.

– Sim, sou eu.

– Meu nome é Sul Jensen. Pode entrar.

Era um homem atarracado, de formato quadrado, que parecia ter sorrido pela última vez no início do século XXI. Não era exatamente grosseiro, mas de rosto impassível e sem qualquer interesse em trocar gentilezas. A primeira impressão que tive dele provavelmente foi bastante parecida com a que as pessoas têm de *mim* – com a diferença de que homens sisudos costumam ser vistos como profissionais exemplares, enquanto mulheres sisudas são consideradas megeras arrogantes.

Enfim.

A frieza de Sul Jensen combinava perfeitamente com a minha inabilidade de fingir extroversão. Ele fez um gesto para que eu entrasse, os movimentos meio bruscos, quase robóticos, e eu o segui, me preparando para o impacto.

Encontrar Eli Killgore lá dentro não me surpreendeu, não tanto quanto o solavanco e o calor no corpo. Ele usava uma calça jeans preta e uma camisa de botão, as mangas dobradas até os cotovelos e, vendo-o de perto naquele momento, eu não conseguia conciliar as coisas – como ele podia ao mesmo tempo ser o cara que conheci na noite anterior e alguém completamente diferente; o ar de elegância desgrenhada com que folheava papéis quando, algumas horas antes, eu o considerara rude o suficiente para machucar e tirar sangue.

Os óculos sem dúvida eram interessantes. Seu rosto já era complexo, uma combinação dissonante de desarmonia e requinte e, com aquela moldura, de repente parecia haver elementos demais para analisar. Mas havia algo indiscutivelmente magnético nele, algo que me atraía. O fato de estar atento demais aos papéis para olhar para mim soou como um ato temporário de clemência.

– Quer sentar?

Sul fechou a porta e apontou para a cadeira mais próxima, como se fosse a casa *dele*, e não a sala de conferências onde eu e Tisha fazíamos nosso clube de revistas e bebíamos cerveja todo mês. Senti uma pontada de ressentimento no fundo do estômago.

– Não, obrigada – respondi, e Eli... deve ter reconhecido a minha voz.

Ele esticou o pescoço e se virou instantaneamente para mim, os olhos arregalados atrás das lentes.

Eu estava pronta para isso. Encarei-o e observei o choque mudar sua expressão, saboreei a confusão em seus lábios entreabertos.

É. Foi exatamente assim que me senti quando vi você lá *no palco*.

Eu me virei para Sul, sem pressa.

– Florence disse que vocês queriam conversar com todos os líderes de equipe, mas provavelmente eu não devia estar nessa lista. Meu cargo não é tradicional. Passo vinte por cento do tempo, um dia por semana, trabalhando para Matt Sanders na área de conformidade regulatória.

– Rue? – chamou Eli.

Sul olhou para ele, confuso, mas eu continuei falando:

– No resto do tempo, conduzo meu próprio projeto, que não tem relação com a tecnologia do biocombustível.

– Rue.

– Tenho a ajuda de alguns técnicos de laboratório, mas, tirando isso, sou líder de equipe apenas no título...

– *Rue*.

A voz de Eli atravessou o cômodo, interrompendo minha linha de raciocínio, e tive que me virar. Ele me encarava, e em sua expressão havia descrença e um milhão de outras coisas.

– Sim?

Minha voz saiu quase doce e Eli pareceu tão surpreso com isso quanto eu. Não olhou nem por um segundo para Sul. Tirou os óculos devagar, como se talvez me tivesse conjurado com o auxílio deles. O som da armação batendo na mesa reverberou nos meus ossos, assim como as palavras calmas de Eli:

– Poderia nos deixar a sós, Sul?

Sul olhou para mim e para ele, tentado a protestar, mas, depois de alguns segundos, saiu da sala com a mesma rigidez com que entrara, fazendo questão de deixar a porta bem aberta.

A sala mergulhou em um silêncio longo e desconfortável que só terminou quando Eli pronunciou meu nome mais uma vez:

– Rue.

Não foi "O que você está fazendo aqui?". Nem "Por que você não me disse nada?". Ou "Você sabia alguma coisa sobre isso?". Ainda bem, já que teriam sido perguntas idiotas e nenhum de nós gostava disso.

– Você parece menos surpresa em me ver do que eu estou em ver você.

– Eu tive a vantagem de estar no meio da multidão – expliquei.

Ele assentiu devagar. Estava se recuperando ou talvez só enrolando enquanto me observava com olhos ávidos e calculistas. Para absorver como eu era sob a luz desse novo dia.

Eu duvidava que essa luz me favorecesse.

– Rue Siebert – disse ele, parecendo mais controlado. Depois repetiu, com o tom de voz de alguém que encontrara a resposta em um jogo de palavras cruzadas: – Dra. Rue Siebert.

Em algum lugar na cabeça dele, ou no mínimo em seu celular, aquele homem tinha uma lista das minhas preferências sexuais. Sabia que eu não gostava de penetração, mas não me incomodava em ser amarrada. Que não tinha interesse em ménages nem masoquismo, mas estava aberta a usar brinquedos.

Eu me recusava a sentir vergonha das coisas de que gostava, mas ainda assim era desconcertante. Era como ser aberta e exposta.

– Você sabia quem eu era quando me mandou mensagem no aplicativo? – indagou ele.

Eu adoraria poder zombar ou considerar a pergunta uma paranoia gigantesca da parte dele, mas eu tinha pensado a mesma coisa de início.

Isso não pode ser coincidência.

Só que podia, sim. Tinha que ser, porque fui *eu* que mandei mensagem para ele. *Eu* tinha decidido não revelar meu verdadeiro nome. *Eu* tinha dado meu celular para ele. Aquilo realmente punha por água abaixo todas as teorias da conspiração que minha cabeça quisera criar.

– Não. Eu nem sabia que a Harkness existia até hoje de manhã. E eu não...
– Hesitei. – Não pesquisei seu nome completo. Nem mesmo ontem à noite.
Parecera errado pesquisar, já que ele não sabia o meu. Além do mais, eu não estava acostumada a isso. A querer saber *coisas* sobre um homem.
– Certo – murmurou ele, passando a mão pelo cabelo, sem deixá-lo mais desarrumado. Claramente, já tinha alcançado o nível máximo. – Eu também não sabia – disse Eli, obviamente consciente de que eu também tinha pensado nisso, por mais ridículo que fosse.
Se Eli quisesse fazer algum tipo de espionagem industrial, eu teria sido uma péssima escolha. Era completamente irrelevante no grande esquema da Kline.
Ainda assim, ali estava ele. Olhando para mim como se nada mais existisse no mundo.
– Está tudo bem. Não tem problema.
Ele fez um gesto e percebi que o número que eu escrevera na palma de sua mão ainda estava lá. Só uma sombra apagada e ilegível, como se ele tivesse lavado as mãos várias vezes nesse meio-tempo, mas evitado de propósito esfregar muito forte e apagar tudo.
– Não muda nada – acrescentou ele.
– Nada?
– Entre nós.
Ele sorriu. Aquele sorriso arrebatador de "cara legal adulto cercado de amor e confiança e certeza do próprio valor".
– Vou falar com o RH, mas não acho que haja qualquer conflito de interesses. Nós...
Ele parou, então inclinei a cabeça e dei um passo em sua direção, entrando em um novo campo gravitacional. O que me fez enviar a mensagem não foi o corpo dele, mas não dava para negar que era bonito. Largo. Bíceps fortes. Parecia mais um atleta profissional do que alguém com um trabalho que consistia em ficar sentado atrás de uma mesa.
– Nós...? – questionei.
Ele olhou para mim, os cílios tremulando.
– Você pareceu interessada em *nós* ontem à noite.
– Eu estava interessada. – Mordi a bochecha. – Mas ontem à noite eu não tinha ideia de que você estava tentando roubar a empresa onde eu trabalho.

De repente, a temperatura da sala caiu. Surgiu uma tensão, uma hostilidade instantânea.

Eli travou o maxilar e deu um passo à frente. Tinha uma expressão de divertimento, mas os músculos se retesaram.

– Roubar a empresa – repetiu ele, assentindo, com uma expressão deliberadamente pensativa. – Essa é uma grande acusação.

– Se a carapuça serve.

– Não parece servir muito bem, não. – Ele me encarou. – A Harkness invadiu o prédio usando máscaras de esqui? Porque é *isso* que ladrões fazem.

Não respondi.

– Tomamos a propriedade de alguém sem oferecer nenhuma compensação? Obtivemos alguma coisa por meio de tramoias? – Ele deu de ombros. – Acho que não. Mas, se você suspeita de alguma infração, por favor... Pode nos denunciar para diversas autoridades.

Sempre me considerei uma pessoa racional, e racionalmente eu sabia que ele estava certo. Ainda assim, a participação de Eli na Harkness parecia uma traição pessoal. Mesmo que só tivéssemos passado uma hora juntos. Talvez o problema fosse que eu tinha contado a ele sobre Vince, compartilhado mais do que deveria, porque... porque eu tinha gostado dele. Eu tinha *gostado* de Eli, e essa era a questão. Agora que finalmente admitira isso para mim mesma, poderia deixar para lá. Poderia deixar *ele* para lá.

Que libertador.

– Não roubamos nada, Rue – disse ele em voz baixa. – O que fizemos foi comprar um financiamento. E agora estamos nos certificando de que esse investimento vai compensar. É só isso.

– Entendi. Então me conta: é normal que os maiores executivos de uma empresa de capital aberto vão até o local para entrevistar funcionários?

– Você é especialista em direito financeiro, Dra. Siebert?

– Parece que você já sabe a resposta para essa pergunta.

– Assim como você.

Nós nos encaramos sem falar nada. Quando eu não aguentei mais, assenti em silêncio e me virei para...

Ele segurou meu pulso e eu odiei, *odiei* a onda de eletricidade que percorreu meus nervos por causa daquele contato. Mais ainda, odiei que ele tivesse me soltado tão rápido, como se também tivesse sentido aquilo.

O que eu sentia já era ruim o suficiente. Pensar que Eli estava experimentando o mesmo era a receita para o desastre.

– Rue. Precisamos conversar – disse ele com sinceridade, sem pretensão ou hostilidade. – Fora daqui.

– Conversar sobre o quê?

– Sobre o que aconteceu ontem à noite.

– Nós nem demos as mãos. Não tem muito sobre o que falar.

– Fala sério, Rue, você sabe que nós...

– Eli?

Nós dois nos viramos. Conor Harkness estava com meio corpo para dentro da sala, as palmas das mãos no batente da porta, nos observando como um tubarão farejando sangue a quilômetros de distância. Seu olhar estava focado na nossa proximidade.

– Só um momento – respondeu Eli.

– Preciso de você no...

– *Só um momento* – repetiu ele, impaciente.

Conor Harkness arqueou a sobrancelha e hesitou por um milésimo de segundo, então foi embora, e eu também me recompus.

Eu me afastei de Eli, observando seu rosto sério, seus lindos olhos azuis, a tensão em seu maxilar. Alguém precisava dar logo um jeito naquela situação. Eu. *Eu* tinha que dar um jeito, porque ele não ia conseguir.

– Rue, espere. Nós podemos...

– Meu celular. – Me virei para ele da porta. – Você ainda tem?

Ele assentiu. Com vigor. Esperança.

– Talvez seja melhor apagar.

Eli baixou a cabeça e soltou uma risada sem som. Eu saí da sala sem saber muito bem onde terminava a decepção dele e começava a minha.

6

SEU CÉREBRO NÃO PRECISAVA DAQUELE ATALHO

Eli

Depois da cena que Hark presenciara mais cedo, a primeira pergunta que Eli ouviu ao entrar na casa dele em Old Enfield não foi nenhuma surpresa:

– Que porra está rolando com aquela garota?

– Mulher – corrigiu Minami, distraída.

Ela estava sentada no sofá de Hark, com os pés no colo de Sul, apertando freneticamente os botões no controle do PlayStation. Eli olhou para a tela, curioso para saber quem ela estava matando.

Para seu espanto, parecia ser um jogo de decoração de bolos.

– Tudo bem. Claro. – Hark revirou os olhos. – Que porra está rolando com aquela *mulher*?

Eli entrou na cozinha, que estava impecável de um jeito que apenas superfícies de aço nunca usadas podiam ficar. Pegou uma garrafa de cerveja importada de Hark e voltou para a sala.

– Só pra saber: se minha resposta for "Que mulher?", o que...

– Eu vou perder todo meu respeito por você.

— Acho que consigo lidar com isso.

Ele se sentou ao lado de Hark com um sorrisinho debochado. Era assim que eles agiam quando estavam todos reunidos em Austin – algo cada vez menos comum depois da expansão da Harkness. Minami e Sul em um dos lados do sofá, tão apaixonados que chegava a dar náuseas, e Eli e Hark do outro lado... *Também apaixonados a ponto de dar náuseas, mas de um jeito mais másculo e resmungão*, dissera Minami certa vez. Provavelmente estava certa.

— O nome dela é Dra. Rue Siebert – contou Sul.

Eli ergueu uma sobrancelha.

— Cara, você fala no máximo cinquenta palavras por dia, vai usar sete delas pra me sacanear?

Sul sorriu, satisfeito por ter feito um bom trabalho, e voltou a massagear os pés de Minami como o bom traidor que era.

— E o que está rolando com Rue Siebert, Eli? – perguntou Hark, com o tom impaciente de quem queria uma resposta dez minutos antes.

Eli não viu motivo para lhe dar uma.

— Demos match em um aplicativo. E nos encontramos ontem à noite.

Minami pausou o jogo com tanta força que talvez fosse precisar de uma radiografia do dedo.

— Para...?

— Transar.

— Eu já sabia disso, na verdade. Só queria ouvir de você.

— Meu Deus, Eli. Quer dizer que você trepou com ela? – perguntou Hark, e Minami deu uma risada.

— É bom saber que mesmo depois de quinze anos nos Estados Unidos, Hark continua sendo um autêntico irlandês.

— Cale a boca, Minami.

Eli reprimiu um sorriso.

— Ninguém *trepou* com ninguém, porque ela estava tendo uma noite difícil. Mas...

Eu queria.

Não parei de pensar nela nas últimas 24 horas.

Estou distraído, irritável e com tesão, e queria ter mandado mensagem para ela assim que acordei. Decidi que era melhor esperar, já que o celular dela parecia ter pifado e talvez ela precisasse arranjar outro, mas, porra, eu não devia ter hesitado.

Eli não se lembrava de já ter repassado tanto uma interação com uma mulher. E ele já estivera noivo.

– Mas?

– Não tem nenhum "mas", na verdade. Ela está puta porque acha que estamos tentando tomar a Kline.

Minami teve um sobressalto e levou a mão ao pescoço.

– Nós? *Imagina!*

Dessa vez, Eli não conseguiu evitar o sorriso. Até que Hark perguntou, bem direto:

– Ela vai ser uma distração?

– Não sei. – Eli se inclinou para a frente, os cotovelos nos joelhos, e encarou Hark com uma expressão desafiadora. – Eu *alguma vez* já me distraí, Hark?

Hark estreitou os olhos. Uma tensão se instalou entre os dois... e então todo mundo caiu na risada. Até os ombros de Sul sacudiram em silêncio.

– *Acabei* de lembrar! – Minami bateu as mãos. – E aquela vez que Eli caiu no sono enquanto estava *andando de bicicleta*?

– E o acordo com a Semper? – comentou Hark, como se Eli não estivesse presente. – Ele ficou tão envolvido que se esqueceu de buscar Maya no acampamento. Belo jeito de traumatizá-la, seu babaca.

– O caso da bicicleta foi às três da manhã, depois de 48 horas fazendo um experimento, e todos nós sabemos que noventa por cento dos traumas de Maya vêm de antes de me conhecer.

Ele tomou mais um gole da cerveja. Depois, mirando em Minami, falou com a voz meio arrastada:

– Além disso, se formos lembrar de contratempos na direção de veículos, vamos discutir sobre o festival em Missouri, onde você foi acusada de dirigir bêbada no carrinho bate-bate.

– A acusação foi retirada no tribunal!

– Ou então... – Eli apontou o dedo para Hark – aquela vez que *alguém* mandou um e-mail para todos os funcionários da Harkness sobre seguro de responsabilidade civil *púbica*.

– Constrangedor – admitiu Hark. – Mas não tem nada a ver com direção.

– Ou então... – Eli se voltou para Sul – o cara que esqueceu os próprios votos no meio da cerimônia de casamento.

– Eu gostaria de ficar de fora dessa narrativa – pediu Sul.

– Então lide aí com a sua mulher. Se é que esse casamento foi *legalizado*.

– Ah, foi, sim – afirmou Minami, sorrindo e fazendo carinho no rosto de Sul com os dedos do pé sob a meia.

Algumas pessoas talvez evitassem esse tipo de troca de carinhos na casa do ex, mas Hark já tinha dito a Minami muitas e muitas vezes que não se importava. Só Eli sabia quanto isso era mentira.

O silêncio se instalou, confortável, familiar, resultado de anos passados juntos no mesmo cômodo, incansáveis e teimosos, sempre em busca do mesmo objetivo.

– Hoje deu tudo certo – disse Hark, enfim. – Não do jeito que imaginei que seria.

– Como assim? – perguntou Eli.

Ele deu de ombros, o que significava que ele *sabia*, mas ainda não estava pronto para definir em palavras.

Logo, logo estaria. Hark, o mais raivoso de todos eles, o mais propenso a deixar sua fúria se transformar em algo afiado, focado. Nove anos antes, Eli estava mergulhado em dívida estudantil e falhando miseravelmente em tomar conta de uma adolescente, enquanto Minami estava mergulhada em outra coisa, uma coisa que por vezes a impedia de se levantar da cama e escovar os dentes de manhã. Fora Hark quem os tirara do fundo do poço, que recorrera ao pai que desprezava e pediu – *implorou* – o investimento para começar a empresa.

– É assim que vamos ficar quites – insistira ele, e estava certo.

– Devíamos batizar a empresa de Harkness – dissera Eli uma semana antes de assinarem os papéis.

Estava sentado a uma mesa lotada com os deveres de casa da irmã, se perguntando por que ela conseguia resolver cálculos matemáticos de nível universitário, mas não era capaz de soletrar "bruschetta" de jeito nenhum. E o que ele deveria fazer a respeito.

– É um nome de merda – resmungara Hark.

– Não é. É só o nome do seu pai – dissera Minami, mas com um tom suave. – Acho que tem bem a impressão de vilão sofisticado que estamos buscando. Além do mais, qual seria a outra opção? *Killgore*? Meio direto demais.

Eli mostrara o dedo do meio para ela. Quase uma década depois e ali estavam eles: ainda mandando o dedo um para o outro diariamente.

– A Dra. Florence Kline – disse Hark, como se aquelas palavras deixassem um gosto ruim em sua boca. – Algum de vocês já conversou com ela? Em particular?

– Sul falou, para tratar de detalhes logísticos. E os advogados, claro – respondeu Minami.

– Você e Eli não?

Ela balançou a cabeça. Então, depois de um momento, disse:

– Ela me mandou um e-mail.

– E aí?

– Só perguntando se poderíamos conversar. Em particular. E fora da Kline. – Minami apertou os lábios. – Aposto que está achando que eu sou o elo mais fraco.

– Ela nunca viu você abrir um pote de picles – murmurou Eli, e Minami sorriu.

– Não é? É meio engraçado, já que eu sou a mais propensa a jogar alguém na frente de um caminhão.

– Você respondeu? – indagou Hark.

– Não. Preferiria beber ácido de bateria, muito obrigada. Por quê? Você acha que eu deveria?

Hark olhou para Eli.

– Acha que dá para tirar algum benefício de uma conversa a sós entre as duas?

Eli considerou a ideia.

– Talvez no futuro. Por enquanto, deixe Florence sofrer um pouquinho.

Minami assentiu.

– Ela está bem surtada, dá para ver. Apesar do papo furado do discurso de hoje, deve estar escondendo alguma coisa.

– Eu aprecio que ela esteja tentando criar um ambiente colaborativo – disse Eli, irônico, o que fez Minami dar uma meia risada de desdém e Sul soltar um grunhido de deboche.

– Sabe o que isso significa, não é? – indagou Hark. – Se ela estiver escondendo alguma merda, não é só da gente, mas também do conselho. E ela tem certeza de que não vamos descobrir.

– Tudo bem. – Eli bebeu o restante da cerveja. – Não me importo de provar que ela está errada.

A tecnologia do combustível já era praticamente deles. Era a única coisa que importava.

– Amanhã vou me reunir com a equipe de pesquisa e desenvolvimento – contou Hark. – Assegurar que eles não vão ser atingidos no fogo cruzado.

– É. Não são eles que precisam se preocupar. – Eli se levantou para ir embora. – Tenho que ir buscar o Mini. Vejo vocês...

– Espere aí – interrompeu Minami, os olhos no celular. – Sobre Rue Siebert...

Eli parou.

Era um problema saber o nome dela. Tornava muito mais fácil invocar sua imagem. Seu cérebro não precisava daquele atalho.

– Já não encerramos esse assunto?

– Bem, eu a pesquisei no Google. Só para saber qual é seu tipo hoje em dia.

Eli suspirou.

– Pelo visto, ela foi atleta na faculdade, igual a você, o que é interessante. Porém, mais interessante ainda é essa matéria fofinha do *Austin Chronicle* que apareceu aqui.

Ela estendeu o celular e ele leu o título em voz alta:

– "Mentora da indústria oferece novas oportunidades para mulheres nas áreas das ciências, que..." É sobre Florence?

– É. Parece que ela virou uma defensora dos oprimidos. – Minami soltou um riso de deboche. – Rue Siebert e Tisha Fuli foram contratadas há um ano. Não encontrei as redes sociais da sua namorada, mas encontrei as de Tisha, que, aliás, é *incrível*. Formada com honras em Harvard, bolsas de estudo, prêmios. Ela é bem fodona e, a julgar pela conta do Instagram, ela e Rue são melhores amigas. Olha esse #tbt das duas. Não devem ter mais do que 10 anos nessa foto.

Eli olhou. Rue era angulosa e desengonçada, olhos e boca grandes demais para o rosto, e estava de mãos dadas com a amiga, patinando lado a lado em uma pista de gelo. O contraste com a adulta que ela tinha se tornado, alta, forte e *gostosa*, fez Eli se inclinar para analisar melhor, mas Minami já tinha recolhido o celular.

– Aliás, adorei a bio de Tisha: "Não, não estou procurando um *sugar daddy* e você não é o Keanu Reeves, então pare de me mandar DM." Talvez eu roube essa ideia. Enfim, de qualquer forma, *isso aqui* é a grande notícia.

Dessa vez, ela entregou o celular na mão dele. Era a foto de três mulheres abraçadas diante de um muro de tijolos coloridos. A ruiva no meio era bem mais baixa, um pouco mais velha e bastante familiar.

> Já que minha irmã caçula @nyotafuli AINDA não me seguiu de volta, foi oficialmente substituída por Florence Kline.
> Melhor amiga, melhor chefe e, agora, melhor irmã de todas.
> Te amo, feliz aniversário!

Ele olhou de novo para a foto. Os sorrisos de Tisha e de Florence eram abertos, gigantes, luminosos. O de Rue era mais discreto, de boca fechada, como se ela precisasse se conter. Foi difícil desviar a atenção do rosto dela.

– Entendi.

E entendia mesmo. Era evidente que havia uma relação pessoal ali. As palavras de Rue de mais cedo, sua hostilidade, de repente fizeram muito mais sentido.

O que será que ela sabia? O que Florence Kline teria contado sobre a Harkness? Sobre *Eli*?

– E tem mais. Adivinha só onde sua futura esposa cursou o doutorado? – disse Minami.

– Não diga que fez engenharia na Universidade do Texas, por favor.

– Está bem. Não vou dizer.

– Bom, que merda.

Eli se virou para Hark e os dois trocaram um olhar desconfortável.

– Tisha e Rue parecem ser mais próximas de Florence do que a maioria das outras pessoas da Kline – continuou Minami. – A gente deveria ficar de olho nelas. Ver se sabem de alguma coisa.

Eli pressionou a ponte do nariz entre os dedos.

– Deixa eu adivinhar. "A gente" significa "eu"?

– Você já a conhece. É só uma sugestão…

– Pelo que vi mais cedo, não sei se isso é bem uma vantagem – opinou Hark.

Minami sorriu de um jeito curioso, misterioso.

– Por que você não passa no laboratório dela amanhã, Eli? Dá uma olhada no que ela está trabalhando. Bisbilhote um pouco.

Eli soltou um "merda" bem baixinho.

– Isso é alguma tentativa imbecil de bancar o cupido?

– Quem? Eu? – Ela levou a mão ao peito. – Jamais.

– Minami, o trabalho dela não tem nada a ver com biocombustíveis. Ela é mais do que irrelevante.

– O que temos a perder?

Eli abriu a boca para protestar... mas então a fechou ao perceber como sua resposta soaria doida. Não poderia dizer aquilo em voz alta, mas sentia que *já* tinha perdido alguma coisa... ou pelo menos a possibilidade de alguma coisa. Sentia que precisava se afastar de Rue. Era bobagem, pois *estavam* distantes, a quilômetros um do outro, em ruas paralelas, e ficar se intrometendo na vida dela não ia aproximá-los.

– Você é *tão* generosa com o meu tempo.

– Em dois dias ela vai estar dormindo com você para conseguir informação – murmurou Hark.

A mão de Eli, que buscava as chaves do carro no bolso, deu uma tremida.

– Coitadinho do Eli – brincou Minami, sorrindo. – Ficou superchateado com essa possibilidade. Que sacrifício.

Eli mostrou o dedo do meio para todos eles sem muito entusiasmo, então foi para casa, conformado. Minami sempre achava que sabia das coisas. Infelizmente, em geral ela sabia mesmo.

Quando ele entrou na cozinha, Maya estava sentada à bancada e encarava o tablet com o rosto franzido; não sabia se ela estava lendo um artigo sobre física ou uma fanfiction no Wattpad. Ela era *bem* eclética.

– Fiz o jantar – disse ela, distraída. – Está com fome?

Ele jogou as chaves sobre a bancada e inclinou a cabeça para o lado, cético.

– Você *fez* o jantar?

Ela o encarou.

– Pedi comida chinesa com o seu dinheiro, depois coloquei nos pratos de papel que eu comprei, também com seu dinheiro, porque estou de saco cheio de encher e esvaziar a lava-louça. Você quer?

Ele assentiu e sorriu de leve enquanto ela servia arroz e frango. Eli observou a mesa, onde ela tinha feito um movimento no jogo de xadrez que os dois mantinham em curso. Fez uma anotação mental para examinar o jogo depois e aceitou o prato.

A casa onde eles tinham sido criados fora tomada pelo banco uma década antes, mas Eli comprara aquela ali havia cerca de seis anos, depois que a Harkness decolara. Depois que conseguira pagar sua dívida considerável. Depois que se tornara financeiramente estável o suficiente para pagar por qualquer faculdade que Maya escolhesse cursar. Naquela época, tinha considerado Allandale uma boa vizinhança onde se instalar, com seus parques bem cuidados, ambiente silencioso e boa comida. Ele e McKenzie vinham falando sobre casamento, talvez sem muito entusiasmo, mas com regularidade, o que o fizera pensar que ia mesmo acontecer em algum momento. Eles iam morar ali e... contratar um fotógrafo para fazer imagens bucólicas da família, discutir sobre o termostato, cozinhar toda noite. Essas coisas que pessoas felizes e sensatas faziam. Iam absorver a paz daquele lugar, já que o relacionamento dos dois era baseado em calma, harmonia e um tanto de contenção.

Mas ali estava ele, morando com a irmã. A irmã, que costumava acusá-lo de crimes contra a humanidade e que aos 18 anos mal podia esperar para se livrar dele, tinha decidido "voltar para casa" para cursar o mestrado, seus ímãs com palavras que formavam poemas colados na geladeira, e o cheiro doce de suas velas abafando a noite já bastante quente. E McKenzie... Antes daquele dia, Eli não lembrava qual tinha sido a última vez que pensara nela.

Isso já dizia muita coisa.

– Cadê o Mini? – perguntou ele.

– Não sei. *Mini?*

Ao ser chamado, Mini veio desembestado pela portinhola e jogou todos os seus 80 quilos de alegria vira-lata em cima de Eli, que também estava feliz em vê-lo. Maya revirou os olhos.

– Ele estava muito ocupado esperando seu grande e verdadeiro amor voltar das trincheiras da guerra. Eu acabei de passear com ele, aliás. Ingrato. Como foi o trabalho?

Eli apenas soltou um resmungo e coçou com vontade atrás das orelhas de Mini, exatamente do jeito que ele gostava. A recompensa foi o gesto mais próximo de um sorriso que um cachorro conseguia fazer.

– Como foi a aula?

Ela resmungou do mesmo jeito e os dois trocaram um olhar divertido.

Olhe só para nós. Não é que somos parentes?

– Você encontrou Hark hoje?

O tom de voz de Maya era a personificação do desinteresse casual. Eli reprimiu uma risadinha e se sentou no banco alto ao lado dela.

– Como ele está?

– Ainda velho demais pra você.

– Eu acho que ele é a fim de mim.

– Eu acho que isso é crime.

– Já não é há algum tempo, porque eu tenho quase 22 anos.

Mini soltou um ganido aos pés de Eli, como se concordasse. Traidor.

– Sim. Bom argumento. Até você lembrar que quando *Hark* tinha 22 anos, você ainda nem tinha controle completo do seu intestino.

Ela olhou para ele, perplexa.

– Você acha que crianças de 9 anos usam fraldas?

Sim. Não? Como *ele* ia saber? Mal prestara atenção em Maya antes de ela ser jogada à força na vida dele.

– Parece uma pergunta capciosa e não pretendo responder.

– Meio puritano da *sua* parte, alguém cujo histórico on-line consiste basicamente em mapas de trilha, jogo de paciência e aplicativos de sexo.

Ele ergueu a sobrancelha.

– Hark também não gosta de compromisso.

– Tudo bem. Não quero me casar com ele. Só quero...

– Não diga.

– ... usar seu belo corpo de ex-remador.

– Porra, ela falou – murmurou ele. – Pode, por favor, não plantar na minha cabeça imagens que algum terapeuta vai me obrigar a reencenar com bonecos, em uns cinco anos?

– Mas é *tão* divertido.

– Olha, legalmente, você é livre para participar de orgias com gente que tem o quádruplo da sua idade, mas...

– "Mas não espere que eu vá ajudar com isso", eu sei, eu sei. – Ela suspirou. – E como foi o encontro ontem à noite?

– Foi... – Meu Deus, foi tão complicado que a única coisa que ele conseguiu pensar em dizer foi: – bom.

Porque era verdade. Estar com Rue, mesmo que apenas conversando, tinha sido bom. Isso não era uma pena do caralho?

– Vai se encontrar com ela de novo?

Ele pensou no dia seguinte.

– Talvez.

Eli baixou a cabeça para se concentrar na comida, depois no relato de Maya sobre a aula de física computacional, depois nos roncos suaves de Mini a seus pés. E disse a si mesmo que, se não ia poder evitar Rue Siebert, precisava pelo menos tentar pensar um pouco menos nela.

7

NÃO É UMA CONDIÇÃO PARA NADA

Rue

Refeições sempre foram complicadas para mim, mas a pior era o café da manhã dos dias em que planejava passar muitas horas no laboratório. Eu não podia deixar de comer, não se quisesse evitar a sensação de desmaio por volta de meio-dia. Por outro lado, esses dias costumavam começar bem cedo, o que significava um enorme risco de não conseguir acordar na hora. O que significava que não havia tempo hábil para me sentar e comer com calma.

O que significava um enorme tormento.

Uma pessoa normal compraria um lanchinho qualquer ou levaria um sanduíche. Mas eu não era normal, não no que dizia respeito a comida: comer muito rápido, de pé, andando, tudo isso me dava gatilhos para algumas de minhas ansiedades mais profundas. E eu com certeza preferia ficar com fome a passar por *isso*.

Eu precisava de tempo e silêncio para comer. Precisava olhar bem para minha refeição e saber, *sentir*, que havia mais comida esperando por mim depois que eu engolisse o pedaço em minha boca. Eram questões profundas, cheias de camadas e impossíveis de explicar para alguém que não tivesse passado a infância escondendo bolinhos com a validade vencida em compartimentos secretos, que não tivesse descoberto a existência de produtos frescos só na adolescência, que não tivesse brigado com um irmão pelo último biscoito mofado.

Não que eu já tivesse tentado explicar para ninguém. Tisha já sabia, minha terapeuta arrancara a história de mim ao longo dos anos, e eu não imaginava qualquer outra pessoa se importando comigo o suficiente para querer ouvir. Afinal de contas, eu não vivia em situação de insegurança alimentar havia mais de dez anos e já devia ter superado essa merda.

Mas claramente não tinha superado.

Naquela manhã, fiz uma quantidade absurda de cagadas: acordei atrasada depois de uma noite de sono intermitente, deixei a água quente queimar minha pele por tempo demais, saí de casa sem a chave do carro e, por fim, encontrei Samantha, do setor de controle de qualidade, no estacionamento, e ela queria saber se, na minha opinião, como "favorita da Florence", nós em breve estaríamos todos morando debaixo da ponte como uma grande família feliz. Comer era a última coisa que passava pela minha cabeça e, quando entrei no laboratório que tinha reservado, eu estava doze minutos atrasada.

E *ele* estava lá.

Sentado em uma banqueta.

Com uma postura relaxada, como se estivesse esperando por mim.

Olhamos um para o outro de forma igualmente cautelosa. Ninguém se deu ao trabalho de falar "oi" nem, Deus me livre, "tudo bem?". Apenas nos encaramos, encaramos e *encaramos* naquele mortal silêncio matutino, até que os olhos dele começaram a passear pelo meu corpo, suas pupilas dilataram e minha pele começou a formigar.

Eu não me orgulhava do modo como me comportara no dia anterior – não porque ele não merecesse levar uma chamada pelo que a Harkness estava fazendo, fosse o que fosse, mas porque eu odiava perder o controle. O mundo já era um turbilhão constante e as minhas emoções eram a única coisa que eu conseguia controlar. Eli Killgore parecia o tipo de pessoa que ia adorar tirar até isso de mim.

– Por quê? – perguntei sem rodeios.

Já tínhamos passado da fase da diplomacia.

– Queria ouvir sobre a pesquisa que você faz.

A voz de Eli soou mais grave do que no dia anterior. Pelo visto, ele também não era de acordar cedo.

– Você combinou essa reunião com a Florence?

O maxilar dele ficou tenso.

– Não *eu*.

– Nesse caso...

– Mas o advogado combinou.

Foi a minha vez de ficar tensa.

– Estou prestes a começar um experimento que demanda monitoramento constante. Seu timing não foi muito bom.

– Qual é o experimento?

Mordi o lábio e imediatamente me arrependi quando os olhos dele obscureceram. Parecia perigoso, nós dois sozinhos na mesma sala. *De novo*.

– Criei um tipo de camada protetora para frutas e hortaliças. É uma substância invisível que coloco ao redor dos produtos. Depois, meço se ela aumenta a vida útil daquele produto sob diversas circunstâncias.

– Tipo quais?

– Hoje é umidade. Então não tenho certeza se...

– E a camada é feita de quê?

Aquilo não fazia sentido. Reprimi um suspiro.

– O principal ingrediente vem de carapaças, mas é combinado com ácido lático.

Os olhos de Eli brilhavam divertidos, claramente achando graça. De repente, me tornei a Rue que sempre tinha sido: desajeitada, perdida, incapaz de decifrar as nuances de uma interação social ou de compreender *que porra* as pessoas achavam tão engraçado no que eu tinha acabado de dizer. Certa de que o mundo inteiro tinha compreendido a piada e eu, mais uma vez, falhara em acompanhar. Sempre meio atrasada. Fora de sincronia.

Mais um resumo apurado da minha vida.

A questão era que o Eli que eu conheci na outra noite não tinha me causado essa sensação, nem uma vez. E foi por isso que naquele momento doeu tanto.

– Mais alguma coisa que você queira saber? – perguntei, fria.

– Sim. Como você vai testar a eficácia desse revestimento microbiano à base de quitosana e lactobacilos, Rue?

Fiquei paralisada pela surpresa. Como ele sabia...?

– Soluções salinas? – continuou ele, quando não respondi. – Sprays?

– Eu... Nós temos uma câmara de umidade.

Ele olhou ao redor com a expressão de alguém que sabia o que era uma câmara de umidade e não estava vendo nenhuma ali.

– Na sala ao lado. – Apontei para a porta meio escondida atrás do arquivo.

– Ah, sim. E quantas horas?

– Seis.

– E como você vai...

– Estou aqui, cheguei, cheguei, desculpa.

Jay abriu a porta do laboratório e entrou feito um raio. Seu moicano verde estava caído para o lado esquerdo, quase tocando a orelha.

– Desculpa, deu uma merda do *caralho*. Matt decidiu no meio da noite que seria superdivertido me matar e foder o meu cadáver, então pediu aquele relatório sobre alérgenos para antes das nove da manhã. Eu estava tentando terminar, não consegui, e agora aquele *filho da puta* vai...

Jay notou a presença de Eli e fechou a boca de repente, os dentes chegando a bater. Todo o espectro de emoções humanas atravessou o rosto dele: surpresa, vergonha, resignação, culpa, raiva e, por fim, desafio.

– Ele é um filho da puta. Mantenho o que eu disse.

Eli assentiu, como se não esperasse menos do que isso, e estendeu a mão.

– Sou Eli Killgore. Da Harkness.

– Jay Sousa. – Ele passou a língua pelo piercing do lábio. – Prazer em... hã, te conhecer?

– Jay vai me auxiliar hoje – anunciei. – A câmara de umidade é bem pequena, então, se você for continuar por aqui, talvez fique meio apertado.

Vá embora. Me deixe em paz. Vai ser melhor e você *também sabe disso.*

Eli olhou para Jay e para mim, sua expressão perspicaz.

– Quanto você gostaria de não ter seu cadáver violado, Jay?

– Hã. O normal?

– Imagino que você vai auxiliar aqui registrando os dados?

– Sim?

– Eu posso fazer isso. Por que não vai terminar seu relatório?

Jay se remexeu, meio desconfortável.

– E você consegue fazer isso?

– Está perguntando se consigo usar uma caneta?

Jay pensou por um momento.

– É, acho que você dá conta. Rue? Tudo bem por você? – perguntou ele, esperançoso.

Considerei minhas opções. Dizer não, deixar que Matt usasse Jay como saco de pancadas – provavelmente para descontar em um pobre inocente o fato de seu condomínio não lhe deixar colocar um gnomo no jardim ou qualquer merda parecida – e lidar com Eli depois. Dizer sim, deixar Jay entregar o relatório e resolver minhas questões com Eli de uma vez por todas.

– Tudo bem por mim – respondi. Sofrer agora para me poupar no futuro. Eu seria recompensada. – Volte quando terminar. Sem pressa.

Jay ergueu os olhos, fez o sinal da cruz, saiu como um raio, do mesmo jeito que tinha entrado, e me deixou pensando em por que Deus merecia sua gratidão se quem lhe salvara fora Eli. Quando voltamos a ficar sozinhos, me aproximei dele e cruzei os braços.

Não conseguia lembrar por que tinha decidido mandar mensagem logo para *ele*. Para evitar fotos de pau, xingamentos e pedidos para cheirar minha calcinha no lugar de um "oi", eu só usava aplicativos em que a mulher precisava dar o primeiro passo – por mais que ficasse à vontade em ambientes estritamente sexuais, eu queria dar permissão antes de alguém me mostrar o pau. Mas meus critérios de seleção eram bem aleatórios: homens na minha área, que tinham sido marcados como seguros por outras usuárias, e que estivessem dispostos a aceitar meus limites. A aparência sempre ficava meio em segundo plano, e eu já tinha transado de modo perfeitamente satisfatório com homens que não eram nada bonitos *e* com outros que até eram atraentes, mas não faziam bem o meu tipo.

Eli, no entanto, desafiava as categorizações. Havia algo de muito abrangente nele, algo físico, visceral e fervilhante que tinha um efeito quase químico sobre mim. Ele também cruzou os braços, e os músculos sob o tecido fino da camisa me fizeram pensar em estender a mão. Tocar. Traçar.

– Você pesou a mão nessa – falei, sem qualquer emoção.

– Pesei – concordou ele, então algo lhe ocorreu. – Você se sente insegura? Sozinha aqui comigo?

Pensei a respeito. Considerei mentir, mas desisti da ideia.

– Não.

– Então não vou chamá-lo de volta. – Ele relaxou os ombros. – Quais são os intervalos da medição?

Inclinei a cabeça para o lado e o observei, pensando novamente em seu papel ali na Kline. Eu me lembrei do número de Euler. *Você sabe a senha do celular desse cara, sua opinião sobre sexo anal e seu interesse em discutir fetiches, mas não tem a menor ideia de onde vem o conhecimento sobre engenharia de alimentos. Bom trabalho, Rue.*

– Por que não adivinha?

Ele curvou a boca de leve, indulgente.

– Não sou seu bichinho amestrado, Rue. Não faço movimentos sob o seu comando.

– Não. Você gosta do elemento-surpresa.

O silêncio dele pareceu uma concordância. Eli ficou encarando minha boca, até que perguntei:

– Qual é sua formação acadêmica?

– Isso é relevante para o que estamos fazendo aqui?

Passei a língua atrás dos dentes. Será que era? Eu *precisava* mesmo saber? Ou estava apenas curiosa, de modo injustificado e atípico, a respeito desse homem que eu já devia ter expulsado da minha vida e da minha mente?

– Vou coletar o crescimento microbiano a cada trinta minutos e registrar as condições da câmara a cada quinze, só para garantir.

Desviei os olhos daquele rosto complicado e vesti meu jaleco de laboratório, dando as costas para ele. Quando me virei de volta, ele me olhava com uma expressão faminta, como se eu fosse algo a ser devorado, como se eu estivesse tirando camadas de roupa, e não o contrário.

O jaleco de Jay era maior do que o meu, mas não grande o suficiente para Eli. Ele calçou as luvas de borracha com a desenvoltura que apenas alguém que visitava um laboratório diariamente – ou um assassino em série – deveria ter. Olhei para as mãos dele esticando o látex e pensei: *Isso é perigoso. Não devíamos estar juntos, eu e ele.*

– Quando eu tinha uns 18 ou 19 anos, trabalhei em um laboratório como assistente de pesquisa, e sem querer mexi nas configurações do tanque de nitrogênio líquido. Meu laboratório perdeu várias linhas celulares importantes que estavam armazenadas lá. Foi um erro idiota que atrasou a pesquisa deles em semanas. – Ele mordeu a parte interna da bochecha. – Todo mundo concluiu que tinha sido um defeito da máquina e, embora eu tenha me sentido muito culpado, nunca contei a verdade. No semestre seguinte, me mudei para outro laboratório.

Fiquei atônita.

– Por que está me contando isso?

A boca dele se curvou.

– Só confessando uma coisa horrível. Achei que fosse o nosso lance.

Eu me lembrei do carro. Minha confissão de que desejara que Vincent desaparecesse. Quanto ele tivera ciúmes da irmã. Então, inexplicavelmente, me peguei dizendo:

– Uma vez, esmaguei a cabeça de um rato por acidente enquanto colocava as barras auriculares. – Engoli em seco. – O pós-doutorando que estava me supervisionando disse que não era nada de mais, e eu fingi não ter me importado, mas não soube lidar com aquilo. Nunca mais trabalhei com animais em laboratório.

Ele não comentou nada, assim como no carro, nem demonstrou qualquer reação. Apenas nos encaramos sem decepção nem censura, duas pessoas horríveis com histórias péssimas, duas pessoas horríveis que talvez estivessem mais preocupadas em julgar a si mesmas do que uma à outra, até que não aguentei mais sustentar o olhar. Peguei rapidamente uma maçã e não reclamei quando ele me seguiu até a câmara de umidade.

– Quente aqui – reclamou ele. – Será que a vedação está quebrada? Posso dar uma olhada.

– É só um espaço pequeno. Com um motor que nunca para. Está pronto?

Liguei o temporizador antes que ele pudesse responder.

Era preciso admitir que ele era um bom assistente. Sabia como, onde e o que registrar, não ficou pedindo que eu repetisse e nenhuma vez pareceu entediado enquanto eu fazia as medições. Perguntou sobre a minha pesquisa, sobre a cultura da empresa, sobre meu trabalho antes de ir para a Kline, mas parecia saber instintivamente que não devia me perturbar quando eu estava coletando as amostras ou diluindo-as com uma solução-tampão.

Na maioria das vezes, eu respondia. Tinha certeza de que as intenções dele eram duvidosas, mas não via como ele poderia prejudicar Florence ao compartilhar aquele tipo de informação. O trabalho que fazíamos era importante. Florence era uma líder fantástica. Talvez fosse mesquinhez da minha parte, mas eu queria que Eli soubesse quanto a Kline tinha conquistado. O que a Harkness estava tentando fazer podia não ser ilegal, mas era *imoral*, e eu queria que ele se sentisse o vilão da história.

Mas ele não pareceu incomodado, apenas feliz em ouvir e fazer perguntas. Acima de tudo, parecia inteiramente à vontade ali. Como se o laboratório fosse o seu lugar.

– Quanto tempo faz? – perguntei, pegando uma nova pipeta.

– Menos de cinco minutos...

– Quis dizer, desde que você esteve em um laboratório.

Ele ergueu o olhar da prancheta, o rosto tão inexpressivo que só podia ser de propósito.

– Não contei.

– Não?

Contou, sim. Sabia os dias exatos. Eu tinha certeza.

– Por que você parou?

– Não lembro.

Estávamos a menos de 1 metro um do outro. Os olhos dele eram de um azul-claro predatório. Estava tão perto que eu quase podia *tocar* sua mentira.

– Você não se lembra por que decidiu que queria ser um gerente de fundos de cobertura em vez de cientista?

– Você não entende muito de capital privado, não é?

Segurei a pipeta com mais força.

– Já *você* entende bastante de engenharia de alimentos.

– E como isso deixa a nossa situação?

– Não acho que exista uma "nossa" situação.

Minha mão apertou ainda mais a pipeta, tanto que pressionei sem querer o botão ejetor e deixei cair a ponteira.

– Merda.

Ajoelhei, a cabeça abaixada no espaço apertado.

– Aqui – disse Eli.

Quando ergui os olhos, a ponteira estava na palma da mão dele. Quando olhei mais para cima, ele estava se abaixando na minha frente.

Bem perto.

O mais perto que já estivera desde aquela noite.

– Obrigada – respondi, sem estender a mão para pegar a ponteira.

Não tinha certeza se podia confiar em mim mesma.

Eli me encarava como se meu crânio fosse de vidro transparente e ele pudesse enxergar toda a confusão na minha cabeça. Pegou minha mão livre, a abriu com delicadeza e colocou a ponteira ali.

Então, também com delicadeza, porém ainda mais devagar, fechou os dedos dele ao redor dos meus.

Havia duas camadas de luvas entre a nossa pele. Eu mal podia sentir seu calor, mas sua pegada foi possessiva, ao mesmo tempo tomando e oferecendo. Meu coração estava saindo pela boca e o calor foi todo para as minhas bochechas.

– Você tem pensado nisso tanto quanto eu?

A voz de Eli soou baixa e rouca, áspera graças a algo que eu não ousava nomear, mas reconheceria em qualquer lugar.

– Não sei. Quanto *você* tem pensado nisso?

Ele soltou uma risada baixa.

– Muito.

– Então, sim. – Umedeci os lábios e depois quase implorei que ele não olhasse para minha boca *daquele jeito*. – Queria que tivesse alguma forma de parar com isso.

– Rue. – O pomo de adão dele se mexeu. – Eu acho que tem.

– Qual?

– Você sabe.

Eu sabia. Havia algo inacabado entre nós. O que tínhamos começado na outra noite continuava presente, em suspenso, pairando furiosamente entre nós. Dava para sentir nos ossos.

– Não é uma boa ideia.

– Não?

– Você é da Harkness. Eu sou da Kline.

– É, bem... – Ele soou meio autodepreciativo, como se não tivesse muito orgulho dos próprios sentimentos. – No momento, eu não dou a mínima para a Harkness. Nem para a Kline. Nem para nada a não ser...

Você. Isso aqui. Nós. Meu cérebro queria que ele pronunciasse essas palavras, e eu me odiava por isso.

– Acho que não gosto muito de você como pessoa. Com certeza não gosto do que está fazendo nem respeito suas ações.

Se ele ficou magoado, não demonstrou.

– Felizmente, isso não é uma condição para nada.

Ele estava certo e eu fechei os olhos, me imaginei dizendo sim. Imaginei o processo de tirar aquela *coisa* de dentro de mim, de eliminá-la do meu corpo. Como seria bom, a paz e a satisfação que eu sentiria depois. Imaginei ouvir o nome dele, ver seu rosto, e não ter aquela reação instantânea, incontrolável, incendiária.

Eu poderia fazer isso. Se eu transasse com ele, poderia parar de desejá-lo. Era o que sempre acontecia. Nada de repetições.

Mas...

– Florence não ia gostar.

Pela primeira vez, Eli pareceu genuinamente chateado.

– E isso é o que mais importa para você? A aprovação de Florence?

– A aprovação dela, não. O bem-estar.

Ele se afastou um pouco.

– Tudo bem.

Dessa vez, sua expressão foi de decepção, talvez comigo, mas ele manteve o tom de voz casual. A discrepância entre as duas reações foi atordoante enquanto ele apertava meus dedos uma última vez.

– Então talvez você devesse saber que...

Ele não terminou a frase. Porque a porta se abriu sem aviso e, quando olhamos, Florence e Jay estavam ali.

8

COMO COMEÇAR UM NOVO LIVRO ANTES DE TERMINAR O QUE JÁ PEGOU NA BIBLIOTECA

Rue

– Não foi como você está pensando – falei naquela noite enquanto espetava uma vagem e a colocava tão bruscamente na beira do prato que o barulho ecoou pela sala.

Eu sempre aguardava ansiosamente pelos jantares mensais com Florence e Tisha, porque eram divertidos e também acomodavam meus vários transtornos no que dizia respeito a comida e interações sociais.

Só que naquela noite eu não estava me divertindo muito.

– Não foi nada, na verdade.

Mantive o tom de voz equilibrado, para não soar como uma criança de 5 anos que molhou o colchão depois de garantir para a mãe que não precisava ir ao banheiro antes de dormir.

– O que eu ouvi foi... – Tisha acenou para mim com um bolinho de caranguejo – que você e Eli Killgore estavam em uma agarração ardente, copulatória, no chão da câmara de umidade do laboratório.

Jay e sua boca enorme. Com certeza até o cara que repunha os lanches da máquina automática uma vez por semana já estava por dentro dos acontecimentos daquele dia. O grupo de WhatsApp da Kline, do qual nunca fiz parte, certamente já encomendara até uma *fanart*.

– Não houve agarração nenhuma.

– Copulação *sem* agarração. – Tisha coçou o queixo. – A história fica ainda melhor.

– Não houve nenhuma copulação também. Estávamos procurando uma ponteira de pipeta.

Ela murchou.

– Infelizmente, a história ficou pior.

– Você é adulta, Rue. – A voz de Florence era acolhedora e compreensiva, mas notei um vestígio de insatisfação que ela foi incapaz de esconder. – Não precisa se justificar.

– A não ser pelo fato de que aconteceu num laboratório e, portanto, denota um comportamento altamente antiético que faria o RH colocar você para fazer treinamento contra assédio sexual durante anos e anos.

Tisha saboreou seu bolinho e eu apontei o garfo para ela.

– Ano passado, você saiu com aquele cara do jurídico e transou com ele em pelo menos três salas de reunião.

– Cara, isso aqui é *muito bom* – disse ela com a boca cheia de tofu.

– Seria melhor se eu não ficasse sabendo dessa abundância de fornicação que rola nos meus laboratórios. – Florence soou angustiada. – Sério, Rue, eu jamais sonharia em ditar com quem você... Você pode fazer o que quiser da sua vida. – Ainda estava ali, aquele quê de mágoa e preocupação no tom de voz dela. – Mas...

– Esse pode ser o seu momento Mata Hari, Rue – acrescentou Tisha.

– Meu o quê?

– Aquela espiã da Primeira Guerra Mundial. Ou era a Segunda? Ou foi no Saque de Roma... Eu não sei *história*. O que estou dizendo é que você poderia dormir com Eli para conseguir informações.

– *Profundamente* antiético. – Florence balançou a cabeça, achando graça. Eu estava prestes a encerrar o assunto, mas ela acrescentou: – Você deveria tomar cuidado, Rue. Com o tipo de pessoa que ele é.

– Como assim?

– Bem... – Ela tomou um gole do *bubble tea* e organizou os pensamentos. – Eli e os amigos dele formam a Harkness, e você sabe o que a Harkness está fazendo com a Kline. Só acho que alguém que se sente no direito de tomar o que é dos outros sem consentimento em determinado contexto pode estar disposto a fazer a mesma coisa em outro contexto.

Arregalei os olhos diante das implicações daquilo. Será que Eli...?

– Por que ele te procurou? Ele queria saber alguma coisa em particular? – perguntou Florence.

– Só um panorama do meu projeto. Informações genéricas sobre a Kline, que ele poderia ter encontrado na internet ou perguntando para qualquer outra pessoa.

Mas ele tinha *me* procurado. E horas depois eu ainda o sentia vibrando na mente, como se meu cérebro estivesse apegado aos preciosos fragmentos dele.

O modo como Eli usava a barra da camisa para limpar os óculos.

Sua mão grande segurando a minha.

A avidez em seus olhos.

E então a interrupção de Florence. Ela parecera bem surpresa e triste ao nos flagrar juntos, e Eli piorou tudo ao encará-la de modo desafiador até que Florence fosse obrigada a desviar o olhar. Recuar era um comportamento tão atípico para Florence que eu não entendi direito, assim como não compreendia por que a Harkness parecia tratar a Kline como se eles fossem os donos da coisa toda.

E mais cedo naquele dia eu tinha decidido descobrir.

Depois do trabalho, eu abrira o aplicativo de relacionamentos para dar uma olhada em alguns perfis, em busca de alguém que não fosse Eli – então desisti sem mandar mensagem para ninguém. Parecera errado em algum nível instintivo, como a sensação de estar se esquecendo de alguma coisa, como começar um novo livro antes de terminar o que já pegou na biblioteca. Havia algo truncado que não me deixava seguir em frente.

Então decidi fazer o que *realmente* queria: investigar Eli Killgore. E a pesquisa foi produtiva.

– Vocês sabiam que Minami Oka tem doutorado em engenharia química na Cornell? – perguntei. – Ela também estudou na Universidade do Texas em algum momento.

Tisha ficou boquiaberta.

– Não creio.

– Foi Eli quem te contou? – indagou Florence, parecendo um tanto alarmada.

Talvez com a possibilidade de termos ficado batendo papo. Ou talvez pela perspectiva de daqui a três meses ser convidada para uma cerimônia à beira do lago, de pés descalços, onde eu estaria me casando com o cara que roubou o trabalho da vida dela.

Ela talvez até fosse convidada para celebrar a cerimônia.

– Não, eu procurei na internet.

– Minami estava lá quando *nós* estávamos na faculdade também? – perguntou Tisha.

– Não tenho certeza. A Universidade do Texas aparece na lista de instituições em que ela estudou, no perfil acadêmico dela, mas sem as datas. – Olhei para Florence. – Será que ela estudou lá na sua época?

Ela pensou por um tempo.

– Não lembro. Mas é um departamento grande, e foi há muitos anos. Se ela estava na graduação... havia *tantos* alunos.

– Até demais – murmurou Tisha em um tom sombrio, lembrando-se de seus anos como professora assistente.

– Eli parece saber como funciona um laboratório – acrescentei.

Apesar de ele ter se formado em finanças na Universidade Estadual St. Cloud. Ele não colocara nenhum MBA em seu perfil, o que achei estranho. Pensando bem, o que eu sabia sobre as credenciais necessárias para fundar uma empresa estilo *Pac-Man*, cujo único propósito era comer outras empresas?

– Sério mesmo? – Tisha estava curiosa.

– Mais do que alguns alunos da graduação de engenharia com quem lidei na faculdade, com certeza.

– Bem, os padrões também não são muito altos.

– Rue – interrompeu Florence, mudando de assunto –, alguma novidade na questão da patente do revestimento?

– Tudo dentro do plano de submeter a solicitação na semana que vem. – Abri um sorrisinho para Florence. – O agente sugeriu que eu coletasse mais alguns dados de umidade. Fora isso, estamos indo muito bem.

O sorriso de Florence ficou ainda mais largo.

– Me diga se precisar da minha ajuda.

– E a ajuda que *eu* preciso? – perguntou Tisha.

Florence arregalou os olhos, preocupada.

– Se tiver alguma coisa...

– Biscoitos de pasta de amendoim na máquina de lanches. Já acabaram há milênios, e eu ainda estou *esperando* a reposição.

Comi minha vagem e, enquanto Tisha e Florence discutiam sobre a relevância de vários tipos de lanches, me obriguei a curtir o resto da noite.

9

SEU PUXA-SACO

Eli

Ele tinha perdido a cabeça de manhã e o resultado fora meio que uma cagada.

Ou uma grande cagada.

Quando entrou no carro para ir encontrar Rue na Kline, ele não tinha a intenção de dar em cima dela. Mas sua presença naquele espaço restrito era meio hipnótica, inebriante. A sala era muito pequena e ela era muito cheirosa; um aroma de banho recém-tomado, soluções-tampão e alguma coisa doce e íntima e *dela* no meio daquilo tudo.

Não foi o melhor momento de Eli.

Porém, já estava tudo sob controle. A rejeição dela esfriara as coisas o suficiente para colocar alguma noção na cabeça dele, e Eli estava muito aliviado de não estar tentado a dirigir até a casa dela só pela prerrogativa de fazer algo estarrecedor, tipo... observar as janelas escuras da varanda dela e provavelmente ter que se obrigar a *não* se masturbar furiosamente.

Distância. Ele precisava de distância espacial, temporal e *física* dela, e estava determinado a conseguir isso.

– Bom garoto – disse para Mini quando o cachorro trouxe de volta uma vareta que Eli nunca jogara.

Ele então arremessou a tal vareta e sorriu com afeto quando Mini correu na direção errada para buscá-la.

Senhoras e senhores, meu melhor amigo no mundo inteiro.

Como se tivesse adivinhado que fora destronado por um cachorro que precisava tomar drogas caríssimas só para cortar as unhas, Hark retornou a ligação de Eli bem naquela hora.

– E aí? – perguntou ele.

O sol estava quase se pondo, mas o calor abafado ainda comprimia cada célula do corpo dele, e o parcão estava infestado de mosquitos. Mini abandonou o jogo de não buscar gravetos e começou a seguir os rastros deixados por outros cachorros, cheio de entusiasmo. E-mijos, era como Maya chamava, e Eli acabara adotando a ideia.

Talvez ele estivesse mesmo passando tempo demais com a irmã.

– Eli? – chamou Hark.

– Desculpe. – Ele limpou o suor da testa. – Tenho notícias. Qual você quer primeiro: a boa ou a ruim?

– *Odeio* quando você faz isso! – gritou uma voz mais aguda que a de Hark pelo telefone.

Eli sorriu.

– Oi, Minami.

Ele ouviu um barulho de passos arrastados e, quando ela falou novamente, parecia bem mais próxima.

– Se eu sei que tem uma má notícia, nunca vou conseguir aproveitar a boa. A melhor maneira de fazer isso é: dê a boa notícia, me deixe ter cinco minutos de felicidade, e aí conte a má notícia. Quantas vezes já expliquei isso a você?

A frase "A sensação é de que foram centenas" murmurada no fundo com voz seca era típica de Sul.

– Em minha defesa, eu não sabia que você estava aí – respondeu Eli. – Ou que estava no viva-voz sem a minha permissão. Eu podia estar confessando um assassinato.

– Essa é a boa notícia?

– Não. – Ele suspirou. – A Kline cumpriu o combinado e me deu acesso aos documentos que tínhamos pedido. Financeiro, impostos, inventário, contas, tudo.

Uma pausa.

– Por essa eu não esperava – retrucou Hark.

– Eu também não. Agora, entrando no território da má notícia, eu comecei a examinar tudo. São cópias físicas, e é tanto papel que precisaria de umas doze empilhadeiras para transportar. Se um estagiário comprou uma salada Cobb há seis anos, eu garanto que vai ter um relatório de doze páginas sobre o retrogosto do queijo azul. Perguntei ao departamento de contabilidade se havia arquivos digitais, e eles educadamente me mandaram à merda. Os advogados estão tentando com o Conselho geral da Kline, mas parece que Florence parou de dar atenção a eles. Vamos precisar envolver mediadores independentes.

– Soterrar com papéis. Um clássico tão amado – resmungou Hark. – Que ótimo.

– Precisaria de umas dez pessoas, e elas demorariam *semanas* para esmiuçar tudo e descobrir se houve alguma quebra dos termos de contrato. E não temos nenhuma base para tomar a Kline. Não posso afirmar se é um tipo de mascaramento, mas sem dúvida é um esforço deliberado de ganhar tempo. Se eu tivesse que apostar...

– O quê?

– Não tenho prova de nada. Meu palpite é que Florence está tentando ganhar tempo enquanto busca outros investidores para conseguir o dinheiro e pagar de volta o financiamento *antes* que a gente descubra qualquer violação. Porque ela sabe que, assim que nós a pegarmos no flagra, a tecnologia do biocombustível é nossa.

Hark xingou baixinho. Sul soltou um resmungo.

– Será que você tem mais alguma notícia boa? – pediu Minami. – Para enfiar aí no meio?

– Você sabe que não, porque eu já disse antes. Não está feliz por ter sido preparada?

– Não.

– Bem, o projeto de revestimento microbiano de Rue Siebert pode ser considerado uma boa notícia. Está em estágio bem avançado e é ótimo para...

– Seu puxa-saco – murmurou Minami, e ele não fez questão de negar.

Ele *gostava* de Rue. Os olhares sensatos, a fala direta, a forma como o ar ao redor dela sempre parecia mais sério, mais sombrio, a sensação constante de que havia algo de borbulhante sob aquela superfície plácida.

O corpo dela.

Acho que não gosto muito de você como pessoa.

Eli não sentia necessidade de agradar a todo mundo nem tinha fetiche em humilhação. Diferentemente de Hark, ele também *não* era do tipo que nascera para contrariar a tudo e a todos. Quando as pessoas – não, as *mulheres* – não gostavam dele, Eli simplesmente se afastava e as deixava em paz. De fato, não sabia como lidar com aquela necessidade de fazer alguém mudar de ideia.

De fazer *Rue Siebert* mudar de ideia.

Talvez devesse apenas ignorar. Deixar o sentimento apodrecer dentro dele. Com certeza isso seria saudável.

– Qual é a estimativa dos advogados em relação ao tempo? – perguntou Minami.

– Semanas.

– Merda. Existe outra maneira de...

– A diretoria – interrompeu Hark. – E a diretoria da Kline? Talvez eles concordem em obrigá-la a entregar os documentos. Eles têm poderes sobre a CEO.

– Mas foi Florence quem escolheu a dedo os membros da diretoria – observou Minami. – Lembra que eu pesquisei sobre isso? Todos são muito leais a ela.

– Menos um.

– Quem? – perguntou Eli.

Mini vinha saltitando na direção dele, enfim satisfeito depois de suas explorações.

– Eric Sommers. Fui jogar golfe no fim de semana e...

Eli fez uma careta. Do outro lado da linha, ouviu-se um "eca".

– O que foi?

– Será que você podia só... – Minami suspirou.

– Só o quê? – perguntou Hark, na defensiva.

– Sei lá, tentar diminuir *de leve* o ímpeto de preencher todos os estereótipos do executivo de fundos de investimento privados?

– Eu gosto de golfe, porra. É um ótimo esporte.

Todos riram e houve algumas batidas meio abafadas, como se objetos estivessem sendo arremessados. Eli olhou para o rabinho inquieto de Mini, feliz de estar em companhia muito superior. Mini *comeria* ou *cagaria* no equipamento de golfe de Hark.

– Vocês podem enfiar seus preconceitos esportivos no rabo...

– Eli, será que devemos fazer um pouquinho de bullying com ele?

– Acho que é a única opção.

– ... porque Sommers me convidou para a festa de aposentadoria dele.

– Onde?

Silêncio.

– No clube onde jogamos – admitiu Hark, relutante.

Mais risadas. Eli esfregou os olhos, imaginando se seria necessário organizar uma intervenção.

– Escutem aqui, seus babacas – resmungou Hark. – Vamos a essa festa e vamos tentar convencê-lo a pressionar Florence.

– Mas ele é apenas *um* – contestou Minami. – Será que faz diferença?

– Ele é respeitado pelos outros membros. E está prestes a ter muito tempo livre. – Houve uma pausa e Eli conseguiu imaginá-lo dando de ombros. – Não estou dizendo que é garantido, mas ele foi um dos investidores iniciais também. Talvez tenha interesses envolvidos.

– Claro. Não temos nada a perder – concordou Minami. – Mas eu e Sul vamos para Atlanta amanhã de manhã. Auditoria de saúde financeira da Vault. Os resultados deles do primeiro quadrimestre acabaram de sair.

– Eli pode ser meu acompanhante.

– Fantástico. – Eli suspirou e esfregou os olhos. – Eu adoro clubes privados e tiros no escuro.

– Pego você às sete. Vista um traje elegante.

Eli desligou e se abaixou para coçar a cabeça de Mini, dando início ao longo e tedioso processo de convencer o cachorro a voltar para casa. Passar a noite bajulando um velho rico que considerava jogar bolinhas em buracos uma atividade séria não era bem o que ele gostaria para sua sexta à noite, mas pelo menos tiraria Rue da cabeça por um tempo.

10

A GENTE VAI RESOLVER ISSO. DE UMA VEZ POR TODAS

Rue

Minha ideia de uma sexta à noite divertida costumava incluir patinação, um programa com Tisha ou dormir, mas, ainda que eu não estivesse animadíssima para acompanhar Florence a um evento que não tinha a ver com nenhuma das opções anteriores, a festa tinha um lado muito bom: o traje era formal, e eu adorava uma oportunidade para vestir algo chique.

 Reuniões sociais enormes e cheias de gente que eu não conhecia eram como gigantes gasosos produzindo quantidades infinitas de combustível para os meus pesadelos, mas pelo menos eu tinha a chance de explorar meu guarda-roupa e ainda exibir minhas habilidades com um delineado de gatinho – graças à minha experiência incessante com as pipetas, eu conseguia desenhar linhas tão retas quanto se traçadas com alta precisão. Por mais impressionada que eu ficasse com o hábito de Tisha de aparecer no laboratório vestida como se fosse para o Met Gala, eu não tinha a menor vontade de fazer esse esforço diariamente, muito menos antes das onze da manhã. Quando eu encontrava os homens dos aplicativos, raramente me preocupava com maquiagem e roupas, ciente de que as roupas seriam logo retiradas e que ninguém gostaria de ficar borrado de lápis e batom. Isso significava que a maioria dos meus vestidos elegantes era muito amada, mas pouco usada, e que só teria a oportunidade de sair do armário quando Tisha se casasse – porque ela era o tipo de pessoa que realizaria três festas de noivado e alguns jantares de ensaio, mas jamais se daria ao trabalho de determinar o que a madrinha deveria vestir.

E também em festas como a daquela noite.

– Você está linda – elogiou Florence quando entrei no banco de trás do Uber levantando o tecido verde-brilhante do meu vestido de festa. Que tinha *bolsos*.

– Você também. Acho que existe alguma regra cromática dizendo que ruivas não ficam bem de rosa, mas sem dúvida não é verdade.

Ela riu.

– É por isso que você é uma acompanhante melhor do que meu ex.

– Porque eu digo que você desafia a teoria das cores?

– Isso, e também por não estar transando com a minha contadora.

Quando conheci Florence, ela estava casada com um cara chamado Brock. Ele trabalhava em um banco, fora namorado dela desde a adolescência e, de acordo com Tisha, era "um coroa que adorava pedir biscoito". Pessoalmente, eu sempre o considerei um grandíssimo babaca que valia menos do que a sujeira do rejunte de um banheiro público. Odiava aquele humor hétero-top metido a besta, a audácia que tinha de tentar dizer a Florence como ela devia administrar a Kline, e o modo como olhava para meus peitos e as pernas de Tisha sempre que Florence nos recebia, como se fôssemos pedaços de carne, nada mais do que asinhas de frangos entregues em casa para seu deleite. Fiquei aliviada quando eles se separaram, porque Florence merecia coisa muito melhor.

Mas, eu sempre fui muito protetora com relação às minhas amigas, talvez porque tinha tão poucas. Tipo quando, no segundo ano do ensino médio, Cory Hasselblad traiu Tisha porque ela não queria transar e eu espirrei uma garrafa de ketchup Heinz pelas frestas do armário dele. Ou na faculdade, quando coloquei todos os pertences do ex da minha colega de quarto em sacos de lixo quando ela descobriu que ele estava roubando dinheiro dela. Meus poucos amigos eram as melhores pessoas que eu conhecia, e eu estava sempre disposta a esfaquear alguém por eles. Ou, em uma ocasião memorável, furar um pneu.

– Você tem interesse em fazer isso de novo? – perguntei a Florence.

O ar-condicionado do carro estava lutando para superar o calor do verão. O sol ia se pôr em breve e a temperatura não ia aliviar, mas o centro de Austin estava superagitado havia horas. Eu não tinha ideia de aonde estávamos indo, apenas de que seria chique.

– O quê? Transar com a minha contadora?

– Namorar. Talvez se casar outra vez?

Ela riu.

– Depois de tudo por que passei para me livrar de Brock? Não, obrigada. Se me sentir solitária, eu adoto um gato, como Tisha fez. É com ele que ela está hoje?

– Acho que ela está com Diego, aquele cara de TI. Mas Bruce talvez esteja junto.

– Tenho certeza de que vai ser uma loucura. – Ela me lançou um olhar de esguelha. – E você? Vai voltar a sair e namorar?

Um flash de Eli Killgore passou pela minha mente e eu o afastei com a devida veemência.

– Tecnicamente...

– Tecnicamente não seria *voltar a namorar* porque você nunca *namorou* de fato?

– Correto.

Dei de ombros e o carro diminuiu a velocidade. A questão não era só a dificuldade de interagir com os outros, mas o sentimento ser recíproco.

Por que você está sempre tão quieta?

Se você sorrisse mais, as pessoas achariam que você gosta delas e aí iam de fato querer passar tempo com você.

Queria ser tão fria quanto você. Adoro que você não se importa com nada.

Eu fui uma criança estranha e depois uma adolescente estranha. E depois, talvez como resultado disso ou talvez inevitavelmente, me tornei uma adulta estranha. Com Tisha, tinha sido fácil – "Quer pular corda comigo?", ela me perguntou no segundo ano do fundamental, e o resto se desenrolou normalmente –, mas, embora eu fosse muito grata pela minha melhor amiga, ela era um lembrete constante do que eu nunca seria. Tisha era inteligente, extrovertida, peculiar, imperfeita de um jeito que todo mundo considerava divertido. Eu era *esquisita*. Constrangedora. Desajeitada demais ou reservada demais. Irritante. Os mesmos grupos que adoravam a minha melhor amiga fofocavam e desdenhavam de mim, e nunca me convidavam para nada. Tisha nunca me trocava por ninguém, nem hesitava em mandar à merda gente que era cruel comigo. Mas nós duas sabíamos a verdade: eu tinha uma dificuldade constante e inexplicável em lidar com pessoas. Então, enquanto Tisha tinha namorados, amigos, boas notas e um futuro promissor, eu me ocupava com patinação no gelo e minhas frágeis esperanças de sair logo do Texas.

E aí eu *consegui* sair. E, ainda que conviver com outros seres humanos não tenha sido muito mais fácil na faculdade, descobri um tipo de interação social em que eu mandava bem. Eu podia ter dificuldade em manter uma conversa e ser péssima em emanar o tipo de personalidade acolhedora que atraía as pessoas, mas algumas acabavam me abordando. Homens, na maior parte, com algo muito específico em mente, algo de que eu acabei gostando bastante também. Eu não me importava que eles só quisessem usar meu corpo, desde que eu também pudesse usar o deles.

É justo, eu pensava.

À medida que avancei da faculdade para a pós-graduação, e da pós para os estágios, conhecer pessoas de modo orgânico foi ficando mais difícil. Além disso, muitos homens da minha idade pareciam estar em busca de algo mais. Logo depois de começar a trabalhar na Kline, passei uma noite bem medíocre com outro líder de equipe da empresa e fiquei confusa quando ele me mandou um e-mail no dia seguinte me convidando para jantar.

Devo estar melhorando em esconder minha personalidade, pensei. Por um momento, considerei aceitar e todos os cenários possíveis foram surgindo em minha mente, como em um filme. Eu tentando freneticamente fingir que era uma pessoa tranquila e agradável, e não apenas uma dezena de neuroses sob um jaleco. O desalento que sentiria quando minha capacidade de disfarçar enfim terminasse. A decepção dele quando minha máscara caísse, revelando como eu era pirada e socialmente inepta. O potencial para mágoas era infinito, e eu nem *gostava* do cara.

Aderir aos aplicativos e evitar repetições me pareceu o melhor caminho.

– É aqui o lugar? – perguntei a Florence quando o carro parou diante de um imóvel que parecia uma mansão.

– É. Não vamos ficar muito tempo, é só para marcar presença. Ele tem um ego muito grande e ia perceber se eu não viesse.

– Não tenho nenhum outro compromisso. Vou achar um cantinho e esperar por você.

Florence apertou minha mão sobre o assento de couro.

– Você cuida tão bem de mim.

– Você também.

Eu nunca visitara aquela parte de Lake Austin, mas reconheci o nome do clube de algumas feiras de caridade onde minha mãe nos levava quando eu era criança, para conseguirmos umas roupas de segunda mão e material escolar. Era o tipo de lugar requintado, frequentado por pessoas que assinavam acordos pré-nupciais e trocavam cumprimentos com beijinhos no ar, e onde gente como eu só deveria aparecer em ocasiões filantrópicas muito específicas. Notei um cavalete na entrada e, acima de uma foto que poderia estar em um daqueles bancos de imagem representando um banqueiro de investimentos qualquer, as palavras *Feliz aposentadoria, Eric* em caligrafia cursiva. Florence assinou o livro de presença, mas eu mantive a maior distância possível.

A área da recepção estava lotada, cheia de ternos e vestidos de festa. Uma pequena banda se preparava para começar a tocar e garçons serpenteavam pelo público, carregando bandejas com drinques e aperitivos. Meu estômago embrulhou só de pensar em comer *qualquer coisa* no meio daquelas pessoas.

– Lá está o Eric – disse Florence, apontando para onde estava a fotografia. – Vou apresentar você. Ele vai dizer "Você é muito jovem e muito bonita para ficar presa em um laboratório o dia inteiro" ou coisa parecida. Já peço desculpas de antemão.

Ele não falou isso. Mas falou que "se soubesse que havia engenheiras tão bonitas assim" talvez ele "tivesse feito outra faculdade". Como eu amava Florence e a Kline, sorri amigavelmente para ele e não mencionei que eu o teria denunciado por assédio sexual sem hesitar. De salto, eu media quase 1,80 metro, e adorei ver seu nítido desconforto ao ter que esticar o pescoço para pronunciar aquela frase de merda.

Enquanto ele conversava com Florence, eu dei uma olhada ao redor, tentando ser discreta em meu tédio. Então a voz de Sommers mudou para um tom surpreso e alegre.

– Ah... Você veio! Olha só para você.

Eu me virei, vi Conor Harkness e meu coração parou.

– Não, senhor. – O sorriso dele era puro charme. – Olha só para *você*.

Ele tinha um leve sotaque – irlandês, segundo Tisha, que passara um verão em Dublin com uma bolsa de pesquisa. Minha primeira impressão foi de que ele era alguns anos mais velho que Eli, mas, olhando de perto, dava para ver que ele era apenas prematuramente grisalho. Hark tinha uma presença magnética, algo que eu conseguia perceber mesmo sem ser afetada por tal magnetismo. Homens e mulheres em volta se viraram para encará-lo, olhos focados nele, que parecia acostumado a provocar esse efeito.

Ele e Sommers se abraçaram como se fossem pai e filho, o que poderiam facilmente ser, dada a energia que ambos emanavam de "homem branco que passa o verão na Nova Inglaterra".

– Senhoritas, este é Conor Harkness, um querido amigo meu e da família. – Sommers sorriu enquanto fazia as apresentações. – Estou muito feliz por você ter vindo. Já conhece Florence Kline e...

Ele olhou para mim, sem expressão. Tinha esquecido meu nome.

Eu *não* o ajudei. *Vamos lá, Eric. Achei que havia algo entre nós.*

– Hum, Rose...?

– Rue – respondeu uma voz grave e familiar atrás de Harkness. – Dra. Rue Siebert.

Meus pulmões se transformaram em pedra.

– Ah, perfeito. – Sommers esfregou as mãos. – Estou vendo que todos vocês se conhecem.

– Talvez você seja o único de fora. Já conheceu Eli Killgore? Ele é um dos sócios lá na Harkness.

Ele estava ali. Parado bem *ali*.

– Não conheci... Prazer, filho. Você por acaso joga golfe?

– Eu sou mais do hóquei – disse Eli, gentil, o sotaque sulista bastante evidenciado.

Sob a luz amena, os olhos dele pareciam tão escuros quanto os meus. Eu não conseguia desviar o rosto.

– É o seguinte – comentou Sommers, admirado, e segurou os ombros dele, bem largos sob aquele terno de três peças. – Eu cresci em Wisconsin e costumava jogar também. Mas aí, é claro, fiquei velho.

– Entendo bem. Eu entrava nas maiores brigas dentro do rinque e voltava tranquilamente no dia seguinte. Aí fiz 30 anos, e agora minhas costas doem antes mesmo de sair da cama.

A risada de Sommers foi genuína. Conor Harkness era sereno e poderoso, implacável de um jeito sofisticado, com o evidente objetivo de seduzir o lado rico de Sommers. Já Eli, por outro lado, era o homem comum. Um cara aparentemente simples, gente boa, que sabia usar ferramentas, resgatava gatinhos de casas pegando fogo e acompanhava o campeonato de futebol americano. Era sedutor por motivos totalmente diferentes.

Eu desconfiava que os dois vinham aperfeiçoando aquele ritual havia anos. Na verdade, apostaria minha patente nisso.

– Dói saber disso – disse Hark, sério de repente –, mas Eli jogava no St. Cloud.

– Esses Huskies. – Sommers balançou a cabeça. – Eu sou dos Fighting Hawks.

Eli assentiu, pensativo.

– Senhor, acho que essa conversa terminou.

Sommers riu mais uma vez, encantado.

– Vou te dizer uma coisa, filho: bastões de hóquei e tacos de golfe não são tão diferentes assim. Que tal eu te ensinar algumas jogadas no domingo?

Eli mexeu a língua por dentro da bochecha, como se fingisse estar considerando a possibilidade.

– Não posso deixar que me vejam fugindo de um duelo com um Hawk, não é?

– Não pode mesmo.

Era esse tipo de interação fácil que me fazia sentir inútil e deslocada, como se eu tivesse entrado sem querer em um vestiário masculino. Era o bom e velho Clube do Bolinha, mas ao vivo. Ao meu lado, Florence fora esquecida. Como se nunca tivesse existido.

– Conor, preciso apresentar você para minha esposa. Contei que ficamos hospedados no resort do seu pai quando fomos à Irlanda, não é? Jantamos com ele e a esposa dele umas duas vezes.

101

– Ah, se ela jantou *duas vezes* com meu pai, preciso mesmo conhecê-la e pedir as mais sinceras desculpas.

Não me pareceu uma piada, mas Sommers gargalhou. Florence emanava uma energia assassina, sanguinária.

– Florence, você também não conheceu minha companheira ainda, não é?

– Não, ainda não – respondeu ela, delicada. Prestes a surtar.

– Vamos lá, então, senão é capaz de eu acabar dormindo no sofá. Estava mesmo falando com ela sobre a Kline outro dia...

Eles se afastaram enquanto Sommers tagarelava, sem saber das tretas ao redor daquele trio improvável, e, depois de um longo momento, ficamos só nós dois ali.

Eli e eu. Sozinhos em um salão cheio de gente.

O terno de três peças cinza-chumbo caía muito bem nele, de um jeito quase agressivo, e não era só uma questão de alfaiataria. Havia algo na linha reta do seu nariz, na curvatura dos cabelos, no declive da testa, que combinava e ainda realçava aquele tipo de vestimenta. De alguma forma, ele estava tão confortável naquele ambiente quanto estivera no meu laboratório.

Eu simplesmente *não* compreendia aquele homem.

Ele se aproximou, os olhos focados nos meus.

– Bem... – disse ele, com aquela voz calma e grave.

Eu não respondi, porque... o que havia a dizer?

Bem...

Você fez faculdade com uma bolsa de estudos esportiva?

Eu queria nunca ter mandado mensagem para você naquele maldito aplicativo.

Vestido desse jeito, você fica diferente. Menos o meu *Eli e mais o tipo de pessoa que...*

Meu Eli. O que eu estava pensando?

– O que está fazendo aqui? – perguntei.

Ele suspirou. Um garçom parou e nos ofereceu taças de... alguma coisa. Eli pegou uma, estendeu para mim, então bebeu tudo de um gole só quando eu balancei a cabeça.

– Mesma coisa que você e sua chefe.

Bajulando um membro da diretoria da Kline. Fantástico.

– Você sabia que estaríamos aqui?

Ele sorriu de leve.

– Apesar do que você pensa, eu não sei de *tudo*.

Os olhos dele percorreram meu corpo, seguindo os lampejos do tecido verde. Ele pareceu se dar conta no meio do caminho e voltou abruptamente para o meu rosto.

Não podíamos simplesmente ficar ali, no meio de uma sala cheia de gente. Olhando um para o outro em silêncio.

– Vai mesmo jogar golfe com ele? – perguntei.

– Provavelmente. A não ser que a Virgem Maria apareça diante de Florence em sonho e a aconselhe a entregar os documentos de que precisamos.

– Acho que ela é ateia.

– Então vamos ao golfe. Ou será que você não quer convencê-la?

– Eu?

– Por que não, se a Kline não tem nada a esconder?

Eu soltei um grunhido baixo de deboche.

– E por que eu faria isso?

– Para me poupar de praticar o esporte mais idiota do universo?

Eu sorri. Depois o divertimento passou.

– Ele é nojento.

– Quem?

– Sommers.

– Ah, é. A maioria dos homens dessa idade, com esse tipo de poder, é.

– Isso não é desculpa.

– Não mesmo – concordou Eli, com o tom de alguém que não sabia por que estava levando bronca. – Acredite, eu quero ver tanto quanto você esse tipo de cara se ferrar.

– Tem certeza de que você não é um deles?

Diversas emoções atravessaram o rosto dele, mas foi rápido demais para decifrar. Então ele começou a falar, sem pressa:

– Minha mãe tinha um anel de prata muito bonito, uma daquelas heranças inestimáveis que passam de geração em geração. Para todas as mulheres da minha família, esse tipo de coisa. Quando minha mãe morreu, eu guardei o anel, pensando em entregá-lo para a minha irmã quando ela tivesse idade suficiente. Mas, pouco tempo depois, ela quis muito, *muito*, viajar com as amigas, e eu... não tinha dinheiro pra pagar, sabe? Então pensei comigo mesmo: uma saída fácil. Vou penhorar o anel, depois pago o empréstimo e pego de volta a tempo.

Eli abriu um sorriso pesaroso. Eu nem precisava saber o resto da história.

– Alguns meses depois, ela mencionou o anel. Perguntou se eu sabia onde estava. E eu fingi que não tinha ideia do que ela estava falando.

Olhei em seus olhos francos e diretos e quis poder perguntar "Quantos anos você tem?", "Do que sua mãe morreu?" e "Por que você continua fazendo isso, compartilhando comigo as piores e mais vulneráveis partes de você?". Em vez disso, o que eu fiz foi revelar algo meu. Algo terrível.

– Quando eu tinha 11 anos, roubei 34,50 dólares de uma gaveta na casa da minha melhor amiga.

Eu me forcei a encarar Eli nos olhos, apesar da vergonha, assim como ele fizera comigo.

– Eles nunca trancavam nada quando eu estava lá, porque confiavam em mim. Me tratavam como se eu fosse da família. E eu roubei deles.

Ele assentiu e eu também, um acordo tácito de que ambos éramos pessoas horríveis. Contando histórias horríveis. Nossas máscaras já haviam caído tantas vezes que agora jaziam estilhaçadas no chão, mas estava tudo bem.

Nós estávamos bem.

Então a banda começou a tocar e nossa trégua acabou. Eli voltou ao seu jeito amigável padrão enquanto as notas ecoavam suaves, um som reconfortante e calmo que combinava perfeitamente com o clima insosso daquela festa. Vários casais começaram a se movimentar.

– Deveríamos dançar – sugeriu Eli.

Não havia nenhum indício de que ele estava brincando.

– Deveríamos? Por quê?

Ele deu de ombros e de repente pareceu perdido, tão descompensado quanto eu sempre me sentia na presença dele.

– Porque eu gostei do seu vestido – respondeu ele, de um jeito meio absurdo.

Então, pela primeira vez desde que nos conhecemos, três noites antes, me ocorreu que talvez ele também não quisesse nada disso. Talvez ele também estivesse lutando desesperadamente contra a atração que sentíamos. Talvez estivesse tendo tanto sucesso quanto eu: nenhum.

– Porque *eu* gosto de *você*. Como pessoa. – O olhar dele de repente ficou provocativo. Acolhedor. – Mesmo que você não goste de mim.

– Você não me conhece.

– Não.

Ele estendeu a mão. *Mesmo assim, quero tocar você*, era o que dizia aquela mão estendida. Quando nossos dedos se encostaram, a eletricidade que nos percorreu pareceu ao mesmo tempo uma queda livre e um alívio.

– Tudo bem então.

Ele não grudou o corpo no meu, e fiquei grata por isso, incerta de que seria capaz de lidar com tanta proximidade. Meu vestido era de manga comprida e sem decote nas costas, oferecendo, portanto, poucas opções de contato direto. Mas a mão dele envolveu a minha e, quando Eli pousou os dedos nas minhas costas, nós perdemos o fôlego ao mesmo tempo.

– Nem lembro a última vez que dancei – murmurei, mais para mim mesma do que para qualquer outra pessoa.

Não *daquele* jeito, pelo menos. Aquilo ali mal tinha a ver com a música, era só uma desculpa para as pessoas ficarem indecentemente próximas.

– Você costuma passar as noites de sexta jantando em barcos?

– Você costuma?

Ele fez um "tsc, tsc", negando.

– Você sabe onde passo as noites de sexta, Rue.

Nós nos encaixávamos bem. Por causa da altura equivalente. Eu sentia o cheiro do pescoço dele, limpo, almiscarado e um tanto sombrio.

– Você sai mesmo com uma mulher diferente toda sexta-feira?

Era uma ideia estranhamente desanimadora. Por que eu me importava que...

– Com licença – interrompeu alguém, e na mesma hora nos afastamos alguns passos, voltando à distância inicial, que tinha diminuído. Era uma mulher de meia-idade, com uma câmera na mão. – Posso tirar uma foto de vocês dois? É para o álbum de aposentadoria do Sr. Sommers.

A ideia de fazer parte da vida de Eric Sommers me parecia repugnante em um nível visceral. Para Eli também, pelo visto.

– Não precisa tirar nossa foto – disse ele, simpático. – Conhecemos o Sr. Sommers dez minutos atrás. Vai ser um desperdício de espaço.

– Ah.

A fotógrafa franziu o cenho, mas logo voltou ao normal.

– Vocês são um casal tão lindo.

Ela saiu em busca de terras mais frutíferas e Eli me puxou para perto de novo.

– Ela tem razão – murmurou ele com voz suave.

– Sobre o quê?

– Você está linda mesmo.

Ele não parecia feliz com isso.

– É o vestido. E a maquiagem.

– Não. Não é.

Os olhos dele se demoraram em mim, depois ele desviou o olhar. Eu não aguentei o silêncio.

– Talvez a gente tenha ofendido o deus das transas casuais e ele não vá parar de nos juntar até a gente sacrificar uma codorna em seu altar.

– Não acho que seja *isso* que ele quer de nós – disse Eli baixinho. – E por que você acha que o deus das transas casuais é um homem?

– Olha, não sei bem.

Trocamos um olhar divertido. Durou um segundo a mais do que o necessário, então foi a minha vez de desviar o rosto e mudar de assunto.

– Você está tentando colocar a diretoria contra Florence, então?

– Não.

– Você já admitiu que sim.

Quando ele deu de ombros, seus deltoides se mexeram sob meus dedos. *Dor nas costas, que nada.*

– Qual você acha que é a função da diretoria?

Eu tinha feito exatamente a mesma pergunta a Nyota naquela manhã e recebera uma resposta só um pouco desdenhosa. Ou talvez Nyota apenas parecesse mais simpática por e-mail.

– Eles supervisionam. Tomam decisões estratégicas.

– Você andou estudando. Muito bem.

– Que condescendente da sua parte.

– Não, eu... – Ele me olhou, surpreso. – Desculpe. Não foi minha intenção. Mas é que eu tive a impressão de que você não se envolvia muito com as questões administrativas.

Eu não gostava de como ele me lia sempre tão bem. Eu estava na indústria pela ciência; toda a parte da guerra dos tronos estava bem acima do meu salário.

– Apesar do que você pensa sobre a Harkness – continuou ele, cauteloso, a palma da mão nas minhas costas –, não dá para negar que os CEOs precisam ser supervisionados e prestar contas a pessoas com experiência relevante.

– A Kline é da Florence, e ela sabe o que é melhor para a empresa. Pessoas como Eric Sommers não entendem nada de ciência.

– Não, mas a empresa não é mais só a Florence e suas placas de Petri, não é? A Kline tem uma equipe de 364 funcionários.

– E daí?

– Uma decisão errada pode comprometer o pagamento de 364 famílias.

Não dava para discordar disso, mas eu também conhecia Florence, cujas ações eram sempre racionais e bem pensadas. Queria que ela estivesse ali e pudesse listá-las para Eli.

Como se eu a tivesse invocado, uma mensagem fez meu celular vibrar.

– Com licença – disse a ele, pegando o telefone no bolso.

Florence: Você está bem? Estou presa aqui com Sommers e a esposa. Pfv me diga que Eli Killgore não está te importunando.

Rue: Estou bem. Eli e eu estamos apenas conversando bem formalmente.

Florence: Só peça licença e saia de perto dele. Ele NÃO É NADA confiável.

Eu sei, pensei, e de repente o cômodo começou a me sufocar.

– Preciso de ar – falei.

Eli apontou para algum lugar que não consegui ver direito e, quando hesitei, ele apoiou a mão na minha lombar e me conduziu com firmeza em meio à multidão até uma sacada de pedra que dava em um pequeno jardim, uma piscina e algo que parecia...

— Malditos campos de golfe — murmurou Eli.

Soltei uma gargalhada que desanuviou minha mente. Enfim a temperatura estava tolerável, a noite fresca e agradável contra a minha pele. Abafada pelas portas de vidro, até a música parecia quase palatável. Eu me encostei na parede e levantei a cabeça para olhar o céu estrelado. Eli fez o mesmo, se recostando na balaustrada alta, de frente para mim. Ele parecia distraído, mas eu sabia que não estava, e a lista do aplicativo surgiu na minha mente.

Fetiche? era uma das perguntas, e ele tinha respondido: *Se negociado*.

Eu estava morrendo de curiosidade para saber mais a respeito. Mas Florence tinha razão: ele não era confiável.

— Seu irmão tem deixado você em paz? — perguntou ele.

Eu assenti.

— Você tem algum plano, caso ele apareça no seu apartamento, na Kline ou na sua academia?

O tom de voz dele era mal-humorado. Como se preferisse não estar perguntando aquilo, mas não conseguisse se conter.

— Não acredito que enganei você a ponto de achar que sou do tipo que frequenta a academia.

Foi uma tentativa meio idiota de provocação, à qual ele provavelmente teria reagido bem no nosso primeiro encontro, mas naquele momento sua expressão era séria. Um supervisor de laboratório rígido que exigia saber por que minha cultura de bactérias de repente tinha virado uma gosma gigante que tomara a cidade.

— Eu perguntei a um amigo advogado quais são as minhas opções. Mas não tenho um plano.

— Arrume um plano — ordenou ele. Então balançou a cabeça, esfregou os olhos e repetiu, de modo mais gentil: — Talvez você devesse arrumar um plano.

— Não é tão simples.

— Você precisa ter alguém para quem ligar se...

— E se eu ligar para *você*? — perguntei, brincando.

— Sim, por favor. *Por favor*, faça isso. Quer meu número agora ou...?

Ele me encarou, esperando uma resposta. Então seu olhar se suavizou. A brisa soprou entre nós e ele continuou me olhando, me olhando.

Me olhando.

– É incômodo quando você faz isso – comentei baixinho.

Ele desviou o olhar, ofegante.

– Desculpe. – Ele engoliu em seco. – Eu me esqueço de prestar atenção em outras coisas quando você está por perto.

– Tenho certeza de que eu faço o mesmo.

E também sinto o mesmo.

Ele soltou uma risada sem som.

– Isso já aconteceu com você?

A princípio, balancei a cabeça, uma resposta instintiva, mas então me obriguei a parar e pensar no assunto. Já me sentira atraída por outros homens, mas a atração sempre parecera uma escolha consciente, um sentimento que precisava ser buscado e alimentado. Genérico. O resultado de foco e cultivo, muito mais do que aquela torrente que parecia adorar me inundar.

– Desse jeito, não. E você?

– Também não. – Seus dedos longos tamborilaram a amurada de metal em um ritmo quase meditativo. – Sabe o que é engraçado? Eu quase me casei, um tempo atrás.

– Olha só.

Tentei imaginar por qual tipo de mulher Eli se apaixonaria, mas só me vieram à mente algumas características vagas. Inteligente. Socialmente desenvolta. Uma garota carismática, disposta a domar aquela propensão feroz dele à impaciência. Criadora orgulhosa de um sólido portfólio de investimentos, que daria broncas sérias, mas gentis, sobre a paixão dele por esportes violentos durante jantares com amigos.

– Sinto muito – falei, e, quando ele deu uma risadinha, eu acrescentei: – Não... Não estava sendo irônica. Mas "quase me casei" significa que algo deu errado.

– Definitivamente não deu certo, mas foi melhor assim. Acho que ela concordaria. E desde que conheci você, tenho pensado...

A frase pairou no ar. Eli olhou para as luzes da cidade. Para um ou outro arranha-céu.

– O quê?

– Tentei imaginar uma realidade em que eu e ela tivéssemos continuado juntos. Eu ainda estaria com ela, nós nos amaríamos, seríamos uma família e... eu conheceria você por acaso. E essa coisa entre nós dois... existiria. – Os olhos dele passearam pela paisagem e então pararam em mim. Contemplativos. – Fico pensando como seria trágico. Para mim. Para *ela*. Eu nunca fiquei nem tentado a trair ninguém, mas essa atração... ia ficar na minha cabeça. *Você* ficaria na minha cabeça. É preciso fazer alguma coisa na prática para ser considerado traição? Como é que eu lidaria com... O que eu faria com tudo isso?

Ele apontou para si mesmo quando disse *isso*, mas eu sei que estava se referindo a essa energia gravitacional entre nós. Estamos os dois presos a ela.

– Acho que do mesmo jeito que estamos lidando agora – respondi, tentando soar indiferente. E falhando. – Nada vai acontecer entre nós, mesmo que você não seja casado. Você está tentando tomar a empresa da minha amiga. Não vou conseguir relevar.

– É.

Mas e se essa química fosse o tipo de coisa que só acontece uma vez na vida? O que acontecia quando a pessoa que mais te abalava não era a pessoa de quem você decidia gostar? Meu conceito de amor não era nem um pouco idealizado, mas aquilo me parecia torturante demais.

Está tudo dentro da sua cabeça, disse a mim mesma, mas era mentira. Na melhor das hipóteses, também estava dentro da cabeça *dele*. E aquele teria sido um ótimo momento para alguma velhinha usando um broche de opala chegar e interromper a conversa, porque Eli e eu estávamos começando a ficar envolvidos demais um pelo outro, e uma ideia irresponsável começou a crescer dentro de mim e foi ficando cada vez mais forte.

– Posso tentar uma coisa? – perguntei, tão baixo que mal dava para escutar, mas ele ouviu.

– Tentar o quê?

– Não tenho certeza ainda. Posso?

Aquele meio sorriso de novo.

– Vai nessa.

Dei um passo à frente, até que nossos pés quase se tocassem. Eu me lembrei do arrepio forte que me percorreu na outra noite, quando fiquei na ponta dos pés para beijar o rosto dele. Minha memória só podia estar exagerando a sensação, então repetir o gesto talvez quebrasse o feitiço.

Se eu tocasse o rosto dele, desse jeito.

E corresse o polegar por sua bochecha.

E envolvesse seu maxilar recém-barbeado com a palma da mão.

Se eu o tocasse por alguns segundos, ou talvez minutos, e apesar do calor, dos olhos dele escurecendo, daquela sensação selvagem e fervilhante pulsando dentro de mim... Se, apesar de tudo isso, nós conseguíssemos nos afastar, então...

Com um som gutural, ele me apertou contra a parede da sacada, tão rápido que fiquei tonta e só consegui me manter de pé por causa de duas coisas: a parede e o corpo forte de Eli.

Ele não me beijou. Em vez disso, segurou meu maxilar com uma das mãos e pressionou meu lábio inferior com o polegar, devagar, inexorável. Eu tive todo o tempo do mundo para empurrá-lo e afastá-lo, mas o que eu queria mesmo era encorajá-lo a continuar.

Eli.

Qualquer pessoa pode nos ver aqui.

Mas o que quer que você esteja prestes a fazer, pode fazer.

– Essa sua boca – murmurou ele. – É a coisa mais linda e obscena que eu já tive que suportar olhar.

O beijo que veio em seguida foi profundo e sem limites. Respirávamos ofegantes contra os lábios um do outro e, quando envolvi a nuca dele com as mãos, Eli soltou um grunhido grave no fundo da garganta. Gemi quando ele parou, mas ele apenas desceu para o meu pescoço, para o espaço bem atrás da minha orelha.

– Eu só quero fazer você gozar. E quem sabe gozar também. Eu só penso *nisso*, porra – disse ele com voz áspera. Depois mordiscou meu ombro sobre o tecido do vestido. – Mas estamos em lados diferentes da porra de uma aquisição, e parece que isso é pedir demais.

Eu estava completamente desnorteada sob o peso do corpo dele colado ao meu, das suas mãos nos meus quadris. Era um tipo novo e diferente de prazer, ao mesmo tempo atordoante e estrondoso. A língua de Eli percorreu minha boca e eu fiz o mesmo com ele enquanto tentava lembrar se já tinha me sentido daquele jeito alguma vez na vida.

– É muito perturbador. – A respiração dele estava quente contra a minha bochecha. – Mas nas últimas 72 horas, eu só pensei que a gente podia transar do jeito que você quisesse. Por quanto tempo você quisesse. Onde você quisesse. Eu concordaria com absolutamente qualquer exigência e ia ser tão bom que provavelmente ia tirar a graça de todo o resto da minha vida, mas eu não me arrependeria. – Ele deu uma risada. – Rue. Chega a ser humilhante quanto eu te desejo.

Ele passou o polegar sobre meu mamilo, que ficou duro na hora, e nós estremecemos em outro beijo intenso e frustrado. Porque *aquilo* não era o suficiente.

– Se você acha que é mais fácil para mim... – falei, ofegante. – Se acha que eu quero menos...

– Não. – A mão dele percorreu a minha coxa, levantando o vestido. Os dedos dele tremiam tanto quanto as minhas pernas. – Não é um jogo. Nem para você nem para mim.

Ele alcançou o elástico da minha calcinha, se demorando ali, e poderia fazer... qualquer coisa. O que quisesse. Naquele momento, eu o deixaria fazer o que quisesse, eu imploraria por algo que nem sabia o que era. Seu polegar deslizou para a parte interna das minhas coxas, roçou o algodão da calcinha e sentiu quanto estava molhada. Ele murmurou em aprovação, ainda com a boca colada à minha, e, ao encontrar meu clitóris, desenhou um único círculo, bem devagar, em volta dele. Foi quase nada, mas o prazer estava tão próximo que me senti quase lá de qualquer jeito. Queria *acabar* com aquilo. E Eli também queria, o que significava que nós...

De repente, senti frio. Porque Eli tinha recuado e estava se afastando ainda mais.

Tremendo, vi meu vestido deslizar de volta para o lugar, cobrindo as minhas coxas, e me senti desamparada.

– Aqui, não – disse ele, balançando a cabeça como se tentasse sair de um transe. Meu batom manchava seus lábios. – E não desse jeito.

Um silêncio se instalou entre nós. *Onde, então? E como?* Não perguntei em voz alta, mas ele respondeu assim mesmo:

– Amanhã – disse Eli, a voz áspera.

Ele chegou mais perto e mais uma vez senti seu calor. Eli levou a mão até minha bochecha em um gesto involuntário, mas logo se afastou, como se estivesse com medo do que poderia fazer. De perder o controle.

– Às sete. No lobby do hotel. Você sabe qual.

Engoli em seco.

– Eu não...

– Então *não vá*. A decisão é sua.

Ele chegou perto. Eu *torci* para que me beijasse de novo. *Precisava* que ele me beijasse de novo.

– Mas, Rue, se você for, a gente vai resolver isso. De uma vez por todas.

Ele desviou o olhar e voltou lá para dentro.

Fiquei sozinha na sacada, a respiração ofegante e as mãos trêmulas sob o ar noturno que cheirava a jasmim.

11

A GENTE RESOLVE ISSO E NUNCA MAIS PENSA NO ASSUNTO

Eli

Ele não tinha ideia se Rue ia aparecer.

Tudo indicava que não – principalmente o fato de que ela o enxergava como um vilão determinado a roubar tudo de sua mentora por mera diversão. E, ainda assim, Eli fora tolo o bastante para manter as esperanças até 19h10. Àquela altura, naquele mesmo lobby de hotel onde ele a vira pela primeira vez, Eli teve que encarar a verdade: por mais descontrolada que fosse aquela atração entre ele e Rue, ela lidava melhor com isso do que ele. E, porra, ele estava com inveja.

O copo de chope ainda estava pela metade, e ele não tinha pressa para terminar. Não havia nenhum lugar aonde ir e, já que ia passar a noite pensando em Rue de qualquer maneira, pelo menos podia fazer isso num lugar que o lembrava dela, onde poderia desfrutar do próprio mau humor tanto quanto da bebida.

A distração óbvia seria encontrar outra pessoa. Havia os aplicativos, ou ele podia fazer como nos velhos tempos: bares, colegas, amigas de amigos, alguém que o ajudasse a exorcizar a última mulher com quem deveria se envolver. Mas Eli nem precisava tentar para saber que nenhuma outra pessoa seria *suficiente*. Preferia ir para casa sozinho, listar tudo que sabia sobre Rue Siebert e se masturbar como o otário deplorável que claramente era.

– É má ideia – dissera Hark na noite anterior, no carro, voltando da festa. – E você sabe disso.

– O quê?

Hark revirou os olhos.

– Fala sério, Eli. Você olha pra Rue Siebert como se a boceta dela tivesse gosto de cerveja. Para com essa sofrência.

– Foi você que me mandou procurá-la, no outro dia. E não estou na *sofrência*.

– Então por que está agindo desse jeito? Meu Deus, você já teve relacionamentos sérios e nunca perdeu a cabeça assim. Qual é a diferença agora?

Você olhou para ela?, ele teve vontade de perguntar. *Hoje à noite? Você ouviu a voz dela? Viu a expressão dela quando percebeu que eu estava lá? Viu aquela* boca?

– Não estou dizendo que ela não é linda. – Hark lera a mente dele. – E ela obviamente tem o tipo de energia que você gosta...

Eli soltara uma risada.

– A *energia* que eu gosto?

– Supercompetente. Misteriosa. Aquela energia de "eu fui melhor do que você na prova e poderia te matar com um lápis".

– *Nenhuma* das mulheres com quem eu já fiquei era misteriosa. Nem assassina.

– Porque antes você tinha mais noção.

– É, vai se foder – dissera ele, calmo. – Não vai rolar nada. – Uma pausa longa. – Eu só quero transar com ela. Não vamos sair para tomar milk-shakes nem planejar viagens de fim de semana para a praia.

Hark pousara a cabeça no volante.

– Não faça *nada*. Nós *vamos* tomar a Kline e ela vai te odiar por isso. Já odeia. Além do mais, ela confia em Florence Kline, o que obviamente indica um senso crítico bem ruim. *Quem* faria isso?

Eles trocaram um olhar solidário.

– Três idiotas fariam isso – murmurara Eli.

Passadas 24 horas, ele podia admitir que Hark estava certo. A melhor opção era evitar Rue. Tirá-la da...

– Eli.

Ele levantou a cabeça. Rue estava a menos de 1 metro de distância.

– Oi – disse ela.

O vestido verde e o penteado elaborado da noite anterior tinham sido um soco no estômago, como uma imagem saída diretamente de uma pasta de conteúdo pornô. Naquela noite, ela parecia uma pessoa completamente diferente: camiseta branca lisa para dentro da calça jeans, nenhuma maquiagem e...

Ainda assim era um soco no estômago. Ainda podia estar naquela pasta. Ele se perguntou se alguma versão dela não estaria.

– Desculpe o atraso, eu... – Ela deu de ombros.

– Não conseguia se decidir?

– Mais ou menos isso.

Ela se sentou na banqueta ao lado dele, os lábios curvados naquele seu pequeno não sorriso.

– Então decidi. Pensei que, se você ainda estivesse aqui, talvez fosse o destino.

– Você não acredita em destino.

– Nunca acreditei. E você?

– Acho que é bobagem.

Ela ficou em silêncio, um silêncio daqueles cheios de olhares e tensões borbulhando.

– Amanhã. Ainda vai jogar golfe com Eric Sommers? Vai tentar convencê-lo a...

Ele assentiu e ela desviou o olhar, os lábios apertados.

– Isso é errado. O que você e seus amigos estão fazendo é errado, cruel e...

Ela parou, contendo a raiva, e ele ficou mais tentado a se justificar do que nunca. *Você não sabe de tudo, Rue. Na verdade, suspeito que não saiba de nada. Deixa eu te contar umas coisinhas.*

– Olha, não precisamos subir – disse ele, a voz calma.

Porque, de repente, mais do que transar com ela, ele queria *explicar* tudo para ela. Se Rue compreendesse, talvez os dois tivessem realmente uma chance de... *Uma chance de quê, Eli?*

– Podemos só ficar aqui e...

– Não. Eu já estou traindo a Florence mesmo. Se ficarmos aqui *batendo papo*, vai ser pior. – Ela mordeu o lábio. – Não quero que fique nenhum mal-entendido: eu desprezo a Harkness e o que vocês estão fazendo.

– Certo.

Ele tentou manter o tom de voz leve e divertido. *Está magoado?*, provocou uma voz parecida com a de Hark. *Porque essa mulher que mal conhece não gosta de você?*

– É só sexo – continuou ela. – Só uma transa, não precisamos de dilemas morais.

Ah, Rue. Tem certeza?

– Vamos fazer isso *uma vez* – prosseguiu ela, a voz firme, como se estivesse estabelecendo regras importantes. – Como se Vince não tivesse nos interrompido, naquela noite. Vamos... fingir. Ainda é terça-feira e isso está acontecendo antes de eu descobrir que você trabalha para a Harkness. A gente resolve isso e nunca mais pensa no assunto.

Espero que esteja certa, Rue, porque não sei se meu amor-próprio vai durar muito mais ao seu lado.

Talvez ela estivesse certa. Eles precisavam tirar um ao outro da cabeça, e rápido. A novidade era um estimulante poderoso – tirando isso, talvez sobrasse pouca coisa entre eles.

Eli levantou a mão, o cartão do quarto de hotel entre os dedos indicador e médio.

– Pronta?

– Faz tempo.

Ficaram em silêncio no elevador, a princípio olhando para a frente, até as portas se fecharem, depois se virando um para o outro. Eli pensou em se aproximar, começar logo e puxá-la para que ela sentisse seu desejo, mas ficou apenas olhando e absorvendo a presença dela. *Vou ser recompensado pela espera*, pensou ele. Não haveria repetições. Precisava registrar bem cada momento.

Quando ele sorriu, Rue não sorriu de volta, mas também não desviou seus olhos grandes e observadores. As portas se abriram e ele fez um gesto para que ela saísse primeiro. O coração de Eli, incrivelmente ritmado até então, começou a acelerar.

Seguiu-a pelo corredor. Abriu a porta para ela. Observou-a entrar no quarto e dar uma olhada ao redor, indiferente. Antes que ele a tocasse, beijasse ou sequer pegasse em sua mão, ela parou diante da janela. De costas para ele, mirando o brilho urbano do horizonte de Austin, ela começou a tirar a roupa, e Eli perdeu a capacidade de respirar.

Não havia nada de sensual nem de deliberadamente erótico naquele gesto. Foi o striptease mais pragmático que ele já tinha visto. Ainda assim, precisou se escorar na parede. Parar por um momento e recuperar o fôlego enquanto ela não exatamente dobrava a camisa, calça, sutiã e calcinha, mas os colocava bem arrumados sobre a mesa de madeira. Enquanto se despia, ainda sem encará-lo, ela começou a falar:

– Minha primeira vez foi no ano em que entrei na faculdade. Não lembro o nome do garoto, ou nunca soube. Minhas colegas de quarto queriam dar uma festa antes das férias de inverno. Convidaram vários caras, que convidaram *outros* caras, e foi com um deles que eu transei. Ele até que não era ruim nisso. Sabia o que estava fazendo. Fez com que eu me divertisse. Acho que dei bastante sorte. Mas eu dormi logo depois e, quando acordei, ele já tinha ido embora. Não deixou um bilhete, não pediu meu telefone. Minhas colegas de quarto comentaram quanto ele tinha sido babaca, e como era horrível que minha primeira vez tivesse sido com um idiota desses. Até Tisha, contei a ela por telefone, ficou com raiva por mim. Eu fingi a decepção que esperavam, e nunca tive coragem de dizer a ninguém quanto fiquei *aliviada*. Aquele cara e eu tiramos o que queríamos um do outro e então nos separamos antes que algo desse errado. Pareceu perfeito para mim.

Ela tirou os brincos, virando o rosto na direção de Eli, e seus olhos se encontraram novamente. Depois, ela se virou para ele, que só conseguia encará-la fixamente.

Era ela.

Rue.

Nua.

O pau de Eli ficou tão duro, e tão rápido, que ele teve certeza de que era seu fim.

Seria o servo dela. Faria qualquer coisa que Rue quisesse. Ele teve que colocar as mãos para trás, imprensá-las entre seu corpo e a parede, para evitar o impulso de tocar, agarrar, *tomar para si*.

– Algum problema? – perguntou ela.

Ele não conseguia assimilar o corpo dela. Rue era curvilínea de um jeito que o lembrava dos filmes que a avó costumava assistir, de atrizes em quem ele pensava quando sexo ainda era apenas uma ideia confusa em sua cabeça. *Mediterrânea*, ele pensou. Com quadris arredondados, barriga e ombros arredondados, e seios magnificamente voluptuosos e arredondados. As pernas eram suaves e tinham um formato lindo, e talvez fosse por causa da expectativa dos últimos dias, mas ele pensou que nunca tinha visto algo tão encantador em todos os seus anos naquele maldito planeta. Já tinha apreciado olhar para diversas mulheres, todas muito diferentes e todas lindas, mas havia algo em Rue que parecia quase...

Comovente, ele pensou, e riu de si mesmo, uma risada baixa, mas que ainda assim ecoou no quarto silencioso. Bastavam uns dias cheio de tesão e ele começava a escrever a porra de um soneto sobre a bunda dela. Uma bunda espetacular e deliciosa. Que balançou de leve quando ela deu um passo para o lado – era uma obra de arte do caralho.

– O que foi?

Ela se aproximou dele, as sobrancelhas arqueadas de curiosidade.

O corpo dela estava completamente exposto, inabalável, e sua confiança tranquila o deixou ainda mais excitado, ainda que ele tivesse acreditado que isso fosse impossível.

– Nada. Você é... – *Maravilhosa. Doce. Encantadora. Gostosa.* – ... bonita.

– Obrigada.

Ela curvou a boca em um sorriso, como se tivesse gostado do elogio, e ele quis fazer mais um milhão. Escrever todos na porra da Biblioteca de Alexandria.

– No aplicativo, você escreveu que concordava com os meus limites, certo?

Ele assentiu, se lembrando da mensagem que andara olhando uma quantidade meio vergonhosa de vezes nos últimos dias. Já tinha até decorado, mas todas aquelas palavras frias agora pareciam contrastar com aquele corpo rosado, suave, glorioso. Um dia ele ia morrer e alunos de medicina encontrariam aquelas palavras gravadas em seu cérebro.

Pra você saber, eu não gosto muito de penetração. Se isso for uma questão, melhor deixarmos pra lá.

– Você continua não querendo transar? – perguntou ele.

Ela franziu a testa, confusa. Depois, arregalou os olhos.

– Você quer dizer ter relação sexual com penetração?

Ela falava como uma ginecologista. E ele estava morrendo de vontade de tocá-la. Estava pronto para implorar que Rue lhe deixasse enfiar o rosto no espaço entre as pernas dela.

– É.

Ela assentiu.

– Correto.

Ele ficou curioso a respeito do motivo, mas ela não ofereceu uma explicação. De todo modo, talvez ter menos opções fosse uma coisa boa. Ele tinha tantas ideias que não envolviam botar o pau dentro dela que poderia passar uma semana inteira as colocando em prática. Era possível que ficasse só olhando para ela durante um tempo e as coisas acontecessem.

– Tudo bem – concordou ele, dividido.

Queria que Rue aproveitasse, e *muito*, mas também estava completamente focado nos próprios desejos e necessidades. A expectativa durara muito tempo. Durara...

Merda. *Quatro dias*. Eles tinham se conhecido quatro dias antes. A sensação era de que estava nadando contra uma correnteza fortíssima havia um ano, pelo menos.

– Vem aqui – murmurou ele, e ficou meio apaixonado pela rapidez com que ela atendeu ao pedido, por ela ter parado tão perto, por sua postura ereta.

Ela estava ao seu alcance. Ele podia tocar onde quisesse. Os dedos tremeram, impacientes.

E ainda assim, Eli se pegou levando o polegar até a boca de Rue. Aquele era seu norte verdadeiro.

– Essa sua boca me mata – comentou ele.

– Você falou. – Ela deu de ombros. E a forma como seus peitos balançaram poderia facilmente contar como um divisor de águas na história da vida sexual dele. – É estranha, assimétrica. A parte de cima e a de baixo, quero dizer.

Ela soou calma, mas seu tom de voz era ávido.

– Você quer que eu te chupe? – ofereceu ela, direta.

Os músculos, os nervos, todos os ossos de Eli se retesaram, se inclinando na direção dela.

– *Você* quer? – perguntou ele.

Ela assentiu sem hesitar. Eli mal conseguiu processar aquela resposta.

– Acho que não é uma boa ideia – disse ele, por fim. – Não dessa vez.

– Não vai ter outra vez – lembrou ela.

Ele ficou ainda mais excitado. Trincou os dentes antes de forçar um sorriso.

– Se essa é minha única chance, então sim. Adoraria que você chupasse meu pau.

Eles estavam sendo *tão* educados, do tom pragmático dele ao meneio de cabeça dela em resposta. As mãos de Rue foram rápidas e eficientes ao abrir o cinto e o botão da calça dele. Ela fez menção de se ajoelhar e...

– Espere – interrompeu ele.

Rue o encarou com os olhos bem abertos, e o impulso de carregá-la para casa e mantê-la lá por meses, ou até a coisa toda com a Kline acabar, o que acontecesse primeiro, foi tão forte que Eli precisou se acalmar. Com a mão no braço dela, ele a puxou de volta para cima.

– Eu te devo uma história. Uma das nossas.

Algo horrível, era o que ele queria dizer. Vergonhoso e nunca dito a ninguém. Rue entreabriu a boca. Assentiu, na expectativa.

– Minha primeira vez foi com minha namorada do ensino médio. Eu era louco por ela, Rue. Ficamos juntos por dois anos e, juro, eu estava pronto para me casar com ela. Então um dia, quando os pais dela tinham saído, fui até sua casa fazer uma surpresa e a encontrei transando com outro. – Ele engoliu em seco. – Era um cara que jogava no time comigo, e aquilo estava rolando havia meses. Eles acabaram se casando. Pelo que fiquei sabendo, tiveram filhos. Acho que são felizes.

Não havia sinal de pena nos olhos azuis de Rue, apenas uma afirmação silenciosa de que ela estava ouvindo – assim como ele a ouvira antes. Exatamente o que os dois precisavam. Ele a puxou para si, mergulhou os dedos por sua nuca e a beijou com a mesma intensidade da noite anterior. Só que, daquela vez, ela estava completamente nua, e ele, completamente vestido. Seu cérebro não estava funcionando muito bem, as lembranças estavam, na melhor das hipóteses, meio embaralhadas, mas aquele podia ser facilmente o momento mais erótico de sua vida adulta.

Inacreditável, pensou ele, afastando-se e olhando para os seios dela imprensados no algodão de sua camisa. Ele já estava sem fôlego. O pau latejava contra a braguilha da calça jeans.

– *Agora* você pode me chupar.

Rue se ajoelhou graciosamente. Terminou de abrir a calça e libertou seu pau da cueca com mãos ao mesmo tempo ásperas e macias. Dava para sentir a respiração pesada dela sobre sua pele.

– Para – mandou Eli, com um toque de pânico na voz, e Rue se afastou com uma expressão confusa.

– Você já fez isso, né?

Ele riu. Meu Deus, estava *completamente perdido* com ela.

– Esqueci de perguntar se você quer usar camisinha.

Ela fez uma careta.

– Odeio o gosto, e você me mandou seus exames de ISTs no aplicativo. Mas se você preferir...

– Não. De jeito nenhum.

Ela então o colocou na boca, e Eli quase morreu. Era quente, molhado e lento de um jeito familiar e ao mesmo tempo completamente novo, e ele teve certeza de que alguém colocara alguma droga muito potente em sua cerveja, porque era a única forma de explicar os joelhos trêmulos e aquele formigamento na base da coluna.

Ele fechou os olhos, virou a cabeça para trás e apenas *sentiu*. Os dedos dela envolvendo a base do pau. A língua rodopiando em volta da cabeça. E então, quando ela se afastou, apenas o ar frio do quarto.

– Você não está nem olhando.

Ela deu um beijinho em sua ereção, seguido de uma leve roçada dos dentes. Os nós dos dedos encostaram nos testículos, e *puta que pariu*.

– Depois de falar tanto da minha boca.

– Não estou conseguindo...

Ele se recompôs. Procurou pela parte de si que sabia que não era legal gozar na boca de uma mulher vinte segundos depois que ela começara o boquete. Agarrou-se a essa parte com força. Recusou-se a mergulhar naquele despenhadeiro de humilhação.

– Me dá só um segundo.

– Claro.

Ela esperou, e era disso que ele precisava. Alguns segundos depois, conseguiu voltar a abrir os olhos sem passar vergonha.

– Tudo bem – disse ele, achando um pouco de graça do próprio descontrole. – Tudo bem.

– De volta ao trabalho?

Ele assentiu, e dessa fez ficou observando os lábios carnudos de Rue e todo o resto: os cachos escuros cobrindo os ombros dela, os mamilos rosados ficando mais duros e proeminentes, o azul cálido de seus olhos, quando ela o encarava. A coluna levemente arqueada. A posição ao mesmo tempo subserviente e desafiadora. E ali, na confusão do prazer, ele pensou em como seria tê-la à sua disposição. Um universo em que ela lhe concedesse o controle. O poder de fazer o que quisesse com ela.

Soltou um riso ofegante e segurou o rosto dela, tentando se lembrar da última vez que alguém o tinha chupado. No começo do ano, em Seattle, talvez. Ou em Chicago? Não fora há *tanto* tempo. Mas tinha sido assim tão indecentemente bom? *Alguma coisa* na vida já tinha sido? Ele queria que durasse para sempre. Queria tocá-la mais um pouco. Queria enfiar o pau nos peitos dela, mas para isso Rue ia precisar parar o que estava fazendo.

– Puta merda, você fica linda demais com meu pau na boca. É tão boa nisso como é em todo o resto – murmurou ele, e o som que ela fez antes de lamber suas bolas devagar deixou claro que tinha entendido aquilo como o elogio que era.

Rue não conseguia colocar tudo na boca, mas estava se esforçando, e *aquilo* era o mais excitante de tudo. Nada de truques, apenas entusiasmo e o fato de ser *ela*. Eli adorava – não, ele *amava* pra caralho que a mão livre dela estivesse se movendo entre as próprias coxas.

– Você curte isso? – perguntou ele, com curiosidade genuína.

Rue se afastou, fazendo um som de estalo tão obsceno que ecoaria na mente de Eli até seu leito de morte.

– Está perguntando se gosto de chupar pau de modo geral? – Ela passou a língua na parte de baixo da ereção dele, e Eli gemeu. – Ou se gosto de chupar o seu?

Se houvesse alguma premiação para aquilo ali, Eli a indicaria. Porra, *não*, ele a manteria em segredo. Fugiria com ela, avarento e ganancioso, com seu pequeno tesouro.

– Eu não amo pensar em você fazendo isso com outra pessoa – disse ele, o polegar acariciando a bochecha direita dela.

Estava mais uma vez sendo inapropriado e passando dos limites, agindo como se tivesse direito a ela, mas, em vez de lhe dar uma bronca, Rue enfiou o rosto na base do seu pau e deu um beijo em seu quadril, o que o fez imaginar se aquele ponto tinha se transformado em uma zona erógena.

Rue Siebert. Mudando sua composição celular a cada olhar sério que lhe dirigia.

– Normalmente, eu não ligo muito. Mas... – Duas linhas paralelas surgiram entre os olhos dela, e talvez fosse apenas o desejo dele falando, mas não. Ela realmente disse: – Dessa vez, está sendo mais gostoso do que em qualquer outra que eu me lembre.

Eli já tinha escutado muita sacanagem, e adorava ouvir as mulheres pedindo descaradamente que batesse nelas, metesse em diferentes orifícios, que fizesse com elas o que *ele* quisesse. Ainda assim, não se lembrava de ter ficado tão alucinado quanto naquele momento, apenas com a confissão reflexiva e suave de Rue.

– Acho que já é o suficiente – disse ele, segurando-a pelo cabelo e afastando-a gentilmente.

Ela deu uma última chupada, e o som foi tão lascivo que fez os joelhos de Eli tremerem.

– Mas você não gozou ainda – retrucou ela.

Ele segurou o próprio pau, como se pudesse contê-lo. Merda. *Merda*.

– Deveria?

Teria sido fácil. Lambuzar você toda.

– Não é esse o objetivo?

Exatamente, rugia cada vértebra da coluna dele. Mas...

– Quando é que isso acaba, Rue?

Ela olhou para ele, sem expressão, e Eli continuou:

– Amanhã de manhã? Quando você ficar entediada? Quando nós dois gozarmos?

Ela pensou por um momento, aquela expressão séria que inspirava Eli a querer fazer coisas indizíveis com o rosto lindo dela.

– Quando nós dois gozarmos.

– Então vamos fazer outra coisa – sugeriu ele.

Eli a puxou de volta para cima, beijou-a outra vez e correu as mãos por seu corpo, envolvendo suas nádegas e apertando a pele macia.

– Isso é tão... – Ele apertou com força. Nossa, podia ter feito muito pior. – Talvez eu goste tanto da sua bunda quanto da sua boca.

Ela o encarou. Abriu um sorriso leve.

– Eu devia ter imaginado.

– Imaginado o quê?

Dava para notar que ela estava se divertindo.

– Que você falava tanto durante o sexo.

Ele falava? Não tinha nem ideia. Nunca se considerara particularmente falante.

– Eu acho... – disse ele, a boca ainda colada à dela. – Que gosto de me lembrar de que é com *você* que estou fazendo isso.

Como se fosse possível esquecer.

– O que você quer? Como faço você gozar?

O sorriso dela ficou mais largo.

– Olha. Você não sabe o que fazer.

– Correto – concordou ele, sarcástico. – Nunca fiz uma mulher gozar. Por favor, me ensine.

Ela o puxou da parede e tirou sua camisa, os dedos frios em seu torso. Eli tentou se lembrar de alguma outra vez em que alguém tivesse tirado sua roupa, mas não conseguiu, nem mesmo as mulheres com quem morou. Ele tirou os sapatos, mas então as mãos dela começaram a explorar lugares inesperados. A cintura. A linha que dividia seu peitoral. A parte interna de seu bíceps. Ele queria sentir a pele nua dela contra a sua, mas Rue parecia perdida no próprio mundo.

– Eu não achava... – começou ela. E parou.

– O quê?

– Que me sentiria tão atraída por homens com um corpo assim.

Rue segurou o ombro dele. Uma unha pintada de vermelho percorreu o bíceps, o esmalte descascando.

– É por causa do hóquei que você jogava na faculdade?

– O quê?

Ela deu de ombros.

– Os músculos, eu acho.

– A maior parte, sim.

Ele a guiou para se deitar de costas, os quadris bem na beirada da cama, e se inclinou sobre ela, lambendo a lateral de um seio enquanto segurava o outro. Os peitos dela eram grandes e sensíveis, e preenchiam sua mão de um jeito lindo, transbordando de forma intensamente pornográfica. Ela ficou mais ofegante quando ele esfregou os mamilos com o polegar, depois chupou e mordeu, mordiscando a parte de baixo. Beliscou um mamilo, passando um pouco da delicadeza, e o corpo belo e macio dela se arqueou todo na cama, o peito pressionado contra sua boca. Perfeita. Ela era *perfeita* pra caralho.

E ele ia ser muito *bom* com ela.

– Como prefere que eu te faça gozar? Dedos? Boca? Pau?

Ela arfou.

– Eu disse que não...

– Fala sério, Rue. Sabe que consigo fazer você gozar com meu pau *sem* precisar colocar ele dentro de você.

Ela fechou os olhos por um momento e, quando os reabriu, estavam mais brilhantes.

– Por que você não me surpreende?

– Porque você tem limites e preferências, e eu não quero estragar minha única chance.

Os dois se encararam por um momento longo e carregado. Ele esperou, esperou, mas ela não respondeu.

– Está bem – murmurou Eli, ajoelhando-se diante da cama.

Quando ele a puxou pelos quadris, Rue arfou, chocada, mas manteve os pés no ombro dele, bem onde Eli os havia colocado.

Ela gostava daquilo – um pouco de agressividade. Um toque de violência. Ceder o controle. Tanto quanto ele gostava de tomá-lo. Se aquilo fosse o começo de uma história, eles poderiam explorar esse lado. Negociar. Ela o deixaria assumir o comando, Eli tinha certeza, e talvez até um pouco mais do que isso. Mas aquilo ali estava mais para o fim da história, então ele a abriu com os polegares... sua boceta linda, intumescida e melada.

– Muito bem.

Ele a beijou logo acima do clitóris. Sentiu-a tremer.

– Gosto de mulheres que ficam bem molhadas.

– E-Eu fico?

– Pra caralho – disse ele, antes de percorrê-la com a língua.

Ele adorava fazer isso. Era algo que curtia sem pudores e com entusiasmo desde que era adolescente – os sabores, os cheiros, os sons. E com Rue... talvez parecesse especial porque ela costumava ser tão reservada. Ainda estava quieta, nada de gemidos altos nem gritinhos, nada feito deliberadamente para demonstrar prazer, mas sua respiração estava ofegante, as coxas pressionavam as orelhas dele, os quadris se moviam contra sua boca. Eli sentia cada uma daquelas reações diretamente no pau.

Eu faria isso um milhão de vezes, pensou ele. *Passaria um milhão de horas aqui. Com você.*

Esperava que essa sensação passasse depois do orgasmo. E já que o mesmo provavelmente valia para Rue, quando ela começou a chegar perto do clímax, com o abdômen contraindo sob a palma da mão dele e o corpo tremendo, Eli se afastou.

Ela soltou um suspiro meio melancólico. Eli quis voltar e fazê-la gozar – ou deixá-la ali com ele para sempre naquele limite.

– Ainda não. – Ele olhou para o corpo trêmulo e enrubescido dela. Rue estava tão *perto*. Tão *linda*. – Posso colocar os dedos dentro de você?

Ela assentiu com veemência.

Ele ergueu a mão.

– Quantos?

Uma pausa.

– No máximo dois.

Ele se deitou ao lado de Rue, e a sensação de penetrá-la foi tão escorregadia e apertada que a ideia de nunca meter naquela mulher lhe pareceu desoladora. Quando ela fez uma expressão de puro prazer, Eli enfiou o outro dedo, e aquilo foi como um divisor de águas.

– Ai, meu Deus – sussurrou ela, arqueando os quadris contra ele.

– Ah, é? Está gostoso?

Ele curvou os dedos e as coxas dela começaram a tremer.

– Acho que está – disse ele, a boca no ombro dela.

Com o polegar, Eli tocou de leve o clitóris dela, e foi como acender um fósforo.

Aquilo era para ser apenas uma paradinha. Um pequeno desvio antes de

Eli fazer todas as outras coisas que queria. Morder a bunda dela, chupá-la um pouco mais, de repente enfiar o pau entre os peitos dela, e *só então* fazê-la gozar. Mas Rue se contraiu de repente ao redor dos dedos dele, com um sobressalto ofegante, e então tudo naquele quarto de hotel ficou absolutamente incontrolável.

– Porra. *Porra*, você está quase lá.

Ela virou a cabeça, o olhar perdido na direção dele.

– Eu... – Ela ofegou, a boca colada à dele. – Sim. Eu vou gozar.

Ele roçou o clitóris dela, e pronto. O corpo de Rue se arqueou em uma curva de puro prazer, os olhos abertos e fixos, os lábios entreabertos em um grito mudo, e ela estava tão... linda e gostosa e encantadora que Eli se perdeu. O orgasmo o atingiu feito um trovão, sem qualquer aviso. Ele apertou o pau contra a carne macia do quadril dela e gozou como um trem desgovernado, o prazer jorrando dele em rajadas pulsantes.

Ele começou a beijá-la por instinto, antes mesmo de terminar de gozar. Então continuou beijando, e beijando, e beijando, até o fim do orgasmo dela e o auge do dele. Ela não o beijou de volta o tempo todo, assoberbada pelos tremores que percorriam seu corpo, mas manteve a boca colada à dele, mesmo quando o prazer aos poucos começou a se dissipar. O suor secou, os batimentos cardíacos voltaram ao normal e, quando chegou a hora de soltá-la, Eli descobriu que não conseguia. Seus dedos ainda estavam entre as coxas dela, então ele começou a fazer círculos suaves ao redor do clitóris, causando pequenos choques, e correndo os dedos pela entrada melada que...

Não tinha acabado ainda. *Não podia* ter acabado. Eles estavam apenas começando, e tudo que ele podia fazer com ela, as coisas que podiam fazer um com o outro iam muito além do que...

Rue se afastou.

– Eli. – Ela segurou o pulso dele. – Preciso ir.

– O quê?

– Por favor.

Ele se afastou, dando espaço a ela, mas disse:

– Rue. Fala sério.

Com o corpo trêmulo de prazer, ela se levantou da cama. No momento em que ficou de pé, as pernas quase cederam. Eli se adiantou e a segurou antes que ela caísse.

– Rue? O que é isso?

– Estou bem.

Ela respirou fundo e levantou a mão, como se para impedi-lo. Parecia fraca. Diferente.

– É só... uma cãibra, eu acho.

Ela se virou para ele, e parecia *acabada*. Destruída. Tão perdida quanto ele se sentia, e Eli quis puxá-la de volta. Colocá-la sob seu corpo. Queria limpá-la e começar tudo de novo, milhares de vezes.

– Rue.

Ela o ignorou, ficando em silêncio e séria enquanto limpava o sêmen do corpo com a calcinha, vestia a camisa com mãos trêmulas, pegava a calça. Tudo *sem* olhar nos olhos dele.

Eli deu uma risada ofegante.

– Você realmente... Pra você, terminou. – Soou meio como pergunta, meio como afirmação.

– Sim. – Ela deu de ombros. Sua voz ofegante destoava do tom de indiferença. – Pra você não?

Claro que não, ele pensou. Mas não disse nada.

– Estou indo. Eu... Obrigada. Foi divertido. Talvez a gente se veja de novo. Se não, tenha uma boa vida e tudo mais.

Ela foi embora antes que ele pudesse pensar numa resposta. Eli viu a porta se fechar e, quando olhou ao redor, deu de cara com a calcinha dela esquecida, um punhado de algodão azul-escuro sobre o lençol.

Eli tampou os olhos e se perguntou de onde foi que saiu a ideia de que uma vez só ia ser o suficiente.

12

TESTE DE BECHDEL: REPROVADAS

Rue

No domingo, de manhã cedo, eu me arrastei para fora da cama depois de uma noite inquieta me revirando no colchão. Tomei banho, desfrutei de um longo, silencioso e luxuoso café da manhã composto de mingau de aveia e frutas vermelhas, e fui trabalhar.

Trabalhar no fim de semana não era parte da minha rotina. Eu já tinha trabalhado de graça o suficiente durante a pós-graduação e nos estágios pré-Florence, e gostava de manter um mínimo de equilíbrio entre a vida pessoal e o trabalho, ainda que, de modo geral, eu passasse os fins de semana fazendo bem pouca coisa, fosse em casa ou na Tisha.

Mas Tisha estava na festa de aniversário de uma tia-avó lá na zona sul de Austin, e, embora eu tivesse um convite vitalício para todos os eventos da família Fuli, evitava aqueles que envolviam parentes que eu não conhecia. Então fui trabalhar e fiquei lá até o céu escurecer e meu estômago roncar. Durante aquelas nove horas, meu telefone vibrou com mensagens exatamente duas vezes, mas eu estava ocupada submetendo minhas amostras a uma citometria de fluxo. Só fui me dar ao trabalho de lê-las quando voltei para o carro, e foi quase sem querer – um toque acidental quando cliquei no aplicativo de lanterna, já que os sensores de iluminação do lado de fora da Kline estavam quebrados e a manutenção ainda não tinha ido trocá-los.

As mensagens eram de um número desconhecido de Austin. A primeira: Você está bem? E aproximadamente uma hora depois: Rue, preciso saber se você está bem.

Eli *não* tinha apagado meu número quando pedi. Ou talvez ele tenha me encontrado na lista de funcionários da Kline – como saber? E, na verdade, quem se importava? A pura trivialidade daquela situação toda poderia ter me arrebatado, como uma folha carregada por uma tempestade. Joguei o celular no banco do carona, sem a intenção de responder. Depois de ligar o carro, mudei de ideia.

Então, a gente tinha transado, e tinha sido...

Tinha sido tudo.

Nós tínhamos combinado que atividades sexuais mutuamente satisfatórias seriam o ponto-final na frase que fora nosso contato. Não responder à mensagem apenas deixaria Eli preocupado e abriria espaço para orações subordinadas das quais nenhum de nós precisava. E já que ele provavelmente tinha passado o dia tentando convencer um dos membros da diretoria da Kline a lhe entregar a tecnologia conquistada com o sangue, o suor e as lágrimas de Florence, eu *não* queria permitir algo assim. *Não* o queria na minha vida.

Estou bem. Trabalhei o dia inteiro. Tenha um ótimo
fim de semana.

Era domingo à noite – sobrava pouco fim de semana para ser ótimo. Eu fui para casa, jantei, depois revirei na cama mais uma vez até que enfim estava na hora de voltar para a Kline.

Eli não mandou mais nenhuma mensagem.

Na segunda, eu estava de serviço com Matt, uma tarefa que me fazia desejar lhe dar um cuecão se isso não significasse uma violação para o RH. Na terça, passei o dia inteiro escondida no laboratório. Na quarta, fiquei no meu escritório. Pela primeira vez na vida, consegui preencher toda minha papelada burocrática antes do prazo. Quando Tisha foi me visitar, tive que me levantar para abrir a porta.

– Você se *trancou* no escritório? Estava se masturbando vendo pornô?

– Só estou cansada de gente entrando aqui.

– E entra tanta gente assim aqui? Pensei que sua personalidade belamente gelada mantivesse todo mundo à distância.

– Devo estar falhando nisso.

– Não se preocupe, você ainda passa a impressão de que não salvaria 95 por cento da humanidade se houvesse um apocalipse.

– Ufa.

Tisha me convidou para dar uma volta no parque ali perto, para acompanhá-la até a máquina de lanches e para visitar Florence na sala dela.

– Estou lotada de relatórios para fazer – respondi, e talvez Tisha soubesse que era uma meia mentira, mas era o tipo de amiga que não apenas me concedia amor incondicional, mas também o espaço de que eu precisava.

Florence passou pelo escritório para perguntar sobre o progresso da minha patente, e a culpa e a vergonha que senti ao ver seu rosto sorridente quase me paralisaram.

– Alguma novidade da Harkness? – perguntei, sem tentar fingir desinteresse.

Florence revirou os olhos.

– Toda a puxação de saco que eles andaram fazendo com Eric Sommers deve ter dado certo, porque foi convocada uma reunião de diretoria. Pelo menos os Tartarugas Ninja da aquisição hostil não apareceram por aqui nos últimos dias.

Eu devia ter ficado decepcionada que a pessoa que eu vinha me esforçando tanto para evitar nem estivesse na Kline, mas o alívio foi maior do que todos os outros sentimentos. Florence pareceu preocupada.

– Eli Killgore não anda perturbando você, anda?

Senti um buraco no estômago. Não consegui responder, e Florence percebeu.

– Rue, se ele tiver feito alguma coisa com você, eu juro que...

– Não, ele não fez nada. Ele... A gente não tem se visto.

Mentirosa. Mentirosa. Mentirosa sem vergonha e ingrata.

– Tudo bem, que bom. – Ela pareceu aliviada. – Dá para perceber que você está preocupada comigo e com a Kline, Rue, mas não fique, está bem? Não vale a pena perder seu tempo com isso. Concentre-se na ciência.

A compaixão e o senso de proteção só aumentaram a minha culpa. Tentei imaginar como eu me sentiria se Florence transasse com um cara que estivesse tentando roubar minha patente, e a magnitude dessa traição era descomunal. Eu tinha feito merda, e sabia disso. Fui egoísta. E ia ter que lidar com a vergonha e com a consciência de que ficar com Eli tinha sido tão...

Não importava.

Na quinta-feira, enfim consegui ter uma boa noite de sono, e na sexta eu já estava de volta aos trilhos. Os corredores azuis da Kline já não pareciam um oceano cheio de tubarões sedentos por sangue e prontos para o bote, e sim um lago tranquilo no qual o máximo de agitação possível era descobrir quem tinha começado um pequeno incêndio no laboratório D.

Até que uma garça mergulhou para a caça.

♥ ♥ ♥

– Está de sacanagem comigo? – perguntou Tisha no almoço, quando lhe contei sobre a notificação. – Seu irmão não tem a menor condição de ter um *advogado*.

– Pelo visto, ele tem.

– Ele está te processando?

– Não. É uma notificação extrajudicial.

– E o que diz?

Remexi meu macarrão pelo prato.

– Diz que, pela lei de Indiana, se as duas partes não chegarem a um acordo, o tribunal pode determinar que a propriedade seja vendida.

– É verdade?

– De acordo com o meu advogado, sim.

– Quem é seu advogado?

– O Google.

– Porra nenhuma. Nyota é sua advogada. A escrotinha da minha irmã vai dar um jeito no bostinha do seu irmão. Parece até poesia.

Eu sorri.

– Nem sei por que estou sendo tão teimosa a respeito dessa cabana.

– Eu sei. – Tisha se inclinou para a frente. – Não preciso de um diploma em psicologia para saber que a sua relação com a sua mãe e o seu irmão foram arruinadas de modo irreparável, e você quer se conectar com *alguma* parte da sua família, e essa cabana é tudo que resta do seu pai.

– Mas eu não sou tão sentimental. – Inclinei a cabeça para o lado. – E você tem diplomas em francês e em ciência da computação.

– Exatamente.

Mais tarde, eu estava voltando de uma reunião de controle de qualidade quando os vi.

Quando *o* vi.

Eli estava no fim do corredor, de óculos novamente, a cabeça abaixada e prestando atenção em algo que Minami Oka dizia, provavelmente algo particular e muito íntimo, pela forma como estavam próximos. Ele levantou uma sobrancelha daquele jeito que já estava gravado no meu cérebro, e a Dra. Oka riu e fingiu lhe dar um soco no braço e...

Continuei andando, um calor me subindo pela garganta.

Lá estava ele de novo. A serviço da Harkness. Rindo, como se as coisas terríveis que faziam com a Kline, *conosco*, fossem apenas uma piada. Fiquei sentada à minha mesa por diversos minutos enquanto cada momento, cada segundo, cada toque, respiração ofegante e olhar daquele último sábado me arranhavam como pregos descendo pelas minhas costas. Eu já tinha ficado com ele. Por que *ainda* o queria? O que eu deveria...

Uma batida à porta.

– Dra. Siebert? Olá.

Merda.

– Olá.

– Eu sou a Minami. Da Harkness. Muito prazer em conhecer você.

– Rue.

Eu me levantei e apertei a mão dela por cima da mesa, da montanha de post-its e do calendário semanal que Tisha me dera de presente de Natal. Cada página tinha uma selfie.

De Tisha.

– Você tem um minutinho para conversar?

Eu me perguntei se seria sobre Eli. Depois, achei que estava ficando maluca: nós éramos duas engenheiras em um ambiente profissional – com certeza conseguiríamos passar no teste de Bechdel.

– Por favor, sente-se. Como posso ajudar?

– Eu estava dando uma olhada na sua pesquisa, na verdade. Um colega me contou sobre seu revestimento microbiano, porque tem a ver com o trabalho que eu fiz no doutorado.

Teste de Bechdel: reprovadas.

– Você trabalhou com conservação de alimentos?

– Por um tempo. Minha tese acabou sendo sobre biocombustíveis.

– Entendi.

Isso explicava o interesse da Harkness na Kline. Se Minami era especialista no assunto, ela com certeza sabia do valor da pesquisa de Florence.

Senti a raiva crescendo dentro de mim.

– Tenho um tempinho agora antes de uma reunião. – Minami parecia sincera. Legal. – Adoraria saber mais sobre o seu trabalho.

– Eu faço relatórios a cada quinze dias, que ficam disponíveis para qualquer um ler. Você tem acesso ao nosso diretório científico?

– Tenho. Mas adoraria ouvir de você...

– Não – respondi com suavidade. – Sinto muito.

Minami arregalou os olhos, mas manteve o sorriso.

– Se estiver ocupada, podemos...

– Não é isso. Não quero ser grosseira, mas também não quero desperdiçar seu tempo. Florence Kline é uma das minhas melhores amigas.

O sorriso de Minami não se alterou, mas seus olhos perderam um pouco do brilho.

– Bom, é uma pena, mas eu entendo. – Ela apertou os lábios. – Olha, Rue, talvez não seja da minha conta, mas acho que todo mundo tem direito de ser avisado...

Outra batida à porta a interrompeu.

– Está pronta? A diretoria chegou.

Era a voz de Eli. Meu coração bateu tão forte que tive certeza de que ele podia ouvir. Suas mãos seguravam as laterais do batente e eu me concentrei em seus longos dedos para evitar encarar seus olhos. Foi só quando Minami se levantou que eu percebi que ele não estava ali por *minha* causa.

– Vou passar no banheiro e encontro você lá, Eli.

– Combinado.

Ela se despediu de mim, passou por baixo do braço de Eli e nos deixou ali. Sozinhos.

Fiquei olhando para o ponto onde ela tinha sumido, me sentindo perturbada.

– Rue – disse Eli.

Não consegui fazer nada além de retesar todos os meus músculos. Na esperança de que aquilo evitasse que eu me estilhaçasse em mil pedacinhos.

– Rue – repetiu ele, dessa vez parecendo achar graça.

Como se eu fosse uma piada.

Você precisa responder. Não pode ignorá-lo. Não tem motivo para isso.

Ergui os olhos.

– Desculpe. Estava distraída. Oi, Eli.

Nossos olhos se encontraram e de repente senti como se ele estivesse me tocando. Fazendo elogios depravados no meu ouvido enquanto eu gozava descontroladamente. Segurando meu cabelo pela nuca e me mostrando do que ele gostava.

E aí as porteiras se abriram, de verdade dessa vez, em lampejos ardentes e quase dolorosos. Sua boca aberta descendo pelas minhas costelas. Sua óbvia ereção tocando meu quadril. O modo como ele revirou os olhos quando coloquei seu pau na boca. E então o frenesi absoluto provocado por seus dedos dentro de mim.

Eu já tinha feito sexo, sexo bom. Mas com ele tinha sido...

– Rue?

– Oi?

Ele engoliu em seco. Por um segundo, pareceu... irritado, talvez, ou alguma outra coisa. Por *mais* de um segundo. Mas logo superou qualquer que fosse o sentimento e reapareceu com um de seus sorrisos confiantes.

– Tenha um bom dia – disse Eli, talvez achando graça, talvez não.

Ele se afastou da porta e foi embora, seus passos determinados ecoando pelas paredes do corredor vazio, e foi só quando já não conseguia mais ouvi-los que baixei a cabeça e consegui sussurrar:

– Você também.

13

DAQUELAS ABOMINÁVEIS E SECRETAS

Rue

Demorou cerca de duas horas para as palavras de Eli pararem de ecoar na minha cabeça. Depois, Florence apareceu na minha sala.

– O que aconteceu na reunião da diretoria? – perguntei.

– Não aconteceu muita coisa. Eric acreditou em algumas das mentiras deles, então eles conseguiram algumas concessões, mas nada preocupante. Vou precisar mandar alguns documentos no *formato que eles preferirem*. – Ela revirou os olhos. – Eles vão revisar e não vão encontrar nada suspeito, porque não há nada a ser encontrado, e todos ficarão satisfeitos com o tempo perdido. – Florence deu de ombros. – Pelo menos a Harkness prometeu que não vai mais aparecer aqui. Aliás, eu vi Eli Killgore e Minami Oka rondando seu escritório mais cedo...

– Eu... não estava aqui. Não sei.

Ela acenou e saiu, com um sorriso satisfeito, e eu me perguntei quando tinha sido a última vez que mentira tão deliberadamente para uma amiga.

Nunca, pensei, a vergonha me deixando com um gosto amargo na boca. Pelo menos, não que eu lembrasse.

Se a Harkness tinha algo de bom, era que cumpria suas promessas, porque não vi Eli na semana seguinte. Sua ausência em minha vida – e a ausência do estrago que ele provocava nela – pareceu uma recompensa por eu ser, senão uma *boa* pessoa, pelo menos alguém que devolvia os itens do mercado ao seu local de origem quando mudava de ideia no meio das compras, mesmo que já estivesse a muitas prateleiras de distância.

Fui jantar na casa de Florence no aniversário de Tisha, e ela parecia bastante irritada.

– Eles não param de pedir mais e mais documentos, muito além do razoável e do que foi combinado – reclamou Florence enquanto cortava um pedaço do cheesecake. As olheiras escuras estavam de volta. – Estou começando a me perguntar se estão usando as cópias que mandamos para fazer os trabalhos de papel machê dos filhos.

Parei a taça no meio do caminho e me lembrei das palavras de Eli durante a festa de aposentadoria.

– Não podemos dar logo a eles acesso a tudo? Não temos nada a esconder, afinal.

– Poderíamos, *se* acreditássemos que eles estão agindo de boa-fé. Mas sabemos que não. Além disso, não é tão simples. Vários desses documentos precisam ser preparados pelos contadores. Como eu disse, um enorme desperdício de tempo e dinheiro.

Viu, Eli? Eu sabia que Florence teria uma resposta.

– Mas não importa, porque eu tenho um plano para nos tirar dessa confusão.

Ela de repente abriu um sorriso enorme e contagiante.

– Um plano... Eu adoro planos! – Tisha bateu palmas. – Conte, por favor.

Florence fincou uma vela no pedaço de Tisha e lhe entregou o prato.

– Tenho conversado com alguns investidores em potencial. Se tudo der certo, eles vão nos dar o dinheiro necessário para pagar o financiamento da Harkness.

– A Harkness vai aceitar receber o dinheiro e ir embora? – perguntei, cética. – O alvo deles não é o biocombustível?

– Eles não teriam escolha.

Imaginei um futuro em que a Harkness não estivesse na jogada. Como aquilo afetaria o zumbido baixo e constante de culpa com o qual eu vinha lidando... Saber que eu não teria transado com o cara que talvez roubasse a empresa de Florence, e sim com o cara que teria *falhado* em roubar a empresa de Florence.

Eu queria tanto, *tanto* que esse futuro chegasse.

Foi só mais tarde, quando estava colocando nutrientes no meu jardim hidropônico, que realmente me dei conta das possíveis consequências: se Florence tivesse sucesso, eu talvez nunca mais visse Eli Killgore. O alívio foi tão forte que até pareceu outra coisa.

♥ ♥ ♥

– Você tem alguma ideia de quanto custa minha hora de trabalho? – perguntou Nyota enquanto nos falávamos pelo FaceTime.

O celular dela estava apoiado na esteira, e Nyota parecia estar correndo a uns 15 quilômetros por hora com tranquilidade, sua respiração praticamente inalterada. Eu tinha sido atleta durante metade da minha vida, mas *puta merda*.

– Chutaria umas centenas de dólares.

– E estaria certa. Então por que mesmo que estou te dando consultoria de graça?

– Porque eu tenho aquela foto da sua fase gótica de dez anos atrás?

Ela murmurou uma palavra que soou como *luta*.

– Só para você saber, isso é chantagem e extorsão. Ambos são crimes. E eu te odeio. – Ela suspirou. – Eu recebi o contrato que você mandou. Aquele que teoricamente diz que a patente do ravióli é sua, não importa o que aconteça.

– É um revestimento microbiano...

– Sim, você é uma nerd acima de tudo. Todo mundo já sabe. Enfim, ainda não consegui olhar o contrato. Mas eu *olhei* a notificação do seu irmão.

– E aí?

– Sinceramente, não sou especialista em imóveis, mas acho que a melhor coisa a fazer é comprar a parte dele. Tem dinheiro para isso?

Será que eu tinha? A indústria de tecnologia até que pagava bem, e eu tinha algumas economias. Mas será que seria o suficiente para comprar a metade do imóvel que pertencia a Vince?

– Provavelmente não no momento.

– Você pode pegar um financiamento.

Eu poderia. A questão era que meu score de crédito ainda estava péssimo, depois de eu ter abusado bastante dele ao longo do doutorado.

– Com a minha sorte, esse financiamento acabaria nas mãos de um bando de hienas. Ou da Harkness, o que dá no mesmo.

Nyota deu uma risada, o que me deu um estranho senso de orgulho. *Comedora de meleca*, lembrei a mim mesma. *Você não precisa impressioná-la*.

– Tisha me disse que há esperança – falou ela, ainda respirando sem qualquer dificuldade. – Com a Harkness, quero dizer.

– Esperamos que sim. Se Florence encontrar um credor melhor. Ou *qualquer* credor, já que não sei se existe algum pior.

– Não tenha tanta certeza. A Harkness não é tão ruim assim.

Ela notou que levantei a sobrancelha, surpresa, então continuou:

– Não me entenda mal, não existe ética no capitalismo, essa coisa toda. Mas esses caras fazem o tipo menos pior. Adivinha quantas empresas eles já faliram?

Não tinha a menor ideia de qual seria um número plausível. Três? Setecentas?

– Doze.

– Isso foi meio estranho e específico demais, mas não. Nenhuma.

– O que isso significa?

– Eu não chegaria a dizer que eles colocam a responsabilidade social acima do lucro, mas pelo menos eles tentam. Ou talvez eu só esteja meio fascinada porque trabalho no mercado financeiro... Ou seja, convivo com pessoas que não têm uma bússola moral muito forte. Ou fraca. Ou qualquer bússola moral.

Ela deu de ombros no meio da corrida. Impressionante.

– Pelo menos eles não sobrecarregam as empresas que compram com dívidas nem demitem as pessoas. O estilo deles é de longo prazo. O *modus operandi* parece ser investir em empresas em que acreditam e usar o dinheiro para fazê-las crescer. E eles parecem ter uma boa intuição para descobrir quais tecnologias têm bom potencial de mercado.

Pensei em Minami e seu diploma.

– E o que eles estão tentando fazer com Florence? Já tinham tentado tomar a tecnologia de alguma outra empresa?

– Não que eu saiba. Mas não se preocupe, Rue. Eles ainda estão ganhando dinheiro pra cacete e tudo o mais. – Ela deu um risinho. – Você *está* autorizada a odiá-los, se isso te faz feliz.

♥ ♥ ♥

Tisha e eu não tínhamos sido as fundadoras do clube de revistas mensal da Kline, mas Florence nos obrigara a assumi-lo quando nosso antecessor arranjou um belo emprego no Centro de Controle e Prevenção de Doenças e a escassez de voluntários ficou muito aparente. Ainda assim, embora não fôssemos as *pioneiras* do clube, sem dúvida éramos as *melhores*.

Ninguém queria ler artigos científicos no tempo livre, muito menos ter uma discussão em grupo sobre eles. Então, depois que a primeira reunião teve um quórum de três pessoas (Tisha, eu e Jay, que fora obrigado, não tinha lido o artigo e ameaçara chamar o RH), nós decidimos que algumas mudanças seriam necessárias. Entre elas: mudar o clube para as tardes de quinta-feira, arranjar lanchinhos e, mais importante, um orçamento para um barril de chope – algo com que Florence concordara "para incentivar a educação continuada".

A lista de presença aumentou exponencialmente. O "clube de revistas" tinha se tornado sinônimo de "festa não obrigatória aberta à empresa inteira". Até eu, que não era exatamente um exemplo de sociabilidade, curtia o evento por diversas razões: em nove de cada dez ocasiões, era eu quem escolhia o artigo a ser lido (ninguém se lembrava de inscrever suas ideias a tempo); era muito mais fácil para mim interagir com as pessoas dentro da estrutura de uma discussão guiada; e cerveja era um lubrificante social poderoso. *Quando está bêbada, você passa bem menos a impressão de que vai extirpar todos os direitos humanos de quem puxar assunto com você,* Nyota me dissera uma vez, anos antes, ao testemunhar Tisha e eu chegando em casa embriagadas, confundindo a banheira com a cama e usando as buchas da Sra. Fuli de travesseiros.

Eu tinha escolhido interpretar aquilo como um elogio.

Naquela quinta-feira, em meio a discursos acalorados sobre bisfenol A, calúnias envolvendo técnicas de modelagem, arrotos e alguém que enfatizava repetidamente o fato de ter feito pós-graduação com o terceiro autor do artigo, eu tomei várias cervejas.

– ... sem ao menos considerar a ética...

– ... sempre foi um sabe-tudo...

– ... esse copo é meu ou seu?

– ... eles atribuíram a atividade catalítica de forma *completamente* errada.

Aquela última frase foi de Matt. Era trágico, mas eu concordava com ele, algo que não estava disposta a admitir a não ser sob ameaça de aniquilação radical. Então eu me levantei, lancei um olhar para Tisha que dizia *será que não está na hora de acabar com essa porcaria e ir embora?*, e fui até o banheiro mais próximo.

Eu estava alegrinha, definitivamente meio alterada – mas não bêbada o suficiente para ver um fantasma vindo em minha direção no corredor. Eli não podia estar ali, podia? Ele não estava mais autorizado a entrar na Kline.

A calça e a camisa de botão davam a impressão de terem feito parte de um traje completo de terno e gravata, umas oito horas antes. O cabelo tinha sido cortado desde a última vez em que eu passara os dedos por ele. Ainda meio bagunçado, mas um pouco mais curto. Os óculos também estavam em cima do nariz. Não o faziam parecer mais inteligente nem mais suave ou distinto, mas o transformavam no Eli do Capital Privado.

Pior ainda, ficavam bem nele, o que era simplesmente imperdoável.

– Você está bem? – perguntou ele.

Sua voz parecia real demais para ser apenas um eco da minha memória. E ainda assim, só podia ser.

– Por que a pergunta?

– Você está me encarando fixamente há trinta segundos.

Ele parecia feliz em me ver, e aquilo era irritante, estivesse ele feliz *de verdade* em me ver ou fosse apenas uma ilusão da minha cabeça. Ele não tinha aquele direito. Meu cérebro não tinha o direito. Aquela felicidade era imerecida.

– Rue – disse ele, a expressão divertida.

– Eli – respondi, tentando me manter no mesmo tom.

Estendi a mão para cutucar a parte mais próxima do corpo dele. Um bíceps bastante sólido, sem dúvida nem um pouco imaginado.

Fantástico. Eu *adorava* fazer papel de idiota.

– Sabe – falei de forma casual. – Houve uma época, bem antes de eu ouvir a palavra Harkness, em que essa startup aqui era muito legal.

– Aham. É por isso que você está tão obviamente bêbada no seu local de trabalho às seis da tarde?

– É o clube de revistas.

Ele pareceu intrigado.

– Vocês ficam bêbados no clube de revistas.

– Talvez. – Eu dei de ombros. Minha cabeça rodava. – A primeira regra do clube de revistas é que não falamos sobre o clube de revistas.

– Uau. – Ele fingiu recuar. – A Rue Bêbada faz *piadas*?

Pensei em mostrar a ele o dedo do meio, mas Eli ia gostar demais disso.

– Por que está aqui? – Notei a pasta de papel pardo na mão dele. – Roubando propriedade da empresa. Devo chamar a segurança?

Pensei no adorável e idoso Chuck, com sua barriga de chope, o sorriso rápido e seus bons-dias animados. Imaginei-o tentando expulsar Eli da empresa. Minha fantasia não terminava bem para Chuck e, como ele já estava se aproximando da aposentadoria, resolvi abandoná-la.

– Tudo que está nessa pasta me pertence – retrucou ele, meio áspero.

Eu não estava em condições de identificar se era mentira, então não questionei. Nem mesmo quando um longo silêncio perturbador se instalou entre nós dois.

– Como você está, Rue? – perguntou ele, a voz baixa, depois que um ou dois séculos se passaram.

– Bêbada, como você bem destacou.

– Além disso?

Dei de ombros – a execução mais fiel dos meus sentimentos que fui capaz de expressar.

– Seria bom ter uma resposta, já que você está me ignorando há semanas – disse ele em um tom suave.

– Estou? Ou nosso contato apenas chegou ao final natural e predeterminado?

– Talvez tenha chegado.

O maxilar dele se retesou e os olhos ficaram frios, como se Eli não estivesse mais a fim de fingir indiferença.

– E talvez você não tenha nenhuma obrigação com relação à minha paz de espírito, mas eu ainda adoraria saber se, quando ficamos, eu fiz alguma coisa que te chateou. Ou te machucou.

– Não.

Ele tinha passado as últimas duas semanas com essa preocupação em mente? Eu o examinei e um pensamento vagamente embriagado me ocorreu: ele era exatamente do tipo que faria isso. Tinha um jeito de príncipe encantado. Era vigilante. *Ele se importa, ele realmente se importa em fazer a coisa certa. Por que trabalha na Harkness, então?*

– Foi tudo normal.

Ele observou meu rosto em busca de mentiras. Depois abriu um pequeno sorriso.

– Normal, é?

– Bom. Foi muito bom.

Mas não devia ter sido tão bom quanto eu lembrava, com certeza. Eu provavelmente tinha exagerado. Exaltado tudo além da realidade.

Nada era *tão* bom.

– É. – Os olhos dele escureceram. Quando voltou a falar, a voz soava mais rouca: – Eu também achei. Uma pena não poder repetir.

Uma tragédia, eu pensei. Com o álcool correndo pelas minhas veias, aquela regra parecia mais frágil do que nunca. E talvez Eli estivesse lendo minha mente, porque disse:

– Saia comigo, para um encontro.

As palavras pareciam ter jorrado dele de repente, espontâneas. Ele pareceu tão surpreso quanto eu, mas não voltou atrás.

– Um jantar – continuou, decidido, como se feliz por conseguir fazer o pedido. – Me deixe levar você para jantar.

Eu quase ri na cara dele.

– Por quê?

– Porque sim. Eu não te vejo há duas semanas e... eu gosto de verdade disso. De ficar com você.

Aquele sorrisinho sedutor e despretensioso dele... Eu só queria tocá-lo.

– Você pode me contar mais histórias. Daquelas abomináveis e secretas. Eu vou ouvir e te contar as minhas.

Eu me dei conta de que, se havia uma pessoa no mundo capaz de jantar comigo sem se decepcionar com minha estranheza, chatice e inadequação, provavelmente seria aquele homem. Nós tínhamos sido brutalmente sinceros um com o outro desde o início, afinal. Não havia fingimento entre nós.

Mas se transar com ele já me dava a sensação de ser desleal com Florence, *conversar* com ele seria pura traição.

– Histórias? Tipo de como você acabou tentando roubar o trabalho da minha amiga?

A expressão dele endureceu.

– Na verdade, sim. Eu *poderia* te contar sobre...

Ele parou de repente. Seu pescoço forte ficou tenso quando ele espiou por cima do ombro e, um momento depois, Eli me empurrou pela porta mais próxima para dentro de um laboratório. Ele me imprensou contra uma bancada que não ficava visível pelo vidro da porta.

Meu cérebro bêbado não estava entendendo nada.

– O que você está fazendo? – perguntei, depois fiquei em silêncio.

Algumas vozes se aproximavam.

– Sabe quem era?

Balancei a cabeça.

– A CEO da Kline e seu conselho geral. – Ele me encarou com um olhar que parecia desafiador. – Eu não tenho nenhum problema que a sua *amiga* nos veja juntos, mas imaginei que você talvez tivesse.

Eu tinha. Então fiquei em silêncio, deixando a quina da bancada de trabalho pressionar minha lombar enquanto ouvia a voz de Florence se afastando. Eli continuava bem perto, as mãos me prendendo à mesa, e o ar entre nós encharcado com a vergonha do que eu tinha feito. Do que eu *ainda* queria fazer.

– No que está pensando? – perguntou ele.

Eu simplesmente soltei a verdade.

– Você disse "caso seja negociado".

Eli fez uma expressão confusa.

– O quê?

– No aplicativo. Na parte da lista, eles perguntam sobre fetiches. Você escreveu "caso seja negociado", mas não explicou.

O olhar dele ficou intenso de um jeito que eu nem conseguia imaginar. Estonteante. Meio enlouquecido.

– Você quer saber do que eu gosto?

Assenti.

– Por quê? – Ele inclinou a cabeça para o lado. – Está querendo que eu assuma o controle? Que seja eu a fazer as escolhas, assim você vai se sentir menos culpada de ficar comigo?

Foi incômodo quanto ele acertou o alvo.

– Eu só acho que a gente devia transar de novo – eu me ouvi dizer.

O álcool diluiu um pouco a franqueza das minhas palavras, mas ainda assim as pupilas de Eli se dilataram.

– Pelo que me lembro, nem chegamos a transar.

– Uma questão de ponto de vista.

– Quanto você bebeu, Rue?

– Não sei.

Eu sabia.

– Algumas cervejas.

Três. Alguns goles da quarta.

– É, está bem.

Ele deu um passo atrás. Virou-se para olhar um logo da Kline na parede, os tendões do pescoço retesados, parecendo fazer um grande esforço. Então olhou de volta para mim como se estivesse bem preso a uma coleira.

– Podemos voltar a essa questão quando você tiver metabolizado o álcool para fora do seu corpo.

– Do mesmo jeito que metabolizei você? – retruquei baixinho. Ele ficou abalado. – Podemos ir embora juntos. Hoje.

– Rue.

– A não ser que você esteja ocupado.

– Rue.

– Pode dizer não, se...

– Rue.

O interesse dele era palpável, tão concreto quanto o chão debaixo de nós. *Ele vai dizer sim*, pensei, eufórica. Mas...

– Amanhã. – Os nós de seus dedos estavam brancos segurando a bancada. – Voltamos a isso amanhã se você ainda quiser. Me liga e eu te conto do que eu gosto.

Seu olhar era o de alguém que não fazia uma concessão havia anos.

– Claro. Até lá, você pode me tocar se quiser. Ou me beijar.

Ele soltou o ar.

– Rue.

– O quê? É só um beijo. Está com medo de mim agora?

Ele chegou mais perto e se inclinou devagar na minha direção. Meu coração batia acelerado, depois explodiu quando ele enfiou a mão debaixo da minha blusa.

Meu cérebro parou. O ar-condicionado soprava sobre a pele exposta do meu peito, que ficou toda arrepiada. Então a mão dele afastou o frio, e um tremor me subiu pela espinha.

– Rue.

Eli estalou a língua, paciente, e foi chegando mais perto. Seus lábios me tocaram – canto da boca, bochecha, orelha. Então falou num sussurro bem baixo:

– Um aviso: se você não parar de me provocar, eu vou deitar você nessa bancada e te mostrar *exatamente* do que eu gosto.

14

O VILÃO ATUAL DA HISTÓRIA DELA

Eli

As bochechas coradas de Rue o lembravam do quarto de hotel – a pele clara e quente, o peito ruborizado quando ela se arqueou contra a mão dele, a marca de meia-lua dos dentes dela no ombro dele. Nunca duvidara que ela tinha curtido a interação, mas curtir e consentir eram coisas muito diferentes, e quando ela desapareceu da face da terra, ele ficara preocupado com questões mais perturbadoras: será que tinha cruzado algum limite? Ele a tinha assustado?

Ela estava mesmo disposta a terminar tudo, mesmo depois *daquilo*?

– Isso não foi um beijo – comentou Rue. Eli queria que a voz dela estivesse tão trêmula quanto sua mão, mas o rosado das bochechas era o único sinal de que ela estava abalada. – Não foi nada.

– Me peça de novo quando estiver sóbria.

– E você vai dizer sim.

Era uma pergunta sem ponto de interrogação, e duas semanas antes ele teria dado certeza. Mas, depois de horas esperando que Rue respondesse uma simples mensagem, depois do modo como ela saíra correndo, deixando-o naquela confusão de suor e lençóis amarrotados, ele já não estava tão certo. Ela tinha um poder sobre ele que Eli não conseguia explicar. Dar corda para isso seria burrice demais.

Mas talvez Eli *fosse* burro. Tinha se sentido mais estimulado passando uma hora cheia de limitações com ela do que com qualquer outra pessoa na vida. Tinha gozado como um adolescente e ficado com os joelhos tremendo durante vinte minutos depois que ela fora embora. Não conseguia pensar direito quando estava perto dela, e não tinha a menor ideia de como consertar seu cérebro atordoado. Esse tipo de coisa não acontecia com frequência.

Ele deu um passo para trás e a blusa dela voltou para o lugar. Rue ainda lhe parecia linda de um jeito obsceno. Já devia estar acostumado àquela altura, mas o formato dos olhos dela, a curvatura dos lábios, aquilo sempre o impressionava como se fosse a primeira vez. Dava origem a novas fantasias em sua mente, que iam desde as mais indecentes até as absolutamente banais.

E se ele a levasse para tomar uns drinques e discutir as vantagens do processamento por alta pressão contra o tratamento térmico, e então seus dedos se tocassem por cima da mesa?

E se ele lavasse a roupa dela só para lhe agradecer silenciosamente por um dos melhores sexos de sua vida?

E se ele a amarrasse, metesse por trás e a fizesse gostar?

– Cara, pensei que você tinha ido ao banheiro.

Os dois se viraram. Tisha Fuli estava parada na porta.

– Eu tinha. – Rue se afastou de Eli. – Eu esqueci.

– Você *esqueceu* que precisava ir... Ah.

Tisha iniciou o curioso processo de olhar para Eli e depois para Rue e dela para ele repetidamente. Durou vários segundos e terminou em um atônito "Ai. Meu. Deus".

Rue deixou os ombros caírem – um raro intervalo em sua postura perfeita.

Eli ergueu a sobrancelha.

– O que foi?

– Vocês dois transaram, não foi? – perguntou Tisha.

Ele olhou para Rue, que permaneceu em silêncio, estoica.

– Em primeiro lugar, não acredito que você não me contou. Em

149

segundo, ele é literalmente a razão de eu ter precisado lembrar a minha senha do LinkedIn. Como é que *isso* pode ser uma boa ideia? Em terceiro, como foi?

Rue soltou um suspiro, balançou a cabeça e saiu do laboratório, deixando Eli e Tisha sozinhos.

Ela era alta, talvez mais do que Rue. Pele marrom lisa, uma beleza clássica. Muito mais arrumada do que qualquer pessoa tinha o direito de estar no fim de um dia de trabalho. Nunca tinham se falado, mas obviamente um sabia quem o outro era, então Eli decidiu poupá-los de apresentações.

– Vocês duas precisam de uma carona para casa?

– Não, eu sou a motorista da rodada de hoje. – Ela sorriu como se eles não estivessem de lados opostos de uma aquisição hostil. – Enfim, é um prazer finalmente conhecê-lo, Eli Killgore, morador do Texas, nascido em 21 de junho...

– Eu fiquei imaginando para quem ela tinha mandado aquela foto.

– *Moi*. Tisha. – Ela apontou para si mesma, fazendo graça. – T-I-S-H-A, se quiser adicionar meu contato em seu telefone. Eu adicionei o seu, para o caso de o corpo de Rue ser encontrado em alguma vala.

– Seria mais fácil encontrarem o meu.

– Nada. Ela é meio fria, mas não faria isso. Ia apenas sumir feito um fantasma. – Ela fez uma careta. – Tipo, não literalmente.

– Sei.

– Ela não se *transformaria* em um fantasma...

– Eu entendi.

– Cara, se a Florence descobrir, ela *não* vai gostar nada disso. – Tisha passou a mão pelos cabelos lisos. – Há quanto tempo foi isso? A consumação da luxúria de vocês, eu quero dizer.

– Duas semanas e meia.

Não que ele estivesse contando.

– Parece o título de um thriller erótico. Espere aí... Depois de todo esse tempo, Rue já devia ter esquecido a sua existência. Por que vocês dois ainda estão... Ah. – Ela abriu um sorrisinho. – Entendi.

– O quê?

– Você quer *mais*.

Ele bufou. Quase disse "ela também", como uma criança petulante. Mas será que ela queria ou era só o álcool falando?

– Não vou ter mais.

– É bem improvável mesmo – concordou Tisha, com um ar sábio. – Rue não gosta de se repetir, e você é o vilão atual da história dela. Embora nós dois saibamos que Florence vai ganhar. Aí a sua escrotidão não vai mais ter muita relevância.

Ele se perguntou o que Florence andava dizendo a seus funcionários. Se Tisha teria tanta certeza da vitória de Florence se soubesse por que Eli estava ali e o que tinha passado as últimas horas fazendo.

Aquele pensamento foi um bom lembrete de que estava ali para ser produtivo – não para ficar encarando Rue de queixo caído e divagando sobre como ela era cheirosa.

– Foi um prazer conhecer você pessoalmente, Tisha, mas preciso ir.

– Beleza. E, tipo, sem ressentimentos, mas fique à vontade para nunca mais voltar – disse ela, animada.

– Vou fazer o possível.

Ele não conseguiu evitar um sorriso enquanto caminhava para a saída. E quando ouviu Rue saindo do banheiro, ficou orgulhoso de si mesmo por não olhar para trás.

15

QUE PORRA VOCÊ ESTÁ FAZENDO?

Rue

Quando saí da cabine do banheiro, Tisha estava lá, recostada casualmente em uma das pias, examinando suas unhas perfeitamente pintadas. Nem levantou a cabeça ao perguntar:

– Rue, que porra você está fazendo?

Eu não disse nada e fui lavar as mãos, imaginando se estava bêbada demais para ter aquela conversa.

– Escute. Eu te amo, Rue. Não quero te julgar e fazer você se sentir mal. Porque é óbvio que você já está se sentindo uma merda. Senão, teria me contado o que estava rolando.

Senti uma dor no peito. Tentei pensar em uma resposta, mas não consegui.

– Você está apaixonada por ele?

– O quê?

Encarei Tisha pelo espelho. Tentei dar uma risada sarcástica, mas o som que saiu da minha boca foi meio engasgado.

– Não.

– Acha que pode se apaixonar? Se continuar com isso?
– Eu... *Não*.
Ela suspirou.
– Sei que é uma pergunta ridícula. Mas isso tudo é tão *ridiculamente* atípico de você que precisei perguntar.
– Não. Não estou *apaixonada* por ele. Eu o encontrei algumas vezes. – Virei-me para encará-la diretamente. – Foi só uma vez. O sexo foi bom. E ele é... Não sei. É mais fácil passar tempo com ele do que com a maioria das pessoas. Mas isso não... não é nada.
Tisha me examinou, uma linha vertical se formando entre as sobrancelhas.
– Olha, se você... Se existe alguma coisa entre vocês, alguma coisa de verdade, eu vou ser a primeira a apoiar. Minha lealdade a você vem antes da Florence, antes da Kline, antes até da minha maldita irmã. Mas não do Bruce. – Ela sorriu e eu soltei uma risadinha também. – Mas, se está saindo com Eli só porque o sexo é bom, então você precisa parar agora mesmo e encontrar alguém menos problemático. Porque ele e os coleguinhas dele ainda podem roubar o trabalho da vida da Florence. E, mesmo se não conseguirem, não sabemos quantas pessoas por aí eles já roubaram. Ou *ainda* vão roubar. Florence não merece isso, mas o mais importante é que *você* não merece isso. Beleza?
Eu não soube o que dizer. Então apenas assenti e, quando Tisha chegou mais perto e me abraçou, eu a abracei de volta.

16

A CABEÇA ENTRE AS PERNAS
DE OUTRA MULHER

Eli

Como esperado, Eli não teve notícias da Rue Sóbria nem no dia seguinte nem na semana seguinte. Uma coisa era estar bêbada e com tesão, outra totalmente diferente era manter a postura à luz do dia. Era óbvio que Rue tinha uma vida muito bem organizada, e Eli não conseguia imaginá-la abrindo espaço para ele – só mesmo com uma ajudinha do álcool.

Por sorte, não teve tempo de sofrer. Uma das startups de agrotecnologia da Harkness estava precisando muito de um injeção repentina de dinheiro, e alguém precisava ir lá pessoalmente para delinear a melhor estratégia. Hark estava na Califórnia, então Eli se ofereceu, pensando que sair um pouco de Austin seria ótimo. Mas então uma viagem de dois dias a Iowa se transformou em cinco dias de reuniões e inspeções, e durante o voo de volta ele dormiu como uma pedra, a cabeça exausta com um amontoado de imagens aéreas, colheitas saudáveis e lábios assimétricos. Pelo olhar espirituoso da comissária de bordo, ele sabia que tinha chegado a babar.

Quando voltou, Minami ficou doente e Sul tirou alguns dias de folga para cuidar dela, o que fez com que toda a porcaria rotineira caísse no colo de Eli e Hark, mas ele nem se importou tanto. Porque *gostava* do seu trabalho.

Não havia muito tempo que tinha chegado àquela conclusão, e fora mais uma compreensão gradual do que um momento catártico de autoconhecimento. Apesar de ter feito a escolha sensata por um diploma genérico, trabalhar com finanças nunca fora seu sonho. E, no entanto, ele era bom nisso. Quase dez anos antes, eles tinham criado a Harkness com um objetivo muito singular e específico, mas a jornada o surpreendera algumas vezes, e agora ele não conseguia deixar de pensar no que ia acontecer quando atingissem uma área de segurança. Se é que tinham chegado longe o suficiente.

Será que *ele* tinha chegado longe o suficiente?

Uma semana depois da viagem, ele entrou em casa depois da meia-noite, exausto das reuniões, e encontrou um bilhete com a letra de Maya na bancada da cozinha.

Sei que está ocupado ganhando toneladas de dinheiro, mas será que eu e Mini algum dia vamos encontrar você de novo?

Ao lado, havia uma torta de frango coberta com papel celofane. Ele sorriu e se lembrou dos porquês e comos de suas escolhas do passado.

Talvez não fosse o suficiente, mas certamente já tinha chegado bem longe.

♥ ♥ ♥

Minami e Sul voltaram ao trabalho com um aspecto descansado e parecendo ainda mais unidos do que o habitual, tanto que Eli desconfiou que tivessem fingido a doença para fazer um cruzeiro sexual. Aquela energia de recém-casados estava três anos atrasada e, se Eli tinha percebido bem, aquilo devia estar perfurando o cérebro de Hark com a força de um enxame de cupins.

Naquela noite, Hark disse que precisava "dar uma extravasada", e Eli o levou até a academia sem qualquer juízo de valor. Mas a quadra de raquetebol que tinham reservado já estava ocupada por duas mulheres.

– Ah, que ótimo – murmurou Hark, em voz baixa.

– Vocês reservaram a quadra? – perguntou uma delas.

Eli sorriu.

– Não se preocupe. Vamos pedir outra.

– Não tem outra. Estavam usando a que *nós* reservamos, por isso viemos para cá.

Eli deu uma olhada em Hark, cujo humor só se deteriorava ao passar dos segundos.

– Tudo bem. Esperamos vocês terminarem.

– Não querem jogar em dupla com a gente? – perguntou a outra jogadora com um sorrisinho.

Eli olhou para Hark novamente, que deu de ombros, indiferente, como se dissesse "por que não?". Eles se dividiram em times formados por um homem e uma mulher, e se Eli tinha pensado que seria melhor assim porque ele e Hark poderiam ter vantagem sobre elas, aquela ideia rapidamente se dissipou de forma humilhante.

– Vocês jogam com frequência? – perguntou Eli à sua companheira de dupla, meia hora depois, durante o intervalo extremamente necessário para beber água.

Ele usou a barra da camisa para secar o suor, mas ela já estava encharcada.

– Jogávamos quase todo dia, quando estávamos na faculdade. Mas cada vez menos nos últimos cinco anos – contou ela. – Eu sou a Piper, aliás.

– Eli.

Ele apertou a mão dela. Então era mais velha do que ele pensara a princípio. Alta, com cabelos longos e escuros. Olhos azuis. Objetivamente bonita, mas de um jeito muito diferente de Rue, que tinha a misteriosa capacidade de absorver toda a luz de um cômodo, como um prisma que se recusava a disparar arco-íris. Piper era radiante e sorridente. *Porque ela não te despreza*, sugeriu uma voz irônica dentro de sua cabeça.

E era verdade.

Eles conversaram um pouco e Eli achou que Piper estava margeando a linha tênue entre simpatia e flerte, aquela dança familiar. Ele ouviu as histórias dela sobre a profissão de farmacêutica e se perguntou se estava interessado. Deveria estar. Era revigorante a ideia de passar um tempo com uma mulher bonita, inteligente e engraçada que não abominava o fato de estar atraída por ele.

Seria bom para ele – um recomeço. Rue tinha desordenado todos os seus parâmetros, mas talvez outra mulher pudesse levá-lo de volta à formatação original de fábrica. Alguém com quem uma simples conversa não parecesse um campo minado. Alguém que não o olhasse como se ele tivesse se transformado em um animal feito de bexiga ao receber um convite para um encontro, que não o visse apenas como uma transa casual. No mínimo, havia a chance de jogar raquetebol.

Será que Rue praticava algum esporte? Talvez basquete ou vôlei, dada sua altura. Ela seria boa, com certeza. Parecia ter boa coordenação motora e tinha um corpo forte. Eli sentira os músculos tensos sob a pele macia das coxas dela, e aquele breve momento o deixara mais excitado do que muitas das coisas bem indecentes que fizera na última década.

– Estão prontos? – perguntou Hark, do outro lado da quadra, e naquele momento Eli soube a resposta.

Ele *não* estava interessado em Piper. Não se, enquanto ela lhe contava sobre a viagem de carro que fizera pelo noroeste do Pacífico, ele só pensava em quanto queria estar com a cabeça entre as pernas de outra mulher.

– Olha, me surpreendeu – disse Hark, no estacionamento, depois de terem jogado mais raquetebol, depois de Eli ter alegado um compromisso e recusado um convite para jantar, depois de um banho inteiro pensando na estupidez de continuar apegado a Rue Siebert.

– Pois é. Elas eram ótimas jogadoras.

– Estou falando da parte em que você se revelou celibatário.

– Só estou cansado.

Eli sempre fora o mais rodado entre eles. Namoradas, amigas, pessoas que mal conhecia. Encontros, relacionamentos, transas casuais. Já Hark... Mesmo antes de Minami, sua vida sexual sempre fora mais discreta. E eles não conversaram muito sobre isso depois, porque não havia muito a dizer.

– Certo. Não tem nada a ver com a Dra. Rue Siebert, então?

Às vezes, Hark era insuportável.

– Nada mesmo – mentiu Eli. – Você gostou da...

– Emily.

– Você gostou da Emily?

– Ela é fantástica. Me deu o número dela – respondeu Hark em voz baixa.

Uma pequena pausa.

– E você vai retornar?

Ele não disse nada, mas os dois sabiam a resposta.

♥ ♥ ♥

A transcrição da terceira e última parte do depoimento de uma das testemunhas estava sobre a mesa de Eli naquela sexta-feira à noite.

– Caso você esteja querendo uma leitura leve para antes de dormir – disse Minami.

Quando ele ergueu os olhos, ela sorria maliciosamente.

– Isso é...?

Minami assentiu.

– Os advogados ainda estão examinando. Não quiseram comentar se o depoimento nos dá base suficiente para emitir uma notificação de inadimplência e antecipação de pagamento, mas eles não têm dúvida de que há algo esquisito. No mínimo, vamos poder ir ao tribunal pedir mais informações.

– Porra, que bom.

– Eu *sei*. Vamos jantar. Para comemorar – sugeriu Minami. – Só nós dois, sem Sul e Hark. Estou cansada do meu marido idiota e do *seu* marido idiota atrapalhando o nosso caso.

Eli olhou o relógio e se levantou.

– Não posso. Vou encontrar o Dave.

– Verdade, até esqueci. Ainda está tudo certo para amanhã, não é? Nós quatro.

– Claro.

Ele juntou suas coisas e não conseguiu evitar uma risada quando Minami começou a cantar:

– *He was a skater boy, he said, "See you later, boy."*

– Para com isso.

– *His friends weren't good enough for him.*

– É por uma causa nobre.

– *Now he's a hockey star, driving off in his car.*

– Você é péssima – disse Eli com carinho, e saiu da sala.

O rosto de Dave Lenchantin estava sorridente e bronzeado – algo um tanto surpreendente para um homem que vivia dois terços de seu tempo em uma pista de gelo. O sujeito viu Eli na mesma hora, rapidamente encerrou uma conversa e atravessou a multidão para cumprimentá-lo.

O evento anual de arrecadação de fundos era uma ocasião informal, não muito diferente da feira que a escola de Eli organizara quando a Prefeitura se recusara a destinar recursos para comprar calculadoras gráficas. Havia venda de bolos, barraquinhas de artesanato, artistas pintando retratos, tatuagens temporárias, arremesso de argolas e até mesmo um tanque daqueles em que se derrubava a pessoa na água – onde Eli achou graça de ver um apavorado Alec, o parceiro de Dave. O evento arrecadava bastante dinheiro para as iniciativas de caridade patrocinadas pelo rinque de patinação.

– Dr. Killgore – disse Dave, e deu um abraço em Eli.

Eles tinham se conhecido quando Eli ainda estava no começo da adolescência, mas o homem sempre fora pelo menos meio metro mais baixo do que ele.

– Nunca terminei o doutorado, treinador. – Ser lembrado daquele momento de sua vida nunca era fácil. – Mas eu aceito ser chamado de Sr. Killgore.

– Não vou chamar você de senhor, Killgore. Não depois daquela vez que você se abaixou para pegar um biscoito no chão, deu um jeito nas costas e ficou fora de três jogos.

– Calúnias.

– De jeito nenhum.

– Era um Oreo.

– Bom, espero que tenha valido a sua dignidade. – Dave sorriu, genuinamente feliz. – Obrigado pela doação generosa, Killgore.

Eli balançou a cabeça.

– Obrigado a você por...

Por me treinar durante anos, mesmo quando eu era um adolescente babaca que se achava o maioral e pensava que sabia mais do que todo mundo. Por acreditar em mim. Por chamar olheiros. Por me dar a estrutura de que eu precisava e nem sabia. Por estar presente quando Maya e eu ficamos sozinhos. Pela minha vida inteira, na verdade.

– Por ter me obrigado a fazer flexões com as mãos no gelo naquela vez em que apareci bêbado no treino, ainda que tenha sido culpa do Rivera, que batizou o Gatorade.

– O prazer foi meu, filho.

– Aposto que foi.

Eli não sabia direito por que respondera tão bem ao estilo disciplinador de Dave, principalmente quando a relação com seus próprios pais sempre fora tão tumultuada. Ele fora uma criança rebelde e insubordinada. Um dos seus professores sugerira que uma atividade extracurricular fisicamente exigente talvez pudesse apaziguar toda aquela hostilidade, então ele fora obrigado a se inscrever nos times de todos os esportes existentes na região de Austin. O hóquei – e Dave – foi o único que deu certo.

– Como está Maya? – perguntou Dave. – Acho que a vi por aqui algumas semanas atrás...

– Deve ter vindo visitar o Alec. Ela está na casa de uma amiga, senão teria vindo comigo hoje.

Quando Eli se transformou no tutor da irmã de 11 anos, sua situação financeira era desastrosa. Tinha vários empregos que pagavam salário mínimo, além de uma dívida e uma hipoteca, e o resultado eram longas horas de trabalho e nenhum dinheiro para pagar uma babá ou algo do tipo. Deixar sozinha em casa uma criança obviamente enlutada, confusa e extremamente raivosa estava fora de questão, mas Dave oferecera a Maya um lugar no time de patinação artística comandado por Alec – o que ela aceitou, para surpresa de Eli. Os custos do acesso a uma pista de gelo, sem contar um treinador, teriam sido proibitivos, mas Dave pagara a maior parte das despesas – graças a eventos de arrecadação como aquele ali. Maya nunca fora mais do que amadora na patinação, mas o esporte foi o que manteve sua cabeça no lugar.

– Vocês dois deviam ir jantar com a gente um dia desses.

– É só dizer quando. – Eli sorriu. – Mas vamos pedir comida.

– Você é um fresco. Foi só *uma* vez. E como é que botar ketchup no macarrão com queijo pode ser má ideia? Eu estava agora mesmo contando a Rue que Alec e eu estamos fazendo aulas de culinária para casais...

– Desculpe – interrompeu Eli, os pelos da nuca arrepiados. – Contando a quem?

– Não se lembra dela? Ah, acho que você já tinha ido embora quando ela começou a treinar com Alec. Mas talvez ela conheça Maya. Ali está ela. Rue!

Dave acenou para alguém, um gesto amplo, impossível de ignorar. Olhos azuis apareceram na mente de Eli.

Um pequeno chaveiro em formato de patins de gelo.

A voz de Minami: *Pelo visto, ela foi atleta na faculdade.*

– Rue, pode vir aqui um minutinho?

Ela estava usando uma camiseta do Rinque Lenchantin e entregando um pedaço de pizza para uma criança com um vestido de patinação. Estava concentrada, meio distante. Um pouco deslocada no meio da multidão barulhenta.

Como sempre, Eli ficou completamente atordoado ao vê-la.

Rue não ouviu Dave chamando, mas a senhora ao lado dela cutucou seu ombro duas vezes e apontou na direção dele. Rue ergueu a cabeça, encarou Eli, e ele pensou: *Estou. Ferrado.*

Tinha conseguido não pensar obsessivamente nela ao longo da última semana – a não ser nos momentos em que não conseguira. Que tinham sido constrangedoramente muitos. A maior parte do tempo. A porra do tempo inteiro.

Ele não precisava disso. Não precisava ser lembrado de sua presença *física*, do modo como ela roubava todo o ar de seus pulmões. Não precisava vê-la abrindo os lábios de leve em surpresa ou o momento em que ela ficou *totalmente* imóvel.

E ele definitivamente não precisava de Dave berrando:

– Rue, vem aqui! Quero apresentar uma pessoa a você.

17

PELO VISTO, A EXISTÊNCIA DELA O AFETAVA BASTANTE

Eli

Rue pediu licença e andou na direção deles, esfregando as mãos já limpas no short jeans. Eli de repente ficou intensa e prazerosamente ciente do calor do próprio sangue. Estava vivo, e muito. Porque Rue Siebert caminhava na direção dele com uma expressão de quem preferia estar em qualquer outro lugar.

Pelo visto, a existência dela o afetava bastante. Muito mais do que qualquer show erótico elaborado.

— Rue, esse é o Eli. Ele jogava no meu time de hóquei antes de você começar a treinar com Alec.

Rue e Eli se encararam, a eletricidade habitual preenchendo o espaço entre os dois. Sem dizer nada, chegaram à mesma decisão.

Fingir.

— Prazer em conhecer você, Rue. — Ele soou íntimo demais para enganar alguém.

— Igualmente. — A voz dela soou reprimida demais.

Eles trocaram um aperto de mãos e Eli sentiu uma faísca percorrer seu corpo, nitidamente pornográfica. Queria levá-la para casa e deitá-la sobre seus lençóis. Queria amarrá-la em sua cama. Queria deixá-la cansada a ponto de não conseguir mais lutar contra aquela atração inabalável entre eles. Sua mão engoliu a dela, e Eli imaginou-se puxando-a para perto. Dando um beijo na palma da mão dela. Levando-a embora, para qualquer lugar que não fosse ali.

Estava abalado. Rue tinha esse efeito nele.

– Quando você treinava com Alec, talvez tenha conhecido a irmã de Eli. Maya Killgore?

Ela desviou o olhar de Eli, com alguma dificuldade.

– Mais nova?

– Tem 20 e poucos anos hoje.

– Acho difícil, então.

Eles se olharam com certa resignação. Certa empolgação. Alívio. E, quando Dave viu outra pessoa e pediu licença para se afastar, os dois ficaram imóveis, as conversas no salão perdidas naquele momento.

Eli tentou imaginar uma realidade em que não soubesse da existência de Rue Siebert. O tormento vazio que seria. O puro alívio.

– Oi, Rue – cumprimentou, devagar.

O cabelo dela estava preso em uma trança que caía sobre o ombro, tão grossa quanto o punho de Eli. Ela meneou a cabeça. Uma resposta meio esquisita, que, de alguma forma, fazia todo sentido.

– Por que a gente não para de se encontrar desse jeito?

– Desse jeito?

– Por acaso.

Ele deu uma risada.

– Talvez a gente só tenha muitas coisas em comum.

Ela apertou aqueles lábios maravilhosos.

– Me parece improvável – disse ela.

Ela estava visivelmente relutante em admitir que eles frequentavam os mesmos lugares. Gostavam das mesmas coisas. Aquela mulher era um quebra-cabeça.

– Você treinou com Alec? – Ele já vira muitas patinadoras na vida, e Rue não se encaixava muito no perfil, mas ela assentiu. – Quando parou?

– No último ano da faculdade.

– Você se machucou?

— Algumas pequenas lesões, mas não foi por isso.

Eli podia apostar que o caso dela fora como o dele: não era boa o suficiente para virar atleta profissional, só para jogar até se formar.

— Você é alta para uma patinadora artística.

— Teve mais a ver com isso.

Suas pernas longas e fortes. Os músculos retesados enquanto ela estremecia e arqueava o corpo contra ele. Eli tentou imaginar a dificuldade que seria dançar no gelo com um centro de gravidade tão alto quanto o dela. Com membros tão compridos, o nível de controle que ela teria que administrar para conseguir a elevação, a precisão e a velocidade na hora dos saltos. Ele saboreou a imagem mental e a expectativa criada. Nunca tinha prestado muita atenção nas patinadoras, mas a força dela o deixava excitado. Rue, suando e dando piruetas lindas. Rue, poderosa e silenciosamente brutal. Ela seria páreo para ele. Na verdade, já tinha sido.

— Você queria ser profissional? — perguntou ele.

— Eu não aguentava mais depois de duas semanas na faculdade. Foi uma corda bamba, na verdade, porque eu precisava ser boa só o suficiente para garantir a cobertura da minha mensalidade.

— Posso imaginar.

— Usar "Pump up the Jam" em todas as minhas coreografias ajudava.

Ele sorriu.

— Ainda não sei dizer quando você está brincando.

E adoro isso.

— Eu já disse que nasci sem senso de humor. É congênito.

Até parece.

— É?

— Você conheceu meu irmão. Acha que ele é do tipo que acha graça de trocadilhos?

Eli a examinou. Tentou decifrá-la. Falhou.

— Tudo bem, se você quer brincar desse jeito...

— Rue — chamou a mulher da barraca de pizza. — Acabaram as garrafas d'água. Pode pegar mais lá atrás? — Ela lançou um olhar suspeito para Eli. — Talvez o cavalheiro fortão aí possa ajudar?

Ele sorriu.

— Com todo o prazer, senhora.

Ele acompanhou Rue até uma das muitas salas de depósito. Havia uniformes, velhos capacetes e um ou outro bastão empilhados em todas as superfícies, e ele teve que se desviar de várias caixas com discos só para achar o interruptor. Seu cérebro estava em pane, meio desorientado no tempo: não entrava ali havia mais de uma década, mas o logo nos casacos verdes era tão familiar quanto o peso da própria cabeça sobre os ombros.

– Você manteve contato com Alec desde que se formou? – perguntou Eli.

Se não podia tê-la, pelo menos queria *saber* coisas sobre ela. Mais tijolos para o triplex que Rue vinha construindo em sua cabeça.

– Sim.

Ela desenterrou um carrinho de debaixo de uma caixa de caneleiras. Sob a luz fria e direta, ela ficava mais pálida que o habitual, suas curvas criando sombras dramáticas e ângulos estreitos.

– Sua irmã também?

– Sim. Alec fez muito pela nossa família.

– Por mim também.

– É?

– Quando eu era adolescente, ele trazia comida só para mim. Sanduíches, verduras e húmus. Lanches saudáveis, com proteína. – Ela parou de descarregar o carrinho, os olhos perdidos. – Eu nunca nem disse que estava com fome.

Ele a observou e se lembrou da figura esguia que era a Rue adolescente. E o projeto dela não era sobre extensão de vida útil dos alimentos?

– E você *estava* com fome?

Ela estremeceu, como se quisesse afastar as lembranças, e Eli se deu conta de que aquela não fora uma das histórias horríveis que eles tinham o hábito de compartilhar. Ela contara aquilo meio sem querer.

– Está vendo a água? – perguntou ela.

Ele então apontou para o carrinho que tinha acabado de encher com oito galões.

– Ah. Certo.

Ela coçou a nuca, parecendo meio agitada, algo pouco característico. Uma belíssima visão. Eli queria desmantelar Rue todinha, ver seus átomos se contorcendo de prazer e depois remontar tudo bem devagar, no tempo dele. Queria que ela se sentisse como *ele* se sentia.

– Minha ex-noiva era chef.

O rosto dela seguiu inexpressivo.

– E aí?

– Ela era... ela é muito boa. E achava que todo mundo deveria ter pelo menos três especialidades que soubesse cozinhar sem precisar de receita.

– Para impressionar em jantares?

Ele riu. McKenzie também teria rido daquela ideia de querer impressionar.

– Para poder comer uma comida boa. Sozinho ou com outras pessoas.

– Não sei aonde está querendo chegar com isso.

– Tem três pratos que eu sei fazer. Porque uma chef profissional de um restaurante com estrela Michelin me ensinou.

Rue pareceu atônita, como se ainda não estivesse claro.

– Eu posso te alimentar bem. Se ainda estiver com fome.

Ela o encarou com olhos arregalados, sem palavras. Depois se aproximou e o sangue nas veias de Eli chegou a ficar mais espesso quando ela se pôs na ponta dos pés. Ele sentiu o calor do corpo dela, que levantou o queixo, então sua boca...

Ele virou o rosto antes que os lábios se tocassem.

E seu corpo imediatamente lhe avisou que aquilo tinha sido uma péssima ideia. *Volte lá. Beije-a. Tranque a porta. Tire a camisa e o short dela. Bote-a deitada. Sabe o que fazer depois. Ela também sabe.*

Rue deu um passo para trás, confusa e talvez magoada pela rejeição.

O corpo de Eli se rebelou. Estava tão duro que podia sentir a ereção pulsando contra o zíper da calça jeans, em um ângulo bem doloroso. Quando ela fez menção de sair, ele a segurou pelo ombro e virou-a de volta.

– Espere.

Ela levantou a cabeça. Tinha um ar desafiador nos olhos.

– Eu moro aqui perto – disse ele. Uma aposta. – Você poderia ir lá. Pegar o que é seu.

– O que é meu?

– Você deixou uma coisa no quarto de hotel.

Ele observou enquanto ela vasculhava a memória e depois arregalava os olhos ao se lembrar da resposta.

– Você podia ter jogado fora.

– Nem pensei nisso.
– Não é do seu tamanho, você sabe.
– Serviu para o que eu usei.

Ele estava sendo deliberadamente vulgar, talvez para lembrar a si mesmo do que existia por baixo daquela distância entre eles. Talvez para lembrar a *ela*.

– Você não consegue pegar a Kline, então roubou minha calcinha.
– Ah, Rue. Eu *vou* pegar a Kline. – Ela estreitou os olhos e ele continuou: – Eu só queria uma recordação. Se não quiser a calcinha de volta, pode deixar comigo. Está em boas mãos. Mas vamos lá para casa, de qualquer forma. Pela diversão.

A última sílaba pairou entre os dois. O rosto dela estampava uma longa matriz de cálculos. Ele a deixou pensar por um tempo e ficou esperando o resultado. Seu coração parou por um segundo quando ela disse:

– Tudo bem. Eu vou.

Porra.

Porra.

Ele precisava se acalmar. Não podia ficar alterado daquele jeito só por causa de algumas palavras.

– Legal. Mas tenho uma condição.
– Uma condição?

Ela não tinha nem considerado essa possibilidade, e quando Rue fez aquela expressão confusa, a vontade de transar com ela talvez tenha ficado maior do que nunca. Era o lado babaca dele, que gostava de estar sempre no comando, um passo à frente, e que queria trancá-la no quarto e mantê-la lá durante meses.

– Se eu levar você lá para casa, não vai poder fugir correndo depois.

Ela cruzou os braços.

– Está pensando em me fazer de refém?
– Isso parece muito trabalhoso e desnecessário. Além de ser crime.

Ele soltou o ombro dela. Não parecia prudente tocá-la naquele momento.

– Eu vou embora quando eu quiser – retrucou ela calmamente.
– Não estou te pedindo para casar comigo e ter trigêmeos, Rue.

Ele manteve o tom casual. Qualquer coisa que soasse como sinceridade ou intimidade emocional iria assustá-la.

– Pode ir quando tiver vontade. Se quiser ir embora porque cansou, porque ficou entediada, porque o sexo não foi o que você esperava ou simplesmente porque não curtiu, por favor, vá tranquila. Mas não fuja correndo, como da última vez. Eu fiquei apavorado. Só estou pedindo para você se comunicar.

– Eu só...

Ela não terminou a frase, mas não havia necessidade.

– Eu sei. – Alguma coisa amoleceu dentro dele diante da expressão perdida dela. – Foi intenso para mim também.

Ele não alimentava a menor ilusão de que transar com Rue a tiraria de sua cabeça. Se fosse sincero consigo mesmo, sabia que ia ser algo completamente diferente da primeira vez.

Ela era diferente. Única. Imprevisível. Deliciosamente complicada.

Rue apontou para a água.

– Preciso ir lá ajudar.

– E eu preciso dar o máximo para derrubar Alec na piscininha.

– Um trabalho digno. – A boca de Rue se curvou em um sorrisinho. – Procuro você quando terminar.

– Vai mesmo?

Ou vai perder a coragem de novo?

– Sim.

A expressão no rosto dela era insondável, mas havia algo no tom de voz – algo que Eli reconhecia em si mesmo. *Estou dominando você do mesmo jeito que você está me dominando? Me diga, Rue. Cá entre nós.*

Porque, daquela vez, ele teve certeza de que ela o procuraria.

18

NOSSA MOEDA

Rue

Fui no meu carro, seguindo o híbrido de Eli pelas ruas arborizadas de Allandale, em meio ao brilho suave das luzes dos bistrôs. Ele morava em uma casa charmosa, de dois andares, perfeita para uma família, uma construção do meio do século, com tijolos vermelhos e um amplo gramado, que logo me fez pensar na ex-noiva dele. Nós íamos transar na cama que ele tinha comprado durante alguma visita tensa à loja de móveis? Será que a gota d'água para o fim do relacionamento fora uma discussão a respeito de uma saboneteira cara?

Irrelevante. Não era da minha conta. Mas eu nunca tinha ido à casa de um homem. Ou talvez tenha ido sem querer, na faculdade, com algum cara que eu nem reconheceria caso se sentasse ao meu lado no dia seguinte na aula de química. Mas agora era Eli Killgore. Trazendo novas experiências. Arruinando meus planos. Me instigando a fazer coisas desleais e terríveis.

— Não mudou de ideia? — perguntou ele, esperando por mim diante da porta quando saí do carro.

A voz dele tinha se entranhado nos sulcos do meu cérebro e agora aparecia com grande destaque nos meus sonhos. Alguns poucos eram mais obscenos, e esses eu conseguia relevar mais facilmente, mas vários outros eram perturbadores e absurdos. Ele atrás de mim, pedindo para observar minha difração de raios X, ou então explicando o que era uma compra alavancada, com Nyota a seu lado, assentindo. Sempre que eu tentava tocá-lo, ele dizia: "Amanhã retomamos esse assunto."

E finalmente o *amanhã* tinha chegado.

– Não.

Em vez de abrir a porta, ele se abaixou e me deu um beijo intenso, uma das mãos envolvendo minha cintura, a outra me empurrando contra a parede. Foi repentino, gostoso logo de início, e bem mais descontrolado do que naquele dia no hotel, nos corredores da Kline e uma hora antes, no rinque de patinação. Ele queria que eu me sentisse capturada. Que soubesse exatamente quanto estava duro, e como tinha sido tão rápido. Que ficasse ciente da sua força, no meu âmago.

– Porra, você é tão gostosa.

Ele deu beijos molhados no meu pescoço e segurou meu seio, descendo os olhos para ele. Eu nunca me sentia tão linda como quando ele me olhava. Como se eu fosse o protótipo perfeito da fantasia dele.

– A gente devia entrar.

Minhas palavras saíram ofegantes contra os lábios dele.

– Só um minutinho.

Ele enfiou os dedos no espaço entre minha pele e o cós do short jeans. Eu arfei.

– Foram longas semanas de espera, Rue.

– Eu sei.

Com um sorrisinho predador, Eli mordiscou meu pescoço, depois lambeu. Apertou minha bunda de um jeito que só poderia ser descrito como indecente. A sensação foi de que séculos se passaram até que ouvi o tilintar das chaves, senti a pressão da mão dele me guiando para dentro, vi as luzes da rua desaparecerem, Eli fechar a porta e...

Fui atacada. Por um urso de 130 quilos, que rugiu para mim ao descer as patas com a força de um meteoro capaz de extinguir os dinossauros e me empurrar contra o corpo firme de Eli.

– Mini, senta.

A voz dele soou calorosa, mas ainda com autoridade. O urso – um cachorro, um cachorro *gigante* – recuou, balançando o rabo, e ficou me encarando com uma expressão que anatomicamente não podia ser um sorriso, mas *passava* essa impressão.

Fiquei grudada no peito de Eli, que me envolveu com uma das mãos e me manteve perto.

– Ele está... com fome? – perguntei, olhando desconfiada para o cão.

Devia ser um cruzamento de cachorro com cavalo. Seu pelo tinha uns trinta tons de marrom, e a língua pendia da boca como um pergaminho.

– Sempre.

Com uma das mãos ainda no meu quadril, ele se abaixou para fazer carinho no cachorro, o que o fez latir de felicidade e abanar o rabo como se fosse um helicóptero.

Talvez tenha sido um erro ir até ali.

– Você tem alergia? – perguntou ele ao perceber meu desconforto.

Balancei a cabeça, sem tirar os olhos daquele mamute. O nome dele era Mini? Fala sério.

– Não tem *medo* de cachorro, tem?

Eu não tinha. Ou talvez tivesse. Não havia sido exposta a cachorros o suficiente para saber.

– Não sou muito chegada a bichos de estimação.

– Entendi. Você odeia animais.

Ele parecia achar graça.

– Não odeio. Só prefiro manter uma distância respeitosa.

Bruce me ignorava solenemente, o que eu achava ótimo. Mas Mini ficou me rodeando, todo feliz, ansioso pelos carinhos que tinha certeza de que eu faria a qualquer momento.

– Bem, ele definitivamente gostou de *você*.

Por mais macio que seu pelo parecesse, eu não tinha a menor intenção de tocá-lo. Tinha lido em algum lugar que cachorros eram capazes de identificar boas e más pessoas. Eu não queria saber o veredito.

– Você precisa, hum, levá-lo para passear?

– A essa hora, não. Temos um jardim grande, que fica aberto para ele. Mas ele quer um lanchinho. Vai ficar apavorada se eu te soltar um pouco?

Percebi que estava com as unhas cravadas no antebraço dele.

– Desculpa.

Eu o soltei e Eli se desvencilhou com um sorriso que pareceu quase afetuoso, antes de desaparecer na cozinha, seguido de perto pela fera. Escutei batidas, armários abrindo e fechando e murmúrios gentis e pacientes. Eu me peguei sorrindo ao ouvir aqueles sons e não soube bem o porquê. Que me importava se Eli tinha um cachorro, uma codorna ou uma família de lontras? Quando ele voltou, secando as mãos recém-lavadas na calça jeans, eu perguntei imediatamente:

– Onde é o seu quarto?

– Calma aí. – Eu inclinei a cabeça e ele sorriu. – Quero uma história. Antes de subirmos.

Ah, sim. Nossa moeda.

– Uma história péssima que comprove quanto eu sou horrível?

– Não importa. Desde que seja verdadeira. – Ele fez uma pausa. – E desde que seja só para mim.

– Todas são.

Eu contara a ele coisas que nunca tinha admitido em voz alta para ninguém. E Eli tinha feito a mesma coisa, eu sabia sem nem precisar perguntar. E eu tinha uma história perfeita.

– Quando eu tinha 11 anos, Tisha e Nyota, a irmã mais nova dela, começaram a encher o saco dos pais para ganhar um bichinho de estimação. O plano delas envolvia apresentações de PowerPoint e post-its espalhados pela casa. Até pediram cartas de recomendação para os professores. Tisha gostava mais de gatos, mas, se era pra ganhar um bichinho, elas precisavam fazer uma aliança. Como Nyota era mais nova, estava menos disposta a ceder, sabe? Enfim, elas acabaram adotando Elvis, uma mistura de chihuahua. Ele era... pequeno e barulhento. Fingia que eu não existia, e eu retribuía o favor. – Engoli em seco. – Eu tinha um ciúme maluco daquele cachorro. Porque ele ficava com Tisha e a família dela o tempo inteiro. Era alimentado, cuidado, adorado. Enquanto isso, eu tinha que voltar para casa e lidar com...

Minha mãe imprevisível, meu irmão mais novo cada vez mais agressivo, a cozinha vazia e o fedor de mofo. A certeza de que, se aquela era minha vida, era porque eu tinha feito algo para merecê-la.

– Eu tinha que lidar com muita coisa. Então eu olhava para o Elvis com *tanto* ressentimento, e só conseguia pensar "Por que não eu?" o tempo inteiro, até que começou a parecer... um câncer, que ia se espalhando por todas as interações que eu tinha com Tisha. Levei muito tempo para me livrar desse sentimento. Talvez nunca tenha conseguido completamente.

Esperei que minhas bochechas ardessem e a vergonha transbordasse, como sempre acontecia. Mas era mais difícil me culpar quando Eli não esboçava nenhum sinal de julgamento ou aversão. Ele apenas aceitou abertamente a história, que eu carregara por mais de uma década nas profundezas do meu ser, como se fosse uma parte tão natural de mim quanto meus lábios ou meu braço.

Então eu disse:

– Sua vez.

Ele assentiu. Respirou fundo.

– Semana passada, eu fiz uma viagem. Fiquei bêbado de vodca com uns colegas e, quando cheguei de volta ao hotel, abri o seu contato no celular. Escrevi uma mensagem *bem* longa descrevendo cada coisa que já me imaginei fazendo com você. Não deixei nada de fora. E não era uma lista, Rue. Era um texto vulgar, indefensável e ricamente detalhado. A porra de um manual de instruções. Tenho apenas uma leve lembrança de ter escrito e, felizmente, caí no sono antes de enviar, porque quando o despertador tocou na manhã seguinte, a mensagem ainda estava lá no rascunho.

A princípio me senti enganada, e quase reclamei por ele estar trapaceando – esse não era nosso tipo de história cruel, franca e perturbadora. Mas isso não era decisão minha, era? Talvez, para Eli, confessar sua falta de controle fosse tudo isso junto.

– Quer saber a última coisa que escrevi? – perguntou ele.

Eu assenti, o coração acelerado pela expectativa.

– Quanto eu queria te comer até te deixar bem obediente. – Ele balançou a cabeça, soltou uma risada pesarosa e apontou para a escada com o queixo. – Não mudou mesmo de ideia?

Nem respondi, só comecei a subir os degraus. Quando me virei para conferir se ele vinha atrás, flagrei-o com os olhos vidrados na minha bunda. Eli tinha um sorriso sem vergonha no rosto, como se olhar para o meu corpo fosse um direito sacrossanto do qual ele pretendia desfrutar enquanto pudesse.

O quarto era o que se esperaria de um homem adulto que não planejara receber visitas: poucos móveis, basicamente arrumado, com uma cama king size desfeita e um ou outro item de vestuário espalhado sobre os móveis. As janelas davam para a rua, e ele se apressou para fechar as cortinas. Quando se virou, eu já tinha tirado os sapatos e a blusa.

– Pare – ordenou ele.

Olhei para meu short.

– Quer que eu fique com ele?

– Não. – Ele chegou mais perto. – Deixa que eu tiro.

– Isso não é nada eficiente.

E nem sexy. Eu estava usando minha roupa de ir ao mercado.

– Por favor, Rue. Você sabe muito bem que vou tratar esta noite como a segunda chance que eu nunca achei que teria.

Cada centímetro do zíper ecoou pelo quarto silencioso. As mãos grandes dele abriram o short como se estivessem desembrulhando um presente. Depois, com os olhos fixos em mim, ele enfiou a mão lá dentro.

Com a ponta do indicador, tocou a parte de baixo da calcinha. Esfregou de leve.

– Bom.

Molhado, ele queria dizer. Eu já tinha sentido a umidade entre as minhas pernas, e agora ele também sabia.

– Não é possível que esteja surpreso.

– Não preciso ficar surpreso para gostar.

Ele tirou meu short.

– Você nem precisa mais que eu diga, não é? Que o seu corpo é a coisa mais perfeita que eu já vi?

Inclinei a cabeça e fiquei olhando enquanto ele me observava, ávido e voraz. Seus olhos passearam pelos meus seios, barriga, quadris, coxas, todos meio *exagerados* demais para sequer chegarem perto de perfeitos. Mas eu amava o meu corpo, até com suas falhas. Amava o que ele era capaz de fazer na pista de gelo e fora dela, o prazer que era capaz de gerar, como ele vestia bem as roupas que eu gostava de comprar. Amava que ele tivesse resistido aos primeiros dezoito anos da minha vida, apesar de todas as adversidades que enfrentara. E amava que Eli gostasse tanto dele quanto eu.

– Fico feliz que ache isso. Pode usá-lo da forma que quiser.

Deu para vê-lo engolindo em seco.

– Você não tem a menor ideia do que está falando, Rue.

Ele me tocou como se estivesse voltando ao local aonde sempre ia nas férias, algo familiar e ainda assim muito desejado. O sutiã de renda não combinava com a calcinha, mas ele não se importou. Segurou meu seio direito e, com o polegar, esfregou o mamilo que já estava duro. Eu fechei os olhos e senti o corpo arquear na direção dele.

– Você gosta disso, não é? – Ele repetiu o gesto e minha respiração ficou ofegante. Quando beliscou o mamilo, quase soltei um gemido. – Sabe o que eu adoraria fazer com você?

– O quê?

Ele abriu a boca e então desistiu de falar. Depois riu, meio ansioso.

– Você ia ficar assustada se eu dissesse.

– Não ia, não.

Ele balançou a cabeça.

– É o tipo de coisa que requer confiança. Comunicação. – Ele baixou a mão e eu senti aquele afastamento como uma facada. – Tempo.

– Não temos isso.

– Eu sei.

O sorriso dele não foi de felicidade. Eli desfez minha trança, deu um passo para trás e ficou me olhando um pouco mais, parecendo ainda mais contente com a visão.

– Três vezes.

Franzi a testa, confusa.

– Me deixa fazer você gozar três vezes antes de ir embora.

Tentei lembrar se já tinha gozado tantas vezes com alguém. Ou até sozinha.

– Talvez isso seja ambicioso demais.

– Talvez seja.

Eli deu de ombros e eu gostei de ele não agir como se conhecesse meu corpo melhor do que eu. Sua autoconfiança nunca era exagerada, mas sempre estava presente, calma, consistente.

– Ainda assim, me deixe tentar. – Ele enfiou o rosto no meu pescoço. Cheirou. – Você é tão cheirosa. Todos os dias, desde a nossa última vez, eu sonhei em beijar sua boceta gostosa. Posso?

Ele se saía muito bem quando estava no comando. Dava orientações suaves, instruções breves, ordens exatas. Queria que eu ficasse na cama, de joelhos, com as coxas ao redor de sua cabeça, e conseguiu tudo isso sem esforço. Ainda estava completamente vestido e eu, nua, sentada na boca dele. Eu senti sua língua, uma lambida longa que começou no clitóris e parou logo depois da entrada, e a avalanche de prazer foi tão inesperada que eu tombei para a frente, apoiando as palmas das mãos para não cair em cima do quadril dele.

– Foi demais? – perguntou Eli, ainda beijando, chupando e mordendo.

Tive que segurar um gemido. Ele tinha me chupado da outra vez, mas não tinha sido tão bom, tão mágico, assim logo de cara. Ele levara um tempinho para encontrar o ritmo e os lugares certos. Agora que sabia o básico, ele era um perigo, e estava se deleitando com aquilo.

– Não, não foi.

Comecei a desabotoar a calça jeans de Eli e acariciar seu pau por cima da cueca enquanto ele continuava a me chupar. Quando ele mordiscou meus lábios, eu tirei seu pau da cueca. Eli era grande de um jeito que eu não estava acostumada e nem esperava gostar, mas já sabia disso. Quando ele apertou meus peitos e enfiou a língua dentro de mim, eu coloquei seu pau na boca, o mais fundo que consegui, que era no máximo a metade.

Nós dois gememos bem alto, os sons vibrando pelos corpos. Eu tentei, tentei *mesmo*, manter o ritmo enquanto ele me abria e movia os dedos, claramente na intenção de me penetrar. Tentei me concentrar, dando beijos molhados e desajeitados ao longo do pau dele, usando a língua ao redor da cabeça. Mas aquela posição era pouco habitual e mais íntima do que eu estava acostumada, e o calor que se espalhava pelo meu corpo tornou quase impossível focar em qualquer outra coisa que não fosse o prazer crescente. Eu sabia dar tanto quanto receber, mas com as mãos de Eli agarrando minha bunda e seu polegar de repente me tocando por trás, estava difícil me concentrar e...

– Você não é muito boa nisso, né? – comentou ele, a boca contra a parte interna das minhas coxas, parecendo encantado enquanto pontuava cada palavra com um beijo.

– Que grosseria, assim você me... ah, magoa.

– Magoo? Assim?

Ele me lambeu de novo, e minhas coxas tremeram descontroladamente. Ele era *fantástico* naquilo, como se tivesse mapeado cada som de prazer à anatomia da minha boceta. Ou talvez fosse puro entusiasmo. De qualquer forma, eu estava no limite.

– Está sofrendo, Rue?

– Não. Quando você disse que eu não era...

Ele suspirou contra o meu clitóris. Eu estremeci e caí com a testa encostada na coxa dele.

– Pobrezinha. – Ele me segurou pelos quadris com força. – Parece que você tem problemas de concentração.

– É...

Ele apertou meus mamilos.

– Bom?

– Uma distração.

As palavras saíram quase ininteligíveis.

– Tudo bem. Eu vou gozar só com isso.

Meio confusa, eu me perguntei o que seria *isso*, mas pouco depois ele acrescentou:

– Só de chupar você.

Alguma coisa no jeito que ele falou, com avidez e admiração, fez com que eu me contraísse toda ao redor do dedo dele, bem quando Eli o enfiou dentro de mim.

– Você pode me limpar quando eu terminar. Com a língua.

O prazer me invadiu como um terremoto. Sem dúvida foi o orgasmo mais repentino da minha vida, que brotou de algum lugar lá no fundo do meu cérebro tanto quanto dos estímulos nas terminações nervosas. De repente, eu estava arfando, apoiada na calça jeans que ainda cobria as coxas dele, reprimindo sons vergonhosos. O pau dele se contraiu ao meu lado, aquele fluido prévio já escapando, e depois que os tremores do terremoto acalmaram um pouco, eu tentei colocá-lo de volta na boca para *mostrar* a ele como eu estava agradecida por todo o prazer que ele me dava, mas foi impossível me concentrar. Dar e receber eram uma combinação difícil de conciliar e, pela curva da bochecha que senti contra a minha coxa, ele estava sorrindo, sem se importar nem um pouco.

Ele estava se *divertindo* com a minha falta de controle.

– Eli, eu *não consigo*...

– Tudo bem, meu bem – disse ele. – Fica tranquila. Não está gostando disso? Não gosta de gozar?

Gemi baixinho. Suas mãos grandes, fortes e absolutamente depravadas agarraram minhas nádegas e me abriram inteira. Havia certa agressividade naquele toque, um senso de liderança crescente, e eu me perguntei se ele estava me punindo por nos privar daquilo por semanas ou se estava apenas impaciente. Ele então chupou meu clitóris e eu não consegui pensar em mais nada, à beira de um segundo orgasmo mais forte ainda.

– Cacete. – Ele arfou. – Você é mesmo a coisa mais deliciosa.

Naquele momento, eu queria colocá-lo na boca mais ainda do que queria gozar. E quando soltei um gemido abafado pelo pau dele, achei que talvez Eli quisesse a mesma coisa. Sua respiração ficou ofegante e ele moveu os quadris de tal maneira que o pau quase deslizou garganta adentro. Quando ele gemeu alto, eu não soube muito bem o que senti primeiro: o prazer me invadindo mais uma vez ou o gozo dele preenchendo minha boca.

Ficamos mais um tempo parados ali, emitindo grunhidos que pareciam primitivos, a recuperação lenta e árdua. Então Eli se afastou, me deu um beijo profundo e agradecido e me deitou na cama, com o braço sobre a minha cintura. Eu me sentia transcendental, feita apenas de sensações, calor, e as digitais de Eli sobre a minha pele.

– Foram duas – falei, o corpo ainda trêmulo.

Eu tinha me sentido assim da última vez também. Exaurida. Esvaziada. Como se meu corpo fosse a marionete dele, algo que Eli podia moldar como quisesse.

Intenso, dissera ele, mas aquela palavra não parecia certa. Era assustador. Perigoso. Precisei de um momento para recobrar o equilíbrio e fiquei agradecida quando ele afastou o braço para cobrir os olhos. Eu não ia aguentar mais aquela intimidade.

– Só me dê um segundo – pediu ele, ofegante. – Posso fazer você gozar de novo. Ou morrer tentando.

Eu ri, toda agitada por dentro. Com a bochecha no travesseiro, observei aquele homem que conseguia fazer meu corpo vibrar como ninguém jamais conseguira. A exaustão do sexo, das últimas semanas de trabalho, o estresse de estar viva e na maior parte do tempo sozinha começaram a bater. *Só um minutinho*, pensei. *Um minutinho e vou levantar. Fazer uma grande cena para ir embora, já que é tão importante para ele, e sair de sua cama de uma vez por todas. Para uma última vez, essa foi bastante boa.*

Observei o peito de Eli subir e baixar no ritmo de sua respiração irregular. Observei-o lamber os lábios distraidamente e curvá-los em um sorriso ao sentir o gosto. Observei sua expressão inequívoca e assumidamente satisfeita, até que minhas pálpebras se fecharam, os sons da rua cessaram e eu não vi mais nada.

19

SABE ONDE FICAM OS
PRODUTOS DE LIMPEZA, NÉ?

Rue

Foi o barulhinho suave da chuva batendo na janela que me acordou, e o som abafado de um carro passando pela casa enfim me convenceu a abrir os olhos. Não houve nenhum momento de confusão. Eu imediatamente soube onde estava e que o relógio digital que piscava em verde-limão na mesinha de cabeceira era de Eli.

Eram 10h45 da manhã.

As cortinas ainda estavam fechadas. Eli não estava no quarto. Eu não conseguia lembrar qual tinha sido a última vez que dormira tão profundamente, sem interrupções, e até tão tarde. Talvez fosse a cama, dura feito uma maca de necrotério, bem do jeito que eu gostava. O sexo, quem sabe. Eu não tinha ideia nem pretendia pensar profundamente a respeito. Catei o rastro de roupas espalhadas pela cama o mais rápido que consegui e entrei no banheiro da suíte.

Encontrei a mesma leve mistura de limpeza e caos do quarto. Fiz xixi, roubei um pouquinho do enxaguante bucal e desci as escadas bem discretamente, mas parei quando ouvi barulho na cozinha.

Merda.

Eu tinha prometido a Eli que avisaria antes de ir embora. Mas isso foi quando eu achei que *ir embora* aconteceria no meio da noite. Teria realmente que encarar o constrangimento da manhã seguinte. Era vergonhoso, mas não tanto quanto Eli saber que eu era péssima no 69.

Fui até a cozinha, pronta para uma despedida rápida e sincera. *Obrigada pela noite passada, Eli. Eu me diverti. Sempre me divirto. Está começando a ficar meio cruel essa combinação de quem você é e o efeito que tem sobre mim. Vamos combinar de não nos vermos nunca mais, está bem?* Mas, quando respirei fundo e entrei no cômodo, Eli estava diferente.

Como uma versão menor e mais fofa dele. Cachos castanhos e revoltos cobriam os ombros estreitos, olhos azuis um tanto sombrios e um sorrisinho meio acolhedor, meio ameaçador. Alguns centímetros mais baixa do que eu. Uma garota. Que ficou de queixo caído por uns segundos, até que sua surpresa se transformou num sorriso.

– Ora, ora. Olha só quem transou noite passada.

Eu levantei uma sobrancelha.

Ela imediatamente ficou vermelha.

– Desculpa! Não quis dizer *você*, eu nunca... Estava falando do meu irmão! Oi, meu nome é Maya Killgore.

A irmã. Ela morava ali?

– Rue. Siebert.

– É um prazer conhecer você. Eu juro que não fico comentando sobre a vida sexual de pessoas aleatórias, só...

– Só a do seu irmão?

– Exatamente. – Ela fez uma arminha com os dedos, apontando para mim. – Ele nunca me conta nada, então preciso recorrer a métodos de investigação implacáveis. Ele está tentando se casar com você?

– Está... O quê?

Eu precisava de cafeína.

– Vocês estão namorando ou você está apenas usando o corpo dele?

– Hum. A segunda opção. – Uma pausa. – Está mais para um acordo mutuamente benéfico.

– Boa. Bom pra vocês. – Ela parecia mesmo feliz. – Onde se conheceram?

– Trabalho numa empresa aqui em Austin. Que a Harkness tentou adquirir recentemente.

E ainda não tinha conseguido. Foi bom me lembrar disso. Diminuiu a culpa também.

– Puta merda, você trabalha na Kline? Conhece a Florence?

A vergonha ao ouvir o nome de Florence na casa de Eli foi tão intensa que precisei respirar fundo antes de responder.

– Sim.

– Como ela é? Eu sempre a imagino como um monstro gigante cheio de tentáculos.

O que *ela* sabia sobre Florence?

– É uma ruiva de 1,60 metro. Sem tentáculos. Nada monstruosa. – Para cortar logo a conversa, acrescentei: – Somos muito amigas.

Maya arregalou os olhos, mas em seguida seu sorriso agradável estava de volta.

– Quer um café?

– Não, obrigada. Eu já estava indo. Eli está...?

– Ele volta já, já. Posso mandar uma mensagem pra ele.

– Não precisa.

Eu tinha perguntado por ele. Isso não configurava uma fuga. Mandaria mensagem quando chegasse em casa e inventaria um compromisso de sábado de manhã. *Eu tomo conta do estande da rúcula na feira. Tenho hidroginástica. Já contei que tenho quatro filhos? Estão esperando o café da manhã.*

– Obrigada, eu vou só...

A porta da frente – onde eu quase tinha transado em público na noite anterior – se abriu. O primeiro a entrar foi o cachorro gigante, que parecia ainda maior e mais feliz à luz do dia. Ele escolheu a violência e se sacudiu todo, espalhando litros de chuva pelo chão de madeira, sem poupar nenhuma superfície. O segundo a entrar, claro, foi Eli. Ele abaixou o capuz do casaco corta-vento verde-escuro e, quando me viu, disse:

– Estava me perguntando se você ainda estaria aqui.

Ele sorria. Meio satisfeito, meio desafiador, meio sabe-tudo.

Senti um arrepio quente e frio ao mesmo tempo.

– Eu...

– Que *grosseiro* – interrompeu Maya. – Está tentando se livrar dela?

– Você nem imagina, Maya – disse ele, a voz arrastada.

Eli jogou o casaco sobre uma cadeira de espaldar alto, sem parar de me encarar por um segundo.

– Não imagino o quê?

Maya fez carinho em Mini, que dessa vez não demonstrou qualquer interesse em mim. *Bom garoto*.

– Rue fez patinação artística com Alec – contou Eli, em vez de responder à pergunta.

– Sério? Eu *adoro* ele.

Eu assenti.

– Eu também.

– Você ainda patina?

– Competindo, não.

– E para se divertir?

– Sim.

– No rinque de Dave?

– Na maioria das vezes.

– Espera aí. – Ela estreitou aqueles olhos parecidos com os de Eli. – Rue Siebert. Eu conheço você! Você não ganhou uma bolsa de patinação sincronizada em algum lugar de Wisconsin?

– Michigan. Na Adrian College.

– Meu Deus. Eu me lembro de você! Frequentamos o rinque durante o mesmo período apenas por alguns meses, mas você era *tão boa*.

– Eu não era tão...

– Ensinando, eu quis dizer. Você me ensinou a fazer o cruzado de costas, lembra?

Eu não lembrava, mas ela continuou falando e sorrindo.

– Eu era péssima. Outras quatro pessoas tentaram me ensinar, mas eu *não* conseguia entender. Sério, não é possível que você não lembre. Eu sou a garota que começou a chorar no meio da pista. Você me levou para um banco, sentou do meu lado e nenhuma de nós falou nada por, tipo, meia hora. Depois que eu me acalmei, você perguntou se eu estava pronta para tentar de novo, e aí eu consegui fazer o cruzado na primeira tentativa! Deve ter sido na primavera de...

Um carro buzinou lá fora. Eu levei um susto e Maya revirou os olhos.

– É a Jade.

Ela pegou a mochila e uma garrafa d'água gigante e cheia de adesivos.

– Foi muito legal ver você de novo, Rue! Vou passar o dia na biblioteca, então fiquem à vontade para fazer sexo matinal em cima da mesa. – Ela deu uma olhada para Eli por cima do ombro. – Sabe onde ficam os produtos de limpeza, né?

Ela saiu antes que ele pudesse responder e nos deixou ali sozinhos, olhando um para o outro com uma sensação que parecia muito entendimento.

Ele sabia que eu ia sair de fininho.

Eu sabia que ele sabia.

E *ele* sabia disso também.

Levantei o queixo com um ar desafiador e Eli abriu um largo sorriso, como se eu estivesse seguindo à risca o roteiro que ele imaginara.

– Você ia deixar um bilhete? – perguntou ele, gentil. – Ou só mandar uma mensagem mais tarde?

Eu mantive a postura ereta.

– A segunda opção.

– Mais prática.

Ele assentiu, com uma expressão divertida, e abriu um armário. A ração tilintou contra a tigela de metal do cachorro e Mini, que tinha começado a me rondar em busca de carinho, perdeu na hora o interesse em mim. Na mesa acima dele, eu notei que havia um jogo de xadrez em andamento.

– É seu esse jogo?

Eli assentiu.

– Contra Maya.

– Vocês jogam muito?

– Um pouco. Não estamos no nível de Nolan Sawyer nem nada...

– No nível de Mallory Greenleaf, você quer dizer?

Ele sorriu.

– Você não se lembra mesmo da minha irmã?

– Eu...

Eu lembrava, na verdade, talvez apenas por causa do modo como ela chorou em silêncio ao meu lado. Fora de partir o coração, e eu me identificara com ela e tivera vontade de poder melhorar as coisas. Mas estava passando pela mesma situação e sabia que não havia nenhuma palavra capaz de ajudar.

– Tudo bem ela ter me visto? – perguntei.

– Quem?

– Sua irmã.

– Por que não estaria tudo bem?

– Talvez você não queira compartilhar suas transas casuais com sua irmã mais nova, que pode até ser menor de idade.

Ela não parecia ser, mas, quanto mais velha eu ficava, mais as pessoas com menos de 25 anos pareciam todas iguais.

– Ela tem quase 22. Ou 13, nunca sei direito.

– Você é o mais velho?

Ele assentiu.

– Vincent é mais velho?

– Dois anos mais novo. Somos só nós dois.

– Eu imaginei, já que a cabana vai ser dividida por dois.

– É. – Eu não queria falar sobre meu irmão. – Sua irmã parece...

– Legal?

Na verdade, o que eu estava pensando era que Maya e Eli pareciam muito unidos, e de um jeito meio irracional eu me senti traída. Quando nos conhecemos, tive a impressão de que a relação deles era tão tensa quanto a minha com Vince.

– Ela mora aqui?

– Mora.

– Por livre e espontânea vontade? Ou você sequestrou *ela* também?

– Acredite se quiser, ela *pediu* para morar aqui. – Ele também parecia incrédulo. – Eu me ofereci pra pagar um apartamento para ela perto do campus, mas Maya preferiu morar com seu parente de sangue vivo mais próximo. Provavelmente para ficar de olho nesse potencial par de rins extra.

Eu sorri, e ele também. Como se me divertir fosse um hobby.

– Esta é a casa onde vocês cresceram?

– Não. Eu cresci em South Austin, mas o banco tomou aquela casa há mais de uma década. E você?

Nós nunca tivemos uma casa que o banco pudesse tomar, quase respondeu o meu cérebro ainda sonolento.

– Eu morava em Salado.

Ele ergueu uma sobrancelha.

– E vinha todo dia para o rinque de Dave?

– Sim.

Ele inclinou a cabeça.

– E como acabou na patinação, afinal?

– A mãe de Tisha fazia dança no gelo. Ela achou que eu levava jeito e encontrou o Alec.

Não contei o resto da história. Como tinha sido libertador deslizar pelo gelo, estar longe da minha família. Como o treino foi ficando mais exaustivo à medida que mais coisas entraram em jogo. Como foi impossível pensar em desistir quando havia a possibilidade de uma bolsa de estudos bem diante dos meus olhos. Em vez disso, mudei de assunto.

– Você traz muitas mulheres para casa?

– Acho que você foi a primeira. – Ele deu de ombros. – Embora minha ex-noiva tenha morado aqui.

– A chef.

– Isso.

Eu inclinei a cabeça e o observei recostado na bancada, apreciando a maneira como ele preenchia o cômodo. A sensação palpável de sua presença.

– Como é que isso acontece?

– O quê?

– Como é que você um dia quer se casar com alguém e no outro... não quer mais?

– É surpreendentemente rápido. E com pouco drama também.

Não houve traição, então. Mas o que acontecera? Eles tinham deixado de se amar? Ela tivera que se mudar para conseguir o emprego chique de chef? Ela tinha partido o coração dele?

– Você já esteve num relacionamento? – perguntou Eli.

– Defina "relacionamento".

– Um compromisso romântico de comum acordo, de médio ou longo prazo. Um namoro, se você preferir.

Ele abriu o mesmo sorriso que senti entre minhas pernas ontem. O que fizemos devia ter me ajudado a metabolizá-lo, expulsá-lo do meu corpo, mas eu ainda estava longe de achá-lo desinteressante. Estava mais para o oposto.

Uma moeda de prata que se recusava a oxidar era o que ele era. Uma vibração compulsiva presa em meu ventre.

– Não é da minha conta – acrescentou ele –, mas eu adoraria se me contasse.

– Não. Você é a primeira pessoa com quem eu fiquei mais de uma vez.

Os lábios dele se curvaram.

– O sexo é tão bom assim, é?

É porque com você eu nunca tenho que me preocupar por ser estranha demais, antipática demais, muito fora do tom. Você nunca me faz sentir errada. Mas o sexo era mesmo o melhor que eu já tinha feito, então respondi apenas:

– Sim.

Minha franqueza casual pareceu desarmá-lo. Ele ficou sério e seus olhos escureceram.

– Vem cá – disse ele com um aceno, apenas um leve mover dos dedos.

E, mesmo que aquilo significasse trair Florence, que me dera o mundo, eu fui. Deixei que ele me puxasse para perto, contra seu peito.

– Eu acho que te devo uma coisa – sussurrou ele no meu ouvido.

– Pode ficar com a minha calcinha.

– Não é isso.

– O quê, então?

– Nós combinamos três vezes.

Uma tensão preencheu o ar entre nós.

– Não importa. Não é...

É incontável. Você, as coisas que nós fazemos, o que você me dá, o que me faz sentir, é impossível quantificar. É tudo tão bom que vai além dos orgasmos e eu não consigo acompanhar e nem ticar numa listinha. Me confunde. Você me confunde.

– Não precisa.

– Não mesmo?

Ele chegou mais perto. Sua boca tinha gosto de pasta de dente e chuva matinal, seu beijo foi ao mesmo tempo suave e intenso, ávido, mas sem pressa. Não era um beijo de quem estava prestes a transar. Nem um beijo de quem tinha acabado de transar. Essas tinham sido minhas experiências até então, e eu não sabia muito bem como categorizar aquele beijo ali.

Despedida. Talvez fosse um beijo de despedida.

Ele se afastou devagar.

– Você *não pode* ir embora desse jeito, Rue.

– Como assim?

– Você está toda suja. Precisa tomar um banho, não?

– Vou tomar mais tarde.

– Mais tarde?

Ele franziu o nariz, com cara de nojo, e eu fechei a cara.

– Algum problema?

– Eu estava indo tomar um banho agora.

Eu não soube muito bem como responder. *Que higiênico da sua parte. Meus sinceros parabéns. Espero que seja tudo o que você deseja.*

– Está bem. Eu vou...

– Toma comigo. – Ele entrelaçou os dedos aos meus. – Vai ter que tomar banho em algum momento, não é? Poderia muito bem se divertir no processo.

Não havia a menor chance de isso ser uma boa ideia, e ele deve ter visto na minha cara, porque perguntou:

– Por que não?

Por causa de Florence. Porque você é uma má pessoa, que faz coisas ruins. Porque você está errado, e vai contra tudo que eu acredito, e mais gente pode se magoar se descobrir. O problema era que eu não queria dizer não. Também não queria dizer sim, mas não importava.

A julgar pelo sorriso de Eli, um aceno foi suficiente.

20

GRANDE COISA

Eli

Ele estava fascinado.

    Obcecado.

    Apaixonado.

    Não por Rue, que cortaria a garganta dele com a lâmina de patins de gelo antes de aceitar qualquer afeto romântico de um dos sócios da Harkness. Mas pelo corpo de Rue... porra, Eli estava *encantado*. Os olhos azul-escuros e solenes que o encaravam, hesitantes. O jeito direto e inexpressivo com que ela dizia as coisas mais absurdas e que sempre o tirava do eixo. O cheiro de sexo e o cheiro *dela* nos lençóis naquela manhã, quando ele foi obrigado a sair da cama. Tinha acordado duro pra cacete, e ela ali dormindo tão serena, uma das mãos debaixo da bochecha e a outra fechada diante do rosto, tão deliciosamente à disposição dele. Bem ali, pronta para ser deflorada.

    Ela o abalava. Havia algo de especialmente *bom* em estar na presença dela, e Eli se via fazendo coisas que iriam desde vergonhosas até imprudentes e ilegais só para passar mais cinco minutos com ela.

Nua, de preferência.

– Não está muito quente? – perguntou ele, lambendo a água que formara uma poça na clavícula dela.

Tentou fingir costume, mas não estava esperando que ela aceitasse ficar por ali mais tempo do que o absolutamente necessário para gozar. Tinha passado a noite inteira tenso, observando o peito dela subindo e descendo sob o lençol, a posição discreta e encolhida na qual dormia, convencido de que Rue desapareceria se ele ousasse piscar. Mas a manhã chegara, e ela ainda estava ao lado dele. Eli voltou para casa depois de passear com Mini e o carro dela ainda estava estacionado em sua calçada.

Ia mantê-la ali. Com ele. O máximo de tempo que conseguisse.

– Não. Não está muito quente.

Ela inclinou a cabeça para trás e deixou o jato molhar a testa e os cabelos. Eli seguiu os filetes de água com os olhos pela longa linha de seu pescoço, examinando o corpo dela sob a luz do dia. Reconheceu algumas pistas de sua rigorosa rotina de treinos – braços musculosos, quadris arredondados, abdômen forte. Mas a silhueta tonificada estava mais relaxada, mais flexível e robusta. Eli a achara estonteante desde o início, mas era ainda mais irresistível agora, sabendo que, assim como ele, ela tinha o corpo imperfeito de um ex-atleta. Um corpo que conhecia o gelo. Uma mistura de força e suavidade que o deixava louco.

– Você está me encarando.

– É.

Ele sorriu. Ficaria olhando para ela até morrer ou até ficar cego, o que acontecesse primeiro.

– Te incomoda?

– Não.

Ela virou de costas para ele e baixou a cabeça para deixar a água correr pela nuca, e o box não era tão grande assim para evitar que a pele deles se tocasse. Depois de olhar por um longo tempo e fantasiar inúmeras situações com as covinhas que ela tinha bem acima da bunda, Eli decidiu que aquilo era um convite e a abraçou por trás, pressionando o corpo ao dela.

Já tinha tomado banho com outras mulheres, mas não se lembrava de já ter *dado banho* em alguma. E, no entanto, Rue permitiu que ele colocasse o sabonete líquido que a deixaria com o cheiro dele na palma da mão, acomodasse sua ereção contra a base das costas dela e usasse as mãos para limpar cada centímetro de seu corpo.

Cada. Centímetro.

– Eu até que consigo fazer isso... *ah*... sozinha – disse ela, mordendo o lábio de um jeito que fez Eli acreditar na existência de um deus justo, afinal de contas. – Mas agradeço pelo serviço...

A voz de Rue se dissolveu em uma arfada, depois um gemido baixinho, e Eli beliscou os mamilos dela para ouvir um pouco mais daquele som, depois os esfregou com a palma das mãos, e teve que se esforçar para não sussurrar no ouvido dela que ele daria tudo, *qualquer coisa*, para que Rue deixasse que ele fosse à casa dela e o deixasse fazer aquilo sete dias por semana até o fim de sua vida.

– Não sei se isso está me deixando excitada ou com sono – murmurou ela, arqueando o corpo sob o toque dele em uma mistura de vibração e relaxamento.

– Posso te dar as duas coisas – garantiu ele, depois de um beijo na bochecha. – Me deixe fazer as duas coisas.

Ela soltou o ar quando os dedos de Eli enfim começaram a rodear seu clitóris, depois ofegou e teve um sobressalto, a boca entreaberta, a cabeça para trás apoiada na base do pescoço dele.

– Boa menina – sussurrou ele enquanto ela estremecia, e então acrescentou em seu ouvido: – Aceita.

O orgasmo veio quase que instantaneamente, e Eli teve que resistir a empurrar Rue contra a parede, puxar seus quadris e gozar entre as coxas dela. Ele se imaginou implorando para que ela o deixasse penetrá-la, *só a cabecinha*, e o tom adolescente daquilo foi ao mesmo tempo engraçado e humilhante. Ele deu uma risada sem som, o rosto colado no ombro dela, enquanto Rue ainda tremia de prazer.

Quando o coração dela voltou ao normal, Rue percebeu como ele estava duro. Ou talvez até já tivesse notado, mas naquele momento finalmente demonstrou compaixão. Ela se virou nos braços dele, absurdamente linda, os lábios reluzentes, as bochechas rosadas como em um conto de fadas, e Eli teve que fechar os olhos e se apoiar na parede quando ela segurou seu pau.

Ela o acariciou com firmeza, mas devagar, como se o orgasmo a tivesse impossibilitado de funcionar na velocidade normal. Era torturante, mas mesmo quando ele começou a investir os quadris na direção dela, xingar baixinho com o rosto enfiado em seus cabelos, agarrar seus quadris com mais força, ela não aumentou a velocidade para fazê-lo chegar ao clímax.

– Porra, Rue – disse Eli, então continuou, frustrado: – Você só pode estar... – E enfim, implorou, de modo humilhante: – Por favor.

Ele mordeu o pescoço dela, e Rue não balançou a cabeça, não sorriu nem disse nada, não atendeu ao pedido dele, apenas o encarou com seus lindos e calmos olhos azuis, e aquilo foi o suficiente.

O orgasmo foi tão violento que ele não conseguia se lembrar de já ter sentido algo remotamente tão bom, nem mesmo com penetração, nem quando mais jovem. O prazer o invadiu por todas as frestas possíveis e o deixou ofegante, sem palavras, como se seu corpo estivesse tão ocupado experimentando a magnitude de tudo aquilo que era incapaz de produzir até o mais inarticulado dos ruídos.

Então você ama aquela boca, ela tem peitos fenomenais e bate uma punheta espetacular, ele disse a si mesmo, ainda meio atordoado, recuperando o fôlego, os joelhos fracos. *E você tem vontade de sorrir sempre que ela está por perto e quer saber o que ela está pensando*. O modo como Rue ainda o segurava, o sêmen jorrando em meio ao punho fechado dela, era o mais parecido com uma experiência espiritual que ele vivenciara em muito tempo. *Grande coisa*, ele se forçou a pensar, mas ficou com um gosto amargo na boca, aquele que sentia quando mentia para si mesmo. Eli ficou olhando para ela, que o observava, aquele rosto sereno sempre tão dissonante do caos que ela provocava dentro dele. Quando não aguentou mais o silêncio, ele colocou as mãos no rosto dela e perguntou:

– Ainda está cansada?

Sua voz estava rouca. Ele não ficou surpreso.

Ela assentiu.

– Tudo bem. Então o que vai acontecer é o seguinte: agora nós vamos dormir, na minha cama. Juntos. E, quando acordarmos, vamos fazer isso de novo. E vamos parar de mentir para nós mesmos e um para o outro que essa vai ser a última vez, que vamos parar com isso, que temos algum controle sobre quanto queremos isso aqui.

Em defesa dela, Rue hesitou apenas por alguns segundos. Quando ela assentiu de novo, com sinceridade, Eli sentiu uma onda de alívio percorrer seu corpo.

– Não, Rue. Você precisa falar. Diga que essa não é a última vez. Prometa.

Aquilo demorou um pouquinho mais. Mas ela conseguiu articular as palavras e quando Eli a ouviu dizer baixinho "Eu não quero que essa seja a última vez", ele a pegou no colo, secou-a com a toalha e carregou-a até a cama.

21

QUER FAZER ISSO COMIGO?

Eli

Eli não era muito de tirar soneca.

A incapacidade quase patológica de pegar no sono durante o dia tinha sido um problema na época da faculdade, principalmente quando descansar antes dos jogos era obrigatório; agora que já tinha escapado da máquina de exploração que eram os campeonatos universitários, a única questão era que ele não conseguia compensar o sono se não dormisse à noite.

Rue não tinha esse problema. Já estava ressonando um minuto depois de ele tê-la deitado na cama. Eli ficou sentado na beirada do colchão, olhando para ela, por um longo tempo, se sentindo meio bizarro e meio adolescente, mas sem condições de parar, eufórico e encantado. Ele não se lembrava de já ter se sentido assim, o que significava que deveria avançar com cautela naquele terreno, pois ela podia ser perigosa.

Colocou uma mecha de cabelo úmido para trás da orelha dela e desceu as escadas.

Quarenta e cinco minutos depois, caía uma tempestade de verão quando

Rue apareceu na cozinha usando as roupas do dia anterior e *não* a camiseta que ele deixara para ela na cama, dobrada por cima de uma calça de moletom de Maya.

Ele não ficou nem um pouco surpreso.

Ela olhou primeiro para Mini, que dormia satisfeito em uma de suas muitas camas, depois passou para as tigelas com frutas e chantilly em cima do balcão e, por fim, para a panela perto do fogão.

– O que está fazendo?

– Cumprindo a promessa que fiz para atrair você pra cá.

– Você já fez isso.

Ela parecia sonolenta, linda e confusa. Ele teve que reprimir com força a vontade de puxá-la para perto.

– A outra promessa. Eu disse que ia cozinhar para você, lembra?

– Não precisa.

Não a abrace. Não beije a ponta de seu nariz. Não faça carinho nas costas dela. Você não precisa enfiar os dedos no cabelo dela, muito menos cheirar seu pescoço. Isso só vai fazê-la fugir mais rápido do que um lembrete de que você ainda é o dono do financiamento da Kline.

– Fala sério, Rue. – Ele lançou um olhar de censura. – Não posso só transar com você sem parar e não me sentir mais babaca do que eu sou. Preciso te alimentar para manter você viva e capaz de reagir. Não me leve a mal, mas não curto muito a outra opção.

Ela desviou o rosto e então baixou os olhos, o que foi interessante. Atípico. Depois ela disse:

– Eu sou estranha quando se trata de comida.

Eli manteve o rosto impassível. Não fez qualquer movimento. Ela estava nervosa e ele não queria assustá-la. Viu-a engolir em seco duas vezes e não reagiu quando ela acrescentou:

– Tenho dificuldade com refeições em que eu não possa me sentar. E com restrições de tempo. – Ela olhou nos olhos dele. – Prefiro não comer se for para comer depressa ou de pé.

– Isso não é estranho.

Mas aquilo lhe causou, sim, um aperto no peito. O que Rue dissera sobre Alec levar comida para ela. A foto de Tisha. O fato óbvio de ela ser uma engenheira de alimentos focada em questões de insegurança alimentar. Ele não ia ligar os pontos até que ela quisesse, mas reservou-se o direito de nutrir aquela raiva, direcionada a ninguém especificamente, que começou a borbulhar na boca do estômago.

– Também não sou muito fã de comer andando.

Ele abriu uma gaveta e, de modo bem casual, pegou dois jogos americanos.

– Os copos e os pratos estão naquele armário. Dê uma ajuda, Dra. Siebert.

Ela não esboçou emoção, mas houve um sinal de alívio em seus ombros.

– Isso é uma torrada francesa? – perguntou ela quando se sentaram à mesa.

Ele serviu café para ela.

– Isso.

– E esse é o prato chique que sua ex-namorada chef sofisticada te ensinou a fazer?

Ela parecia cética.

– Eu nunca disse que o prato precisava ser chique. E eu recomendo que você prove antes de falar mais alguma coisa de que *vai* se arrepender.

Ela estreitou os olhos, mas despejou a calda, pôs o chantilly e algumas frutas, e levou uma garfada à boca com ar de quem estava fazendo um grande favor. Depois de mastigar por alguns segundos, ela levou a mão à boca.

– Cacete.

Ele a olhou com sua melhor expressão de *eu avisei*.

– Que porra é essa? – Ela parecia ofendida. – Como assim?

– Receita secreta.

– É *torrada francesa*.

– E, como você agora sabe, nem todas as torradas francesas são feitas do mesmo jeito.

– Não vai me dizer o que tem nela?

– Talvez mais tarde. – Ele bebeu um gole do café. – Se você se comportar.

Ela comeu mais algumas garfadas lentas, sem pressa, de um jeito metódico e preciso que o lembrou da manhã que passou com ela no laboratório. Eli a observa com uma sensação de realização que não tinha o menor sentido.

Que *porra* aquela mulher estava fazendo com ele?

– Eu tenho um pedido – disse Rue, limpando a boca com um guardanapo.
– Já falei, é segredo.
– Não é isso.
– O quê, então? Uma história?
– Não tem que ser. Você não tem que... Não precisa ser as partes horríveis, se não quiser contar, mas eu queria saber sobre a sua ex-noiva.
Ah.
– O quê, exatamente?
Ela pensou, tentando formular a pergunta perfeita, e então se decidiu:
– Quem terminou o noivado?
– Ela.
Um momento de silêncio.
– Por quê?
– Porque eu não a amava da forma como ela queria ser amada.
Rue inclinou a cabeça.
– O que isso significa?
Agora já havia passado tanto tempo que, quando ele pensava em McKenzie, os únicos sentimentos que tinha eram afeto e gratidão. Mas a última conversa deles...

Você é um homem adulto de sucesso, mas coloca muito mais energia nesse projeto descabido de vingança, junto com seus amigos codependentes, do que em ser feliz de verdade. Você sempre dá mais importância a esse plano de vingança idiota do que a mim, e nós dois sabemos disso.

Você quer estar apaixonado por mim. Você quer acordar de manhã e pensar em mim. Você quer me querer, mas não sente nada disso.

Você não consegue resolver essa questão porque não é nada que você faz, é o que você sente. O tipo de amor que eu quero nem todo mundo tem a capacidade de sentir, Eli.

As palavras de McKenzie talvez não tivessem mais o peso de três anos antes, mas ainda feriam.
– Não era o suficiente. – Ele correu a língua pela parte interna da bochecha. – Ela quis dizer que eu não a amava o suficiente.
– Ela tinha razão?
Mais um momento de silêncio, e então ele se forçou a assentir. *Aquilo* era o que mais doía.

– Vocês ainda são amigos?

– Temos uma relação amigável. Ela quis manter distância, mas temos tido mais contato agora que ela encontrou outra pessoa e... está mais feliz do que era comigo, com certeza.

– Você tem ciúmes dele?

– Eu... Talvez. Um pouco. McKenzie era... ela *é* fantástica. Eu não consegui dar o que ela precisava, e fico feliz que tenha encontrado isso em outra pessoa. Mas não posso evitar sentir... – Ele fez um gesto resignado. – Inveja talvez seja uma palavra melhor.

Rue ficou olhando para a chuva forte, ponderando a questão como se fosse um conjunto complexo de análises a serem feitas.

– Você *não conseguiu*? Dar a ela o que ela precisava, quero dizer. Ou simplesmente não queria?

Era uma pergunta tão capciosa e cheia de pegadinhas que Eli quase se perguntou se ela já tinha conversado com McKenzie. Mas Rue era inocente. Estava curiosa.

– Não sei. Espero que não seja a segunda opção.

Ela assentiu.

– Talvez eu seja assim também.

– Assim como?

– Incapaz de amar as pessoas da maneira como elas merecem.

– Sério? E Florence? Você não ama *ela*?

Rue desviou o olhar.

– Eu pensei que amasse. Eu *sei* que amo, mas talvez não o suficiente, já que estou sendo desleal a ela ao ficar aqui com você.

Ela respirou fundo, se acalmou, depois olhou para ele de novo.

– E amor romântico? – O coração de Eli acelerou e ele não soube muito bem por quê. – Acha que conseguiria dar conta?

A pergunta era *para os dois*.

– Talvez. Ou talvez algumas pessoas sejam quebradas demais. Talvez... talvez algumas coisas tenham acontecido na vida delas, no passado, e as destruído de tal forma que elas nunca vão ter um final feliz com o amor da vida delas. – Rue dobrou as pernas para cima da cadeira e abraçou os joelhos. – Talvez algumas pessoas estejam destinadas ao fracasso.

Um soco no estômago, era isso que Rue era. E um espelho para o qual ele não tinha coragem de olhar.

– Então essa é minha chance de fazer umas perguntas? – indagou ele, querendo mudar de assunto.

– O que você quer saber?

Ele pensou em introduzir o assunto com mais tato, mas Rue não gostava de rodeios.

– Por que você não quer fazer sexo com penetração?

– Porque não gosto muito.

– Algum motivo em particular?

– Não. Nenhuma história traumática nem questões médicas, pelo menos. – Ela deu de ombros. – Não é nem que eu desgoste. Só não consigo gozar desse jeito.

– Ah.

– E eu nem me importaria se fosse só isso... Não tenho nenhum problema em fazer outras coisas que também não me fazem gozar. Óbvio. – Rue tinha os olhos fixos nos dele, sem desviar, e cada uma das coisas *deliciosas* que ela fizera de repente voltaram à mente dele. – Mas, pela minha experiência, sexo com penetração normalmente leva a dois resultados, e nenhum deles é bom.

– Que resultados?

– Muitos homens encaram a penetração como o objetivo final e se esquecem do resto. Não fazem preliminares, vão direto para a penetração, ficam satisfeitos e esquecem o prazer da parceira. Isso definitivamente não é o que eu busco. E essa é a melhor das duas opções.

– A *melhor*?

Ela suspirou.

– É melhor do que quando eles decidem que *precisam* me fazer gozar desse jeito, o que normalmente se prolonga em uma sessão interminável, até chegar a machucar. Eu não consigo gozar, e aí chego ao impasse bastante chato de ser obrigada a fingir um orgasmo para acabar logo com aquilo.

Ela parecia tão genuinamente ofendida que Eli não conseguiu segurar uma risada. Gostava disso nela: o modo como Rue ia atrás do próprio prazer e exigia o que lhe era de direito. Ele gostava *dela*, ponto, mais ainda agora que o quebra-cabeça começava a tomar forma.

Pode me pedir qualquer coisa, pensou ele. *Qualquer coisa mesmo, e espere que vou te dar. Os que vieram antes de mim não tinham a menor ideia. Eu aceito o desafio.*

– Por quê? – questionou ela. – Você quer fazer isso?

– Está me perguntando se quero meter em você?

Ela assentiu.

Ele segurou um sorriso.

– Você sabe a resposta.

– É verdade.

Ela espetou mais um pedaço da torrada com o garfo, colocou a quantidade perfeita de frutas e creme e mastigou por mais tempo do que Eli levava para engolir um sanduíche inteiro no horário de almoço. Depois perguntou, sem esconder que estava se divertindo com aquilo:

– E sua expectativa é me curar com seu pau mágico?

Era *exatamente* o que ele esperava, claro. A ideia de vê-la gozar com seu pau dentro dela já era inebriante por si só, mas a ideia de ser o primeiro a fazê-la gozar desse jeito ia virar material para masturbação até o final da vida. Um lugar permanente na história sexual de Rue. Algo que a faria se lembrar dele para sempre. Era uma fantasia, e bem imprópria, para dizer a verdade, mas Eli evitava se punir por pensamentos contidos dentro de sua cabeça. Tinha aprendido que esse tipo de repressão não levava muito longe.

– Você não precisa ser curada de nada – disse ele, sinceramente. – Mas talvez você goste. Comigo.

– Claro. Porque você tem o já citado pau mágico.

Ela estava sendo implicante, como tinha feito naquela primeira noite, antes de saber que Eli era alguém a ser odiado. E ele estava amando cada minuto.

– Porque você me disse antes que nunca ficou com ninguém mais de uma vez. Eu já fiquei, e posso dizer que conhecer seu parceiro por mais de duas horas ajuda bastante a melhorar o sexo.

Ele não mencionou que já não tinha mais tanta certeza disso. Que ela tinha redefinido seus conceitos de compatibilidade sexual.

– Eu gostaria de tentar se você topar. Se você gozar, ótimo. Se não, eu vou me divertir e posso fazer você gozar de dezenas de maneiras antes. E depois também.

Ela refletiu, mordendo o lábio.

– Não vai ficar ofendido se eu não gostar?

– Você gosta quando eu te penetro com os dedos, não gosta?

Era tão contraditório aquele modo clínico de debater a ciência do sexo e a sensação transformadora de quando estavam efetivamente transando. Pelo menos, como *ele* se sentia. *Ela* nunca ia permitir que Eli se aproximasse de algum outro jeito que não fosse físico.

– É diferente – ponderou Rue. – Seu pau é muito maior. E você sabe usar bem as mãos.

Ele devia ter gravado aquela frase.

– Eu sei usar outras coisas também.

Ele tentou dizer isso do jeito mais prosaico possível. Não conseguiu.

– Tenho certeza de que você acha que sabe. – Ela curvou os lábios em um sorrisinho. Ele também. – E se eu disser que não?

– A gente continua do mesmo jeito. E eu não vou reclamar.

Ia ficar muito grato.

Ela assentiu.

– Estou disposta a tentar. Mas, se eu ficar entediada e começar a bocejar no meio da coisa, não leve para o lado pessoal.

– Anotado.

– E eu *não vou* fingir um orgasmo para você.

Ele mordeu o interior da bochecha.

– Eu digo o mesmo.

Eles se encararam de lados opostos da mesa, a condensação escorrendo pelos copos de suco de laranja, uma alegria vibrando entre eles. Ambos estavam cientes de como aquela conversa era improvável, ainda mais no meio do café da manhã. Estavam se divertindo.

– Eu também tenho uma pergunta.

Ele assentiu para que ela continuasse.

– A coisa do fetiche.

Ele se recostou na cadeira e a examinou com cuidado.

– Qual é a sua pergunta?

– Você sabe a resposta – disse ela, o imitando, e Eli balançou a cabeça e não conseguiu evitar um sorriso.

– Quer saber do que eu gosto?

201

Ela assentiu.

— Vai ficar assustada se eu contar?

— Não. As pessoas podem ter todo tipo de desejo *e* não impor isso aos outros sem consentimento. Eu confio em você.

Aquilo era atordoante. E, sem dúvida, pornográfico. Rue Siebert *confiava* nele. Eli poderia usar aquela informação de várias formas. Brincar com as possibilidades. Talvez, se tudo desse certo, até colocar ideias em prática.

— Eu gosto de... dar as ordens.

Ela ficou em silêncio por um momento.

— Acho que eu já sabia disso. — Ele não ficou surpreso, não depois da conversa que tiveram no laboratório da Kline. — Você consegue se segurar, mas às vezes dá para ver que preferia estar...

Ele esperou que ela terminasse. Ela deixou no ar, então ele completou:

— No controle?

Rue assentiu novamente e ele sorriu de modo tranquilizador.

— Você precisa disso? Para curtir o sexo?

— Não. Algumas das melhores transas da minha vida não envolveram nada disso.

Com você, ele não disse.

— Sua noiva curtia?

— Curtia. Nós combinávamos muito bem nesse sentido.

— Você tem uma... masmorra sexual?

— Eu moro no Texas, Rue. Não tenho nem um porão.

Ela escondeu o sorriso por trás dos joelhos, então perguntou:

— Você a machucava? Durante o sexo?

Ele balançou a cabeça.

— Nenhum de nós gostava disso. É mais a coisa de controlar.

— *Você* controlar?

— Acho que seria mais correto dizer que ela renunciava ao próprio controle, no contexto do sexo. Esse tipo de relação requer confiança. Limites. Muitos falsos inícios e paradas repentinas enquanto a gente ia se entendendo. Muita tentativa e erro.

— Então, se não havia dor...?

— Eu a amarrava. Vendava. Prendia com o corpo. Dizia a ela o que fazer. Sabe o que é negação de orgasmo?

– Parece bem óbvio.

Ela pareceu levemente ofendida e ele deu uma risada. Nossa, daria tudo para imobilizá-la em cima daquela mesa. Mostrar a ela *exatamente* do que estava falando.

– Então, é isso.

– Sabe, um cara que conheci no aplicativo me deu umas palmadas uma vez – ponderou ela.

Ele riu sem som.

– Olha só você. Uma fetichista profissional.

– Pois é!

– O que você achou?

Ela não pareceu impressionada.

– De modo geral, meio ridículo.

Eli queria se inclinar para a frente. Tocar aquelas linhas verticais entre as sobrancelhas dela e dizer que ele estava bem ali e Rue não precisava ficar pensando em um babaca que provavelmente era ruim de cama e não conseguiu fazê-la gozar. Porque ele estava *a postos*, disposto a *aprender* tudo sobre ela, estava *consumido* por ela. Mas não fez isso, senão Rue ia sair correndo. E a pergunta que ela queria fazer pairava sobre os dois, alargando o silêncio até o limite do desconforto.

Ele não precisava que ela falasse. Mas, porra, queria muito.

– Vamos lá, Rue. Não perca a coragem agora.

Ele observou quando ela engoliu em seco e continuou de boca fechada, então Eli soltou um muxoxo.

– Não combina com você.

Ela pareceu concordar, porque olhou-o bem nos olhos.

– Você quer fazer isso comigo?

Debaixo da mesa, a mão e o pau dele tiveram um espasmo ao mesmo tempo. Eli pensou em colocá-la sentada em seu colo. Trancá-la dentro de casa e jogar a chave fora. Pensou nas coisas que faria com ela. Descobrir seus limites. Entender do que ela gostava. Tê-la à sua mercê. E fazê-la gostar disso. Rue não tinha a menor ideia de quanto eles poderiam se divertir, só os dois.

– Se você quiser tentar, sim. Algumas coisas.

– Tipo o quê?

– Nada que seja muito extremo ou muito rápido. É só você me deixar controlar as coisas. E conversaríamos sobre tudo.

Ele sentiu o sangue pulsar forte nas veias. Pela expectativa. Ou pela preocupação de que ela mudasse de ideia.

– Você pode passar o dia aqui. Podemos... experimentar.

Ela hesitou.

– Eu preciso ir para casa.

– Por quê? – Ele abriu um sorrisinho. Para não parecer muito ávido. – Você não tem bichos de estimação nem nada.

Ela revirou os olhos, mas estava achando graça.

– Eu tenho plantas para regar.

– O cacto que você comprou no mercado, na semana passada, vai sobreviver.

Rue mordeu o lábio. Ele examinou enquanto os dedos longos e graciosos dela tamborilavam a mesa, então se lembrou da sensação deles envolvendo seu pau.

– Maya não vai voltar?

– Só à noite. E eu a ouvi comentar com Jade que eu sou um nerd que não pega ninguém. Adoraria mostrar a ela que eu ainda tenho *algum* jeito.

Rue riu baixinho e Eli soube que a tinha convencido.

22

BOA MENINA

Rue

Quando voltamos para o segundo andar, eu tinha três notificações no celular.

Um e-mail de Nyota com o contato de um advogado de direito imobiliário com licença para trabalhar no Texas e em Indiana. A boa notícia é que ele foi muito bem recomendado. A má notícia é que os honorários deviam ser condizentes com isso.

Uma mensagem de Tisha me informando que ia passar algumas horas na Kline para terminar algo a pedido da "cólica menstrual em forma de gente" (Matt) e perguntando se eu queria ir junto. *Podemos cagar em cima da mesa dele antes de sair. Me avisa.*

E uma de Florence, que me mandou uma foto do xale que estava tricotando para mim em lindos tons de vermelho – minha cor favorita.

– Tudo bem? – perguntou Eli atrás de mim, e meu primeiro instinto foi esconder o celular, o que fez com que eu me odiasse.

A Kline, meus amigos, meu trabalho, eram partes da minha vida da qual eu me *orgulhava*. Era o que eu estava fazendo ali com Eli que precisava ser escondido.

205

– Eu tenho uma história – falei, ainda de costas para ele.

Senti uma pressão atrás dos olhos, mas não me preocupei. Eu não chorava desde que era criança.

– Conte.

– Eu devo tudo a Florence. Meu trabalho. Minha liberdade científica. Minha estabilidade financeira. A porra do xale que ela está tricotando. E, como retribuição, estou aqui, no quarto de uma pessoa que tem dificultado muito a vida dela, compartilhando *refeições* com essa pessoa, porque...

Silêncio.

– Por quê? *Por que* você está aqui, Rue?

Senti um aperto no peito e me virei de frente para ele.

– Porque sou egoísta, negligente. Porque eu quero estar.

Ele assentiu. Pareceu buscar na própria mente alguma história compatível com aquela.

– A última vez que falei com a minha mãe foi algumas semanas antes de ela morrer. Minhas últimas palavras foram que eu só esperava que ela não fosse uma mãe tão merda para a minha irmã quanto tinha sido pra mim.

Ficamos parados ali, inundados pela catarse bizarra que vinha de reconhecer os defeitos, arrependimentos e erros que viviam dentro de nós.

Ele nunca fugia, não importava quanto fosse vergonhoso. Nem eu.

– Tudo bem, então – falei, dando um passo à frente. – Vamos começar.

Eli tirou a camisa. Era bonito de um jeito meio bruto e interessante, mas o que eu mais gostava era a história que seu corpo contava. Os ombros largos, resultado de uma juventude inteira de aperfeiçoamento. Braços longos e fortes. Algumas cicatrizes, onde ele devia ter levado golpes e seguido em frente.

– Você jogava na defesa?

Ele sorriu.

– Como sabia?

– Chutei. Precisamos de alguma palavra de segurança ou algo assim?

– Por que a gente não... se comunica, para começar? Eu digo o que gostaria que você fizesse, o que *eu* gostaria de fazer, e você pode apenas se recusar ou me pedir para parar. Pode ser?

– Parece melhor do que gritar "brócolis" porque você puxou meu cabelo muito forte.

Ele riu.

– Pois é. Tudo bem se eu te segurar?

Ele chegou mais perto e pegou minhas mãos, que estavam enfiadas no bolso de trás do short jeans. Depois, com apenas uma das mãos, segurou meus pulsos juntos com uma facilidade surpreendente, prendendo-os na base das minhas costas.

– Assim.

Senti um calor no peito. Meu rosto esquentou, mas eu assenti.

– Se mudar de ideia, é só pedir que eu solto.

– Não vou mudar.

Ele analisou meu rosto.

– Estou falando sério. Se não gostar de alguma coisa que estou fazendo, me diga na hora.

– Eu topo tudo.

– Sério? Tudo?

Assenti.

– Então posso te jogar no colchão agora e meter no seu rabo sem lubrificante?

Eu fiquei paralisada. Eli ergueu uma sobrancelha que dizia "topa tudo, né?", e eu tive que me segurar para não me contorcer sob as mãos dele.

– Imaginei – disse ele suavemente. – Tire a roupa e deite-se na cama de barriga para cima, Rue. E, se alguma coisa te incomodar, *qualquer coisa*, me fale.

Fiquei nua em poucos segundos, ciente do olhar de Eli acompanhando cada movimento. Parei diante da cama.

– Eu toparia – respondi por cima do ombro. – Mas nunca fiz, então talvez não *sem* lubrificante.

Ele ficou completamente imóvel, mas algo no fundo dos seus olhos pareceu hesitar, como se o cérebro tivesse entrado em curto-circuito. Quando eu me deitei, ele já tinha recuperado a compostura. Eli passeou com os dedos pelo espaço entre meus seios, depois percorreu minhas costelas como se fossem teclas de um piano. Ainda estava com a calça de moletom cinza que vestira para tomar café, a silhueta do pau duro esticando o tecido.

– Quer que eu faça algo com isso? – perguntei.

Não era esse o objetivo? Que eu servisse a ele de alguma forma? A ideia me fez apertar as pernas de expectativa.

Mas ele balançou a cabeça.

– Que tal se a gente começar devagar? Só relaxa.
– Então o que eu faço?
Eli deu uma risada.
– Claro...
– O quê?
– Você sempre precisa de uma tarefa.
Será que eu precisava? Sim. Desde criança, ter uma meta era a melhor maneira de evitar pensar na tristeza do momento. Mas como *ele* sabia disso?
– Eu também sou assim – sussurrou ele, e se inclinou para me dar um beijo na bochecha, o que pareceu perigosamente íntimo. – Por que não combinamos então que a sua função é *não* gozar, já que você achou a ideia tão óbvia?
Ele desceu a mão para a minha barriga e pressionou de leve, e o peso sobre a minha pele foi delicioso.
– Não posso gozar? Nunca?
– Não até eu mandar. Não importa se você está muito perto, espere a minha permissão. Beleza?
– Não parece tão difícil. *Não* ter orgasmos com um homem é algo em que tenho bastante experiência.
Ele murmurou alguma coisa que soou com "respondona", então se abaixou para me beijar daquele jeito que eu já me acostumara, ao mesmo tempo contido e absolutamente indecente.
Era muito novo para mim reconhecer o estilo de beijo de alguém. Estar acostumada ao cheiro fresco e amadeirado de Eli.
– Esse é um sonho que tive muitas vezes – confessou ele com a boca em meu mamilo, antes de dar uma mordida leve.
Eu suspirei.
– O quê?
– Você. Nua. Fazendo o que eu mando. – Ele passou o polegar pelo meu lábio. – Sempre gostei de estar no comando, mas com você é totalmente diferente. Talvez porque você viva me escapando. É uma fantasia poderosa ter o direito de mandar você ficar paradinha.
Ele parecia estar tentando resolver um problema matemático. Quando nossos olhos se encontraram, o sorriso de Eli era discreto.

– Vamos começar?

Ele fez o que sempre fazia: beijou meus seios, passou as mãos pelos meus quadris, cheirou meu pescoço. Aquilo me deixava excitada, mas eu não via aonde ele queria chegar, então fiquei inquieta.

E ele se divertiu com isso.

– Relaxa.

Eli examinou a cicatriz branca da minha cirurgia de apendicite.

– Mas o que eu deveria...

– Eu acabei de te falar. – Ele enfiou a mão entre as minhas coxas e as abriu suavemente. – Relaxa.

– Você não...

Perdi o fôlego quando ele percorreu a fenda com o polegar. A respiração dele ficou ofegante também.

– Você está sempre encharcada quando eu te toco, Rue.

Ele moveu o polegar sem pressa, da entrada até o clitóris, e depois de volta. Arqueei o corpo e senti o calor irradiar pelas terminações nervosas.

– Gosto de pensar que isso é mérito meu.

– É mérito *meu* – rebati na hora.

Ele soltou uma risada profunda, o que me deixou mais molhada ainda.

– Talvez eu goste mais dos seus peitos do que dos seus lábios. E *sem dúvida* gosto mais ainda da sua sinceridade do que dos seus peitos. Acredite, não é pouco.

Achei que ele fosse me chupar, porque Eli parecia realmente gostar de fazer aquilo, e também porque, se o jogo era me deixar à beira do orgasmo o mais rápido possível, aquela teria sido uma boa estratégia. Mas ele não estava com pressa: foi esfregando de leve, com calma, só com a ponta dos dedos, e aos poucos eu fui derretendo. Fechei os olhos, relaxei, e podiam ter se passado três ou vinte minutos quando me dei conta de como estava perto.

Tremendo.

Agarrando o lençol.

Mordendo o lábio e arqueando o corpo a cada roçar de dedos.

A escalada fora tão gradual que eu mal percebera, e quando olhei para Eli com uma expressão incrédula, ele sorriu de um jeito quase doce e enfiou a pontinha do dedo dentro de mim.

– Você já está quase lá, não é? Apertando meu dedo.

— *Porque você...* — Gemi.

A calma dele me desestabilizava. Eu estava mais excitada do que jamais estivera na vida, e ele, inabalável.

— Sabe que vou demorar muito, *muito* tempo para deixar você gozar, não é?

Eu contraí os músculos ao redor de seu dedo grosso e adorei vê-lo soltar um suspiro. Seu pau ainda estava duro, enorme.

— E vo-você?

— Eu?

Ele afastou a mão e eu contive uma reclamação. Fiquei olhando enquanto ele se tocava por cima da calça de moletom, depois colocava o pau para fora e continuava batendo.

— Eu posso gozar quando e onde eu quiser, Rue. Agora. Depois. Agora *e* depois. Não é divertido?

Fechei os olhos e tentei tirar aquele tom de voz da minha cabeça, pedindo ao meu corpo para se acalmar. Aquilo parecia uma piada que eu não entendia. Tudo que eu queria era...

— Vamos tentar de novo, tudo bem?

A voz dele soou baixa e paciente, e eu me senti mais à vontade. Mas o modo como Eli abriu minhas pernas foi feroz, e sua boca na minha boceta me lembrou de que era *ele* quem estava no controle.

Foi uma agonia. Ou a melhor coisa que já senti. Eu não conseguia decidir, mesmo depois do que pareceram horas. Eu só sabia que Eli não poupou nada, e foi me levando mais e mais na direção do clímax com sua boca, seus dedos e às vezes com sua voz grave e descarada, e então, quando eu sentia que ia explodir com a tensão crescente dentro de mim, ele se afastava e me deixava ali, à deriva. Em uma das vezes, eu quase gozei, e ele me puniu com uma mordidinha na beira da boceta que me fez estremecer e ficar a ponto de prometer *qualquer coisa* por mais um segundo de contato. Eu estava disposta a me fazer gozar com meus próprios dedos. A me esfregar na perna dele. A ser sua serva — e então ele decidiu que eu estava inquieta demais e fez o que tinha prometido: me prendeu, segurando meus pulsos sobre a barriga. A única maneira de prolongar o contato com ele era abrir ainda mais minhas pernas e arquear o corpo na direção de sua boca e suas mãos. E foi o que eu fiz, tentando me segurar até não ter outra opção a não ser implorar.

– *Por favor.*
– Por favor o quê? O que você quer, Rue?
– Eu não consigo. Por favor, por favor, *por favor*, me faça gozar. Ou me deixe fazer. *Por favor.*
Ele encostou a língua no meu clitóris, mas muito de leve. Eu ia morrer.
– Achei que você fosse experiente. Achei que era fácil para você não gozar.
– Você tem que... *Por favor.* Você precisa.
– Já está demais para você, Rue? Quer que eu pare com isso? – Ele beijou meu umbigo, tão inocente depois de todos os lugares por onde sua boca passara na última hora. – Brócolis, Rue?
Eu soltei uma risada histérica.
– Não. Brócolis, *não* – respondi ofegante, sem saber muito bem de onde tinha vindo aquela resposta.
Pura teimosia. Uma suspeita latente de que eu estava gostando tanto daquilo quanto ele. Havia um poder em lhe dar algo que Eli obviamente queria. Eu estava angustiada e nas nuvens, como jamais estivera.
– Eu aguento.
– Tem certeza? – Seu dedo do meio se curvou dentro de mim. Ele de fato sabia usar as mãos. Canalha. – Você está bem apertadinha. Tem certeza de que consegue me dar mais alguns minutos?
Eu não tinha, mas assenti fervorosamente. Para compensar.
– Eu quis fazer isso com você desde que te vi no bar do hotel. Vim para casa depois, deitei nessa cama e fiquei pensando em quanto você era *séria*, controlada e solene, e imaginei como seria maravilhoso ver você desmoronar. – Ele mordeu de leve meu quadril. – Voltei a ter 15 anos, Rue. Você não ia acreditar na quantidade de vezes que eu bato punheta pensando em você.
Eu estava derretida. *Ele* estava me derretendo.
– Quanto mais?
– Você se saiu muito bem, meu bem. É sua primeira vez e já me deixou muito feliz.
Ele me recompensou com um beijo profundo e senti orgulho ao ouvir essas palavras.
– Pode me dar mais cinco minutos? Só mais cinco e deixo você gozar.
O tom de voz dele era muito condescendente. Chegava a ser ofensivo,

na verdade, mas me deixou ainda mais excitada, o prazer se acumulando dentro de mim.

– Tudo bem.

– Essa é minha garota. E depois você pode gozar quantas vezes quiser.

Só uma vez já seria suficiente. Mas ia me dilacerar e deixar em escombros para sempre.

– Está bem.

– Mas não vou facilitar para você.

Abri os olhos e o encarei. O medo se misturou ao calor em meu ventre. *Eu te odeio*, pensei, amando cada segundo, cada toque, cada fragmento daquilo.

– Só mais uma leva, Rue. Mais cinco minutos, mas eu vou...

Ele não disse o quê, mas sua língua me percorreu novamente... e dessa vez com vontade.

Eu arfei e arqueei o corpo, quase caindo da cama.

– Não goze – lembrou ele, e eu assenti cegamente, e continuei assentindo enquanto ele me dizia para não esquecer a promessa. – Comporte-se, Rue – repetiu Eli, mas sua língua pressionava meu clitóris e eu não consegui... simplesmente não consegui.

Minhas pernas começaram a tremer, depois meus braços, e a pressão latejante na minha barriga explodiu em ondas que se espalharam pelo corpo todo.

Eu não consegui evitar, então gritei, certa de que aquele era o prazer mais profundo e inexorável que qualquer pessoa já tinha sentido. Grande demais para o meu corpo e intenso demais para pertencer a este mundo. Ainda bem que as mãos de Eli me seguravam, me prendendo *a alguma coisa* à medida que minha visão escureceu e tudo sumiu, a não ser o esplendor daquele momento.

Então, depois que todas as sensações existentes na galáxia haviam passado pelo meu corpo, eu amoleci na cama e me dei conta do que tinha feito.

– Merda.

Eu me sentei. Eli devia ter relaxado a mão, porque soltei meus pulsos facilmente. Não tinham se passado cinco minutos. Não tinha se passado nem *um* minuto.

– Desculpa.

Ele balançou a cabeça, observando atônito meu corpo ainda trêmulo.

– Eu... Merda. Sei que não devia... *Desculpa...*
– Para de se desculpar – ordenou ele de modo casual.

Eli se pôs em cima de mim, cada mão de um lado da minha cabeça, me encarando como se eu fosse uma linda e exótica flor capaz de matá-lo com seu pólen.

– Eu não pretendia...
– Você é tão gostosa, *puta merda*.

Ele se abaixou e me beijou de um jeito quase violento.

– Você não entende o efeito que tem sobre mim. Até porque *eu* não entendo o efeito que você tem sobre mim.
– Não passaram cinco minutos. Eu...

Ele soltou o ar contra o meu rosto.

– Rue, não entendeu ainda? O objetivo é exatamente esse, ver você perder totalmente a cabeça. Por que acha que faço isso? Para ver você ficar maluca.

Ele estava duro, roçando minha barriga por baixo da calça de moletom. Os músculos tremiam, impacientes, e estava ofegante. Parecia tão atordoado quanto eu estava um minuto antes.

– Você vai... sei lá, me punir? Me dar umas palmadas?

Ele riu.

– Prefiro meter em você.

Vi seus músculos se flexionarem enquanto ele se levantava. Senti o colchão se mover, depois ouvi um farfalhar de objetos quando Eli abriu uma gaveta. Quando olhei para ele novamente, Eli segurava uma camisinha.

– Tudo bem? – perguntou ele.

Tínhamos conversado a respeito. Eu ia topar mesmo?

Sim. Sim, porque não tinha a menor dúvida de que Eli pararia na hora se eu pedisse.

Assenti.

– Boa menina.

Ele me beijou de novo, firme dessa vez.

– Só porque estou deixando você fazer isso? – indaguei, os lábios ainda grudados aos dele.

– Não. Porque você pensou antes de aceitar.

Ele colocou a camisinha, o pau quase obsceno todo coberto de látex, e então espalhou o lubrificante. Eu duvidava que fosse necessário, mas gostei da consideração. Já fazia alguns anos e, quando ele ficou por cima de mim, quase esperei que fosse como na primeira vez, uma dorzinha e certo desconforto.

Algo grande e duro roçou a entrada, então ele investiu, e eu tive uma sensação de intenso preenchimento. Mas então, de repente, quando estava no máximo uns 5 centímetros dentro de mim, Eli parou. Seus braços estavam ao lado dos meus ombros, e ele murmurou algo que soou como *inacreditável* e depois *ainda bem que estamos usando camisinha*. Ele enfiou o rosto no travesseiro, bem ao lado da minha cabeça.

– Puta merda – murmurou ele.

– Você está bem?

Corri a mão pelas costas dele, roçando os músculos dos dois lados, que se contraíram de leve sob a pele suada.

– *Pooorra*. – A palavra foi abafada pelo travesseiro. – Me dá um segundo. Seja boazinha e não se mexa.

Eu não me mexi. Mas ele parecia tão grande, tão diferente, dentro de mim, que eu precisava testar os limites, entender onde ele terminava e eu começava. Então me contraí em torno do pau dele, e aquilo foi a gota d'água.

– *Porra*, meu bem, você *não pode*...

Ele enfiou uma mão entre os nossos corpos e, quando olhei para baixo, percebi que apenas a pontinha de seu pau estava dentro de mim – e que ele segurava a base em uma mistura de desespero e proteção. Em vão. Eli já tremia, os olhos fechados, o rosto se contorcendo de prazer enquanto ele gemia alto e gozava dentro de mim.

E ele gozou, gozou e *gozou*.

Parecia enlevado por algo que transcendia o prazer, e eu fiquei observando cada segundo, encantada, até que todas as sensações fossem drenadas de seu corpo. Quando finalmente terminou, quando Eli pareceu voltar a si e abriu os olhos, eu não consegui desvendar muito bem a expressão em seu rosto.

– Merda – disse ele, mudando de posição, as mãos segurando meu rosto.

Ele parecia... por algum motivo, parecia completamente *destruído*. Arrasado. Não sei bem o que deu em mim para fazer isso, mas ele pareceu estar precisando, então me virei e dei um beijo suave na palma de sua mão trêmula.

Aquilo pareceu despertar algo em Eli, porque sua boca logo encontrou a minha para um beijo. Depois outro. E então muitos outros, tantos que perdi a conta. Após alguns minutos, ele saiu de dentro de mim e murmurou algo sobre não querer que a camisinha vazasse, mas conseguiu tirá-la sem grandes problemas. Ele então me puxou contra o seu peito, me abraçou e continuou me beijando, beijando, beijando. Como se não soubesse que o sexo tinha terminado, como se quisesse prolongá-lo. E eu não me incomodei. Pelo menos não naquela hora. Não por um tempinho.

Não tinha ideia de quanto tempo ficamos daquele jeito. Só sabia que o beijo se tornou muitos beijos, todos lentos e intermináveis, e que a luz do quarto foi sumindo, as sombras foram aumentando, e teríamos continuado ali... se a campainha não tivesse tocado.

23

ÓTIMA DE CAMA

Eli

A princípio, ele ignorou o som, abraçou Rue ainda mais forte e continuou a beijá-la.

Acabara de ter o orgasmo mais intenso de sua vida, o corpo ainda processava os acontecimentos das últimas horas, e ele estava totalmente imerso na experiência transcendental que era Rue *não* fugir depois de transarem. Ou o mais próximo que ele conseguiu chegar de transar, antes de perder o controle.

Ele *estava* apaixonadinho e nem um pouco a fim de lutar contra isso.

Mas a campainha tocou de novo, e o som estridente se transformou em uma sensação incômoda que caiu como uma bigorna em seu cérebro ainda atordoado de prazer.

– Merda – disse ele, a boca ainda colada à dela, e então a pressionou mais. Rue estava à vontade, radiante, feliz, e ele não tinha a menor intenção de se mexer a não ser que fosse para alimentá-la ou para transar de novo. – *Merda*.

– O que foi?

– Meus amigos. Estão aqui. Tínhamos combinado.

Ela o olhou com uma expressão sonolenta, confusa.

– E você está feliz com isso?

– De jeito nenhum.

Ela sorriu, e ele sentiu o coração pular no peito. Podia fazer ainda melhor. Podia fazê-la *rir*, com algum treino e um tanto de sorte.

– Você pode fingir que não está em casa?

– Eles têm a chave.

– Entendi.

– E já viram meu carro lá fora.

– Verdade. – Ela enfiou o rosto na curva do pescoço dele, igualmente relutante em se levantar. – Parece que você vai ter que interagir com eles.

Ele soltou um grunhido contra os cabelos dela, sem conseguir soltá-la, aquela mulher que se odiava por desejá-lo. Já tinha se sentido assim? Provavelmente. Só não conseguia lembrar.

– Eu deveria sair pela janela? – Ele a encarou, confuso, então Rue continuou: – Não tenho problema em passar a vergonha de sair pela porta, mas talvez *você* tenha?

– Por favor, não faça uma corda com os meus lençóis.

Ele se obrigou a se afastar e a pele do ombro dela imediatamente ficou arrepiada. Eli passou os dedos por ali e se forçou a dizer:

– Desça quando estiver pronta.

– Tudo bem.

Ele se levantou e ficou observando enquanto Rue fechava os olhos e se espreguiçava sobre os lençóis. Teve que fechar os punhos para segurar a vontade de voltar para a cama. Tomou banho correndo, vestiu uma camisa de flanela e uma calça jeans e, quando desceu, Minami e Sul já estavam sentados no sofá fazendo carinho em Mini como se ele fosse o bebê que os dois estavam não muito secretamente tentando conceber e aproveitando a assinatura da HBO de Eli.

Eli se recostou no batente da porta e tentou fingir uma expressão irritada, mas Minami não comprou.

– Ora, ora, ora. Veja só quem finalmente apareceu com os olhos brilhantes e a pele radiante. Como foi sua soneca, querido? – Minami deu uma risadinha. Depois franziu a testa. – Desde quando *você* tira soneca?

– Desde nunca. Estou com uma pessoa aqui.

Ela ergueu a sobrancelha. Até Sul, o Sr. Impassível, arregalou os olhos.

– No meio da tarde? Ou desde ontem à noite?

– O que você acha?

Ela fez beicinho. Duas vezes. Mas não emitiu nenhum som. Suspirou.

– Sul, será que você pode assobiar por mim? Eu ando treinando, mas é tão *difícil*.

Sul obedeceu – com muita habilidade, aliás –, como o pau-mandado apaixonado que era.

– Obrigada, amor. Então estamos atrapalhando, Eli?

– Sim.

– Triste. – Ela fingiu um aceno pesaroso. – Mas de quem é a culpa por não ter cancelado o jantar?

Ele levantou o dedo para ela no momento em que Hark entrava.

– Ei. – O cabelo dele estava cheio de gotinhas de chuva. – Sua irmã finalmente comprou um carro? Já era hora.

– Não.

– Então de quem é aquele Kia na garagem?

– Eli está com *uma pessoa* aqui – cantarolou Minami. – Esqueceu que tinha prometido fazer um risoto pra gente hoje.

Hark estendeu duas garrafas com uma expressão indignada.

– Esse Verdicchio que eu comprei para harmonizar, depois de uma extensa pesquisa, não significa nada pra você?

– Nadinha.

– Vai se foder – disse ele casualmente, e olhou para Sul e Minami. – Eu vou voltar para casa e pedir uma pizza.

– Deixe o Verdicchio – mandou Eli.

– Como eu já disse, vai se foder.

– Está tudo bem, já estou de saída.

Todos se viraram na direção da nova voz. Rue descia as escadas, uma das mãos apoiada no corrimão ao parar no patamar.

O coração de Eli acelerou. Seu cérebro não deu conta.

Depois que tomaram banho juntos, os cabelos escuros dela tinham secado naturalmente, os cachos mais selvagens que o habitual. Descalça, sonolenta, sem maquiagem e com a marca do chupão que Eli deixara em seu pescoço enquanto gozava dentro dela, Rue estava de tirar o fôlego. Luxuriante e plena, muito bem comida e muito comível.

Não está, não. Você não vai embora. Vai ficar até eu me fartar e ainda um pouquinho mais depois disso.

Mas os olhos dela estavam cautelosos e o silêncio era tenso. Eli se deu conta de que não tinha falado que eram os amigos da Harkness. E eles também não esperavam que a mulher lá em cima fosse Rue.

Minami foi a primeira a se recuperar do susto e se levantou com um largo sorriso.

– Rue! É um prazer ver você de novo.

Rue terminou de descer a escada.

– É um prazer ver você também.

Minami se inclinou para lhe dar um abraço – o que pareceu uma cena de comédia pastelão, levando em conta que Rue era uns 30 centímetros mais alta e não tinha muita ideia do que estava acontecendo. Ele observou enquanto ela retribuía o abraço, meio dura, e ficou em dúvida se ria da situação ou se corria para ajudá-la, mas Minami não se demorou.

– Não vá embora. Vamos todos jantar juntos! Somos sempre só nós quatro, já estou de saco cheio desses caras.

Eli murmurou um "uau" ao mesmo tempo que Hark soltou um "pesado" e Sul falou "nós somos casados, mas tudo bem", em seu tom estoico. O sorriso de Minami manteve o ar de *vamos ser amigas*, mas Rue parecia desconfortável e respondeu:

– Acho que não seria muito apropriado.

A atmosfera ficou mais pesada. De repente, não estavam na sala os amigos de Eli e a mulher com quem ele estava ficando, e sim a pupila de Florence e as pessoas que queriam tomar a Kline. Era Rue contra o mundo, deslocada, sozinha e desconfortável.

Ela parecia estar acostumada a se sentir exatamente daquele jeito, mas, no que dependesse de Eli, isso nunca aconteceria na presença dele.

– Se alguém vai embora, são eles – disse com firmeza.

Seu olhar encontrou o de Rue, até que Hark acrescentou meio bruscamente:

– Obrigado, seu babaca. Rue, vamos jantar todos juntos. É óbvio que Eli quer a sua presença. E ele é o aniversariante, afinal.

– É seu aniversário? – Rue arregalou os olhos. – É seu aniversário – repetiu ela, talvez se lembrando da data na carteira de motorista. – Eu... Feliz aniversário, Eli.

O coração dele parou por um segundo, depois acelerou. Se estivessem a sós, talvez ele tivesse respondido: "Obrigado, Rue. Você me deu o melhor aniversário dos últimos dez anos." Ou talvez não.

– Eli não gosta que as pessoas digam em voz alta que é aniversário dele – alertou Minami. – Podemos nos reunir para comemorar, mas não podemos admitir o motivo da comemoração.

– E essa situação não precisa ser estranha – acrescentou Hark, a voz grave. – Nosso conselho nos orientou a não falar sobre a Kline, de qualquer forma. – Diante do silêncio de Rue, ele continuou: – Além disso, eu estacionei atrás do seu Kia. Você vai ter que fazer umas manobras bem loucas pra conseguir sair. Você é boa de baliza?

Ela fez uma careta.

– Nem um pouco.

– Então vai ter que ficar mesmo. Não vai me convencer a ir lá fora tirar o carro, está chovendo e foi o próprio Eli quem consertou os buracos na calçada. Aquilo ali é pura areia movediça.

Minami deu uma risada. Sul sorriu e Hark também, dessa vez com sinceridade. Rue olhou para Eli, como se pedisse uma orientação.

– Fique – pediu ele, num tom de voz baixo, mas audível.

Depois de uma longa pausa, ela assentiu.

– Está bem. Obrigada por me receberem.

Ele sentiu uma onda de alívio.

– Então vou lá fazer esse maldito risoto... É por isso que esses babacas vieram atrapalhar meu sábado.

– Adoro boas-vindas acolhedoras – disse Minami, antes de engrenar num papo com Rue.

Eli não ouviu a conversa, mas confiava que Minami seria sensata. Muito diferente de Hark, que foi atrás dele na cozinha com a cara amarrada.

– Imagino que você veio colocar o Verdicchio na geladeira?

– Errado. Tente novamente. – Hark deixou as garrafas em cima da mesa. – Que porra você está fazendo, Eli?

Ele cruzou os braços.

– O que você acha?

– Acho que, se você ficasse olhando para aquela garota por mais tempo, ia acabar gozando pelos olhos.

– Mulher. E que comentário delicado.

– *E* parece que está transando com a amiga de Florence Kline. *E* parece que você a trouxe para a casa que compartilha com sua irmã *bem* mais nova.

– Maya tem mais de 20 anos. *Ela* mesma traz gente pra dormir aqui o tempo todo. – Hark fechou ainda mais a cara. – Qual é o seu problema, cara?

– Há quanto tempo está rolando isso com Rue?

– Algumas semanas, indo e vindo.

– Meu Deus, Eli. Não existem *outras* mulheres?

– Claro, mas eu não quero outras.

– E a garota do raquetebol?

Ele franziu a testa.

– Quem?

– Aquela que a gente conheceu quando...

– Pode parar. Eu não quero a garota do raquetebol nem nenhuma outra, porque elas não são a Rue.

– Ah, pelo amor de Deus. Qual é o verdadeiro motivo?

– Esse é o verdadeiro motivo. Eu gosto dela. Ela é ótima de cama, cheirosa e eu adoro ficar perto dela. Você quer ler a porra do meu diário?

– Não, quero que *você* lembre que as coisas estão esquentando, e nós estamos mais perto do que nunca do nosso objetivo. Já pensou na possibilidade de Florence estar usando a Rue para descobrir coisas sobre nós?

Eli pensou, bem naquele momento, durante um segundo.

– Não é nada disso.

– Como pode ter certeza? Porque descobriu as dores e as delícias de viver um amor proibido?

– Porque ela nunca menciona a Kline. Porque sou *eu* quem ficou correndo atrás *dela*. E porque ela não é o tipo de pessoa que faria isso.

– E você a conhece *tão* bem. Há quanto tempo, duas horas?

– Eu a conheço bem o bastante.

– Puta merda, Eli. É tão sério...? – Hark se interrompeu e, quando Eli seguiu seu olhar, Rue estava na porta.

Ele se perguntou quanto ela tinha ouvido, mas seu rosto estava impassível ao perguntar:

– Precisa de alguma ajuda para cozinhar, Eli?

Ela ignorou Hark, que ao menos conseguiu parecer arrependido. Ele passou por Rue, pedindo licença, e Eli ficou feliz por estar sozinho com ela de novo.

Era bem complicada aquela sensação de que seus amigos de mais de dez anos estavam atrapalhando sua vida com Rue – uma mulher que não hesitaria em derramar uma substância corrosiva em suas narinas por Florence Kline. Ou só para se divertir mesmo. E, ainda assim, ali estava ele.

Sorrindo para ela.

Seu coração parou quando ela retribuiu, de leve, o sorriso.

– Está tentando roubar minha receita ou acha estranho ficar no outro cômodo com o pessoal da Harkness?

– A segunda opção. Eu... não me saio bem com gente que não conheço.

– Ah.

Eli reajustou a imagem mental que tinha de Rue. Ela sempre fora tão confiante com ele, à vontade desde a primeira noite. Notara que ela parecia mais reservada com outras pessoas, mas tinha atribuído isso a uma personalidade mais indiferente, não a ansiedade social.

– Essa receita é secreta também? – perguntou ela.

– Não. – Ele sentiu um aperto no peito. – Vem cá, vou te ensinar.

Ela caminhou na direção do fogão, mas parou ao ver uma cesta com frutas. Pegou uma maçã e a olhou de um jeito pensativo que fez Eli sorrir.

– Está pensando no revestimento microbiano?

Ela assentiu.

– Terminei de coletar os dados ontem.

Ela soou animada, e ele se sentiu inexplicavelmente satisfeito. Será que dar parabéns ia parecer muito condescendente?

– É um projeto fantástico.

Ela sorriu, e Eli sentiu como se tivesse ganhado na loteria.

– Obrigada.

– Quais são os próximos passos?

– Ainda não sei. Quando tiver a patente, vou ter que decidir se quero licenciar ou colocar no mercado pessoalmente.

Alguma coisa naquela frase o fez pensar por um segundo.

– A tecnologia não vai ser propriedade intelectual da *Kline*?

– Não, vai ser minha. Eu e Florence fizemos um acordo desde o começo.

Eli segurou o cabo da faca com mais força.

– Ela... Você... – *Concentre-se, idiota. Use as palavras certas.* – Vocês assinaram um contrato, por escrito?

– Claro. – Ela o encarou, intrigada, e colocou a maçã de volta na cesta. – Por quê? Estava querendo roubar a minha propriedade intelectual junto com o restante da Kline?

Havia uma crítica naquelas palavras, mas ele estava aliviado demais para se importar.

– Algo assim. – Precisava mudar de assunto. – Você cozinha?

– Não muito bem, mas gosto de fazer boas refeições. Não economizo com comida.

Ela falou como se fosse um luxo.

– Estou feliz por você ter ficado.

– Por quê?

– Gosto de te alimentar bem.

Ele sentiu um arrependimento no peito. McKenzie tentara lhe ensinar o máximo que pôde, mas ele estava muito ocupado construindo um negócio. Que perda de tempo. Agora ele poderia ter tido a chance de impressionar Rue com seus talentos na cozinha por semanas a fio.

– Pode ralar o queijo. Tente não ralar os dedos junto. Minami está em uma de suas fases vegetarianas.

Eles trabalharam tão bem juntos na cozinha quanto no laboratório, mas dessa vez Eli estava no comando e ficou surpreso com a dedicação estudiosa de Rue, que tratou alho e azeite como se fossem substâncias altamente voláteis. Cozinhar com McKenzie era bem divertido – McKenzie, aquela pessoa solar e animada, que transformava tudo em piada e beijos com gosto do que quer que estivessem cozinhando. Rue não era nada parecida. Era séria e concentrada. Como uma fortaleza. Falava pouco, sempre tinha uma pergunta pertinente ou uma rara piada involuntária que fazia Eli morder a bochecha para não rir. Ela quase nunca dava informações espontaneamente e nunca começava frases com *eu*.

E ainda assim. Havia os sorrisos tímidos e o olhar encantado dela para suas mãos. E, quando ele parava atrás dela para mexer a panela, Rue se inclinava só um pouquinho contra seu peito, o suficiente para fazer seu cérebro, seu coração e seu pau pulsarem de maneiras que ele não estava pronto para analisar.

Como seria ter um relacionamento com ela? Silêncios longos e confortáveis. Sinceridade constante. Altos e baixos. Era muito fácil imaginar um pobre coitado totalmente dedicado a ela. Provocando-a como se fosse um trabalho em tempo integral. Alguém que a colocaria como centro de seu universo e se sentiria nas nuvens se ela em algum momento retribuísse.

Só de pensar nesse cara, ele já sentiu inveja, raiva e um pouquinho de tristeza.

– Está pronto? – perguntou Minami, entrando na cozinha. – Sul está faminto. Vi que ele estava olhando para Mini de um jeito esquisito e tive que distraí-lo com biscoitinhos.

– Daqui a três minutos. Obrigado por salvar meu cachorro.

– Eu me considero amiga do Mini. Você veio de brinde.

– É claro.

Ele beijou a testa de Minami no caminho até a geladeira, e ela aproveitou a chance para sussurrar em seu ouvido:

– Se chama *undercut*.

Ele olhou para ela, confuso.

– Você estava olhando para o cabelo dela como se quisesse saber.

Não era possível que Rue tivesse ouvido, mas, quando ele voltou ao fogão, ela o encarou de um jeito estranho.

– O que foi? – perguntou ele.

Ela balançou a cabeça.

– Nada.

Rue gostou do risoto, o que fez Eli fingir costume quando na verdade queria dar uma volta olímpica no quarteirão e soltar fogos de artifício. O jantar transcorreu sem incidentes e a conversa se manteve longe de assuntos polêmicos; basicamente girou em torno do pessoal da Harkness, mas Minami e até mesmo Hark fizeram um esforço para incluir Rue no papo. Ela *era* mesmo tímida, ele percebeu, mas não tinha certeza se os outros conseguiam identificar isso. Talvez Mini conseguisse, porque apoiou o queixo no joelho dela e a ficou encarando com adoração que parecia até uma paródia da cara de Eli.

Ele estava absolutamente encantado com a inabilidade dela em interagir com o cachorro. Imaginou-a acordando de manhã, indo passear com Mini e pedindo a ele com educação, mas firmeza, que não comesse o cocô dos outros cachorros. Quando ela levantou a mão, parecendo cogitar fazer carinho na cabeça de Mini, Eli quase prendeu a respiração. Depois de alguns segundos nervosos, ela desistiu, e Mini pareceu devastado.

Eu te entendo, amigo, pensou Eli. *Eu te entendo.*

Maya chegou quando Hark estava no meio de uma resenha desdenhosa do filme cult a que assistira na noite anterior. Primeiro ela teve um sobressalto, depois sorriu, e então começou a sacaneá-los.

– Meu Deus... isso é uma *festa*?

– É um *jantar* – respondeu Minami enquanto a abraçava. – O que conta como festa para pessoas com mais de 30 anos.

– Deve ser difícil ser tão millennial.

Aquela última palavra era claramente um insulto. Ela abraçou Sul, olhou com carinho para Rue, mas parou abruptamente na frente de Hark.

– Oi, Conor – cumprimentou ela em tom implicante.

Suas bochechas estavam rosadas. Eli esperava que fosse por causa do frio da noite.

Só que era verão. No Texas.

– Oi, Maya.

Hark assentiu e logo desviou o olhar de modo deliberado. Ele sempre era gentil o suficiente para fingir não notar as investidas da irmã de Eli, mas não sabia disfarçar.

– Ainda tem risoto na cozinha – comentou Eli.

Quando Maya saiu, Hark a seguiu com os olhos. Ele então serviu mais uma taça de vinho e bebeu de uma vez só.

– Sabia que existe um negócio chamado gole? Isso não é tequila – observou Minami.

Ela e Sul não andavam bebendo muito.

– Não é? Quem é que disse?

– A estrutura molecular da bebida, para começar.

– Pares de elétrons são superestimados – opinou Eli.

– Não são, não. Por isso que *eu* terminei o doutorado em engenharia química, e vocês dois não.

Eli e Hark se entreolharam, murmuraram um "que violência" e um "golpe baixo", mas pararam de repente no meio da brincadeira. Porque Rue olhou para os dois, parou em Eli, e então perguntou:

– Vocês fizeram doutorado em engenharia química?

Merda.

A mesa ficou em silêncio. Eli pensou em como gerir aquela crise, mas Hark saiu na frente.

– Fizemos.

Rue se virou para ele.

– Onde?

– No mesmo lugar que você. – Ele se recostou na cadeira. – Na Universidade do Texas.

– Vocês dois fizeram pós-graduação. No departamento de engenharia da Universidade do Texas, em Austin – concluiu Rue, confusa.

– Correto.

– Quando?

– Alguns anos antes de você, eu acho. Seu namorado entrou um ano depois de mim, mas tínhamos o mesmo orientador.

– Hark – avisou Eli, mas Rue falou por cima dele.

– E por que vocês não terminaram?

– Que pergunta interessante. – A curva do sorriso de Hark era amarga. – Fomos convidados a nos retirar.

– Hark.

Dessa vez, o aviso veio de Minami, que costumava ter mais sucesso do que Eli em fazê-lo se comportar. O problema era que ela não podia impedir Rue de questionar.

– Por quê? O que aconteceu?

– Ah, foi há tanto tempo, eu mal me lembro. Mas talvez a sua *amiga*...

– *Hark.*

Eli se levantou, as mãos apoiadas na mesa. Rue parecia confusa, perdida, e ele não gostou daquilo. Não ia deixá-la ser emboscada por uma informação que ia magoá-la – não se pudesse evitar.

– Chega.

– Minha amiga? – indagou Rue, desnorteada.

Dessa vez, Hark acenou para ela com a taça, bebeu o que restava do vinho e então ergueu as mãos, rendido. O sorriso voltou a ser charmoso. Direcionado a Eli.

– Eu sei, eu sei... Eu sou um babaca. Mas o que me resta na vida, se não posso ser um babaca quando estou bêbado?

Eli revirou os olhos.

– Que tal ser decente?

– Meh. Superestimado.

Eli e Minami trocaram um olhar demorado em que pareceram se comunicar e que culminou com Minami batendo palmas e se levantando.

– Já que Rue talvez seja educada demais para mandar Hark ir se afogar numa banheira, que tal terminarmos a noite por aqui?

– Até eu gostei dessa ideia – murmurou Hark.

– Fantástico. Obviamente você não está sóbrio, então vamos lhe dar uma carona para casa. Você pode pegar seu carro amanhã, quando vier se arrastando pedir desculpas a Eli pelo modo como se comportou na frente da amiga dele.

– Eu também tenho que ir – disse Rue.

Eli odiou que ela tenha soado tão indefesa, assim como odiou a ideia de ela ir embora. Mas Rue estava tensa, e obviamente não queria que ele a contestasse.

Ele estendeu a mão.

– Me dá a chave do seu carro. – Então olhou feio para Hark. – Vou tirar da vaga em que esse idiota te prendeu.

Quando Eli voltou da chuva lá de fora, Minami conversava com Rue em voz baixa.

– ... só bêbado. – Ele a ouviu murmurar. – Ele fica estranho. Sinceramente, acho que esse Verdicchio tinha alguma infusão de CBD. Olha, se quiser tomar um café, meu e-mail corporativo é só meu primeiro nome. Eu olho a cada, tipo, vinte minutos. É um problema.

Ele respirou fundo, entrou na cozinha e voltou com um potinho de plástico com risoto.

– Para mim? – perguntou Hark.

Ele estampava um sorriso sem graça, mas Eli não ia relevar ainda.

– Não. *Você* pode comer merda.

Ele entregou o pote para Rue e depois disse, apenas para ela:

– Dirija com cuidado, está bem?

Ele se inclinou e lhe deu um beijo suave nos lábios, o que talvez ela não estivesse esperando, mas mesmo assim retribuiu.

– E se você quiser...

Ele não sabia bem como terminar aquela frase. *Conversar? Transar? Jogar Uno? Todas as opções anteriores?*

Rue assentiu, mas Eli não tinha certeza se ela tinha entendido o que ele estava tentando dizer, nem como explicar sem fazê-la sair correndo.

– Beleza, estamos indo – anunciou Minami. – Tchaaau, obrigada pelo jantar!

Eli suspirou e observou enquanto eles saíam um a um, desesperado por um último relance do rosto de Rue, sem sucesso.

24

EU NÃO DESGOSTO DELE

Rue

– E por que você acha que eles estavam se referindo a Florence...?

Observei a ruga na testa de Tisha pela chamada de vídeo e assenti. Era a mesma pergunta que eu me fizera algumas vezes desde a noite anterior.

Ou umas cem vezes.

– Porque eu tenho exatamente duas amigas. E se não for a Florence... Tem algo que você queira me contar?

– Bom argumento – concordou ela.

Cocei a têmpora. Tinha dormido mal, um sono agitado, meu cérebro estava uma bagunça com a voz provocadora de Conor Harkness, o vinho branco enchendo minha taça, e o jeito como Eli apoiou o queixo na minha cabeça enquanto mexia a água fervente. Em algum momento de manhã, bem cedo, logo antes de cair no sono, eu decidi que precisava manter distância de Eli. Para ajudar meu corpo a processar o que ele era capaz de fazer comigo.

– Eu pesquisei sobre eles – contei a Tisha. – O máximo que consegui. A maioria dos resultados sobre eles quatro...

– Eli e os sócios da Harkness?

— Correto. A maioria dos resultados é sobre o trabalho recente deles com finanças, mas depois de chafurdar um pouco...

— Defina "um pouco".

— Algumas horas vasculhando arquivos digitais. Tisha, três deles estavam na Universidade do Texas dez anos atrás. Minami, Hark e Eli. No departamento de engenharia química.

— E o outro?

— Sul. Também estudava lá, mas fazia química. – Apertei os lábios. – Não sou a melhor pessoa em identificar dinâmicas sociais...

— Isso é um eufemismo. Continue.

— ... mas acho que o grupinho original era Minami, Hark e Eli. Sul entrou no grupo quando se casou com ela.

— Faz sentido.

Fiquei feliz que Tisha pensasse assim, porque eu não teria apostado nem um fio dental usado nas minhas próprias capacidades analíticas.

— Eles estavam lá na universidade ao mesmo tempo que Florence. Minami terminou o doutorado na Cornell, há onze anos, com uma tese sobre biocombustíveis, então devia estar fazendo o pós-doutorado lá. O orientador de Hark era o Dr. Rajapaksha.

— Quem?

— Um cara que se aposentou antes da nossa época, mesmo ainda sendo jovem. E eu descobri uma página antiga falando de Eli. O sobrenome dele estava escrito com um *L* só, por isso demorei um pouco a encontrar. O orientador dele também era o Dr. Rajapaksha. E, no primeiro ano, Eli ganhou um tipo de bolsa de início de carreira pela pesquisa que fazia. Adivinha qual era o tema?

A ruga na testa de Tisha aumentou ainda mais.

— Por favor, me diga que não eram biocombustíveis.

Eu não podia fazer isso, então fiquei calada.

— Tudo bem. – Tisha suspirou. – Eles podem ter estudado na UT na mesma época que Florence, na mesma área de pesquisa, e *não* ter cruzado com ela? Será que isso é possível?

Eu mordi o lábio.

— Acho que, na época da pós-graduação, não havia nenhum professor que eu não conhecesse. Mas um dos membros da minha banca ficou me chamando de Rhea durante toda a defesa da minha tese, e duvido que ele me reconheceria se me visse no supermercado.

– Mas e se você tentasse organizar uma aquisição hostil da barraca de limonada dele?

– Eu... – Era ali que o emaranhado do meu raciocínio começava a ficar mais complicado. – Nesse caso, eu imagino que ele iria pelo menos pesquisar *alguma coisa* a meu respeito. – Tisha assentiu, e eu continuei: – É possível que Florence tenha feito exatamente isso. Talvez ela não se lembrasse deles antes de pesquisar.

– E se esqueceu de contar para a gente.

– Ou talvez ela só não tenha tido tempo e energia para pesquisar sobre eles.

– Só tem um jeito de descobrir.

Eu assenti.

– Minha reunião de avaliação de desempenho é amanhã. Vou perguntar.

– Ótimo plano. A única questão é: como vai explicar o fato de ter estado em um jantar com essas pessoas?

Fiz uma careta.

– Acho que você pode só dizer a verdade: "Florence, minha dose mensal de orgasmos medíocres está sendo suprida por Eli Killgore... e não é nada pessoal."

Desviei o olhar para a minha pimenteira no parapeito da janela.

– Ah, uau. – Tisha assobiou. – Não são medíocres, então.

Nada medíocres. Estavam mais para magníficos, nucleares e provavelmente um divisor de águas da vida sexual. Pelo menos para mim.

– Como ele é? – perguntou Tisha. – Eli, quer dizer.

Massageei as têmporas, tentando evitar aquele constrangimento absoluto, e ela continuou rapidamente:

– Não é... Rue, não estou te acusando de nada. Se, apesar dos *meus* conselhos e do *seu* bom senso, você ainda está saindo com esse cara, eu vou te apoiar em suas escolhas questionáveis, porque te amo e sei que você já fez o mesmo por mim. O mínimo que pode fazer é me contar os detalhes tórridos.

– Está bem. Ele é bom. Muito bom. – *O objetivo é exatamente esse, ver você perder totalmente a cabeça.* – Ele é meio...

231

– O quê?

– Mandão.

Tisha ergueu as sobrancelhas.

– De um jeito ruim?

– Não.

Eu não tinha certeza se já estava pronta para falar sobre os detalhes. Ainda que Tisha fosse ser a primeira a me incentivar a comprar uns chicotes.

– Tudo bem. E o que mais? Como *ele* é como pessoa?

– Não o conheço como pessoa.

– Você já passou *algum* tempo com ele. Devem ter conversado sobre alguma coisa. O que descobriu?

Nada, eu quase respondi, mas a palavra foi engolida por uma avalanche. *Atleta universitário. Irmã, amigos, cachorro, todos o amam. Sincero, mas nunca cruel. Não fica incomodado com meu jeito esquisito, com meus silêncios. Já foi noivo. Talvez esteja destinado à tragédia, como eu. Fácil de conversar. Quase um cientista profissional. E teria sido bom nisso. Tem histórias horríveis, quase tão horríveis quanto as minhas. Me provoca, mas nunca como se estivesse fazendo piada de mim. Gentil. Engraçado. Aquela sensação de desconforto que parece permear a maioria das minhas interações sociais... não existe com ele. Ótimo cozinheiro. Ótimo de cozinhar junto. Tranquilo.*

– Descobri que eu não desgosto dele.

Não mesmo.

– Hum. Ele *é* bonitinho, daquele jeito "jogo rúgbi aos domingos".

– Hóquei. Ele joga hóquei.

– Claro. Ele também é do ramo das finanças. Conversaram sobre criptomoedas?

– Não. Conversamos sobre...

Contamos um ao outro o tipo de história que não podemos contar a mais ninguém, porque elas deixam as pessoas desconfortáveis, tristes ou com a sensação de que precisam rir educadamente, minimizar, consolar. Compartilhamos coisas horríveis que fizemos, que fizeram conosco, e então esperamos para ver se o outro vai ficar tão chocado a ponto de ir embora – mas, de alguma forma, isso nunca acontece. Não ficamos de papo furado. A gente vai fundo e mostra as histórias que estão em nosso âmago.

– Culinária. Ele gosta de cozinhar.

– Uau, que conveniente. – Os olhos de Tisha pareceram me perfurar. – E, só para confirmar... ainda é só sexo?

Eu assenti, sem me permitir pensar muito a respeito, mas devia haver algo no ar, porque na segunda-feira de manhã eu recebi uma mensagem de Alec:

> Vamos fechar mais cedo hoje para manutenção do sistema de ventilação. A pista vai estar vazia, e Maya e Eli Killgore vão vir aqui patinar. Pensei em perguntar se você gostaria de vir também.
>
> E caso esteja se perguntando: sim, Dave está tentando juntar você e Eli. Parece que ele achou que vocês se deram bem depois de trocarem meia palavra naquele dia do evento. Mas não se preocupe, Eli é um cara legal. Ele não vai te perturbar.

Alec tinha sido tão legal que era impossível ficar irritada com ele, então só sobrou espaço para achar aquilo engraçado. Eu estava a caminho da reunião com Florence; fiz uma anotação mental para recusar o convite depois. Não parecia muito sábio passar todo aquele tempo com Eli, vestida.

– E aí, sumida? Por que não tenho te visto muito ultimamente?

Sorri e me sentei no lugar de sempre no escritório de Florence, as pernas cruzadas sobre minha cadeira favorita. As avaliações de desempenho aconteciam a cada trimestre e nunca me deixavam ansiosa. Florence me incentivava e eu era boa no meu trabalho.

– Só estou ocupada terminando os trâmites do pedido de patente provisória.

Florence tirou os óculos de leitura.

– Já está tudo com os advogados?

– Sim.

– Talvez estejam esperando minha aprovação... Eu estou atolada de coisas, mas vou resolver hoje à noite.

– Perfeito.

Tentei dar um sorriso leve e Florence inclinou a cabeça para o lado.

– Você parece cansada. Está tudo bem?

– Não. Eu ando dormindo muito mal.

– Não precisa ficar por aqui – disse Florence. – Essas coisas são apenas formalidades. Vá descansar... Você continua sendo minha melhor funcionária. Quer um aumento?

– Sempre.

– Vou falar com a contabilidade.

Eu dei uma risada, descruzei as pernas e tomei coragem para perguntar:

– E a situação com a Harkness? Está resolvida?

Minha pergunta pareceu surpreendê-la.

– Como assim?

– Os investidores para pagar pelo financiamento... Deu certo?

– Ainda não. Mas estamos perto.

– O que falta?

– As chatices burocráticas de sempre. – Ela deu de ombros. – Não precisa se preocupar.

– E aí eles vão sair do nosso pé?

– Espero que sim.

– Você... – Engoli em seco. – Sabia que os fundadores da Harkness são engenheiros químicos? Da Universidade do Texas. Estavam na pós-graduação na mesma época em que você ainda dava aula lá.

Florence ficou imóvel por um segundo. Depois pegou uma caneta, apertou o botão duas vezes, e a colocou de volta na mesa.

– Tem certeza?

Assenti.

– Pesquisei sobre eles na internet.

Não era mentira, embora não fosse a verdade completa. Eu queria poder dizer que Eli estava me obrigando a esconder coisas de Florence, mas precisava assumir a responsabilidade. Era minha própria incapacidade de ficar longe dele que tinha me transformado em uma mentirosa.

– É possível que vocês tenham se cruzado? Em algum momento, talvez? Eles também trabalhavam com biocombustíveis.

Ela ficou imóvel de novo. Deu de ombros mais uma vez, agora mais tensa.

– Não. Com absoluta certeza, não. Eu lembraria.

Por que ela está negando com tanta veemência? Por que parece que está escondendo alguma coisa?

– Rue, isso é... Eli Killgore entrou em contato com você? Andou colocando ideias na sua cabeça?

Neguei com um gesto. *Quem está escondendo coisas agora, Rue?*

– Olha, dá para ver que você está nervosa com essa situação da Harkness. E agradeço sua preocupação comigo. Mas não há *nenhum* motivo para pesquisar sobre essas pessoas. – Ela se aproximou, tão perto que seus olhos verdes brilhavam. Sua mão fria segurou a minha. – Sei que essa coisa de negócios e advogados é meio preocupante, e talvez esteja te fazendo duvidar das coisas que sabe. Mas a verdade é que, quando eu estava na Universidade do Texas, passei tanto tempo trabalhando na minha pesquisa em laboratórios fora do campus que mal aparecia no departamento. E se eu cruzei com esse pessoal da Harkness antes... Bom, isso explica por que estão querendo a Kline tão agressivamente. Talvez estivessem de olho na gente durante esses anos todos, esperando para dar o bote. Mas eles me conhecerem não significa que eu os conheço e, sinceramente, eles são uns babacas. Não quero nem saber de onde vieram, qual é a história deles. Só os quero fora da minha vida.

Fazia sentido. Tanto sentido que todas as minhas perguntas foram respondidas. Tanto sentido que virei a palma da mão para cima e apertei a dela.

– Eu entendo – falei, me sentindo muito mais leve do que ao entrar naquela sala. – E você está certa.

Os lábios de Florence se curvaram em um sorriso tranquilizador.

– Pare de se preocupar, está bem? Está tudo sob controle.

Assenti e me levantei, quase zonza de tanto alívio. Fui caminhando para a porta.

– Rue – chamou Florence. Olhei para ela por cima do ombro. – Está meio grande de novo.

– O quê?

Florence apontou para a lateral direita da própria cabeça.

– O *undercut*. Talvez esteja na hora de raspar outra vez.

– É. Acho que você tem razão.

– Como é que o tempo passa tão rápido?

Eu não tinha resposta para aquilo. Sorri, me despedi, voltei para o meu escritório e esqueci o assunto – até aquela noite, quando entrei no carro e ouvi um barulho estranho.

25

NÃO PARECE MESMO UMA IDEIA FANTÁSTICA?

Rue

As vozes de Dave, Alec e do cara da manutenção vinham do corredor à direita, então virei à esquerda e fui em direção à pista de hóquei. Esperava encontrar Eli; *não* esperava que ele estivesse sozinho.

Meu dia fora estragado quando o advogado de direito imobiliário recomendado por Nyota me disse que não estava aceitando novos clientes. Mas a pista de gelo me reconfortava. Tinha cheiro de infância, músculos doloridos e olhares entediados dos pais dos alunos durante os treinos de sábado de manhã. Fui até o banco e observei os círculos que Eli desenhava no gelo, seus cabelos bagunçados, as manchas de suor na blusa cinza de manga comprida. O eco do taco ao bater no disco.

Ele não era nem um pouco singular. A maioria dos jogadores de hóquei patinava daquele mesmo jeito – passos rítmicos e vigorosos, uma combinação perfeita de força e graça, viradas ágeis e paradas bruscas. Nunca me senti especialmente atraída por eles, mas Eli era minha exceção em tudo. Sem tirar os olhos dele, parei ao lado de um par de tênis velho e esperei que ele notasse a minha presença. Menos de cinco minutos depois, ele veio deslizando até mim – a respiração ofegante, o sorriso largo.

Era um soco no estômago vê-lo tão feliz ao me encontrar. Perceber que *eu* ficava tão feliz ao vê-lo.

– Alec me convidou – falei quando ele parou diante da proteção de vidro.

Eli tirou as luvas e secou a testa com o antebraço.

– Tenho certeza de que Dave já está rascunhando nosso convite de casamento em algum manual de ventilação.

Eu sorri. O cheiro dele era tão familiar quanto o do gelo, e a mistura das duas coisas confundia os meus sentidos.

– Ele disse que sua irmã também viria.

Ele balançou a cabeça.

– Dever de casa. Ou sei lá como chamam isso na faculdade.

Eu assenti. Fui direto ao ponto.

– Você esqueceu uma coisa no meu carro.

Ele me examinou por um longo tempo. As bochechas rosadas, os cabelos bagunçados, o peito subindo e descendo em ritmo acelerado – eu nunca quis tanto tocá-lo quanto naquele momento. E então ele abriu um sorriso.

– Oi, Rue. Que prazer ver você nesta linda noite de verão.

Eu me remexi.

– Oi. O prazer é meu. Você esqueceu...

– Sim, eu ouvi da primeira vez. – Ele estendeu a mão, a palma para cima. – Venha patinar comigo.

O quê?

– Eu não...

– Eu sei que você sabe patinar, Rue. Já vi com meus próprios olhos.

– Quando...? – De repente me dei conta. – Você assistiu às minhas competições antigas. Na internet.

Eli assentiu.

– Você não estava brincando sobre a "Pump up the Jam".

Eu dei uma risada, imaginando se deveria me sentir *stalkeada*. Mas eu não tinha pesquisado sobre *ele* também?

– Não estava. Eu te falei, não tenho senso de humor.

– Claro. Venha. Vamos patinar juntos. – Ele percebeu minha hesitação. – Você já está aqui. Vai ser divertido.

237

– Não estou com meus...

– Tem uma sala cheia de equipamento ali.

Ele apontou por cima do meu ombro e eu tentei de fato imaginar nós dois patinando juntos. Próximos. Acompanhando um ao outro no gelo. *Tudo bem*, falei em pensamento. *Sim. Vamos fazer isso. Eu quero fazer isso.*

Na verdade, eu queria tanto que não deveria.

– Não acho que seja uma boa ideia, Eli.

O sorriso dele congelou.

– Não precisa ser um *encontro*. Você já recusou isso. Mas estamos aqui numa pista vazia e você pode fazer as piruetas que quiser. Ou sei lá o que vocês fazem.

Ele fazia parecer tão simples. Mas patinar podia ser... muito íntimo. Até mais do que sexo. E ir além do sexo com Eli era uma traição profunda demais para com Florence, mais do que eu conseguia lidar. Era preciso haver alguns limites. Eu tinha que estabelecer alguns limites.

– Não vim aqui para isso.

Ele soltou uma risada irônica e saiu patinando. Pegou o disco, voltou e logo depois estava no banco tirando os patins.

– Está indo embora? – perguntei.

– Estou. – O suor escorria pela testa dele, que obviamente já estava ali há um tempinho. – Para você poder patinar sozinha.

– Mas não foi para isso que eu vim.

– Certo. Verdade. Nós só nos encontramos por dois motivos: para transar e para devolver coisas que esquecemos no carro um do outro.

Ele me lançou um sorriso, e seu rosto era tão atraente e familiar que foi insuportável não tocá-lo.

– O que eu esqueci?

Enfiei a mão no bolso e peguei as chaves que tinha encontrado debaixo do banco. Ele olhou, franziu a testa e disse:

– Não são minhas.

Franzi a testa também.

– Têm que ser.

– Mas não são. – Ele calçou os tênis. – Quem mais entrou no seu carro?

Tisha. Mas eu sabia como eram a chaves dela.

– Sinto muito que tenha vindo aqui para nada – disse Eli. – Adoraria acreditar que você usou as chaves como um pretexto para me ver...

– Eu não...

– ... mas isso seria otimismo demais, até pra mim. Tem certeza de que não quer patinar?

Assenti. Fiquei olhando enquanto ele amarrava o cadarço.

– Você sempre treina sozinho?

– Isso não é bem um treino. Só estava brincando um pouquinho. – Ele se levantou, os patins pendurados no ombro. – Não gosto de multidões, só isso. Quando a pista está disponível, eu aproveito.

– Então nenhum dos seus amigos patina?

– Alguns dos meus antigos companheiros de time hoje são profissionais. Mas nenhum mora por aqui. Hóquei não é tão popular em Austin.

– E o pessoal da Harkness?

– Hark até que patina direitinho. Eu levei Minami uma vez, e ela passou uma hora caindo de bunda no chão. Sul nem calçou os patins.

Ele sorriu como se aquelas fossem lembranças carinhosas, então começou a se dirigir para a saída. Eu fui atrás dele, me sentindo como um patinho feio tentando acompanhar um cisne indiferente.

– Qual é a história ali? – perguntei, sem querer que a conversa acabasse.

– Como assim?

– Hark e Minami, eles agem meio estranho um com o outro.

– Boa sacada.

– É bem óbvio se até *eu* percebi.

Ele me olhou com carinho, como se admirasse minhas excentricidades.

– É só o famoso triângulo amoroso.

– Tipo o de *Jogos Vorazes*?

Ele parou.

– Você leu *Jogos Vorazes*?

– Tisha queria que eu lesse, mas não sou muito de ficção. Histórias inventadas me confundiam. Eu preferia me concentrar em fatos.

– Mas assisti ao filme. E gostei.

– Quem diria. – Ele continuou andando, satisfeito. – Hark e Minami namoraram durante alguns anos. Ela terminou. Hark nunca superou. Ela se casou com Sul.

– Fascinante.

– Jura?

Ele me olhou, pesaroso.

– Não tanto quanto *Jogos Vorazes*, mas sim. Sul parece... quieto.

– Ele fala ainda menos do que você.

– Eu falo.

– Aham. Claro. E ainda por cima a minha irmã desenvolveu um *crush* bem inapropriado pelo Hark, que é muito mais velho que ela, e o triângulo se tornou um quadrado. Talvez eu odeie todos eles.

– Obviamente você é a verdadeira vítima da situação.

– Que bom que isso ficou claro.

– E Maya e Hark estão...?

– Não. Pelo amor de Deus, *não*.

– Bom, pelo menos até onde você sabe – acrescentei, só para irritá-lo. A olhada que ele deu me fez rir. – Eu já transei com caras que eram dez ou quinze anos mais velhos do que eu. E olha só a pessoa normal e bem ajustada que me tornei.

Ele deu uma risada de deboche em reação ao meu tom sério. Eu era um caos. Ele sabia disso. Eu não me importava.

– Por mais que eu deseje que a minha irmã também fique assim tão *bem ajustada*... não com o Hark. – Ele me olhou, meio hesitante. – E você e Tisha?

– O que tem?

– São só vocês duas?

Para mim, sim. No primeiro semestre eu tivera duas colegas de quarto na faculdade que não eram muito fãs do meu ar "superior, arrogante e meio babaca", mas aos poucos foram percebendo que eu apenas ficava desconcertada em situações sociais. Elas me colocaram debaixo da asa e me levavam para festas, iam torcer nas minhas competições de patinação. Ainda tínhamos contato, mas a vida era muito corrida, e as duas formaram as próprias famílias.

– Tisha tem muitos outros amigos, que ela sempre me apresenta. – Dou de ombros. – A maioria das pessoas não gosta muito de mim.

Saímos para o calor opressivo do estacionamento escuro e deserto. Nossos carros estavam bem longe da entrada – e perto um do outro.

– Não me surpreende – disse Eli.

Ergui a sobrancelha.

– Não te surpreende que as pessoas não gostem de mim?

– Você nunca tenta ser nada além de você mesma. – Paramos ao lado do carro dele. – Acho que as pessoas ficam confusas, intimidadas e, no geral, inseguras, sem saber como lidar com você.

– *Você* não fica inseguro.

– Não. Mas, também, eu gosto muito de você.

Outro sorrisinho que fez meu coração disparar. E então a expressão dele ficou mais séria e se transformou em algo parecido com tristeza.

– Você é uma aventura, Rue. Nunca conheci ninguém como você, e nunca mais vou conhecer.

Senti um aperto na garganta.

– Tudo bem. Você vai conhecer um monte de gente melhor.

– Será?

Ele engoliu em seco, abriu a porta do banco de trás e jogou o equipamento lá dentro. Quando se virou para mim, seu sorrisinho confiante estava de volta.

– Tenha um ótimo resto de noite. Como você mesma disse, não veio aqui para bater papo, e isso não é um encontro. As chaves não são minhas, então, a não ser que você queira transar dentro do carro, eu te vejo...

– Quero – respondi.

Rápido demais.

Não foi premeditado. Aquela possibilidade nem tinha me ocorrido. Mas, agora que ela existia, não ia ficar com vergonha da minha avidez.

Eli pareceu surpreso. E incrédulo. E irritado. E contente. Depois de experimentar uma série de outros sentimentos, ele enfim disse:

– Em parte, me sinto ofendido. Você não topa patinar comigo por cinco minutos, mas tudo bem uma rapidinha no meio do estacionamento.

– E a outra parte?

Com os olhos fixos nos meus, ele abriu a porta do passageiro.

– Entra.

Eu já tinha feito aquilo algumas vezes na faculdade – sexo em carros, em banheiros de fraternidades, uma vez em um vestiário. Era uma idiotice, quando sempre havia a chance de um flagrante, e eu tinha me cansado logo disso, porque nada era tão bom a ponto de neutralizar a ansiedade de ser pego.

Mas Eli *era* bom a esse ponto. Ele me puxou por cima da marcha e me botou no colo, e as únicas coisas que nos separavam de uma situação muito vergonhosa eram o ar e a escuridão.

Idiota e irresponsável. Mas, como sempre, as coisas foram de zero a incendiárias muito rápido, e parecia impossível parar.

– Você colocou essa calça de tecido fino porque queria transar? – perguntou ele, enfiando as mãos na minha legging.

– Coloquei porque são confortáveis... *ah*.

O dedo dele tocou meu clitóris.

– Sensata. Pragmática. – Ele enfiou a pontinha do dedo em mim. – Pelo visto, esse é meu tipo. Se bobear, quando você não estiver mais na minha vida, vou me masturbar olhando tabelas de orçamento.

Ele ainda estava suado e talvez eu devesse ter ficado com nojo, mas o cheiro era maravilhoso, e eu lambi o sal na base de seu pescoço. E isso bastou, porque ele já me conhecia. Meu corpo, meus gemidos, meu prazer. Era a única explicação possível, o único motivo para eu estar ali me contorcendo sobre ele em menos de cinco minutos, enquanto Eli ria com a boca colada à minha e sussurrava indecências no meu ouvido, sentindo meu corpo contrair afogueado ao redor de seus dedos.

– Você é muito boa mesmo, não é? Você é perfeita, puta merda.

Não era uma pergunta, mas eu assenti.

– Você tem camisinha?

Ele mordeu meu queixo.

– Não precisamos fazer...

– Eu quero. Eu gostei.

Estava havia dois dias pensando no que tinha acontecido naquela cama. Durante o trabalho. À noite. O tempo todo.

– Gostei de quanto você gostou – acrescentei.

– É?

– É.

– Gostou de eu não ter conseguido nem meter em você antes de gozar? Eu assenti. Seus dedos ainda estavam dentro de mim e eu contraí.

– Gosta que eu me sinta um adolescente com você, não é?

Assenti de novo, ávida. Ele gemeu.

– Bem, infelizmente, não tenho camisinha, então... – Ele parou de repente. – Espere. Talvez tenha alguma do ano passado no porta-luvas.

Eu tateei, encontrei e abri às pressas o botão da calça de Eli, enquanto ele rasgava o lacre. Ele me posicionou de modo que eu não ficasse batendo no volante e agarrou minha bunda do jeito mais obsceno possível, então fez pressão para cima. Para dentro.

Eu me preparei. Ele era grande e duro, mas Eli entrou com gentileza, em estocadas regulares e não muito profundas.

– Tudo bem?

Eu respirei fundo. Assenti.

– Muito bem. – Ele roçou o nariz na minha bochecha. – Então agora vou meter tudo.

Com a palma das mãos, ele abriu mais minhas pernas, como se não houvesse como chegar perto o bastante. Quando nossos quadris estavam colados e o pau dele deslizou até o fundo, eu soltei um gemido baixo e gutural.

– Puta merda. Você é gostosa demais, sabia?

Eu suspirei, tentando acomodá-lo.

– Coloque os braços sobre os meus ombros.

Ele me beijou e me dei conta de que não tínhamos feito isso ainda. Eli estava inteiro dentro de mim quando nossos lábios se encontraram e, meu Deus, como foi gostoso.

– Quando você disse que não gostava muito disso, eu tive essa fantasia delirante de mostrar a você o prazer de uma penetração lenta, perfeita, sem pressa. Na cama, de preferência. Mas eu duvido que isso vá acontecer, e acho que nem me importo mais...

Eu gostava daquilo: do corpo grande dele se movendo dentro do meu, a pressão, as investidas. Gostava do fato de ele parecer mais fora de controle do que eu, o poder que isso trazia. Eu confiava que Eli não ia me machucar, e ele parecia confiar em mim também. Vê-lo sucumbir era excitante, e nunca assustador.

Eu tinha acabado de gozar e ainda sentia os ecos de prazer reverberando pelo meu corpo, potencializados pelo modo como Eli parecia totalmente perdido. Muitos homens já haviam elogiado meus peitos, minha bunda, meu rosto, e eu não tinha problema algum com a ideia de ser apenas um corpo. Procurava parceiros que estivessem dispostos a me enxergar bem pouco, pois eu não queria ser enxergada. Mas eu adorava a forma como Eli me olhava, como se eu fosse especial, algo mais. Como se eu pudesse atender a todas as suas necessidades. Como se ele não imaginasse olhar para outra pessoa nunca mais.

– Eu sei que você não gosta... mas se...

Ele não estava sendo muito coerente, mas eu entendi quando ele enfiou a mão entre nós e seu polegar começou a circundar meu clitóris.

– A boa notícia é que eu sou irracionalmente louco por você, então isso não vai durar muito tempo – disse ele, a voz rouca.

Seu tom de voz pesaroso me fez agarrar seu pescoço com mais força.

– Não se apresse por minha causa – respondi.

Não estava doloroso nem entediante. A pressão era gostosa, assim como as mãos dele agarrando meus quadris enquanto o pau entrava e saía de dentro de mim. O modo como as estocadas iam ficando erráticas e desajeitadas, até que ele caía em si e parava de repente, como se tentasse prolongar a experiência. Não era uma tentativa de *me* fazer gozar, era por ele mesmo. E ter consciência de quanto ele estava gostando, junto com o movimento de seu polegar, fez o calor crescer dentro de mim, um novo tipo de tesão, e...

Eli mordeu meu ombro e tudo terminou. Ele deu mais algumas investidas enquanto sussurrava um monte de elogios que iam de fofos a bastante obscenos.

– Porra, inacreditável – resmungou ele no fim, rindo contra a minha bochecha.

Eu senti uma pontada de decepção. Estava muito, muito bom, e achei que tinha terminado rápido demais...

– Rue, vou te dizer uma coisa que você não quer ouvir.

O polegar dele voltou a se mover ao redor do meu clitóris. Um arrepio de prazer correu pela minha coluna.

– Não tinha como não terminar assim.

O pau dele foi amolecendo dentro de mim, uma sensação gostosa que funcionava como contraponto do movimento dos seus dedos.

– Mesmo que a gente não tivesse se encontrado naquele aplicativo, teríamos nos conhecido no rinque ou na Kline ou então andando na rua. E eu teria visto você, conversado por cinco minutos, e você teria olhado para mim daquele jeito sério, curioso e inflexível, e eu ia saber que precisava fazer isso aqui com você mais do que qualquer coisa na vida.

Meu orgasmo foi rápido e lindo. As mãos de Eli se espalharam por todo o meu corpo enquanto ele beijava meu pescoço de leve. E então, depois de um tempo, ele disse:

– Quero te levar para casa.

Eu estava mole, ainda tentando fazer meu cérebro funcionar.

– Meu carro está aqui.

– Eu te trago até aqui amanhã de manhã.

Ele se recostou no banco. Sua expressão era sincera. Pelo menos eu achei que era – meus olhos estavam marejados, como se eu tivesse chorado. Só que eu nunca chorava. Talvez meus olhos estivessem suando. Verão no Texas, nada era impossível.

– Me deixa preparar o jantar para você.

Ele contornou meus lábios com o polegar.

– Isso seria bom – respondi.

– Venha para a minha casa. Me deixa cuidar de você. Me deixa te ensinar como fazer carinho em cachorros. Terapia de exposição, meu bem.

Eu dei uma risada, mas fiquei com medo. Do que ele estava sugerindo. De querer dizer sim.

– Não sei se é uma boa ideia.

– Sério? – Ele me deu um beijo na bochecha. – Você se mudar lá para casa. Pedir demissão pra gente poder fazer isso vinte vezes por dia. Eu me aposentar para servir a você em tempo integral. Vamos transar pelo resto de nossas vidas. É sério que não parece mesmo uma ideia fantástica?

Meu coração deu um pulo. *Sim*, dizia. *Sim*. Eu só queria ficar com ele. Isso era tão ruim assim? Florence não precisava saber. Ninguém precisava saber. Só nós dois.

– Não diga não, Rue – murmurou ele. Um apelo muito sincero. – Não faça isso com a gente.

Eu não me permiti pensar muito a respeito.

– Está bem.

O sorriso que ele abriu foi tão brilhante que poderia iluminar a cidade inteira.

– Está bem.

— Está bem — repeti, e ficamos os dois rindo em silêncio com as bocas coladas, depois nos beijamos, e eu pensei que, se momentos perfeitos existiam, aquele era um deles.

Eu me soltei dele, passei por cima da marcha e vesti a legging de volta, meio desajeitada. Soltei algo que soou perturbadoramente como uma risadinha, mas meu corpo ainda vibrava, como se me agradecesse pelos melhores vinte minutos de sua vida. E Eli ainda me olhava como se eu fosse o universo inteiro.

Apoiei a cabeça no encosto enquanto ele se limpava e então comecei a arrumar os papéis que tinham caído do porta-luvas.

— Desculpa — falei. — Da próxima vez que precisar mostrar sua carteira de motorista, você vai ter dificuldade de encontrar nessa bagu...

Parei quando meus olhos pousaram em um nome familiar.

Kline.

Era uma pilha de papéis estranha, coberta em plástico. Eli murmurou algo sobre jogar a camisinha fora e saiu do carro, mas continuei lendo.

PROCEDIMENTO INVESTIGATIVO DAS ALEGAÇÕES CONTRA A KLINE INC.
Depoimento oral de Florence Carolina Kline

Virei a página. **COMPARECIMENTO A JUÍZO** dizia o novo cabeçalho. **PARA HARKNESS LTDA., ELI KILLGORE.** Virei outra página, mais outra, até que o texto começou a parecer um roteiro de filme. Uma lista de perguntas e respostas.

P: Muito bem. E, Dra. Kline, quando foi que conheceu os fundadores da Harkness?
R: Não entendo a relevância dessa informação.

P: Pode responder assim mesmo?
R: Não sei se lembro. Provavelmente os conheci em momentos diferentes.

P: Do que você se lembra?
R: Acho que conheci a Dra. Oka quando ela fez a entrevista para o pós-dou-

torado no meu laboratório, há uns doze anos. Foi por telefone, porque ela morava em Ithaca na época, e depois nos conhecemos pessoalmente quando ela se mudou para trabalhar comigo. Acho que conheci Conor Harkness na mesma época, quando ele entrou no programa de doutorado da Universidade do Texas.

P: Você era professora na Universidade do Texas na época?
R: Correto.

P: E Eli Killgore?
R: Ele foi o último a entrar, então devo tê-lo conhecido...

P: Cerca de um ano depois?
R: Sim, acho que foi isso.

P: É correto dizer que você atuou como mentora dos três?
R: Sim, é correto.

— Rue?
Tirei os olhos do arquivo. Eli tinha voltado para o carro.
— O que é isso? – perguntei.
Ele olhou para os papéis em minhas mãos. Para a página em que estavam abertos.
— Merda, Rue.
— Isso estava no seu porta-luvas.
— Merda. – Ele suspirou e levou a mão ao rosto. – Merda.
— Eli, o que é isso?
— É um depoimento.
— Quando é que Florence foi *interrogada*? – perguntei, e então percebi que podia descobrir eu mesma.
Olhei a data na primeira página e tive um sobressalto. Duas semanas antes.
— O clube de revistas. O dia em que você estava na Kline e...
Balancei a cabeça, sem entender nada.
— Quem... Quem deu a vocês o direito de interrogá-la?

Ele esfregou os olhos.

– O Tribunal de Justiça. Havia irregularidades nos documentos que ela entregou, e solicitamos um depoim...

– Diz aqui que ela conhecia vocês. Há dez anos. Isso é verdade?

Ele hesitou.

– Rue. – Seu tom de voz era gentil. – É um depoimento legal. Ela estava sob juramento.

– Mas ela me disse que...

Balancei a cabeça e a sensação foi de que o mundo estava girando rápido demais.

– Hoje ela me disse que...

A expressão de Eli mudou. *Pena*, pensei. Era isso.

– Vamos conversar sobre isso em casa. Não queria que você descobrisse dessa maneira. É uma situação muito compli...

– Não. Não, eu... Florence mentiu para mim.

Meus olhos ardiam e meu peito queimava.

– E você... Por que você não... Por que *ninguém*...

Balancei a cabeça e abri a porta do carro. Eli me segurou pelo pulso.

– Rue, espere...

– Não. Eu... *Não*.

Soltei a mão e passei-a pela bochecha. Estava totalmente seca.

– Eu não quero... Estou *cansada* de tudo isso. *Não* venha atrás de mim, senão eu juro...

– Rue, me deixa...

Saí do carro e deixei que a raiva me consumisse.

26

OLHA SÓ ESSA SUA VIDA SOLITÁRIA DE MERDA

Rue

Na terça de manhã, liguei para avisar que não estava me sentindo bem e que ia trabalhar de casa.

Tisha me mandou uma mensagem às nove: Você está bem? Ah, eu esqueci as chaves da casa do Diego no seu carro? E eu respondi: Sim e sim.

Florence me mandou uma mensagem ao meio-dia (Espero que fique bem logo) e eu não respondi.

Ela era minha amiga e eu não ia cortá-la da minha vida por ter mentido. Afinal, eu era uma mentirosa também. Tinha mentido para Florence sobre Eli por semanas, mesmo depois de ela ter me dado diversas oportunidades de contar a verdade, e tinha me sentido uma merda todas as vezes. Eu tivera meus motivos e era totalmente possível que Florence também tivesse os dela.

Mas eu precisava entender exatamente sobre *o que* ela tinha mentido. E estava óbvio que tanto ela quanto Eli tinham escondido a verdade de mim, portanto nenhum deles era confiável a respeito daquele assunto. Aquilo me deixava com poucas opções.

Decidi não envolver Tisha até ter uma noção mais completa do que estava acontecendo, então a questão ia ter que ficar apenas na minha cabeça mesmo. Tomei café, almocei e jantei. Escrevi o que pareceram ser milhares de e-mails de trabalho. Organizei a papelada da minha patente. Percebi que algumas das minhas mudas tinham germinado e as transferi para o sistema hidropônico, mergulhando as raízes frágeis nos nutrientes.

Então, por volta das sete da noite, ouvi uma batida à porta. *O zelador*, pensei, achando que tinha ido conferir minhas saídas de ar, como eu havia pedido. Mas um instinto repentino me fez conferir pelo olho mágico.

Meu irmão andava de um lado para outro no corredor, com uma pilha de papéis nas mãos.

Fechei os olhos, respirei fundo e recuei bem devagar, pronta para fingir que não estava em casa.

– *Cacete*, Rue, abre a porta. Eu sei que você está aí.

Cobri a boca com a mão e me sentei em uma cadeira.

Estava tudo bem. O trinco estava fechado. Ele iria embora logo.

– O novo porteiro falou que você está em casa.

Merda. Um porteiro novo. Eu já sabia disso? Não. Não me lembrava de nenhum aviso.

– Podemos fazer isso do jeito fácil ou do jeito difícil, você que sabe, Rue. Mas eu *vou* ficar aqui até você concordar em resolver a situação.

Esfreguei os olhos, determinada a me manter em silêncio. Mas quando Vince voltou a falar, foi em um tom de voz mais suave. De repente, eu tinha 10 anos, e ele, 7. Não víamos a mamãe havia dias. Ele estivera chorando por horas e tudo que eu queria era fazê-lo se sentir melhor.

– Rue, por favor. Você sabe que eu te amo e não quero fazer as coisas desse jeito. Mas você está sendo irracional. O dinheiro dessa venda pode mudar a minha vida. O corretor lá de Indiana ligou ontem. Eles têm um comprador disposto a ficar com a cabana do jeito que está e ainda pagar em dinheiro. Eu sei que você quer saber mais sobre o papai, mas jura que *isso* é mais importante do que a minha segurança financeira? Você tem o seu trabalho chique, mas eu não pude nem entrar na faculdade. Eu não pude fazer *um monte* de coisas.

Eu não tinha coração muito mole, mas a única parte mais macia dele pertencia ao meu irmão. Levei muitos e muitos anos na terapia para conseguir me impedir de livrá-lo de toda situação complicada em que ele se metia. Não queria começar esse ciclo de novo, mas ainda sentia que devia uma explicação a ele.

Então comecei a falar, sem abrir a porta:

– Estou procurando um advogado para nos ajudar a resolver a situação. Não quero deixar você desamparado. Meu plano é comprar a sua metade, mas vamos precisar...

– Eu *sabia* que você estava aí. – A voz de Vince ficou mais dura. – Abre a porta!

– Não. – Dei um passo para trás e tentei soar o mais severa possível. – Não vou deixar você entrar no meu apartamento com esse comportamento agressivo...

– Eu vou te mostrar a porra do agressivo...

A porta tremeu. Eu dei um pulo para trás.

Que merda é essa...?

Mais uma batida forte. Vince estava chutando a minha porta.

– Vince. – Meu coração batia acelerado. – Você tem que *parar* com isso.

– Não até você me deixar *entrar*.

Ele terminou a frase com mais um golpe.

Merda.

Respirei fundo e tentei me recompor. A porta era resistente, dificilmente ele conseguiria entrar. Mas eu não estava preocupada *comigo*: se ele continuasse, algum dos vizinhos ia acabar chamando a polícia. Eu mesma *deveria* chamar a polícia, porém, por mais bizarro que parecesse, eu jamais faria isso. Vince já tinha roubado um pacote de Oreo no mercado porque era meu aniversário, quando mal sabia ler e escrever. Tinha sido a coisa mais fofa que alguém já fizera por mim.

Nada de polícia. E nada de Tisha, que odiava Vince e provavelmente apareceria ali com uma faca de cozinha para matá-lo. E não havia outras opções.

Foi um momento bem "olha só essa sua vida solitária de merda".

A porta rangeu com mais um chute. Senti uma gota de suor escorrer pelas minhas costas à medida que as alternativas iam diminuindo até chegarem a uma única opção.

Meu celular estava em cima do sofá. Peguei e digitei um número que não estava salvo. O telefone tocou duas, três vezes. E, quando a pessoa do outro lado atendeu, não deixei que falasse nada e sussurrei logo:
– Desculpa fazer isso, mas preciso muito da sua ajuda.

27

ACREDITE, EU BEM QUE TENTEI

Eli

A cena não era tão ruim quanto ele imaginara.

Vincent, que parecia tão intratável quanto da última vez, estava sentado no corredor, descansando das tentativas de invasão, a cabeça encostada na parede. Quando ouviu os passos sobre o linóleo, deu uma olhada preguiçosa na direção de Eli, depois olhou de novo.

Eli chegara pronto para soltar os cachorros em cima dele, mas a raiva que o deixara possuído quando Rue ligou se dissolveu quase instantaneamente. Que babaca infeliz e deplorável era aquele irmão dela. Não valia a pena nem dar palmadas educativas.

– Vá para casa – mandou Eli, entediado.

Rue não abriria a porta enquanto Vincent estivesse ali, o que significava que ele era a única coisa que separava Eli do lugar onde queria estar.

– O que *você* está fazendo aqui?

– *Eu* fui convidado. O que *você* está fazendo aqui?

– Você e minha irmã estão juntos?

– Estamos.

Nem era mentira. Ele *tinha* estado junto com Rue diversas vezes. Achara que isso não aconteceria mais, depois da noite anterior, mas agora, graças ao irmão babaca, estava prestes a ficar *junto* dela de novo.

– Você tem que parar de fazer essas coisas. Sabe disso, não sabe?

Vince era irmão de Rue, e Eli estava disposto a controlar o próprio temperamento em respeito a ela. Mas tinha seus limites, e foi por isso que chegou mais perto para falar em voz baixa:

– Não pode ficar agindo assim com ela, entendeu? Porque isso a deixa triste. E, se ela fica triste, eu fico irritado. E aí *vai* ter consequência.

Vince se levantou, meio desajeitado. Tinha a altura perfeita para levar um soco, mas... não era isso que Rue queria.

– Se você não parar de se intrometer...

– O negócio é o seguinte. – Eli baixou ainda mais a voz e virou de costas para a porta para que Rue não conseguisse ler seus lábios, caso estivesse olhando. – Sua irmã obviamente se preocupa com você. Ela *me* chamou aqui porque literalmente todas as outras pessoas, do porteiro aos vizinhos, e até o carteiro, não hesitariam em ligar para a polícia. Mas tem uma coisa que ela não sabe. – Ele chegou mais perto. – Eu tenho um time inteiro de advogados à minha disposição e eles podem dificultar *muito* a sua vida. Isso significa que tenho como acabar com você sem nem precisar te prender ou te bater. Não precisaria deixá-la triste.

Ele ajeitou a postura, satisfeito com o jeito como Vincent estreitou os olhos.

– Eu só quero conversar com ela – disse ele.

– Então marque a porra de uma reunião.

– Temos um comprador *agora*. Ela está sendo egoísta.

– Ótimo. Rue deveria mesmo pensar nela primeiro. Agora, você vai sair desse prédio ou vou ser obrigado a ligar para algumas pessoas?

Ele pegou o celular no bolso e acenou entre os dois, até que Vincent balançou a cabeça e saiu andando, ainda parando para dar um chute na parede, como o idiota infantil que era. Depois que ele partiu de vez, Eli bateu à porta suavemente.

– Sou eu.

Alguns segundos depois, a porta se abriu. Rue surgiu, na penumbra, parecendo uma versão mais pálida e menos robusta de si mesma. Ela não o encarou diretamente, e Eli teve vontade de ir até o estacionamento enfiar a porrada em Vincent.

– Não sabia para quem ligar...

– Não precisa explicar. Posso entrar?

Ela arregalou os olhos, como se não tivesse pensado naquilo.

– Você não precisa ficar.

– Eu sei.

Ela ficou tensa.

– Não te chamei aqui porque... Eu não acho que só porque transamos você deveria estar à minha...

– Mas eu estou. À sua disposição.

Ele abriu um sorriso fraco mas tranquilizador. Se ela precisava se convencer de que aquilo era só sexo, tudo bem. Ele se recusava a continuar jogando aquele jogo. *Eu não vou seguir as regras, Rue. Não vou me comportar. Não vou mais fingir que isso é suficiente.*

– Vou ficar uns vinte minutos, só para o caso de ele estar lá embaixo esperando que eu vá embora.

Rue baixou a cabeça, e havia um leve tremor em suas mãos, que ela enfiou nos bolsos da calça. Mas foi só quando eles entraram na sala de estar que Eli conseguiu ver seu rosto direito. A Rue Siebert que sempre usava sua armadura completa naquele momento parecia desamparada, dez anos mais nova e cem vezes mais frágil. Ver quanto ela estava magoada o atingiu de modo violento. Ele a segurou pelo braço, puxou-a para perto e disse, mais até para si mesmo do que para ela:

– Ei. Vai ficar tudo bem.

Eles já tinham se abraçado dezenas de vezes àquela altura, sempre em um contexto sexual. Aquele abraço foi diferente: não ia a lugar algum e só pretendia reconfortar. Era acolhedor, doloroso e perigoso. Mais proibido do que qualquer coisa que tinham feito até então.

E então ele sentiu: os pequenos tremores nas costas dela, a testa encostada em seu peito, um som engasgado que ela tentou engolir. Rue estava chorando.

Eli sentiu seu coração partir.

– Está tudo bem, meu bem.

Ele beijou o topo da cabeça dela e a abraçou com força durante todo o tempo que ela permitiu.

— Vai ficar tudo bem.

Alguns minutos depois, quando ela apoiou as mãos no peito dele e o afastou, Eli teve que se segurar para não puxá-la de volta. E foi então que sua visão se ampliou e, do foco total em Rue, ele passou a olhar ao redor.

O apartamento era *espetacular*. Ou melhor, o que ela tinha feito com o apartamento. O lugar não era grande e a disposição não tinha nada de especial, mas Rue não mentira sobre as plantas. De fato, o cômodo inteiro era viçoso, todas as superfícies cobertas de verde. Cactos, flores, algumas plantas ornamentais. Mas obviamente o método de cultivo favorito de Rue era o hidropônico. Havia torres, prateleiras e alguns kits que ela mesma devia ter construído. A maior parte do que ela cultivava ali eram alimentos: manjericão, tomates, minipepinos, pimenta, alface, e isso só à primeira vista.

A casa dela era como um lindo e genuíno jardim.

Ele deu uma risada, pensando no canteiro que comprara dois anos antes para plantar uma hortinha de temperos e que nunca chegara a instalar. Na verdade, o pacote ainda estava fechado na garagem. Já estava lá havia tanto tempo que Maya lhe dera um nome.

A porra da Hortência.

Ele olhou de volta para Rue, querendo dizer alguma coisa, mas não era o momento certo para elogiar suas habilidades agrícolas. Ela tinha caminhado até o sofá e se jogado no chão diante dele, as costas contra o móvel, os joelhos encolhidos. A mesma posição do irmão no corredor.

Eli suspirou e se sentou ao lado dela, seus braços se tocando.

— Eu não costumo chorar — disse ela, secando os olhos com as costas da mão.

— Eu imaginei.

— Por quê?

— Só um palpite.

Ela não tinha chorado na noite anterior, e aquele maldito depoimento teria sido motivo suficiente.

— A sua *vibe*, como diria Maya.

Ela sorriu em meio às fungadas.

— É porque ele é meu irmão.

— Eu sei.

— Ele é mais novo. Meu cérebro está condicionado a sempre pensar que preciso cuidar dele.

— Eu sei.

— Ele está sendo muito babaca. E eu estou sendo uma baita frouxa. Isso pode acabar virando uma situação perigosa. Preciso encontrar uma solução. É tão...

— Acredite, eu *sei*.

A sinceridade dele a fez finalmente tirar os olhos dos próprios joelhos.

— É constrangedor — admitiu ela.

— O quê?

— Maya é... ótima. Quando a gente se conheceu, você disse que não se dava bem com a sua irmã, mas claramente vocês se resolveram. Já eu pediria uma ordem de restrição contra o meu irmão se não fosse tão covarde.

Ele assentiu.

— Maya é ótima, e agora nós temos uma boa relação que eu não trocaria por nada. Mas... — Ele engoliu em seco. — Quer uma história?

— Depende. É horrível?

A risada dele saiu baixa.

— É a mais horrível de todas, Rue.

Não era exagero. Ela assentiu, solene.

— Não sei nem por onde começar... Que tal isso? Maya é ótima agora, mas, quando tinha 15 anos, furou todos os pneus do meu carro porque eu não a deixei ir a uma sessão de meia-noite de um filme de terror qualquer, no meio da semana. — Ele fez uma careta ao se lembrar daquilo. — E, quando eu a coloquei de castigo por isso, ela foi lá e furou os novos pneus também.

Rue arregalou os olhos. E depois se desviou da rotina deles: fez uma *pergunta* sobre a história:

— Quem deu a você o direito de permitir ou não que sua irmã fizesse as coisas?

— Você está do lado *dela*?

— Não. — Ela deu uma fungada. — Talvez?

Ele riu.

— Eu ganhei a custódia quando ela tinha 11 anos. O tribunal me deu esse direito. Literalmente.

— E seus pais?

— Eles morreram com um ano de diferença um do outro. Causas diferentes. Minha mãe teve leucemia. Meu pai sofreu um acidente de carro.

— Quantos anos você tinha?

— Vinte e cinco.

— E era o único parente restante?

— Temos uns tios e primos por aí, mas nenhum deles morava em Austin nem a conheciam muito bem. Eu era adulto e o irmão dela. Ninguém questionou que deveria ser eu a cuidar dela. Nem eu mesmo.

— Se alguém me pedisse para cuidar de uma criança de 11 anos, eu nem saberia por onde começar.

— Eu também não. Maya era criancinha quando eu entrei na faculdade. Eu não me dava bem com meus pais, então raramente ia visitar, e nunca a via.

— Foi por isso que a última coisa que você disse para a sua mãe...?

— Que ela era uma mãe de merda? — Ele suspirou. — Meu pai era aquele tipo de disciplinador autoritário que te colocava de castigo por dias só por achar que você revirou os olhos. E eu... era um idiota. O jeito dele *não* funcionava comigo. Eram brigas constantes, ultimatos, ameaças... sempre eles tentando que eu fosse menos rebelde. E eu sendo cada vez mais rebelde, só para provocar. Essas merdas de adolescente. E minha mãe acatava tudo que ele dizia, então... — Ele deu de ombros. — Se eu pudesse conversar com eles hoje, de adulto para adulto, talvez a gente conseguisse se resolver. Mas eu me mudei para Minnesota para jogar hóquei, arranjei vários trabalhos de meio período. Voltava para casa uma vez por ano, por alguns dias no máximo. Aí comecei a pós-graduação, e você sabe a correria que é. Eu estava na mesma cidade da minha família, *poderia* fazer mais visitas, mas aquela casa era um lugar onde eu tinha sido muito infeliz durante a maior parte da minha vida e havia muitos problemas, de ambos os lados. A última vez que vi minha mãe foi no meu aniversário. Eles me chamaram para jantar. A conversa acabou descambando para as acusações de sempre. Algumas semanas depois, ela morreu.

Ele tivera uma década para elaborar aqueles arrependimentos, mas ainda estavam bem vívidos em sua mente. Sempre estariam. Ele ainda não suportava o próprio aniversário.

— E então meu pai morreu, catorze meses depois. E eu virei o guardião da minha irmã.

Nos olhos de Rue não havia pena nem censura.

– Maya ficou... – Ela balançou a cabeça. – *Você* ficou bem?

Será que alguém já tinha perguntado isso a ele? Todo mundo sempre se concentrava em Maya, e com razão. Eli sentiu o coração acelerar, mas disfarçou com uma risada.

– Eu não fiquei *nada* bem. Estava surtando. Não conhecia Maya nem um pouco. Não tinha dinheiro, tinha acabado de ser expulso do programa de doutorado e ainda precisava pagar a hipoteca dos meus pais. E Maya... no início, ela estava apenas de luto. Depois, aquela tristeza se transformou em raiva, e ela tinha que descontar em alguém. As únicas opções disponíveis éramos eu e ela mesma, e ela não poupou nenhum dos dois. – Ele engoliu em seco. – Acho que ela não negaria que foi bastante escrota. Por outro lado, eu era *pouquíssimo* qualificado para aquela função.

Rue começou a rir, uma risada meio úmida, e ainda que estivesse contando a pior história de sua vida, ele não conseguiu acreditar como aquele som era raro e lindo. *Eu gosto quando você ri. Gosto quando está séria. Gosto de você o tempo todo.*

– E as coisas melhoraram?

– Demorou muito. Antes de ela sair de casa para a faculdade, foram muitas portas batidas, brigas aos gritos e rebeldias. Pensando agora, não consigo nem imaginar como deve ter sido devastador para ela ter um irmão que era basicamente um estranho lhe dizendo o que fazer. Quando ela foi estudar, achei que nossa relação tinha acabado. Pensei que nunca mais a veria. Naquela época, a Harkness já estava indo bem e eu podia pagar a universidade que ela quisesse. Sabe para onde ela foi?

– Costa Leste?

– Escócia. Ela foi para a porra da *Escócia* para ficar longe de mim.

Rue tentou disfarçar um sorriso.

– Ouvi dizer que é muito bonito.

– Eu não sei. Nunca fui convidado para uma visita.

Rue soltou uma gargalhada. Ele teve que fazer um esforço para não ficar encarando.

– Mas ela voltou.

– Ela voltou. E estava diferente. Já era adulta, e eu não precisava mais ser uma figura de autoridade. Ela tinha morado fora por anos, eu confiava que podia se virar sozinha. – Ele esfregou a nuca. – Ela reclamava das minhas tendências déspotas, mas na verdade eu estava apavorado. Ela era rebelde, imprevisível e frágil, e dar ordens era a única coisa que eu podia fazer para mantê-la segura. Comecei a entender meus pais e o que eles tinham passado comigo, mas os dois já estavam mortos e era tarde demais, então aquilo mexeu comigo... – Eli balançou a cabeça. – Ela sempre vai ter algum rancor de mim, e talvez eu sempre tenha dela também. Mas toda a mágoa já passou. Eu realmente gosto de vê-la vivendo a própria vida. Maya é muito mais inteligente do que eu era na idade ela. É resiliente, determinada, gentil. *E* essa experiência toda me deu algo muito importante.

– O quê?

– Um completo desinteresse em ter filhos.

Rue deu outra risada, e será que ele já tinha se sentido tão poderoso quanto naquele momento? Ele já tinha se sentido tão bem quanto fazê-la sorrir mesmo tendo chorado poucos minutos antes? Era inebriante. Para o inferno com a ciência ou as finanças – *aquilo ali* podia ser o trabalho dele. Podia passar os anos seguintes aprendendo as particularidades do humor dela, estudando seu temperamento, catalogando todas as pequenas idiossincrasias, e, quando tivesse acumulado uma quantidade adequada de dados de pesquisa, aquela seria sua missão e seu prazer: fazer Rue Siebert feliz.

Bem mais satisfatório do que seu trabalho atual.

– *Eu* nem precisei ser guardiã do meu irmão para chegar a essa conclusão – murmurou ela.

– É feio se gabar, Rue.

Ele sorriu diante do olhar divertido dela e olhou para o relógio pendurado em cima de uma prateleira de plantas. Já haviam se passado vinte minutos.

– Até mais.

– Obrigada por vir.

– Obrigado você por me chamar. Eu sou um cara simples que costumava canalizar a agressividade no hóquei e agora tem um emprego corporativo chato. Preciso dar uns chutes em alguém. E...

Eu já estava pensando em você mesmo. Quero que você me chame quando precisar de alguma coisa. Qualquer coisa. Eu quero mais. Se eu confessasse isso, como você reagiria?

Ela assentiu, como se tivesse entendido o que estava implícito. Parecia prestes a se abrir e admitir algo que Eli queria muito, muito ouvir. Mas então, no último momento, ela voltou ao padrão de sempre. Girou para cima dele e se pôs entre suas pernas abertas. Os cílios dela eram uma meia lua escura quando ela baixou os olhos, analisando o corpo dele com todo o cuidado de um examinador impiedoso. Eli sentiu o calor dentro dele, a euforia e o puro orgulho que sempre surgiam por ser o objeto da atenção dela. Rue então segurou o rosto dele com as mãos e se inclinou para a frente.

Ela tinha gosto de lágrimas. Eli aprofundou o beijo, por instinto, mas logo voltou a si.

– Rue. – Ele segurou os pulsos dela. – Eu não vim aqui para isso.

– E eu não te liguei para isso. – Ela o encarou de um jeito firme. – Mas podemos fazer assim mesmo?

Ele examinou o rosto dela.

– Se você pedir, eu nunca vou dizer não. Sabe disso, não é?

– Eu suspeitava.

Retomaram o beijo, devagar, calmo, salgado, e Eli conseguiu se controlar por cerca de dois minutos. Depois disso, não mais. Ele a puxou e apertou o corpo contra o dela, beijou seu pescoço e, ao passar os dedos pelos cabelos de Rue, perguntou:

– Aqui? Ou na cama?

Ela se levantou e caminhou à frente dele pelo corredor. Os dedos, levemente entrelaçados aos dele, passavam a mesma sensação explosiva de qualquer outro ato sexual que já tivessem feito – era perverso, considerando a pouca intimidade real que ela concedia a ele. Ser levado até o quarto de Rue foi como a primeira vez em que uma garota guiara sua mão por dentro da blusa: proibido, assustador, um divisor de águas. Ele se perguntou se ela já tinha levado outro homem para aquele quarto. Decidiu que era improvável. Tentou evitar que o coração saísse pela boca.

Ela era bagunceira em seu espaço particular. As superfícies que não estavam cobertas de plantas tinham roupas espalhadas, correspondência ainda fechada, canecas vazias. Aquilo deixava o quarto menor e mais aconchegante, como se a cama queen fosse mais estreita. Ela não pediu desculpas pela bagunça e Eli *amou* aquilo.

Ele tentou imaginar como seria compartilhar uma casa com Rue: uma luta constante para impedir que o caos dela engolisse a parte dele do quarto. Tropeçar em uma alça de sutiã a caminho do banheiro. Memorizar seu rosto sério sob a luz fraca da manhã. Sonhar com ela à noite sem ter medo de acordar, feliz em saber que sua pele macia estaria ali, ao alcance do seu toque. Banhar-se naquela sensação inaceitável que impregnava suas células sempre que ela estava por perto. Ela se sentou na beirada do colchão, olhou para ele com a mesma expressão decidida que usava para falar sobre nanopolímeros, e ele não ia aguentar nem mais um segundo sem enfiar a cara entre as pernas dela.

Estava ficando cada vez mais fácil fazê-la gozar. Como um músico bem ensaiado, ele sabia exatamente como tocá-la. Foi tomado de satisfação ao afastar a calcinha dela para o lado e fazê-la suspirar, se arrepiar e gozar repetidamente, com sua boca, língua e dedos. Quando ela empurrou a cabeça dele para trás porque estava intenso demais, Eli viu em seus olhos: ela jamais pensara ser capaz de sentir tanto prazer. Quando estavam juntos, ela às vezes duvidava que aquele corpo fosse mesmo dela.

– Sempre que quiser se sentir assim – murmurou ele, ainda com a cabeça entre suas coxas –, ligue pra *mim*. *Me* use.

Ela apoiou os calcanhares nas costas dele, como pequenos punhos.

– Eu já penso nisso o dia inteiro mesmo.

Ela desmoronou na cama, o braço cobrindo os olhos. Eli limpou a boca com as costas da mão, desabotoou a calça jeans apertada para dar um respiro ao pau e subiu, querendo obrigá-la a olhar em seus olhos. Rue não parecia muito disposta e ele esperou com paciência, um cavaleiro em busca da atenção de sua irredutível rainha.

– Talvez eu tenha camisinha. Em algum lugar no armário do banheiro. – A voz dela ainda estava rouca dos gritos. – Acho que ainda estão na validade, mas...

Ela se contorceu na cama, se alongou de um jeito preguiçoso e, quando parou daquele jeito, um arco perfeito de músculos, Eli levantou sua camisa. Ficou olhando para os seios volumosos, fascinado, fazendo um esforço para ser paciente.

– Não temos que fazer isso.

– Eu sei.

– Podemos fazer qualquer coisa que você...

– Eu sei.

Ela tirou o braço do rosto e pousou os olhos calmos nele. O coração de Eli batia mais forte do que nunca.

– Então eu *realmente* curei você com o talento único do meu pau mágico.

– Você me curou. Minha cicatriz de apendicite desapareceu. Não sou mais alérgica a pólen.

Ele deu uma risada.

– E nem foram os meus melhores desempenhos.

Ele não estava exatamente envergonhado. Tinha gostado muito de penetrá-la, não ia atribuir nenhum sentimento que não fosse positivo àquele ato.

– É um tesão ver você daquele jeito. – Ela mordeu o lábio. – Você não é o único que gosta de dar prazer.

Ele sentiu as cordas vocais paralisadas, então foi ao banheiro. Quando olhou o próprio reflexo no espelho, o que viu foi assustador. Ele dissera a si mesmo, repetidamente, para tomar cuidado com ela. Para manter a guarda. E tinha falhado. Muito.

Você está fodido. Inevitavelmente fodido.

Rue tinha tirado o restante das roupas. Abriu um pequeno sorriso e encarregou-se dele, despindo-o com calma e método, e Eli foi transportado para outra realidade – uma em que Rue estaria esperando por ele ao final de um dia estressante de trabalho. Em que ele passaria todas as reuniões pensando no cheiro de sua pele. O tempo era entediante de nove às seis. O assunto de cada e-mail continha os olhos tranquilos dela.

– Por que está olhando para mim desse jeito? – murmurou ela, ajoelhando-se para tirar a calça jeans dele.

Uma imagem espetacular que Eli guardaria como um tesouro até a morte.

– Que jeito?

Ela deu de ombros.

– Como se quisesse te comer?

Como se eu quisesse você?

– Não consigo evitar, Rue.

Acredite, eu bem que tentei.

Ela se levantou e ele afundou a cabeça em seu ombro, rindo da própria idiotice.

– Você vai ter que colocar – disse ela, entregando a camisinha.
– Quer que eu te ensine como fazer?
Ela deu de ombros. Os seios balançaram – uma obra-prima da gravidade.
– Não é uma habilidade que eu tenha muito interesse em adquirir.
Porra, ele *gostava* dela.
– Não, claro que não tem.
Ele não soube muito bem como terminaram naquela posição, ele recostado na cabeceira da cama e Rue por cima, as mãos nos ombros dele, deslizando-o para dentro centímetro a centímetro, em uma lentidão torturante. Ele queria dizer que ela ia matá-lo. Queria mandar que ela andasse logo e enfiasse *tudo*. Mas deixou que ela fizesse as coisas em seu ritmo e, depois de um tempo, eles chegaram à profundidade que Eli queria, Rue recebendo tudo que ele tinha a oferecer, e foi arrebatador. Mais uma vez, estava grato à camisinha por atenuar o contato, senão tudo teria se acabado ali mesmo.
– Como é? – perguntou ele, não se sentindo muito sob controle.
– A sensação é... – Ela tentou se mexer um pouco. Ele reprimiu um gemido. – Boa. De preenchimento. – Rue deu um beijo no ombro dele. – Sabe do que eu mais gosto?
– Do meu pau sobrenatural e curativo?
Ela deu uma risada. Ele quase engasgou.
– Claro. Mas outra coisa é que, quando fazemos isso, você praticamente vibra. – Ela passou a ponta dos dedos pela curva do tríceps dele, a unha arranhando de leve. – Todos os músculos do seu corpo estão tensos, e eu sinto quanto você quer se mexer, mas ainda assim não se mexe, e isso me deixa...
Ela mexeu os quadris em um ângulo perfeito e desastroso, e ele teve que segurá-los para obrigá-la a ficar parada. Respirou fundo, meio trêmulo, antes que a terceira vez em que a penetrava fosse ainda mais medíocre do que as duas primeiras.
– Deus do céu, Rue.
Ela mordeu a orelha dele, que não aguentou mais. Segurou a cintura de Rue e começou a movê-la para cima e para baixo. Por um segundo, ele se deixou levar por aquela sensação, os músculos dela o apertando, os peitos em sua boca, a bunda em seus dedos. Abraçou-a pela cintura e estava a poucos segundos de ter um orgasmo, mas então encarou-a. Rue o encarava,

de volta, interessada, mas ainda meio distante, e tudo dentro dele começou a gritar: *Porra, não!*

Dessa vez não!

– Rue. – Ele soltou uma risada sem fôlego. – Se você tivesse ideia de quanto isso é gostoso.

– Que bom. – Ela se inclinou e lhe deu um beijo na bochecha. – Quero que você goste.

Ele gemeu.

– Ok, novo plano. – Ele a afastou. – Vou virar você de costas.

– De costas?

– É. Assim eu consigo...

Ele a virou de frente para a parede e a guiou até que as mãos de Rue estivessem apoiadas na cabeceira. Penetrou-a de novo sem dar muito tempo para ela pensar. Ela arfou e ele soltou um grunhido.

– Consigo controlar melhor meus movimentos. E posso te tocar com mais facilidade. – Ele deu um beijo molhado atrás da orelha dela. – E mesmo se você não gozar, pelo menos vai...

Ele pressionou a base da mão no clitóris dela, depois os dedos. Ao mesmo tempo, começou a meter de leve, o que a fez esfregar a bunda em sua virilha.

– Como está...?

– Está bom – disse ela, soltando o ar. – Gostei.

– É? – Ele a tocou mais um pouco. – Está gostando assim?

Ela assentiu e ele notou sua respiração acelerar.

– É que você... você sabe me tocar muito bem. E não é nem...

Ela gemeu quando ele a tocou mais uma vez, e, quando se contraiu ao redor dele, Eli sentiu as bolas tensionarem, um frêmito na base na coluna.

– Talvez eu consiga...

Rue soltou o ar de novo, mas ele sabia o que ela estava prestes a dizer.

– É – concordou ele, respirando no ouvido dela. – Talvez você consiga.

Ele esqueceu qualquer pensamento sobre o próprio prazer. Penetrou o mais fundo que conseguiu e, quando chegou até a base, diminuiu a intensidade e começou a mexer os dedos.

– Assim?

Ela assentiu, ansiosa, de um jeito quase violento, e Eli pensou que sua função no mundo era aquela: fazer Rue gozar, bem ali, naquele momento.

– Ah, meu bem. Por que será que tenho a impressão de que você vai gozar, hein? Por que está tão molhada e macia e...

De repente, ela começou a tremer. O corpo inteiro se contraiu, o som da respiração ofegante emudeceu, e por mais que Eli quisesse muito derrubá-la no colchão e meter, ele só mergulhou até o fundo e deixou que ela desfrutasse do orgasmo até cair amolecida.

– Você acabou de gozar com meu pau dentro de você – disse ele, a voz rouca.

As palavras saíram surpresas, pois era o que ele sentia.

Ela assentiu, sem conseguir dizer nada.

– Rue. – Ele beijou sua têmpora. A bochecha. A linha do queixo. Segurou-a com mãos trêmulas. – Eu ia gostar de ouvir você falar isso.

A voz dela saiu trêmula.

– Acabei de gozar com seu pau dentro de mim.

– Está bem. Está bem. Eu preciso... Vou gozar, está bem? Vamos ver quanto eu aguento...

Ele meteu uma vez, duas, três.

E pelo visto não durou mais do que isso.

28

NUM UNIVERSO PARALELO

Rue

Meus olhos se abriram com o barulho pouco habitual de um ronco de motor ao longe, e seguiram abertos quando me dei conta de que a cabeça de Eli estava ao lado da minha no travesseiro.

A lua devia estar bem cheia, porque, apesar da escuridão e do horário avançado, eu conseguia vê-lo claramente. O nariz perfeito de imperador. Os cachos ao mesmo tempo amassados e bagunçados. Os lábios levemente entreabertos e a respiração regular que combinava com o sobe e desce do peito.

Tínhamos dormido de frente um para o outro, o suor do corpo ainda secando, os olhos atentos enquanto tentávamos desacelerar nossos corações. Nenhum de nós tinha se mexido desde então. A mão de Eli ainda estava na base das minhas costas, o braço apoiado na minha cintura, um peso estranho, mas agradável.

Fiquei bem paradinha no silêncio azul da noite, fingindo ser uma fotografia de mim mesma, tentando tirar da cabeça tudo que não fosse o cheiro fraco de terra molhada que entrava pela janela. Alguns minutos depois, Eli abriu os olhos também.

– Ei. Que horas são?

Ele era aquele tipo insuportável de pessoa que dormia em silêncio e acordava graciosamente. Nenhuma desorientação por estar em uma cama desconhecida ou pelas horas perdidas do dia. Apenas aquela expressão tranquila, e sua mão voltando ao mesmo movimento de antes de cairmos no sono: fazendo desenhos sobre a minha pele.

– Onze. – Olhei para o relógio. – Onze e quinze, na verdade. Você não tem que ir para casa passear com o cachorro?

Eu estava de fato curiosa, mas no meio da frase percebi que minhas palavras podiam soar como se eu o estivesse expulsando. Mas Eli apenas sorriu, como quase sempre fazia quando eu agia do meu jeitinho estranho e socialmente inepto.

Sorriu como se estivesse *encantado* por mim.

– Mini está com Maya. – Ele se levantou. Fiquei olhando seu bíceps forte. – Mas sim, eu deveria ir embora, se...

– Espera. – Estendi a mão e segurei-o pelo braço. – Pode esperar um pouquinho?

– Esperar?

– Pode ficar um pouco mais?

Ele franziu a testa com uma expressão preocupada.

– Eu fico o tempo que for...

– Eu não quis insinuar que era para você ir embora. É só que... Você me contou sua pior história. Quero contar a minha antes de você ir.

– Rue, você não me deve...

– Eu sei. Eu quero. Mas essa não é como as outras. Acho que você não vai conseguir relevar essa. Então vou contar logo. E aí... aí você pode ir embora.

Sua expressão ficou mais suave.

– Você conseguiu relevar a minha.

– É diferente. A minha é ruim. É minha culpa. A minha é... Vou contar logo. – Puxei o lençol até a altura do peito. – Eu não falo sobre essas coisas com ninguém. Meu irmão. O modo como a gente cresceu. Tisha sabe de algumas coisas, porque ela estava lá, e Florence... Não é o tipo de assunto que se comenta num jantar.

– Rue.

– Então vou contar para *você*. E se você decidir que... Acho que eu e você não éramos nem para estar na vida um do outro. Estar com você foi uma traição desde o início. Mas eu não consegui me afastar.

A expressão dele era impossível de decifrar.

– E se não conseguir mais olhar na minha cara depois de tudo que eu contar, você vai embora, e tudo vai ficar como deveria ser. Vai ser como se eu tivesse gritado à beira de um precipício.

Catártico, mas irrelevante, em última instância. Perdido no éter. Nada ia mudar, a não ser por aquele pequeno instante de tempo, ali no silêncio da nossa cama.

– Tudo bem?

Eli segurou meu rosto por um momento, mas soltou logo, como se tivesse consciência de que eu não suportaria um toque prolongado. Seus olhos, seu tom de voz, tudo nele parecia distante e enigmático.

– Pode falar – permitiu ele, e fiquei grata por isso.

Comecei logo, antes que mudasse de ideia.

– Meu pai foi embora quando eu tinha 6 anos. Vincent tinha pouco mais de 3. Eu não lembro como a vida era antes disso, então imagino que fosse tudo bem. Mas, depois que ele foi embora, nós ficamos pobres. Nem sempre. Dependia de uma série de coisas. Se minha mãe tinha emprego ou não. Que tipo de emprego. Se alguma coisa em casa quebrava e era preciso comprar outra. Despesas de saúde. Esse tipo de coisa. Quando eu tinha 13 anos, por exemplo, nossa senhoria decidiu vender o apartamento onde a gente morava, e com a mudança e o aumento do aluguel... não foi uma boa época.

Eu me sentia despida, de um jeito incômodo e insuportável. Vi uma das camisetas grandes que usava para dormir, vesti-a rapidamente, então me sentei de pernas cruzadas para continuar:

– Minha mãe... ela tinha os problemas dela. Saúde mental, com certeza. Algum tipo de vício. Pelo que eu sei, os pais dela eram de uma dessas igrejas ultraconservadoras, e quando ela decidiu que não queria aquela vida, eles cortaram todo tipo de apoio financeiro e emocional. Ela nos teve quando era muito jovem e... O que estou tentando dizer é que ela não é a vilã dessa história. Ou talvez seja, mas também foi uma vítima, a princípio. A gente não tinha muita coisa, quando crianças, e isso não foi nada divertido. Mas a pior parte, sem dúvida, era sentir fome.

Olhei para minhas mãos e tirei um momento para me recompor antes de continuar. *Estou contando. De verdade. Expondo tudo.*

– Muitas pessoas acham que insegurança alimentar significa inanição constante e sistemática, e algumas vezes é isso mesmo, mas para mim... Eu não passava fome o tempo inteiro. Nem sempre estava desnutrida. Não ficava sem comida durante dias e dias a fio. Mas, às vezes, quando eu estava com fome, simplesmente não tinha nada para comer em casa nem dinheiro para comprar. Às vezes isso durava dois, três dias seguidos. Às vezes, um pouco mais. As férias eram o pior momento. No verão, eu não ganhava almoço grátis na escola, o que significava que não tinha nem uma refeição garantida, e aquilo era bem ruim. Eu me lembro de sentir meu estômago se contorcer com tanta força que eu achava que ia morrer e...

Cobri a boca com as costas da mão. Soltei o ar devagar.

– Estou falando "eu", mas éramos dois, eu e Vince. Sempre que eu sentia fome, ele também sentia. E minha mãe... Não sei bem como explicar, mas ela se desligava. Acho que ela nem percebia ou não se importava quando faltava comida em casa. Aos 10 anos, eu já tinha notado que não adiantava recorrer a ela quando isso acontecia, porque ela apenas sorria e mentia, dizendo que ia ao mercado em breve. E, aos 7 anos, Vince já tinha percebido que, quando ele estava com fome, *eu* era a melhor opção.

Os olhos de Eli brilhavam, cheios de compreensão, mas eu ainda não tinha terminado. Para alguém que nunca, *nunca mesmo*, falava sobre isso, era impressionante a quantidade de palavras que saía da minha boca.

– De novo, isso não acontecia o tempo inteiro. A gente passava semanas com cozido no jantar, leite na geladeira e cereal no armário. Mas aí minha mãe perdia ou abandonava o emprego, terminava com um namorado, e havia longos períodos sem nada, quando eu e Vince tínhamos que racionar biscoito velho. E como era tudo tão imprevisível, era difícil aproveitar os bons momentos. Eles podiam terminar a qualquer momento, então estávamos sempre atentos. Eu desenvolvi algumas... estratégias. Roubava alguns dólares, como se fosse uma reserva de emergência. Às vezes da carteira da minha mãe. Às vezes de outros lugares. Eu era uma ladra bem oportunista.

Soltei uma risada.

– Vince e eu criamos o hábito de comer o mais rápido possível. Tínhamos medo de ser descobertos ou que nossa mãe viesse questionar onde tínhamos conseguido aquela comida ou que a tirasse de nós. Comer em casa era uma ansiedade constante. E, claro, tudo que a gente comia era barato e de baixa qualidade. Não tínhamos verduras e legumes frescos à disposição. O pouco dinheiro que tínhamos, usávamos para comprar coisas que duravam mais. Eu ia na casa da Tisha e via aquelas tigelas enormes cheias de frutas e parecia um filme da Disney. Coisa de princesa, sabe? A apoteose do luxo.

Foi ali que eu aprendi que comida era mais do que calorias e nutrição. Comida era o que reunia a família Fuli todas as noites, era o que os pais dos patinadores faziam para seus filhos depois de um treino difícil, era sobre o que as pessoas falavam quando voltavam do fim de semana em uma pousadinha costeira. Comida era o colágeno, o tecido conjuntivo da sociedade, e se eu não tivera o suficiente na infância, então... Claramente aquilo significava que eu não estava muito conectada a ninguém, e nunca poderia estar.

— Você contou que saiu de casa para fazer faculdade e nunca voltava para visita, e, Eli, eu fiz a mesma coisa. Alec e o programa de patinação... eu devo *tudo* a ele. Graças a ele, tive uma bolsa de estudos. Entrei no avião, me mudei para o dormitório na primeira data disponível e não voltei durante dois anos. Eu não conseguia. A faculdade dava direito a refeições, então eu podia comer à vontade, mas ainda sentia muita ansiedade em relação à comida. As coisas mais bizarras me davam gatilho: ter que comer correndo, porções pequenas, as lanchonetes fechadas no feriado de Ação de Graças. Era irracional, mas...

— Não era — interrompeu ele gentilmente.

Desviei o olhar.

— Enfim, eu não estava conseguindo ter uma vida funcional. Um terapeuta do campus me ajudou a criar algumas estratégias para lidar com aquilo, mas... eu estava melhorando e não conseguia me obrigar a voltar para casa.

Engoli em seco.

— Você voltou para ajudar Maya, Eli. Mas eu... Eu tinha 18 anos, Vince tinha 15, e eu o deixei para trás. Eu o deixei sozinho com a minha mãe durante *anos*.

A pressão que ardia em meus olhos ameaçou transbordar, e eu não resisti para evitá-la. Em vez disso, me lembrei de uma noite de verão quando eu tinha 13 anos. Tinha ido dormir na casa de Tisha. No dia seguinte, a Sra. Fuli me mandou para casa cheia de marmitas – macarrão com frango, uma abobrinha grelhada, salada de frutas, tudo fresco e delicioso. Quando cheguei em casa, minha mãe tinha saído e Vince estava sentado no sofá ouvindo as notícias em uma TV que só pegava três canais. Ele arregalou os olhos de pura alegria ao ver os potes na minha mão, e ver seu prazer enquanto comia tudo aquilo me deixara mais feliz do que eu já me sentira em muito, muito tempo.

Conseguir alimentar Vince... *aquilo* me trazia felicidade. E, quando eu não conseguia, começava a ficar com raiva dele, com raiva porque era injusto que aquilo fosse minha responsabilidade.

– Depois de um tempo, eu voltei. E Vince... disse que me perdoou. Mas as coisas azedaram. Ele cresceu e fez escolhas que eu não consigo... Nossa relação teve altos e baixos ao longo dos anos. O comportamento dele agora é totalmente inaceitável, mas espero que você entenda por que chamar a polícia não era uma...

Duas coisas aconteceram simultaneamente: minha voz falhou e Eli me puxou para seu colo, entre suas pernas, os braços como aço ao meu redor. As lágrimas correram pelas minhas bochechas, e odiei um pouquinho essa fraqueza, essa inabilidade em lidar com meu passado, além da culpa infinita. Mas a sensação de ter contado tudo para alguém era boa. Expulsar aquela dor lancinante de mim por um momento.

– Você fez o que podia. – Ele acariciou meu cabelo, minhas costas. – Você fez o suficiente.

– Fiz mesmo? – Eu me afastei um pouco e sequei o rosto. – Porque olha só para nós.

Ele me encarou, confuso, a mão quente em minha nuca.

– A minha história e a sua tiveram o mesmo começo. Nossos irmãos. O gelo. Engenharia. Mas agora... você e Maya se reconciliaram, enquanto eu e Vincent... É como naquelas brincadeiras de completar o desenho. Só que o seu virou uma bela pintura e o meu é a merda de um...

– Rue, não.

Ele balançou a cabeça com vontade, como se eu não devesse nem pensar naquilo.

– Maya *queria* se reconciliar. Consertar a relação é uma via de mão dupla.

Isso... – disse ele, acenando com a cabeça para a porta do apartamento – *não é* sua culpa. Por favor, me diga que você compreende isso.

Talvez sim, pelo menos racionalmente. Mas não era o que eu *sentia* de verdade. Soltei uma risada fraca e meio engasgada.

– Acha que existe outra versão de nós num universo paralelo? Onde não somos apenas um emaranhado de cicatrizes, mas pessoas completas capazes de amar os outros como eles merecem ser amados?

Ele me olhou por um momento que pareceu interminável, e um pensamento bobo se instalou na minha cabeça. *Se eu conseguisse amar alguém, eu escolheria você. Nesse universo paralelo, eu ia querer que fosse você.*

Mas então ele respondeu:

– Não, Rue.

– Que deprimente.

– Não é isso. – Ele engoliu em seco. Olhou nos meus olhos, determinado. – Eu não acho que a gente precise de um universo paralelo para conseguir amar os outros.

Aquilo me deixou sem palavras. Meu coração parou tão abruptamente que tive medo de que não voltasse a bater.

– Terminei a história. Pode ir embora agora se quiser – falei, sem emoção.

Eu não acreditava que ele fosse querer fazer qualquer outra coisa – na minha experiência, ficar era a exceção, ir embora era a regra. Odiei a ideia de ele ir embora, mas talvez fosse melhor assim, para nos desenredar daquela intimidade em que tínhamos mergulhado.

– Posso?

Assenti.

– Eu juro que estou bem. Não preciso que continue me abraçando nem...

– Eu não estou te abraçando.

– Está, s...

– Não, o que estou fazendo é o seguinte.

Ele nos virou, até que estivéssemos deitados novamente, mais ou menos do mesmo jeito que tínhamos dormido antes. A diferença era que ele sem dúvida estava me *abraçando*, me puxando contra o peito. Sempre que eu inspirava o ar, era o cheiro limpo dele que preenchia meus pulmões.

– Estou esperando você se acalmar. Quando você não estiver mais chateada, podemos transar de novo. E aí depois eu vou para casa. Pode ser?

– Pode ser – respondi.

Parecia um bom plano, nada muito dramático. E, apesar de todos os eventos da noite, eu não queria mesmo nada muito dramático.

– Perfeito. Só feche os olhos e relaxe. Quanto mais rápido você relaxar, mais rápido vamos poder fazer algo divertido.

– Tipo o quê?

– Posso te comer de novo... Funcionou muito bem. Ou talvez você possa me chupar. Vou pensar mais um pouco.

Eu respirei fundo e tentei me acalmar. Ia ser bom voltar para o sexo. Algo familiar. Algo que eu podia controlar.

Mas relaxei demais e acabei caindo no sono em um minuto, exausta. Ele não me comeu, eu não o chupei, e ele não foi para casa.

Em vez disso, os braços de Eli me envolveram durante todo o resto da noite.

29

MESMO SE NÃO PRECISAR

Rue

Eli acordou ao amanhecer, soltou uns palavrões em voz baixa e se afastou de mim com cuidado.

Eu não me fingi de morta, mas fiz a escolha semiconsciente de manter os olhos fechados e voltar a dormir. A última coisa que lembrava era do peso dele na beirada do colchão. Ele ficou um tempinho parado ali, provavelmente olhando para mim. Então colocou uma mecha de cabelo atrás da minha orelha e se abaixou para me dar um beijo na testa. Cansada, confortável e talvez até um pouquinho feliz, eu adormeci de novo, ninada pelo farfalhar do som de Eli vestindo as roupas.

Só acordei horas depois, quando fui cambaleando até a cozinha em busca de uma caneca e da cafeteira, e então parei de repente quando vi o recado, escrito no envelope da última correspondência não aberta sobre previdência privada.

Ele tinha traçado um círculo ao redor do meu nome do meio, na parte do destinatário (Chastity, "castidade", a maldição da minha existência já suficientemente amaldiçoada), e escrito três pontos de exclamação ao lado, o que me fez revirar os olhos e dar um sorrisinho. Abaixo, ele escrevera:

Me ligue se precisar de mim.

E então, logo abaixo, escrito de um jeito mais apressado, como se só tivesse decidido quando já estava quase do lado de fora:

Me ligue mesmo se não precisar.

Meu coração acelerou e me permiti pensar um pouco sobre a noite anterior. Esperei que a vergonha me atingisse como um raio, uma onda de pura humilhação, mas isso não aconteceu. Eu tinha contado a Eli minha pior história. E isso não pareceu afetá-lo negativamente.

A caneta magnética com a palavra KLINE escrita em letras azuis que normalmente ficava na minha geladeira agora estava ali ao lado do envelope, um lembrete do que eu precisava fazer naquele dia.

Liguei para o trabalho de novo, dessa vez avisando que ia tirar o dia de folga. Eu me vesti para o recorde de calor que estava previsto, peguei a chave do carro e saí.

30

ACHO QUE ISSO É VINGANÇA

Eli

Quando Anton enfiou a cabeça no vão da porta e disse "Tem uma pessoa aqui procurando pelo Hark", Eli assentiu sem nem erguer os olhos da declaração financeira que estava analisando – até que Minami, sentada bem ao lado dele naquela bola de pilates idiota que ela insistia em usar no lugar de uma cadeira, perguntou:

– É uma mulher grávida segurando um teste de DNA?

– Eu... – Anton se remexeu. – Essa pergunta parece meio problemática.

– Eu sou uma pessoa problemática. É?

– Hã, não?

– Tudo bem. Só estou perguntando porque você está com uma cara muito esquisita.

– Que cara?

– Como se houvesse algo errado.

– Sim. Bem, não. Mas essa mulher chegou, pediu para falar com Hark e, quando eu mencionei que ela não tinha hora marcada, ela se apresentou e falou: "Ele vai querer me ver." Isso me pareceu meio... cena de filme?

– *Muito* cena de filme – concordou Minami, quicando intrigada sobre a bola.

Eli sentiu uma pontada de desconforto na base do pescoço.

– Qual é o nome da mulher, Anton?

– É... – Ele deu uma olhada no post-it em sua mão. – Rue Siebert. A identidade bate.

Eli e Minami trocaram um olhar longo e carregado.

– Diga a ela que Hark já vai recebê-la – orientou Eli.

– Mas Hark está voltando de Seattle...

– Eu sei. – Ele continuou olhando para Anton. – Pode falar assim mesmo.

Minami esperou que os dois estivessem sozinhos.

– Por que ela veio procurar Hark, e não *você*?

Havia apenas uma explicação lógica.

– Ela quer perguntar a ele sobre Florence.

– O quê?

– Ele mencionou Florence indiretamente no jantar daquela noite. Rue quer mais informações e acha que ele vai contar.

– Mas por que ela não pergunta a *você*?

De fato, por quê?

Ele andara esperando que ela tocasse no assunto desde que tinha encontrado o arquivo no carro. Na noite anterior, ficara tentado a falar sobre o depoimento e contar a Rue toda a história sórdida, mas não houve clima para isso. Ainda assim, ele achava que tinham feito algum progresso no que dizia respeito a confiar um no outro.

E o fato de que ela tinha preferido ir buscar respostas com Hark... Eli não gostou daquilo.

– Talvez você devesse esperar Hark voltar – sugeriu Minami. – Para não ter que carregar o fardo de partir aquele coraçãozinho que ama Florence.

– Se alguém precisar partir o coração dela, é melhor que seja eu. Assim, posso ajudar a catar os cacos.

– Então vai lá e conta para ela. Se não for um de nós, vai ser a própria Florence... E, como todos nós podemos atestar, ela é uma excelente mentirosa. Pode acabar colocando Rue contra você, e aí você vai perdê-la.

– Perdê-la? – Ele deu uma risada debochada. – Você por acaso acha que ela é *minha*?

Minami examinou o rosto dele.

– Eu acho que você quer que ela seja.

– É. Também quero a paz mundial e que meu cachorro viva para sempre.

– Ah, por favor, Eli. Eu vi você com a Mac. Já vi você com várias garotas maravilhosas.

– Mulheres.

– Ai, cacete... Nós dois andamos praticamente colados nos últimos dez anos, Eli.

Ele balançou a cabeça e desligou o computador, sem disfarçar que estava se divertindo.

– Está terminando comigo?

– Eu nunca vi você assim.

Ele parou abruptamente. Recuou.

– "Assim" como?

– Quando ela está por perto, e até quando não está, você fica distraído, nas nuvens... Já revelou a ela como se sente?

Meu Deus.

– Minami, ela é... *muito* magoada e *muito* indisponível emocionalmente. Não acho que esteja preparada para esse tipo de conversa.

Mas e a noite passada?, sussurrou uma voz esperançosa em sua mente. Foi o mais perto que ele tinha chegado de conversar com ela sobre sentimentos, e ela não o expulsara do apartamento.

– Se eu não tomar cuidado, se acelerar muito o ritmo, ela vai sair correndo. Preciso ir com calma.

Minami olhou para ele com uma expressão que parecia ser de pena.

– Você não parece querer ir com calma.

Ele se levantou, basicamente para evitar gritar "Eu sei que não quero, caralho" para uma de suas melhores amigas, cujos conselhos ele valorizava e apreciava.

– Mais alguma pílula de sabedoria, Coach do Amor?

– Só tome cuidado. Só isso.

Ele tirou os óculos e desceu pelo corredor elegante, onde cumprimentou dois analistas juniores e um estagiário. Quando chegou ao lobby, Rue estava sentada em um dos sofás de couro, as mãos no colo, as pernas cruzadas em um ângulo de noventa graus perfeito. Sua postura era impecável, estava plácida e calma como sempre, apesar do caos ao seu redor. Aquilo o fez se lembrar da primeira vez em que a vira, no bar do hotel. Ele teve poucos segundos para observá-la antes que ela percebesse sua presença, e usou cada um deles ao máximo, sorvendo-a como se fosse um copo d'água depois de um século de sede.

Ela arregalou os olhos, surpresa, ao vê-lo. Eli tinha consciência daquela conexão crescente entre os dois como se fosse um objeto físico, mas Rue olhou para baixo na hora, como se para afastar aquele sentimento – para afastar *Eli*.

Já contou a ela como se sente?

Do nada, Eli sentiu *raiva*. Uma raiva repentina, intensa e inesgotável, direcionada tanto a Rue quanto a ele mesmo. A presença dela em sua vida e em sua cabeça era indesejada. Ele nunca teve a intenção de dar a Rue tanto poder sobre ele. O que significava que ela só podia ter tomado aquele poder sem permissão. Roubado. E depois de tudo que acontecera entre eles na noite anterior, ela tinha decidido recorrer não a ele, mas a *Hark*. *Aquele* era o nível de confiança que depositava nele.

– Venha comigo – mandou ele, sem esconder a irritação na voz.

Ela se levantou devagar, mas Eli nem se virou para checar se ela o seguia. Foi até seu escritório, percebeu com alívio que Minami tinha saído, e fechou a porta.

Ele era puro ressentimento.

Ele a queria tanto. *Pra. Caralho.* Toda vez que a via, transava com ela, sentia seu cheiro, queria um pouco mais. Queria cozinhar almoços com doze pratos para ela, abraçá-la, construir um laboratório inteiro só para ela. Ele queria *tudo*, inclusive coisas que não faziam sentido, coisas que não combinavam.

E Rue percebeu a fúria dele.

– Eli.

Ela não estava assustada nem distante. Havia apenas compaixão quando seus dedos frios tocaram o rosto dele. Como se ela se importasse de verdade. Ficou na ponta dos pés e deu um beijo de leve no queixo dele.

Foi um lindo e breve momento de esperança, e aquilo fez o coração de Eli se contorcer, até que ele não aguentou mais.

– Não – disse ele.

Isso fez Rue se afastar e, quando a parte de trás das coxas dela tocou a mesa, ele a girou de costas.

Os dois ficaram imediata e inexplicavelmente sem fôlego.

Eli mal esperou que Rue apoiasse as mãos na mesa. Abriu as pernas dela com o pé, desabotoou e abaixou sua calça o suficiente para fazer o que tinha em mente. Soltou a fivela do próprio cinto, o que fez um barulhão na sala silenciosa, colocou o pau para fora e depois puxou a calcinha dela para o lado. Então vacilou, pressionado contra os lábios molhados da boceta dela, quase penetrando a entrada quente, pronto para meter e mostrar que ela era dele...

Estava completamente pirado.

No corredor, a poucos passos e a uma porta destrancada de distância, alguém conversava sobre os planos para o fim de semana. O polegar de Eli roçou o clitóris de Rue.

Ela estremeceu.

– Vai. *Por favor.*

Ele tentou se controlar, a visão embaçada de tanto desejo. Rue empinou a bunda e ele teve que segurá-la pelos quadris para evitar mergulhar dentro dela por completo.

Porra.

Ele passou um braço ao redor dela e a abraçou o mais forte que conseguiu. Teria usado qualquer desculpa para soltá-la, mas ela estava mole em seus braços, e quando Eli encostou o rosto em seu pescoço e abafou um gemido angustiado, ela segurou seu antebraço, tão firme quanto ele a segurava.

A raiva de Eli se transformou em profunda resignação. Não tinha direito de ficar magoado com ela por ser a melhor e a pior coisa que já acontecera a ele. E se seu coração não fosse sobreviver a Rue, paciência.

Ele se afastou devagar, sem encará-la nos olhos enquanto ajeitava as roupas dela e depois as próprias. Quando terminou, ela se recostou na mesa, um leve tremor nas mãos, e o encarou.

No corredor, as pessoas riram e se despediram.

– Eli.

As coisas que eu queria de você, Rue... você não tem ideia, e talvez nunca vá ter.

– Desculpa.

Ele quase riu.

– Pelo quê?

– Por querer perguntar a Hark em vez de falar com você. É que... – Ela baixou a voz. – Ele era a opção mais segura.

Ele estreitou os olhos e Rue o encarou com aquela expressão de "o que você não está entendendo?".

Então se apaixonar por alguém era *assim*. Uma expansão implacável dos sentidos. Catalogar meticulosa e involuntariamente cada movimento da pessoa, como sua mão segurava uma taça de vinho, as pequenas expressões em seu olhar.

– Se você acha que pode confiar mais nele do que em mim...

– É exatamente *porque* não confio nele. – Os lábios dela tremeram. – Eu posso escolher não acreditar em qualquer coisa que Hark me disser sobre Florence. Já com você... quando você me contar, não vou mais poder fugir da verdade.

Eli ia ter que magoá-la, e *isso* era o que ele mais odiava, muito mais do que qualquer coisa que Florence tivesse feito.

Ele assentiu e cruzou os braços novamente, os dedos tamborilando sobre o bíceps.

– Eu, Minami e Hark éramos alunos da Florence na pós-graduação.

Rue assentiu.

– Estava no depoimento.

– Minami era aluna dela no pós-doutorado. Hark e eu a princípio não tínhamos ido para a Universidade do Texas para trabalhar com Florence, mas ela nos acolheu quando nosso orientador saiu de repente. Não éramos apenas conhecidos. Se ela diz que não se lembra de nós, é uma mentira deslavada.

– E aí Florence largou vocês também? E vocês agora estão querendo vingança?

Nossa, quem dera.

– E aí ela roubou nosso trabalho.

Rue piscou lentamente para revelar sua surpresa.

– Não é a tecnologia da fermentação. Isso foi ideia dela.

– A tecnologia da fermentação foi ideia de *Minami*. A ideia de Florence, que ela ganhou milhões de dólares para testar, não deu em nada já no primeiro ano da bolsa. Florence teve que recalcular rota. Hark e eu precisávamos de um novo laboratório, e nenhuma outra pessoa tinha recursos, experiência e, para dizer a verdade, vontade de nos receber. Florence era pouco mais velha, nunca tinha orientado doutorandos, mas obviamente era uma engenheira talentosa. Tínhamos que decidir entre trabalhar com ela ou sair do curso. Foi uma escolha fácil.

– E depois?

– Durante dois anos, trabalhamos naquele esquema da pós-graduação, que às vezes é horrível e às vezes é recompensador. Você sabe como é. Muita coisa para fazer, mas o processo que estávamos pesquisando era promissor. E então fizemos uma descoberta incrível.

– Florence era um membro ativo do grupo de pesquisa?

– A resposta curta é sim.

Ele pensou a respeito. Tentou conter suas opiniões e contar a história do jeito mais justo possível. *Olha só o que eu faço por você, Rue.*

– Talvez eu seja um pouco parcial, então você vai ter que comparar com a história da Florence. Minha perspectiva é que Minami era a líder intelectual do projeto. Florence era ótima para trocar ideia, mas estava ocupada. Sempre pedíamos orientações a ela, mas depois de um tempo passamos a basicamente só relatar nossos progressos. As bolsas dela pagavam os salários e os materiais. E ela também alugava laboratórios fora do campus. O que *de fato* parecia estranho, mas ela dizia que alugar laboratórios equipados era mais barato do que comprar equipamentos e que aquilo tinha sido recomendação do instituto que concedera a bolsa. Tudo bem, a gente pensou. Já não tínhamos mais aulas e não precisávamos ficar no campus. Sabe como é depois da qualificação... não há nenhuma supervisão formal. Acabamos isolados do resto do departamento. A origem da nossa codependência – disse ele, com ironia.

Não tinha a menor ideia se Rue estava acreditando nele – aquela sua garota insondável e enigmática.

– E quando a tecnologia ficou pronta?

– A grande descoberta aconteceu dois anos depois de iniciarmos a pesquisa, antes do verão. Àquela altura, éramos estudantes externos, não tínhamos nenhum contato com ninguém da universidade. Então tiramos um mês de férias: Hark e eu fizemos um mochilão pela Europa; Minami tinha acabado de conhecer Sul. Quando voltamos foi que deu toda a merda.

"A princípio, não conseguíamos entrar em contato com Florence. Ela não respondia e-mail, não atendia às ligações. Ficamos preocupados com ela e fomos falar com o chefe do departamento. Foi aí que soubemos que Florence tinha pedido demissão e que já estava rolando o imbróglio entre ela e a universidade a respeito de quem era a propriedade intelectual da tecnologia. Lei de Bayh-Dole de 1980, aquela coisa toda. Enquanto isso, nós três olhávamos um para a cara do outro pensando que porra estava acontecendo."

– O que Florence falou quando vocês a encontraram de novo? – perguntou Rue.

– Você estava presente.

– Como assim?

– Eu só vi Florence de novo na Kline, mês passado. Florence se recusou a se encontrar com a gente, até mesmo a reconhecer nossa existência, durante a última década. Não houve nenhuma conclusão na história, o que tornou ainda mais difícil seguir em frente. Teve uma vez que Minami esperou por ela em frente ao seu prédio, para confrontá-la. Foi sozinha, imaginando que, se eu e Hark fôssemos junto, poderia parecer intimidação.

– E aí?

– Florence chamou a polícia.

Rue se retraiu tão de leve que um observador menos devoto talvez não percebesse. Houve um tempo em que Eli talvez tivesse ficado feliz em contar a verdade a ela, porque isso significaria tirar algo de Florence. Mas agora ele só conseguia pensar que estava tirando algo de Rue.

– Se vale de alguma coisa, depois de pensar sobre esse assunto por muitos anos, eu não acho que Florence planejou nos excluir desde o início – disse ele. – Hark discorda.

– Por que você acredita nisso?

Ele deu de ombros.

– Alguns indícios de contexto. Ou talvez eu esteja me iludindo? Ela obviamente estava infeliz na Universidade do Texas. A tecnologia do biocombustível poderia ser colocada no mercado e tirá-la de lá, mas Florence teria que ser a *titular* da patente. E a única maneira de fazer isso era provando que a pesquisa fora realizada sem recursos federais. Infelizmente, nossos salários estavam registrados e foram pagos com o dinheiro da bolsa de estudos concedida pelo governo.

– Ah.

– Ela precisava minimizar o nosso envolvimento. Fomos um... sacrifício aceitável.

– Por que não a denunciaram?

– Nós denunciamos, só que uma década atrás as coisas eram diferentes. E o pessoal da universidade não convivia com a gente havia *anos*. Havia poucas provas do nosso envolvimento. Até onde a universidade sabia, a gente podia ter passado aqueles 24 meses jogando pinball. Era a nossa palavra contra a dela, e a palavra de um aluno vale muito pouco contra um professor. E *aí* o caso ainda ganhou uma repercussão enorme.

Era impossível que Rue não tivesse acompanhado as reportagens na TV, os editoriais e o modo como a opinião pública de repente ficou fascinada pelo assunto bastante desinteressante que era a lei de patentes.

– Jovem e bela pesquisadora tenta mudar o mundo com combustíveis sustentáveis, faz o trabalho sozinha, pagando do próprio bolso, e a Universidade do Texas quer tirar a conquista das mãos dela. É Davi contra Golias. Um pesadelo de relações públicas para a universidade, e eles só queriam varrer tudo aquilo para debaixo do tapete. *Incluindo* nós três e a confusão que estávamos arrumando, porque eles ferrarem com a vida de uma pessoa já não caía muito bem, imagina ferrar com a vida de *quatro*? Pior ainda. Hark e eu fomos convidados a nos retirar do programa. O contrato de Minami não foi renovado. Não tínhamos nenhum dinheiro. Consultamos dois advogados e ambos disseram que era um caso perdido. E aí meu pai morreu, e essa história pareceu o menor dos nossos problemas.

Rue fechou os olhos por um momento.

– *Isso aqui...* – Ela fez um gesto vago, apontando as dependências da Harkness. – É vingança pelo que Florence fez?

A Harkness tinha sido criada com o objetivo de prejudicar Florence, tanto quanto ela os tinha prejudicado? Sem dúvida. Mas acabara se transformando em algo mais. Eli *gostava* de seu trabalho. Os negócios de capital privado de modo geral eram uma hecatombe que só deixava destruição por onde passavam, e ele tinha orgulho das prioridades que tinham estabelecido ali. De fato se importavam com o portfólio. Dedicavam-se à saúde financeira das empresas a longo prazo. Eles faziam *alguma* diferença.

– *Isso aqui* foi o único jeito que encontramos de recuperar o que era nosso. O pai de Hark tem muito dinheiro, mas se recusava a subsidiar qualquer projeto que não tivesse a ver com finanças, então... tínhamos o investimento para começar este negócio. Era a única maneira de recuperar a tecnologia. Não vou mentir, Rue. As coisas não estão muito boas para nós, e Florence está escondendo documentos importantes e dificultando nossa vida a cada passo, mas ainda tenho esperanças de que vamos recuperar a propriedade intelectual da tecnologia. Já faz anos, e não passamos cada segundo sentindo raiva da Florence, mas ficamos de olho na Kline. E aí o financiamento ficou disponível... – Ele balançou a cabeça diante da própria idiotice. Tantas palavras só para responder: – É. Acho que isso é vingança, sim.

– E o que vocês querem... – Ela pareceu meio sem palavras. – Qual é o final feliz de vocês?

Que pergunta difícil.

– A Kline não está indo bem. A tecnologia já devia ter sido vendida para o mercado internacional há anos. A empresa cresceu rápido demais, está sem foco e temos razões para suspeitar de que esteja à beira da falência. Florence se cercou de pessoas que só passam a mão na cabeça dela, não de consultores competentes. No melhor cenário, determina-se a inadimplência. Nós tomamos o controle da Kline, formamos uma diretoria realmente experiente. Sem demissões, sem corte de salários. Melhorias para a ciência.

– E vocês seriam os titulares da patente?

– E nós seríamos os titulares da patente.

Rue desviou o olhar, a testa franzida. Pela primeira vez desde o início da conversa, ele sabia exatamente como ela estava se sentindo.

Triste.

– Obrigada pela sinceridade, Eli. Agradeço de verdade, mas... preciso ir embora.

Ela passou por ele, mas então parou e recuou por um momento, ficou na ponta dos pés e lhe deu um beijo nos lábios.

Eli a deixou ir, mas, quando ela já estava com a mão na maçaneta, ele chamou:

– Rue.

– Oi?

Ele olhou para aqueles olhos límpidos e arregalados. Então falou:

– Nada.

Em vez de dizer a verdade: qualquer coisa. *Tudo*.

Pensou ter notado um milésimo de hesitação da parte dela, mas devia ter sido apenas uma impressão. Ainda assim, ficou parado diante da porta por mais tempo do que gostaria de admitir, na esperança de que ela voltasse.

31

DECISÕES DIFÍCEIS

Rue

Minami me esperava sentada em um banco no lobby do térreo, as pernas cruzadas, relaxada, bebendo água de uma garrafinha. Ela não me chamou, mas me sentei a seu lado mesmo assim.

– Ele te contou sobre Florence?

Eu assenti.

– Só queria confirmar. Senão, eu mesma contaria.

Analisei seu rosto bonito e relaxado. O aço por baixo daquela atitude calma.

– Você e Eli são bem próximos, não são?

– Ah, sim. Eu fico de saco cheio de Sul e Hark o tempo inteiro, mas Eli é meu porto seguro, por mais cafona que pareça. Ele te contou que a ideia foi dele? O avanço final, que nos levou à tecnologia. Estávamos empacados havia *milênios*, e aí ele encontrou a solução e demos o último passo. Ele ficou tão orgulhoso. – Ela sorriu. – Ele era um garoto, sabe? O mais novo. Hark era rabugento e mais experiente, mas Eli era totalmente solar. Gentil, divertido, sedutor. Isso foi diminuindo ao longo dos anos, por causa de tudo que aconteceu com a família dele, mas ainda dá para ver essa faísca, não dá?

Dava. Eu via. E não entendia muito bem o que alguém com aquele tipo de faísca estava fazendo com alguém como *eu*.

– Eu adorei o Eli desde o começo – continuou Minami. – Mas, Rue, isso nem importa. Eu não queria que você soubesse de tudo isso por causa de Eli. Queria que você soubesse por *sua* causa. – Ela se levantou e olhou para mim com uma expressão solene. – Você e sua amiga precisam tomar cuidado com Florence. Nenhuma de vocês merece passar pelo que nós passamos.

♥♥♥

Quando cheguei ao estacionamento da Kline, o sol estava alto no céu e Florence já estava do lado de fora, sentada em um dos bancos na lateral do prédio. Sem dúvida, ela esperava por alguém.

– Oi, Rue – cumprimentou ela quando caminhei em sua direção.

Seus cabelos eram de um laranja brilhante e ardente sob a luz do dia, um contraste brutal com seu sorriso melancólico.

– Eli me mandou um e-mail.

Eu franzi a testa.

– Mandou?

– Ele me disse que contou a você a versão dele do que aconteceu. Sugeriu que talvez eu quisesse contar a minha. – Ela riu baixinho, e havia ali algum afeto por Eli, como se ela gostasse dele a contragosto. – Sabe o que ele me escreveu?

Balancei a cabeça.

– Que quando tudo aconteceu, há dez anos, o que mais o magoou foi não conseguir entender as ações de alguém em quem ele confiava. Ele não queria que você passasse por isso e achou que eu lhe devia uma explicação. – Ela apertou os lábios. – Ele não pediu uma explicação para o caso dele. Não me insultou. Não foi nem passivo-agressivo. Todos eles, Minami, Hark e Eli, se recusaram a falar comigo desde a compra do financiamento. Não houve nenhuma comunicação sem que advogados estivessem envolvidos. E aí veio Eli Killgore quebrando essa regra. Por sua causa.

As palavras de Florence pairaram no ar. Meu coração pareceu ao mesmo tempo cheio, pleno e espremido por uma peneira.

– E então? – perguntei.

Não consegui me sentar ao lado dela.

– Não sei exatamente o que ele falou para você.

Aquilo parecia uma confissão, então eu me preparei para o pior.

– Me conte a sua versão.

– Está bem. Eu... – Florence passou a mão nos cabelos e respirou fundo. – Você precisa entender uma coisa, Rue. O mundo não é preto e branco. Existem tons de cinza. Às vezes, precisamos tomar decisões difíceis. O trabalho na Universidade do Texas... era *muito* ruim. Eu percebi que, apesar das minhas bolsas e da minha produção científica, eles não iam me oferecer um cargo estável. Já tinha acontecido, com gente mais qualificada do que eu. Havia alguns processos e algumas investigações acontecendo, todos iniciados por mulheres do departamento que não tinham sido tratadas de modo justo. Era horrível. E foi aí que... – Ela deu de ombros. – Brock teve uma grande participação em tudo. O que devia ter servido de alerta, mas naquela época nosso casamento não era a bomba que se tornou depois, e estávamos trabalhando para salvá-lo. Estávamos tentando ter um filho, acredita? Pensávamos juntos sobre como eu poderia deixar a academia, consideramos uma mudança de cidade. Falamos sobre isso por *meses*. No fim das contas, migrar para a indústria era o que fazia mais sentido. Eu estava pensando em procurar um emprego de pesquisadora mesmo, mas... Rue, pode se sentar? – Ela cobriu os olhos com a mão. – O sol está bem atrás de você.

Eu não me mexi. Meus pés estavam fincados no chão.

– Mas?

– Bom, foi Brock quem deu a ideia. Ele disse: "E aquele negócio de biocombustível que você está pesquisando? Não pode começar sua própria empresa com ele?" E eu... – Ela fez uma longa pausa. – Eu comecei a pesquisar como poderia colocar aquilo em prática.

Senti um buraco se abrir no meu estômago.

– E não deu crédito a nenhuma das outras pessoas.

– Ah, por favor. – Ela riu. – Hark e Eli nunca iam receber *crédito* nenhum. Eram estudantes, pelo amor de Deus. Nenhum aluno recebe crédito pelo tipo de ideia que eles ajudam a refinar. O que eles fizeram foi trabalho braçal. Eu deveria compartilhar minha patente com dois homens só porque eles fizeram uns experimentos para mim? Por favor. Eu sabia que eles iam ficar bem.

Mas Eli não tinha ficado nada bem. E eu suspeitava que Hark também não.

— E Minami?

— É, isso... — Florence assentiu, devagar. — Isso realmente me magoa, pensando bem. Me sinto péssima por não ter incluído Minami na patente. Mas eu não tinha escolha. Você sabe como é *difícil* para mulheres na nossa área. Eu estava numa situação terrível e...

— Minami também é uma mulher e ainda menos experiente na academia — interrompi, firme.

Eu duvidava bastante que a carreira de Minami tivesse sido tão privilegiada quanto a de Florence.

— E isso não é... Florence, as dificuldades não são pretexto pra gente passar a perna no trabalho dos outros, e ainda mais para ferrar com *gente que tem ainda mais dificuldade do que você*.

— Eu sei. Eu me senti horrível. Por que acha que passei todos os anos seguintes investindo em programas de mentoria, tentando alavancar a carreira de jovens cientistas? Estava tentando *reparar* esse erro.

— O único jeito correto de reparar esse erro era dando o *crédito a Minami*.

— Rue, se eu não tivesse feito o que precisava, sabe quem seria a titular da patente? Não seria eu. Nem Minami. Nem Eli nem Hark. Seria a Universidade do Texas.

— E daí? — Hesitei, confusa. — Então tudo bem sacrificar todo mundo, desde que você vença? A ideia era da Minami.

— Parcialmente! Eu ajudei Minami a refinar a ideia. Compartilhei minha experiência com ela. Se não fosse por mim, o projeto não teria passado dos estágios preliminares.

— Não é isso que Eli acha.

— Então ele está *mentindo*. Você acredita mais *nele* do que em mim?

Você de fato *mentiu para mim*, eu quis responder. *Por que mentiu para mim?* Mas a resposta era óbvia. E mesmo se tudo que Florence estava dizendo fosse verdade, mesmo que ela tivesse contribuído mais que os outros, aquilo era o suficiente para justificar o que tinha feito?

Examinei o rosto dela, enxergando-o de verdade pela primeira vez. Florence me encarou e depois começou a rir.

– Sabe o que isso parece?

Continuei em silêncio.

– Parece que eu e Eli estamos brigando por você.

Ela continuou rindo, mas eu não conseguia entender qual era a graça. E eu realmente tinha ficado triste por Eli, mas...

– Minha maior indignação nessa história toda é por causa da Minami.

– Rue, eu... eu só espero que você consiga enxergar o meu lado. Que entenda que tive que tomar muitas decisões difíceis. E me perdoe.

– Não é do *meu* perdão que você precisa.

Ela me chamou, mas parti na direção do carro sem hesitar.

32

VAMOS TENTAR CONSERTAR AS COISAS

Rue

– E você tem certeza *mesmo* que ela admitiu tudo? – perguntou Tisha pelo que devia ser a quarta vez.

Eu já tinha respondido nas três anteriores, mas não a culpava. *Eu* mal conseguia acreditar e tinha ouvido direto da fonte.

– Tenho.

– E não foi tipo um... sei lá, um derrame? Ou, não sei quanto é comum ter um transtorno psicótico compartilhado hoje em dia... talvez tanto Florence quanto Eli estejam passando por isso, será? Ou a coisa não seja exatamente como Eli contou? Talvez seja um mal-entendido no qual Florence não é essa chefona controladora que faz gaslighting, como estão tentando fazer parecer. Ou o pessoal da Harkness pode estar exagerando em relação à contribuição deles na tecnologia. Assim, você tem certeza *mesmo* de que ela...

– Admitiu tudo? – gritou Diego, lá da pequena cozinha de Tisha.

Depois ele se aproximou e se encostou no batente da porta – um nerd de óculos, musculoso e sem camisa que não podia representar melhor o tipo de cara de que Tisha gostava. Teoricamente, Tisha estava trabalhando de casa, mas o quimono curtinho deixava claro que eles estavam no meio de outra coisa quando cheguei. Diego não se abalou nem um pouco com a minha aparição repentina.

– Rue, pode, por favor, dizer a Tisha se você tem certeza *mesmo* que Florence admitiu tudo?

– Acho que não.

– Avise quando mudar de ideia.

– Nunca.

– Entendido.

Havia muito tempo eu não gostava tanto de um namorado de Tisha, e estava com esperanças de que aquele durasse. Até Bruce parecia ter virado fã e se esfregava na panturrilha de Diego enquanto me lançava seus habituais olhares desconfiados.

– Tudo bem, vocês dois podem parar de ser amiguinhos e fazer conluio contra mim.

Diego e eu trocamos mais um olhar de conluio antes de ele voltar para o quarto. Era um alívio enorme estar com Tisha e poder compartilhar o fardo da descoberta. As horas anteriores tinham virado os últimos anos da minha vida de cabeça para baixo, mas Tisha estava ali, no lugar de sempre. Ainda ao meu lado, enquanto todo o resto parecia desmoronar.

– Se Florence admitiu mesmo ter feito isso... e, sim, já entendi que ela *admitiu*... Bom... – Tisha deu de ombros. – Olha só, eu a amo. Você a ama. Ela fez muito por nós e provavelmente vamos continuar amando Florence, ainda que ela tenha feito merda. Pelo menos vamos tentar. Mas isso não é uma coisinha pequena. É o meio de *sobrevivência* de alguém. São os sonhos, as expectativas, a carreira toda de alguém. Precisamos fazer alguma coisa.

– Eu sei. Mas o quê?

Ela coçou a têmpora.

– E se fosse a sua patente que Florence tivesse roubado? O que você ia querer que Minami fizesse?

Fiquei com a boca seca.

– Ia querer que ela me ajudasse a consertar as coisas. Mesmo depois de dez anos. Mesmo se ela não tivesse nenhuma responsabilidade, eu ia querer que ela estivesse do meu lado.

– Tudo bem. – Tisha assentiu. – Então vamos tentar consertar as coisas.

– Não temos nenhuma prova. Se a Universidade do Texas varreu isso tudo para baixo do tapete há anos...

– Denunciar não vai ajudar em nada. – Tisha mordeu o lábio. – Mas também não sei o que ajudaria. Talvez não sejamos as melhores pessoas para pensar nisso.

Uma ideia me ocorreu.

– Não somos mesmo. – Soltei uma risadinha ofegante. – Mas sabe quem é?

33

GAROTA TRISTE, LINDA E QUE NUNCA BAIXA A GUARDA

Rue

O sol já estava se pondo, mas fiquei preocupada de que Eli ainda estivesse no escritório e que não o encontrar me obrigasse a reconsiderar o que estava prestes a fazer. Felizmente, vi Eli assim que estacionei em sua rua.

Ele estava abrindo a porta, mas se virou quando ouviu meu carro se aproximando. Sob a pouca luz do anoitecer, os olhos dele se arregalaram. E então ficaram mais doces. Saltei bem rápido, sem nem pensar muito, e fui na direção dele com a mão estendida.

Eli olhou para minha mão por um longo momento.

— O que é isso?

— Toma.

Ele pegou o pendrive.

— O que tem aqui?

— Você sabe.

A expressão dele foi da confusão para a compreensão e, por fim, choque.

— Não. — Ele balançou a cabeça e tentou me devolver. — Rue, eu não te contei para que você...

– Eu sei. Mas ela roubou algo de você. De Minami. De Hark.
– Rue.
– E nós concordamos que ela não devia ter feito isso.
– Nós?
– Eu e Tisha.
Ele olhou para o pendrive em sua mão, em silêncio.
– Se a Kline está violando os termos do contrato de financiamento, a Harkness tem direito de saber. Não estou te dando nada secreto. Esses são apenas...
– Os documentos que ela devia ter entregado há semanas?
Pelo menos, eu esperava que sim. Eu tinha acesso ao escritório e ao computador de Florence – mas uma saudável ignorância no que dizia respeito a registros financeiros. E era para isso que Nyota servia.
Depois de um breve momento de hesitação, Eli colocou o pendrive no bolso.
– Obrigado, Rue.
– De nada. – Respirei fundo. – Será que eu posso...
Ele inclinou a cabeça.
Engoli em seco.
– Os últimos dias foram... difíceis. Para mim. Se hoje... Se eu te pedisse para ficar na sua casa esta noite e não falar nenhuma palavra sobre Florence e a Kline, será que você...
Ele abriu a porta antes que eu terminasse a frase – um convite inequívoco –, e nossa troca de olhares foi uma conversa inteira.
Posso confiar em você, Eli?
Sempre.
Meu coração quase saiu pela boca. Entrei na casa dele e mais uma vez fui atacada.
– Mini, fica quieto – mandou Eli, sem nem tentar disfarçar a satisfação ao ver as patas do cachorro em cima de mim. – Não vou deixá-la ir embora tão cedo. Você pode dormir de conchinha com ela mais tarde.
Mini deu uma lambida no meu queixo e eu me retraí.
– Eu não durmo de conchinha, na verdade.
– Não me diga! Estou chocado.
Ele tirou os óculos e os colocou ao lado de uma pilha de correspondências fechadas. Não era mais o Eli da Harkness, era o meu.

Meu.

Era meio ridículo e totalmente patético pensar nele naqueles termos, mas de qualquer forma senti uma onda de alívio.

– É por vaidade isso? – perguntei.

– O quê?

Ele pegou alguma coisa em uma prateleira e Mini nos cercou, aos pulos, como se estivesse sendo eletrocutado. Será que todos os cachorros eram assim, tão descaradamente *felizes*? A ciência deveria estudar o sangue deles. De repente iriam descobrir uns bons remédios.

– Os óculos. Você só usa no trabalho. Está tentando parecer mais nerd e menos ex-jogador de hóquei?

– Eu só uso no trabalho porque, de acordo com meu oftalmologista, eu tenho a visão de um homem de 80 anos e preciso de óculos para ler e trabalhar no computador.

– Ah.

– Mas obrigado por dizer que pareço um atleta burro.

– Eu não disse...

– Shhh. Eu sei. Vamos lá.

Ele pegou uma espécie de corda. Aquilo era...

Ah, *não*.

– Onde?

Ele prendeu a corda na coleira de Mini.

– Passear com meu cachorro.

Dei um passo para trás e ele me seguiu, pegou minha mão com gentileza e colocou a corda da coleira em volta do meu pulso.

– Eli, eu não deveria ser responsável por...

– Se vai ficar aqui, precisa ajudar em alguma coisa.

Balancei a cabeça.

– Eu não sou muito...

– Boa com animais?

Ele me olhou como se nada que eu dissesse pudesse surpreendê-lo. Como se conhecesse não apenas a superfície, mas também meu lado mais oculto. No mínimo, ele sabia que ele existia.

– Vamos lá.

A voz dele era gentil, mas firme, e eu não tive escolha.

Fui seguindo os interesses imprevisíveis de Mini ao longo da calçada, sentindo a puxada forte da coleira nos dedos. Vários vizinhos também passeavam com seus próprios cachorros, e muitas vezes paravam para trocar gentilezas (com Eli) e farejadas empolgadas no rabo (Mini).

– Não era isso que eu tinha em mente quando vim para cá – murmurei, sendo puxada segundo os caprichos de Mini.

Eli não se abalou e em nenhum momento fez menção de pegar a coleira da minha mão, nem mesmo quando Mini se soltou para ir atrás de um esquilo e me obrigou a correr, em uma cena que pareceu saída de um desenho do Pernalonga.

– Não se preocupe, eu *vou* te comer mais tarde – sussurrou Eli quando voltei para o seu lado, ao mesmo tempo que acenava para uma senhorinha que passeava com um poodle bastante parecido com ela.

Olhei para Mini e depois para Eli. Havia uma semelhança entre eles também: os cabelos castanhos e bagunçados. Será que aquilo era comum?

– Mas como foi *você* quem *me* procurou, achei que poderíamos fazer as coisas do meu jeito.

– Nós sempre fazemos as coisas do seu jeito.

– Fazemos?

Não fazíamos, e eu sabia disso. Desde o início, era eu quem tinha estabelecido os limites, feito pedidos, construído muros. Talvez porque, desde o início, eu tivesse sentido que ele ia querer ultrapassá-los. O papel de Eli fora bem definido: respeite os meus desejos, siga o meu comando.

Mas, depois dos últimos dias, estava bem óbvio que ele queria algo *mais*, um *mais* confuso e indefinido. E aquilo era confusa e indefinidamente assustador.

– Não se preocupe, Rue. Não vou te pedir para fazer nada escandaloso, tipo patinar comigo. – Ele me olhou com ternura, se divertindo, como uma criança que ainda acreditava em duendes vivendo no fim do arco-íris. – Isso aqui não é um encontro nem nada tão repugnante e pervertido.

E, mesmo assim, era bastante perturbador. Quando voltamos para casa, ele se sentou ao computador por uns minutos, enviou os arquivos para a equipe, depois me mandou ficar sentada em uma banqueta enquanto preparava alguma coisa com cuscuz marroquino e um cheiro delicioso de fritura e temperos.

– Esse é o último prato das suas especialidades?
– É. Vou ter que aprender mais alguns para continuar atraindo você.
Vai? Tem certeza de que me quer por perto?
– Onde está Maya?
– Acampando.
– Ela não tem aula no verão?
Ele balançou a cabeça.
– Está de férias. Viajou hoje de manhã.

Eu tinha ido até ali porque não suportei ficar sozinha com meus pensamentos, mas, com o cair da noite, o som ritmado da faca picando a comida, os legumes chiando na panela, minha mente voltou a Florence. Ao que ela tinha feito. Ao modo como racionalizou suas atitudes a ponto de achar que havia justificativa para aquele comportamento. Em tantos anos convivendo com ela, devia ter havido um momento em que ela deixara escapar alguma pista de que era capaz de fazer algo assim. E eu não tinha percebido.

– Relaxa. – A voz de Eli me despertou.

Ele segurou meus ombros com suas mãos grandes, os polegares apertando os nós entre as minhas escápulas.

– Estou relaxada.
– Sei.
– Estou, sim.
– Rue. – Alguma coisa leve e quentinha tocou o topo da minha cabeça. O nariz dele, talvez. – Se está aqui para evitar pensar nisso, então não pense.
– Desculpa. Eu sei que não sou uma boa companhia. Deveria ser mais...
– Mais?
– Cativante. Falante. Sociável. Agradável.

Ele deu a volta na banqueta, seu olhar encontrando o meu, e tive que reprimir o impulso de colocar suas mãos de volta no meu corpo.

– Deveria?

Dei de ombros e ele voltou para o fogão, onde despejou os legumes na panela com um movimento perfeito. Minha inadequação social já não era mais novidade, mas e se Eli ainda não a tivesse compreendido totalmente? E se ele achasse que a conhecia, mas...

– Você é suficiente, Rue. E se não for... eu não me importo. – Observei as costas dele enquanto cozinhava, os músculos se movendo sob a camisa.

– Eu já disse isso, mas gosto *mesmo* de você. Você é engraçada, embora goste de fingir que não é. É leal, às vezes às pessoas erradas, mas ainda assim é uma qualidade que eu valorizo muito, principalmente depois do que aconteceu dez anos atrás. Você tem uma noção muito sólida do que é certo e errado. É cuidadosa e prefere se manter calada a mentir, até para você mesma.

Ele começou a servir a comida nos pratos. Em seu belo perfil, eu vi a sombra de um sorriso.

– E, como já concordamos, você é fantástica na cama e muito cheirosa.

Aquela foi a minha deixa para rir da piada e ignorar todo o resto, mas meu coração estava acelerado.

– Não sei o que dizer.
– Você pode retribuir o elogio.
– Eu deveria elogiar seu senso de justiça e moralidade?
– Não *esse* elogio.
– Ah. – Assenti. – Acho que você é ok na cama também – falei sem muita emoção, e meu coração pulou quando ele deu uma gargalhada. – Você não guarda nenhum rancor de mim?
– Por que guardaria?
– Se não fosse pelo que roubaram de você, eu não teria a minha carreira.
– Você ainda teria *uma* carreira.

Ele levou os dois pratos para a mesa e esperou que eu me juntasse a ele.

– Claro, eu estaria trabalhando em outro lugar. Mas meu projeto foi subsidiado com algo que foi tirado de você.
– Eu não guardo nenhum rancor de você por isso. Mas parece que *você* está se culpando. E concordamos que esse assunto estava proibido hoje à noite. – Sem desviar os olhos, Eli deu uma garfada e começou a comer. – Vincent voltou?

Hesitei diante da mudança abrupta de assunto.

– Não. Estou tentando encontrar um advogado especializado em imóveis, mas estamos em pleno verão. Alguns estão de férias, outros são muito caros, alguns não estão aceitando novos clientes. Eu quero comprar a parte dele, tenho um pouco de dinheiro guardado. Estava economizando para dar entrada em uma casa. Ou para quando meu carro se libertasse de sua bobina mortal. Ou para o caso de precisar de um rim novo.

– Todas essas coisas têm preços bem diferentes, Rue.

– Boa sorte quando for participar do programa *The Price Is Right*, Sr. das Finanças.

Ele sorriu.

– Coma logo. Sua comida está esfriando.

Eu tinha imaginado que íamos migrar para o sexo depois de jantar e lavar a louça, mas existia uma coisa chamada hóquei de quarta à noite, para meu grande espanto. Quando Eli entrelaçou os dedos aos meus, me levou até o sofá e ligou a TV, eu não soube muito bem como reagir, mas também não reclamei.

Os braços dele em volta do meu corpo pareciam ao mesmo tempo algo estranho e corriqueiro. Diante de todas as incertezas daquela noite, eu decidi seguir pelo caminho mais fácil e me recostei no corpo dele. Estava quentinho. Cheiroso. Exceto durante o sexo, eu nunca tinha tocado em alguém por tanto tempo, mas o toque dele era reconfortante.

"Assistir a partidas de esporte" estava em algum lugar abaixo de "tirar espinhos de um cacto" na lista de atividades que eu gostava de fazer, mas de alguma forma aquilo ali era bom.

Muito bom.

Quando Eli murmurou um "que palhaçada", uns trinta segundos ou quarenta minutos depois, eu fiquei confusa. Tinha relaxado *mesmo*.

– O que aconteceu?

– O pênalti que o árbitro marcou.

– Ah.

– O jogador que estava com o disco pulou para o lado para evitar a trombada, mal foi atingido, mas o defensor levou a falta. Vai se foder. – Ele fez um gesto com a mão, irritado, mas bonitinho. – Os árbitros estão uma merda nessa temporada.

Ele olhou para mim antes de voltar a atenção para a TV. Depois olhou de novo.

– Que cara é essa? Se acha que foi mesmo pênalti, juro que vou te jogar lá fora.

– A temperatura lá fora até que está agradável. Mas não tenho opinião. Não entendo nada das regras.

Ele sorriu.

– Não se preocupe, eu *não* vou te ensinar.

Olhei para ele, confusa.

– Você cresceu numa pista de gelo. Se tivesse qualquer interesse em hóquei, teria aprendido. Não vou te obrigar a embarcar nos meus hobbies chatos.

Senti um peso repentino no peito. E uma ardência nos olhos.

– Não?

– Nada. É só dizer que estou certo e que o árbitro é um idiota.

Engoli o nó na garganta.

– Você está certo e o árbitro é um idiota.

– Você é ótima nisso.

Trocamos sorrisos. Aquela força magnífica que me puxava para perto de Eli não era novidade, mas havia algo diferente ali. Uma vibração nova, bem no fundo, escondida sob a frequência civilizada, mas era tão forte – tão, *tão* forte – que eu não estava aguentando.

– Eli.

– Oi?

Eu achei que já teria me livrado de você a essa altura. Achei que ia te metabolizar para fora do meu corpo. Mas parece que você roubou um pedaço de mim. E estou com medo de que, quando tudo acabar e eu voltar para a minha vida, meu formato vá ter mudado – só um pouco, mas o suficiente para que eu não caiba mais no meu buraco solitário de sempre.

– Eu não sei – comentei, e fui o mais sincera que consegui.

– Não sabe?

Ele se recostou e ficou me analisando, com calma. Eu não conseguia evitar a sensação desconfortável de que ele entendera algo fundamental e essencial sobre nós dois que *eu* ainda não era capaz de aceitar.

– Acho que você *sabe*, mas talvez eu esteja enganado. – Ele abriu um meio sorriso conciliatório. – Estou enganado, Rue?

Senti meu peito apertar. Eu estava exposta. Incomodamente à vista.

– Eu acho – comecei, passando a mão pelo cós da calça dele – que estamos falando demais, e isso não é típico da gente.

Ele teve um sobressalto quando segurei seu pau por cima do zíper da calça. Ficou duro na hora.

– É? E o que é típico da gente?

Ele não me ajudou, não se moveu um milímetro, mas não precisei de muito esforço para tirar o pau dele da calça. Quando o segurei nas mãos, enorme e quente, me senti menos frágil.

– Isso.

Eu me ajoelhei entre as pernas dele, coloquei seu pau na boca, e o mundo fez sentido outra vez.

Aquilo era novo – não exatamente o boquete, mas fazê-lo em alguém cujo corpo já me era familiar. Eu já tinha memória muscular de Eli, o onde e o como do prazer dele já haviam se infiltrado em mim por conta própria.

– É quase escroto quanto eu gosto do meu pau na sua boca – disse ele, depois soltou um palavrão, estremeceu e soltou outro palavrão.

Depois de resistir bravamente por alguns segundos, ele agarrou meus cabelos com as mãos e começou a mover minha cabeça no ritmo exato que desejava. Eu queria aquilo: ser apenas uma boca e um corpo novamente. Ser *usada* por ele significava que não estava sendo *observada* por ele, uma folga daquilo que vinha crescendo entre nós.

Ele foi gentil, porque era Eli, mas também começou a perder o controle muito rapidamente. Gemeu. As mãos me apertaram com mais força, as coxas ficaram tensas e ele estava prestes a gozar... até que me interrompeu.

– Boa tentativa – disse ele, meio rindo, meio ofegante. A acusação fez minhas bochechas corarem. – Mas não está funcionando.

Ele ergueu meu queixo e me deu um beijo longo e profundo, depois me carregou lá para cima.

Em geral, quando nos encontrávamos naquele tipo de situação, em algum momento o chão parecia tremer e a gente tropeçava – o ímpeto tão forte que nos esquecíamos de nós mesmos e caíamos na cama. Mas daquela vez tudo aconteceu *devagar*, de um jeito torturante, e foi Eli quem ditou o ritmo. Ele se demorou sobre cada centímetro de pele que ia despindo, marcando as mãos e os olhos, comemorando cada progresso com beijos e mordidas. Parecia vingança – como se ele quisesse me dar o troco por tentar fazê-lo perder o controle.

– Anda logo.

Eu puxei as roupas dele, impaciente, mas Eli me ignorou e continuou em seu ritmo, mesmo quando comecei a implorar.

– Por que está fazendo isso?

– Porque eu posso – respondeu ele, e não tive escolha a não ser aceitar, estremecendo de prazer sob seu toque lento e minucioso.

Ele tinha trocado o lençol. Era uma coisa estranha de reparar, mas não pude evitar. O novo era azul e tinha cheiro de amaciante. Não entendi quando ele se afastou para pegar o cinto, mas meu coração acelerou quando ele juntou meus pulsos sobre a minha cabeça e os amarrou com o cinto, depois me prendeu à cama. Ele fez tudo bem devagar, para me dar a chance de interromper se quisesse.

– Assim está bom? – perguntou ele, a voz baixa.

Era um pedido simples: *Eu vou assumir o controle. Tudo bem?*

Eu assenti, ávida. A algema improvisada estava larga o suficiente para eu me soltar, mas eu não tinha a menor intenção de fazer isso, não quando ela me prendia ao momento presente.

– Tudo bem, então.

Da última vez que tínhamos feito aquilo, ele me levara quase à beira da morte de tanto provocar, e eu esperava mais do mesmo. Em vez disso, senti a ponta molhada de seu pau passar pela minha barriga, minhas coxas e pressionar minha entrada. Ele grunhiu, aparentemente de pura satisfação, mas então interrompeu o movimento.

– Merda. Vou pegar a camisinha num segundo, eu juro.

Ele ainda ficou roçando em mim por mais alguns segundos, que viraram minutos, e então, em meio a algumas palavras obscenas meio abafadas, abriu a gaveta da mesa de cabeceira.

Um segundo depois, ele já estava dentro de mim.

Senti pelo corpo inteiro como ele era grosso, a ardência de acomodá-lo. Tive um sobressalto, em choque, por ter sido tão repentino e por ter sido tão absurdamente *bom*. Para alcançar o prazer, eu costumava precisar de um tempo, chegava aos poucos, mas aquilo foi gostoso de um jeito instantâneo, agressivo, que eu não conseguia compreender.

E Eli sabia.

– Vamos, meu bem. – Ele parecia estar achando graça, ainda que estivesse ofegante. – Eu ainda nem meti tudo.

Ele me deu um beijo nos lábios, que começou bem leve e logo se transformou em algo profundo e lascivo. Ele então se mexeu mais algumas vezes e de repente *estava* todo dentro de mim, e respirávamos ofegantes, as bocas coladas, descoordenados e parados no tempo.

Eli agarrou o lençol a ponto de ficar com os nós dos dedos brancos. Eu dei um puxão no cinto e descobri que estar presa só aumentava meu prazer. Quando ele meteu mais uma vez, a onda de calor que me atingiu quase me assustou.

– Meu Deus.

Ele meteu de novo e eu gemi. Alto.

– Por que isso está tão *bom*?

– É a minha posição.

Ele fez de novo. A base do seu pau me esfregava, me fazendo tremer.

– Consigo estimular seu clitóris sem precisar tocar nele. Acho que esse é o jeito, com você.

Ele conhece meu corpo, eu pensei. *Como eu conheço o dele.*

– Está gostoso. Eu... *Ai, meu Deus.*

Ele se moveu de novo e eu contraí os músculos em volta de seu pau.

– Estou gostando – falei, soltando o ar.

O gemido dele se transformou em uma risada de leve.

– Eu sei, Rue. Dá para sentir.

Em minutos, eu estava prestes a gozar – a pressão, o roçar nos lugares certos, o peito dele esfregando meus mamilos. Comecei a sentir o calor aumentar dentro de mim, fechei os olhos e arqueei as costas para fazer mais pressão. *Só mais um pouquinho*, pensei. O prazer era tão terrível que eu queria que se estendesse. Mas Eli começou a falar no meu ouvido, dizendo que era criminoso eu ser tão linda, um perigo para sua paz de espírito, que às vezes ele queria nunca ter visto a primeira mensagem que mandei para ele; que queria ter jogado o celular do outro lado do quarto, para se poupar. Sua voz grave e seus movimentos... eu ia derreter, a qualquer momento eu ia...

Eli ficou imóvel.

Debaixo dele, eu estava esticada feito uma corda de violão, o prazer ao mesmo tempo tão perto e tão fora de alcance.

– Está gostoso? – perguntou ele no meu ouvido.

Eu assenti. Minha boceta latejava, inchada ao redor do pau dele.

– Olha para mim, Rue.

Eu mexi os quadris, tentando conseguir o atrito de que precisava.

– Abra os olhos e olhe. Para. Mim.

Minhas pálpebras se abriram. O rosto de Eli estava bem acima do meu, lindo e familiar. O suor escorria por suas têmporas, umedecendo os cabelos. Observei sua expressão severa, ainda meio atordoada pela sensação de tê-lo dentro de mim.

– Boa menina.

Ele me recompensou com uma investida. Minhas coxas tremeram e eu soltei um longo gemido.

– Cumprindo bem as ordens. E você sabe o que as boas meninas ganham? Acho que sabe.

Senti o sangue pulsando nos ouvidos.

– Fico feliz que esteja gostando. Afinal, esse é o objetivo do sexo.

Eu não estava entendendo, mas ele dobrou minha perna e eu assenti assim mesmo. Meu prêmio foi mais um movimento dos quadris dele, seu osso pélvico roçando meu clitóris. Eu quase perdi tudo ali. Mas não aconteceu, e o som que emiti foi de pura frustração.

– E é exatamente isso que estamos fazendo. Só sexo, não é? – perguntou ele, mordendo meu pescoço.

– Eu... Meu Deus. Eli, *por favor*.

– Por favor o quê?

Ele se moveu, de modo que suas mãos se entrelaçaram às minhas, e ficamos ainda mais colados. O cheiro fresco do suor dele preencheu minhas narinas. Ele era forte, pesado, e eu não queria que parasse nunca.

– Peça o que você quer, meu bem.

– Eu quero que você se mexa. Por favor, *se mexa*.

Ele até se mexeu, mas, em vez de esfregar, apenas tirou e botou, tirou e botou, e *essa* era a diferença entre um sexo excelente e uma decepção das mais cruéis.

– Assim?

– Eli.

– Não?

– Você sabe que não. Só... *por favor*.

Eu mal conseguia reconhecer aquela mulher desesperada em que ele tinha me transformado. E não queria que parasse nunca.

– Você quer que eu te faça gozar, não é?

Eu assenti com veemência.

– Claro que quer.

Ele me beijou devagar. Eu estava presa debaixo dele, totalmente à sua disposição, enquanto Eli se movia dentro de mim das formas mais obscenas, mas ainda assim seu beijo foi carinhoso, de um jeito que me desarmou.

– Vou fazer você gozar quantas vezes quiser, de quantas *maneiras* quiser. Mas você precisa fazer algo para mim primeiro.

Ele falou em um tom de voz calmo e determinado, mas seus músculos estavam tensos, e ele também estava tão louco para gozar quanto eu.

– Fazer o quê?

– Quero que olhe nos meus olhos e diga que isso aqui é só sexo.

Eu fiquei paralisada.

– O quê?

– Você me ouviu. – Sua voz era gentil. Ele me deu mais um beijo na bochecha. – Diga que isso que estamos fazendo é só sexo e eu faço você gozar. – Ele se apoiou nos cotovelos e deu mais algumas estocadas leves. Seu rosto se contorceu de prazer, e então ele parou. – Só isso.

– Eli.

– Vamos lá. – Ele olhou para mim, paciente. – É só dizer.

– Por quê?

– Por que não?

Eu não tinha certeza. Contraí os músculos ao redor do pau dele, na tentativa de que Eli voltasse a *se mexer*. Eli pareceu atordoado e muito tentado por um momento, mas se recuperou depois de morder o travesseiro e soltar um grunhido.

– De novo, boa tentativa – disse ele, soltando o ar.

– Eu só quero que você...

– Pare? Porque essas são as suas opções. Ou eu paro agora ou eu continuo depois que você disser o que eu quero.

Olhei para ele, confusa, mas sua expressão era insondável. A ideia de perder o contato com seu corpo era repulsiva. Minha pele ia morrer de frio sem aquele calor.

– Qual é o problema, Rue?

Os dedos dele se entrelaçaram aos meus, as palmas de nossas mãos coladas. Ele parecia quase... Quanto mais eu hesitava, com mais ternura ele me olhava. Sua voz ficou baixa e se transformou em um leve murmúrio.

– Não pode ser uma escolha tão difícil, não é?

Não podia. Não era. Mas ele tinha me deixado em tal estado que, sem ele dentro de mim, em cima de mim, eu nunca ia conseguir voltar ao normal. Eu não conseguia pensar direito, a ponto de a única resposta possível ser a resposta sincera.

– Eu não quero dizer isso – respondi, a voz rouca. – Não quero.

– Ah. – Ele não soou nada surpreso. – Devo parar, então?

Balancei a cabeça.

– Então vou te dar mais uma opção. Você me explica o *porquê*.

Os lábios dele se curvaram em um pequeno sorriso. Qualquer que fosse o jogo, ele estava ganhando. Dava para saber, mesmo sem compreender as regras.

– Você me explica por que não quer dizer isso, e eu vou passar o resto da noite te comendo. Vou dedicar o resto da minha vida a fazer você gozar tão forte que nós dois vamos ficar loucos.

– Por que está fazendo isso?

Ele riu em silêncio antes de me beijar de novo, e dessa vez foi devagar e infinito, completo daquele jeito que só Eli conseguia ser. Eu arqueei o corpo, trêmula. Mas então o beijo acabou e não houve nenhuma resposta. Em vez disso, Eli encostou a testa na minha.

– Rue. Minha garota triste, linda e que nunca baixa a guarda.

A voz dele era de cortar o coração, tão trágica que não consegui manter os olhos abertos. *Eu te odeio*, pensei, sentindo uma única lágrima descer pela minha têmpora. *De um jeito que nunca odiei ninguém.*

Ele tinha me dado três opções. Uma era insuportável. A outra parecia visceralmente errada. E a última... a última me pedia para explicar algo que eu mesma não compreendia.

Eu me obriguei a abrir os olhos, encarei Eli e escolhi uma quarta opção.

– Não é só sexo – falei. No silêncio do quarto, minha voz parecia vidro estilhaçando. – Mas eu... eu não sei por quê, e eu *não*...

O beijo que calou minha boca foi nuclear. Por vários segundos, éramos apenas selvagens em um tempo suspenso, interrompido... só Eli e eu, respirando um ao outro, tentando ficar o mais perto possível um do outro.

– Não se preocupe, meu bem – sussurrou ele no meu ouvido. – Você vai descobrir. Eu vou te ajudar, está bem?

Quando ele começou a se mexer dentro de mim de novo, meu corpo se acendeu com a força de uma explosão atômica. E menos de meio minuto depois, eu gozei tão forte que minha visão escureceu.

34

TERRITÓRIO DESCONHECIDO

Rue

Acordei ao amanhecer, aninhada ao peito de Eli. O sexo durara horas, mas não conseguia me lembrar muito bem de quando exatamente terminara, nem de ter tomado a decisão consciente de dormir lá. Aquilo não importava muito: depois do que eu tinha admitido na noite anterior, não precisava mais fazer uma ginástica mental para justificar dormir na casa dele.

Eu me soltei devagar e vesti o short enquanto o observava. Estava deitado de lado, sem camisa, apenas meio coberto pelo lençol, os cabelos eram um lindo e caótico pesadelo. Pensei em passar as mãos por eles, e foi tão difícil resistir ao impulso que precisei virar de costas.

Meu celular me informava que era cedo – tão cedo que o céu ainda nem estava totalmente claro –, mas eu tinha reservado um laboratório para a manhã, e não podia aparecer lá com cheiro de sexo e Eli. Depois de olhar para ele mais uma vez e lutar contra o sentimento de que eu deveria ficar ali, desci as escadas.

Assim que saí de perto de Eli, um medo percorreu meu corpo. Minha barriga doía. Meus ossos estavam pesados. Alguma coisa densa apertava meu peito e, quanto mais eu me afastava do quarto, mais pesada ficava.

O que eu e ele estávamos fazendo não era só sexo. Ele sabia disso e eu também. E agora... o que fazer? O que as pessoas faziam quando reconheciam que tinham algo – *alguém* – a perder? O que era esperado de mim? E se Eli decidisse que *ele* não *me* queria?

Aquilo era território desconhecido, e a sensação era assustadora e nauseante.

Acalme-se, disse a mim mesma, e respirei fundo. *Vá para casa. Tome um banho.*

Mini me acompanhou, sonolento, até a porta. Ele me olhou com seus olhinhos pequenos e esperançosos e, antes de sair, eu estendi a mão na direção dele. Precisei de três tentativas, mas consegui enfim fazer carinho em sua cabeça – e, para minha surpresa, não fiz nada de errado. Ele balançou o rabo, satisfeito, e eu sorri. Talvez houvesse alguma esperança para mim, afinal.

Não reparei no nascer do sol até entrar no carro. Eu não via o sol nascer havia meses, talvez anos, e a luz dourada me recebeu, banhando toda a rua com um brilho gentil e acolhedor. Meus olhos arderam, como se não fossem capazes de suportar as emoções dos últimos dias. Houve muitas, várias bastante confusas, e eu tive que dar uma batidinha no peito com o punho fechado antes de ligar o carro.

Estava a cinco minutos de casa quando o celular tocou.

O fuso horário de Nova York era apenas uma hora à frente, mas Nyota era o tipo de pessoa que trabalhava e farreava na mesma proporção, cujas manhãs ela provavelmente passava no escritório ou voltando da balada. Ainda assim, não me lembrava da última vez que tinha recebido uma ligação dela em um horário tão estranho.

– Está tudo bem com a Tisha? – perguntei assim que atendi.

– Espero que sim. É melhor ela não estar morta, porque não tenho tempo pra ir jogar as cinzas dela em algum lugar cheio de significado e superlonge. Se tiver que escalar uma montanha ou alugar um barco, é você que vai ter que fazer.

– Claro.

– Ótimo. Considere isso um acordo legalmente válido, porque eu vou te cobrar. – Ela parecia muito satisfeita. – Conseguiu entregar os documentos para o pessoal da Harkness?

– Consegui. É muito gentil da sua parte ligar para perguntar sobre isso – dei uma olhada no relógio do painel – às 6h42.

– É, não é por isso que estou ligando. Que barulho é esse? Está dirigindo?

– Estou.

– Tudo bem, então... – Uma pausa. Nyota respirou fundo e senti um frio na barriga. – Acho que você deveria estacionar. Tenho algo importante para te contar e é uma merda.

35

NÃO DÁ PARA TER AS DUAS COISAS

Eli

Eli estava tão distraído que até o cachorro o achou irritante.

– Eu sei, eu *sei*. Não é o ideal – disse ele a Mini durante o passeio da manhã, quando o cachorro não parava de olhar para trás com uma expressão desamparada, como se perguntasse onde estava sua nova humana favorita. – Ela vai voltar logo.

Ele definitivamente ia tentar atraí-la de novo naquela noite. E talvez não fosse tão difícil... porque ela praticamente já tinha reconhecido que *queria* ficar com ele. Eli sabia, e Rue também. Juntos, eles eram algo incomum. Diferente de tudo que acontecera antes – ou que aconteceria depois, ele suspeitava. E na noite anterior ela finalmente dera uma chance àquela relação.

– Acredite em mim – falou para Mini, que continuava com sua expressão desamparada. – E pare de fazer essa cara de coitado. É humilhante.

A manhã foi cheia de reuniões externas, e Eli mal prestou atenção nelas.

– Eli! Por que você está com essa cara *melhor* do que o normal? – perguntou Anton, quando ele entrou no lobby da Harkness.

Eli considerou demiti-lo na mesma hora pelo insulto implícito, mas preencher a papelada burocrática ia atrasá-lo para a reunião mais importante do dia, com seu verdadeiro amor: a mensagem que mandaria para Rue.

Mas ele se atrasou de qualquer jeito quando viu, pela janela de vidro, Hark o chamando de dentro de uma sala de reuniões.

– Você nunca atende ao celular? – perguntou ele, antes mesmo de Eli fechar a porta.

– Durante as reuniões, não.

– E quando a reunião termina?

– Depende da pessoa que está ligando, se é muito chata. Você está fazendo alguma pesquisa referente a hábitos com aparelhos eletrônicos ou tem algo para me dizer?

– É sobre a Kline – respondeu Minami.

Eli olhou para ela e para Sul pela primeira vez. Percebeu suas expressões sérias. A tensão na sala enfim acabou com o bom humor dele.

– O que houve?

– Os documentos que sua namorada deu para a gente – mencionou Hark.

Um minuto antes, aquelas palavras teriam lhe arrancado um sorriso. Mas o tom de Hark o fez hesitar.

– Os advogados analisaram.

– Já?

– Não demorou muito. Ela mandou exatamente o que precisávamos.

Sim, Rue era sua garota.

– E aí?

A boca de Hark se curvou em um sorriso.

– Florence está ferrada, Eli. Seus índices estão péssimos, as finanças auditadas podiam ter sido escritas com giz de cera em um cardápio de restaurante, e ela tem quinze contingências materializadas varridas para debaixo do tapete. Mas sabe o que é o mais incrível?

Eli balançou a cabeça.

– A cláusula de falência. Se a Kline não conseguir cumprir suas obrigações financeiras ou pagar suas dívidas, o credor pode converter a dívida em patrimônio... ou reivindicar o controle acionário.

– Já sabíamos disso.

– Mas não sabíamos que a Kline estava tão mal. Não tem nenhuma chance de eles não falirem até o fim do segundo trimestre.

— Que fecha no dia 30 de junho — concluiu Eli, sem necessidade. Todos naquela sala já sabiam disso.

— Menos de uma semana, Eli. — Hark abriu um sorriso. — Nós conseguimos. Conseguimos mesmo.

— Tem mais — interveio Minami, com um tom de voz estranhamente cauteloso.

Eli sentiu um arrepio de alerta.

— O quê?

— Então. — Ela mordeu a parte interna da bochecha. — Florence sabe que está na merda. Talvez até já saiba que Rue nos deu os documentos... Não sei. Mas ela tem noção que sua única chance é conseguir pagar o financiamento antes do fim do trimestre.

— Não importa — cortou Hark. — Não tem a menor chance de ela conseguir subsídio...

— Não tem — concordou Minami, ainda encarando Eli. — Isso é verdade. Mas ela vai continuar tentando, e, como já esgotou a maioria das opções, o único jeito de levantar dinheiro é vendendo os ativos da empresa.

Eli puxou uma cadeira e se sentou ao lado de Hark, diante de Minami.

— Ela não pode vender a tecnologia do biocombustível. Está atrelada ao financiamento. Então, se estiver preocupada com isso...

— Não é com isso que Minami está preocupada — interrompeu Sul, e Eli ficou ainda mais alerta.

A energia naquela sala estava muito estranha. Ao lado dele, Hark quase vibrava de tanta empolgação. Mas os outros pareciam no mínimo preocupados.

— Florence está tentando vender outros ativos.

— Tipo o quê?

— Tecnologias de projetos paralelos. Como a patente do revestimento microbiano de Rue.

— Ela não pode. Já perguntei a Rue sobre isso. Ela tem um acordo por escrito com Florence que garante a ela a titularidade de qualquer tecnologia... — ele se interrompeu. Sul e Minami o encaravam. — Não. Não é possível.

Minami apenas assentiu.

— Ela tem um *contrato*.

– Que nunca foi homologado pela diretoria.

Eli apertou a ponte do nariz.

– Merda.

Ele pensou em Rue na noite anterior, a última vez que transaram. Seus movimentos lentos e graciosos, encaixados nele. Sua risada sem fôlego enquanto ele fazia uma lista de tudo que amava nela, muito detalhadamente. O modo sereno e confiante como ela adormeceu em seus braços.

Ele se sentiu nauseado.

– O contrato vale menos do que o papel em que foi impresso – disse Sul. – Florence pode vender a patente, e vai. Já tem um comprador.

Um silêncio tenso tomou a sala. Eli se inclinou para a frente.

– Rue sabe disso?

– Duvido. Com certeza ela não pensou em consultar um advogado ou duvidar da honestidade de Florence. Não foi muito inteligente – ironizou Hark.

Eli virou a cabeça, pronto para jogar os dez anos de amizade no lixo, mas, quando os dois se entreolharam, Hark tinha uma expressão de autocrítica.

– Mais uma vez, ela me lembra uns três idiotas que eu conheço.

– E como é que *nós* sabemos desse comprador?

– Pura sorte – explicou Hark. – O comprador é a NovaTech. E o irmão de Hector Scotsville é diretor de tecnologia lá. Encontrei Hector hoje de manhã para conversar sobre tecnologia agrícola, e ele me contou como se fosse uma coincidência engraçada, já que também temos uma relação com a Kline.

– Merda.

– Florence vem tentando vender as tecnologias e o complexo da Kline nas últimas semanas. Segundo Hector, o revestimento microbiano não estava disponível até *há bem pouco tempo*.

– Florence deve saber que Rue nos entregou os registros financeiros – opinou Minami. – Será que é um tipo de punição?

– É possível. – Eli passou a mão pelos cabelos. – E elas tiveram um... confronto. Talvez isso tenha convencido Florence a vender. Mas quem é o doido que compra uma patente que nem está registrada? Por que a NovaTech está interessada?

– Eles são uma empresa de embalagens – respondeu Sul.

– Só querem se livrar da competição, então.

Hark deu um tapinha nas costas dele.

– Uma estrelinha para você.

Eli balançou a cabeça. Que dia. Que *porra* de dia. Tinha começado tão bem. Era aviltante quanto ficara ruim de repente.

– A NovaTech vai comprar o trabalho *da vida* da Rue e jogar fora para poder continuar vendendo suas embalagens. Tudo porque Florence mentiu para Rue com um contrato que nunca teve validade legal.

– Bom resumo. Uma escrotidão imensa da Florence, mas dentro da legalidade. Parece ser a especialidade dela – comentou Hark. – Ela não vai conseguir dinheiro suficiente para pagar o financiamento, nem mesmo se vender todas as tecnologias disponíveis na Kline. Mas o prazo está chegando, e vai ser divertido só sentar e esperar ela montar a barraquinha de limonada mais triste...

– Não vamos fazer isso – disse Eli.

Hark hesitou.

– Não vamos...?

– Não vamos sentar e esperar. Não vamos permitir que ela venda a patente da Rue. Depois que ela vender, já era. Mesmo que a gente consiga o controle acionário da Kline, não vamos poder desfazer esse acordo.

Sul o encarou, pensativo. Mas Minami e Hark apenas emanavam espanto e compaixão.

– Acho que não temos o poder de impedir – opinou ela, delicadamente.

Ele se levantou e ficou andando de um lado para o outro.

– E se a gente colocar as cartas na mesa? Vamos contar a Florence que temos os documentos. Sabemos que ela está à beira da falência. Podemos tentar negociar. Oferecer mais tempo, caso ela não venda a patente de Rue, por exemplo.

– Espera aí. – Hark também se levantou. – Você por acaso teve um derrame e se esqueceu de avisar?

Eli apenas o encarou.

– Porque parece que está dizendo que devemos abrir mão da nossa vantagem estratégica, uma vantagem que pode colocar a Kline nas nossas mãos em questão de *semanas*, só para impedir a venda da patente de Rue Siebert. Rue é uma ótima moça, não tenho a menor dúvida, mas a conhecemos praticamente há cinco minutos, e fico feliz que transar com ela esteja sendo legal para você...

– Hark – advertiu Minami.

– ... mas não acho que só porque *você* está apaixonado por ela que *nós* precisamos levá-la em consideração ao tomar decisões que vão afetar os planos que estamos traçando há anos.

– Não vamos fazer isso porque estou *apaixonado* por ela – argumentou Eli, com raiva. – Vamos fazer porque é o *certo*.

– E por que isso é da nossa conta? – Hark deu um passo à frente. Eli fez o mesmo. – Não devemos nada a Rue Siebert. *Você* não deve nada a Rue Siebert. Não vai me dizer que está disposto a arriscar algo que nos levou ao fundo do poço por causa *dela*. Ela sequer dá a mínima para você?

– Não é essa a questão. O que Florence está prestes a fazer com ela é exatamente o mesmo que fez conosco há dez anos.

– E daí? Pelo amor... Se você a quer tanto assim, case com ela. Tenham bebês. Compre para ela uma casa com trinta quartos e um laboratório particular onde ela possa trabalhar e desenvolver outras vinte tecnologias. Mas você não pode comprar o amor *dela* com os *nossos* sonhos.

Àquela altura, Hark estava gritando. Então ele baixou a voz, e seu tom se tornou ameaçador:

– Não dá para ter as duas coisas, Eli. Ou você fica com a Kline ou com a patente da Rue. Qual vai ser?

36

A HISTÓRIA MAIS TRÁGICA

Rue

Talvez devesse ser irritante o modo como as perguntas de Tisha para Nyota iam se atropelando, as respostas atravessadas, as provocações das irmãs. Em vez disso, a familiaridade da situação foi até tranquilizadora e me ancorou em meio ao turbilhão em que me encontrava desde a ligação daquela manhã.

— Só estou dizendo que não entendo como é que um contrato que foi *assinado* pelas duas partes pode *não* ser válido...

— E *eu* só estou dizendo que, do mesmo jeito que *eu* reconheço minha falta de conhecimento no assunto e não saio por aí dizendo que você deveria enfiar pipetas no rabo, *você* poderia encarar a realidade de não ter se formado em direito e fazer o mesmo...

— Aaaahhh, mas é claro, você é a fodona do direito, e por que então *só agora* se deu conta de que o contrato de Florence não era válido?

— Porque... e isso vai te deixar *chocada*... eu sou uma advogada de falências, cuja principal fonte de renda são os honorários obscenos de caros que cobro de pessoas ricas por parcelas ínfimas do meu tempo, e não ganho nada pela olhada que dou na merda do contrato da merda da amiga de infância da merda da minha irmã. Vou te dar uns segundinhos para você se recuperar do choque.

– Escuta aqui, sua merdinha...

– Eu tinha esquecido completamente desse contrato, e minha mente estava ocupada com coisas tipo, sei lá, o que eu *preciso saber para ganhar casos no tribunal*. Até que Rue me contou o que a Florence fez com a Harkness. Foi só aí que fiquei desconfiada...

– A culpa foi minha? – perguntei em voz baixa.

O silêncio tomou conta do meu escritório. As duas irmãs se viraram para mim: Tisha estava preocupada, e Nyota, estranhamente, esqueceu as provocações por um minuto e foi solidária de verdade.

– Não – respondeu ela com firmeza pelo FaceTime. – Bom, sim. Mas você era uma jovem pesquisadora, o que normalmente significa "sem qualquer instrução a respeito de coisas que tenham implicações na vida real". Provavelmente, para ser sincera, você é assim até hoje. Sem instrução sobre essas coisas, quero dizer. Não jovem. Vocês duas já estão decrépitas...

– Por que você está reagindo tão tranquilamente a isso? – interrompeu Tisha, virando-se para mim com a testa franzida. – Não que eu esperasse um escândalo ou lágrimas, mas isso é resiliência demais, até mesmo para você.

Dei de ombros. Dizer "porque ela fez o mesmo com Eli e Minami" me pareceu muito deprimente.

– Se serve de consolo, como Florence sabia que não tinha o direito de te dar a posse da tecnologia, você ainda pode entrar com um processo solicitando o valor que a empresa ganhar com a venda – disse Nyota baixinho.

Mas eu não me importava com dinheiro, pelo menos quanto era possível não se importar, depois de crescer sem nenhum. Mesmo quando criança, eu já sabia que o motivo para minha infelicidade, fome, solidão, não era a falta de *dinheiro*. O dinheiro era apenas o intermediário entre a minha vida miserável e comida decente, roupas, oportunidades. Oportunidades que me permitiriam sair de casa e me tornar outra pessoa.

Mas o meu projeto tinha *significado*. Eu o tinha criado e fomentado, acreditando mesmo que ele poderia fazer diferença. Mas o contrato não era válido porque eu tinha confiado na pessoa errada.

Burra. Apenas *burra*.

Será que era assim que Eli se sentira durante todos aqueles anos? Aquela combinação excruciante de vergonha, ressentimento e resignação?

– Tem algum jeito, dentro da lei, de resolver isso?

– Talvez? – Nyota apertou os lábios. – Provavelmente não, mas não sou a melhor pessoa para aconselhar. Fico feliz de ajudar como posso, mas não sou advogada de patentes. Vou tentar perguntar ao meu amigo Liam, que entende muito mais disso do que eu, mas ele acabou de ter um bebê e está de licença-paternidade.

Ela coçou a cabeça, pensativa.

– Acho que você *poderia* confrontar Florence, na esperança de ter sido um erro inocente. Talvez ela realmente tenha esquecido o último passo do contrato e esteja disposta a consertar a situação. Mas a outra possibilidade é que você acabe *avisando* que a patente é dela, e ela use isso em benefício próprio. Deveríamos pensar nisso com calma, porque qualquer passo em falso pode... Rue? Aonde você... Tish, aonde a doida da sua amiga está indo?

As vozes de Tisha e Nyota foram sumindo à medida que saí do escritório e segui pelo corredor. Eu raramente era impulsiva, mas não havia nada premeditado na maneira como marchei pelo corredor da Kline nem na forma como bati à porta de Florence.

– Agora não! – gritou Florence lá de dentro.

Abri a porta assim mesmo. E, quando notei que havia um homem sentado diante dela, na cadeira que *eu* reivindicara como favorita anos antes, senti uma pontada no coração.

– Rue – disse Florence. – Estou em uma reunião. Poderia, por favor...

– O que você está fazendo aqui? – perguntei. E *não* foi para Florence.

O sorriso de Eli não chegou até seus olhos.

– É um prazer vê-la, Dra. Siebert. Estou ótimo, obrigado por perguntar. E você?

– O que você está fazendo aqui? – repeti.

– Apenas conversando com uma velha amiga.

Olhei para Florence, que parecia calma como sempre – a não ser pela mão direita. Segurava um lápis com tanta força que parecia prestes a quebrá-lo ao meio.

– Eli, o que você está fazendo...

– Aqui? Não precisa se preocupar, já estou indo embora.

Ele se levantou. O sorriso que abriu para Florence foi completamente falso, o oposto daqueles que eu vinha recebendo nos últimos dias.

– Você deveria me acompanhar até a saída, Rue.

– Preciso falar com Florence.

– Claro. Depois que nós conversarmos. – Ele me segurou pelo braço. – Tenho certeza de que Florence estará aqui à sua disposição o dia inteiro.

Ela franziu a testa para nós. Achei aquela situação indecifrável.

– Não estou entendendo – murmurei.

Dessa vez, o sorriso de Eli foi mais gentil, acolhedor e provocador. E só para mim.

– Não se preocupe – garantiu ele, com gentileza. Depois, se virou para Florence: – Me avise até hoje à noite.

Ele me empurrou para fora do escritório e, antes que eu pudesse fazer mais perguntas, me puxou pela mão até uma sala de reunião vazia. Lá dentro, não soltou minha mão. Seus dedos subiram pelo meu pulso e apertaram meu braço. Ele ficou me encarando, engoliu em seco, e senti um calor e uma pressão no peito.

– Rue – disse ele, apressado. – Preciso saber por que você estava indo até a sala de Florence.

– Por quê?

– Porque estou te *perguntando*.

– Eu...

Engoli em seco. Abri a boca para começar a contar... e então senti uma desconfiança se contorcer na minha barriga. *Ele é da Harkness. Eles estão prestes a controlar a Kline. Estão prestes a serem os titulares da minha patente.*

– Por que você quer saber?

Ele estreitou os olhos e se aproximou.

– Porque eu estou do seu lado. É um bom motivo?

Depois de um momento, assenti. Era verdade. Eli *estava* do meu lado. Ele tinha sido meu *amigo*, sempre. Ainda que pensar naquela palavra em relação a ele me provocasse uma sensação ao mesmo tempo banal e destruidora.

Mas Florence não tinha sido minha *amiga* também? Eu fizera muitos julgamentos errados nos últimos tempos. Era óbvio que, ao longo da minha história, eu confiara nas pessoas erradas.

– Meu projeto – respondi. – O revestimento microbiano.

– Florence é a titular da patente.

Fiquei atônita.

– Como você sabe? – Ele continuou me encarando e não respondeu, então continuei: – Eu... Talvez ela tivesse a intenção de pegar a homologação da diretoria e esqueceu. Talvez tenha sido um engano. Vou falar com ela e...

– Rue, por favor. – Ele apertou meu braço de leve, como se para me despertar. – Você sabe que não foi.

Eu engoli em seco.

– É minha única chance, Eli. Preciso pedir que Florence resolva isso e esperar que ela faça tudo corretamente agora.

– Me escute com atenção. Florence está vendendo propriedade intelectual para conseguir o dinheiro e pagar o financiamento. E ela já tem um comprador para a sua tecnologia.

Senti o sangue pulsar no meu pescoço. Já era, então.

– Eu... eu preciso falar com Nyota.

Tentei sair, mas Eli não me soltou.

– Não, você precisa me ouvir.

Seu tom de voz era sério, mas gentil e tranquilizador. Eu entrei em pânico assim mesmo.

– Eu só... Eu tenho que fazer alguma coisa.

– Neste exato momento, não. Agora você precisa esquecer o assunto.

– Esquecer o assunto?

Hesitei, sem acreditar.

– Eu estou cuidando disso, Rue, e prometo que vou resolver tudo para você. Eu vou garantir que você não perca sua patente. Em troca, preciso que *você* me prometa que não vai confrontar Florence e que vai ficar quietinha por uns dias. Estou no meio das negociações e é importante que você confie em mim.

O pânico aumentou.

– Eu... Está mesmo me pedindo para esperar e não fazer nada enquanto ela talvez esteja vendendo meu trabalho?

– Sim. Porque não há nada que você possa fazer.

– Mas há alguma coisa que *você* possa fazer?

– Exatamente.

Dei um passo para trás e a mão dele subiu pelo meu braço.

– Eli, você sabe quanto essa tecnologia significa para mim.

– Eu sei. E você sabe quanto a tecnologia do biocombustível significa para mim.

Eu me encolhi.

– É isso que está rolando? Você quer que eu passe pela mesma coisa que *você* passou? Algum... algum círculo vicioso bizarro de roubos?

– Não é isso que eu... – Ele passou a mão pelos cabelos, frustrado. – Eu vou cuidar de você. Estou aqui para te ajudar.

Mas eu estava mais tonta do que se tivesse feito um duplo *toe loop*. Tudo estava acontecendo rápido demais e eu não conseguia acompanhar. A única coisa que eu conseguia sentir era o medo de que meu trabalho fosse roubado.

– A Harkness é o motivo de eu estar nessa situação – falei.

O rosto de Eli ficou sério.

– *Florence* é o motivo de você estar nessa situação. A Harkness pode ter antecipado os acontecimentos, mas eu não estou falando com você pelos interesses de mais ninguém. Você é a cientista que eu nunca pude ser, e te respeito muito por isso, mas esse tipo de acordo é o que *eu* sei fazer. Me deixe negociar por você. Me deixe cuidar de você.

Meu cérebro ficou embaralhado com as possibilidades. Aquele ali era Eli. Eu podia confiar nele, certo?

Você confiou na Florence.

– Como... Como vou saber que você não está falando isso só porque a Harkness também quer a minha patente?

Ele pareceu prestes a se exasperar, mas então seus olhos se encheram de compaixão.

– Eu sei como você se sente. Está pensando como é que foi se meter nessa situação. Por que confiou em alguém que faria isso com você. Está duvidando de cada movimento que fez nos últimos anos e se perguntando se tem algo de errado com você. Está com raiva, porque Florence era sua amiga e você contava com ela para tudo, para muito mais do que pagar seu salário e te dar um laboratório. Eu entendo. Acredite em mim, passei exatamente pela mesma coisa. – Ele me encarou como se estivéssemos à beira de um precipício e ele me pedisse para segurar sua mão. – Rue, preciso que você reconheça que eu não sou a Florence.

– Eli, eu...

Senti um nó na garganta. Estava confusa. Atordoada. E ele devia saber disso, porque sua voz ficou ainda mais gentil.

– Ei. Você mesma disse. Eu e você, não é só sexo. – O sorriso dele era esperançoso. Encorajador. – Eu estou aqui com você. Pode confiar em mim.

Mas será que eu poderia? Eu *deveria* confiar em alguém? Houve algum momento da minha vida em que confiar não terminou em decepção? E por que Eli seria diferente?

– Por que você faria... por que faria isso por mim?

Ele finalmente soltou meu braço e, por um milésimo de segundo, pensei que enfim tinha desistido. Estava farto. Mas então ele se aproximou de novo, as mãos segurando meu rosto, os polegares nas minhas bochechas, olhos grudados nos meus.

– Por que você acha, Rue?

Eu hesitei e deixei a pergunta pairar em minha cabeça, sem conseguir encontrar a resposta que estava bem diante de mim. Ele me encarou, paciente, esperando por uma resposta, *qualquer* resposta. Como não dei nenhuma, vi algo desaparecer nos olhos dele.

Eli se inclinou, encostou a testa na minha, e aquela proximidade foi o paraíso.

– Quer uma história, Rue?

Eu assenti na hora. Precisava de alguma coisa – *qualquer coisa* – que me ajudasse a entender.

– Hark e Minami terminaram há mais de dez anos, mas ele nunca superou. Nunca. Eu *não* conseguia entender por que ele não seguia em frente se ela obviamente tinha conseguido. "Eu jamais seria assim", eu pensava. Tinha tanta certeza. E então, Rue, eu conheci você. E, sem querer, você dividiu a minha vida em *antes* e *depois*. – Os lábios dele se curvaram em um sorriso. Por um momento, Eli pareceu genuinamente feliz. – De todas as pessoas que conheci, das coisas que eu quis, dos lugares aonde eu fui, eu nunca senti que nada fosse tão necessário para mim quanto você. Porque eu te amo. Eu te amo de um jeito que não achei que seria capaz. Eu te amo porque você me mostrou como é ficar apaixonado. E eu não me arrependo, Rue. Não ia querer que fosse de nenhum outro jeito. Ainda que você nunca sinta isso por mim. Ainda que você nunca mais pense em mim depois de hoje. Mesmo se você estiver certa, afinal, e não for capaz de amar.

Ele me soltou, e estávamos de volta ao precipício. Só que dessa vez minha mão tinha se soltado e eu estava caindo. Já espatifada lá embaixo, ou prestes a ficar.

– Não é a história mais trágica que você já ouviu?

Eu não conseguia encontrar as palavras, mas não importava. Ele saiu da sala com um aceno que me pareceu uma despedida definitiva, e eu fiquei ali parada por um longo, longo tempo, tentando convencer meu corpo a reaprender a respirar.

37

OS AMIGOS QUE FIZEMOS PELO CAMINHO

Eli

Minami encontrou Eli sentado em uma das cadeiras de balanço na varanda dos fundos, aquelas que Maya tinha comprado em uma venda de garagem para restaurar no verão anterior, quando ela estava no intervalo entre a graduação e o mestrado e queria algum projeto artesanal para relaxar a mente. O sol estava prestes a se pôr, o céu uma mistura de tons de azul, dourado e laranja, e Eli achou que era a maneira perfeita de terminar aquele dia longo, complicado e torturante, que colocara um ponto-final em tantas coisas.

– Não está muito calor pra ficar aqui fora? – perguntou Minami.

Ele acenou com a garrafa para ela e sorriu.

– A cerveja está ótima e geladinha.

– Nossa, que inveja.

– Toma uma também.

– Não posso.

– Pode, sim. Tem mais na geladeira.

– Não, Eli. Eu *não posso*.

Ele franziu a testa, confuso. Então tudo fez sentido e ele arregalou os olhos a ponto de quase saltarem do rosto.

– Puta merda.

– É.

– Você está mesmo...

– Pois é.

– Quando foi que você... Caramba. Quando você disse que estava doente, na verdade estava...

– Isso. Assim, eu *estava* realmente colocando todos os bofes para fora. Mas não pelo motivo que você pensou.

Ele não tinha imaginado que seria possível, não depois das últimas horas, mas começou a rir de felicidade. Levantou-se e deu um abraço de urso em Minami.

– Meu Deus. *Uau*.

– Estamos muito felizes – disse ela, o rosto contra a camisa dele.

– Imagino. – Ele balançou a cabeça, ainda maravilhado. – Vocês vão ser pais incríveis. E bem irritantes também.

– Eu sei. E você vai ser aquele tio legal que vai mimar a garota e tirar minha autoridade.

Garota. Era impossível que Minami já soubesse disso, mas ele gostou da ideia.

– Eu não aceitaria nada menos do que isso.

Ele deu um passo para trás, observou o sorriso e os olhos brilhantes dela.

– Temos que comemorar. Que tal uma cerveja gelada?

– Vai se foder.

Ela se jogou na cadeira e soltou um suspiro de satisfação ao aterrissar nas almofadas macias.

– Acho que Maya tem refrigerante em algum lugar.

– Hum. Tem sorvete de baunilha?

– Talvez.

– Eu trocaria minha primogênita por uma vaca-preta.

– Não precisa. – Eli abanou a mão. – Pode ficar com ela.

Cinco minutos depois, ele voltou com a primeira vaca-preta que preparara nos últimos vinte anos. Minami pegou o copo com um sorriso e, enquanto Eli se sentava em outra cadeira, perguntou:

– Tem ideia de quanto Hark está puto?

– Por causa do bebê?

– Não, ele nem sabe disso ainda.

– Está pensando em contar para ele só quando entrar em trabalho de parto em um dos banheiros de gênero neutro da Harkness?

– Só se ele entrar no banheiro quando a cabecinha dela já estiver saindo. Tem ideia de quanto ele está puto por causa do acordo com fizemos com Florence?

Eli soltou o ar.

– Imagino que ele já esteja afiando todas as facas da casa.

– Isso mesmo.

Ele tomou o primeiro gole de uma nova cerveja. As coisas iam ficar uma merda no trabalho durante um tempinho.

– Infelizmente, ele não está expressando – continuou Minami. – Queria que ele gritasse comigo um pouquinho. Ou me xingasse. Dissesse que sou uma traidora, que acabei com a motivação da vida dele, que mereço o que Florence fez comigo. Sabe como é, o tipo de drama que ele faz quando está irado e o sotaque começa a ficar incompreensível.

– Conheço bem – respondeu ele com ironia.

– Mas ele só está rabugento. Educado e frio. Tipo quando contei que ia me casar com Sul, sabe? Fiquei esperando uma explosão e só ganhei uma torradeira de 400 dólares.

– O quê? – Eli ergueu a sobrancelha. – É cravejada de diamantes, por acaso?

– Nada. É igualzinha à torradeira de 25 dólares que eu tinha no doutorado.

– O capitalismo é uma merda. – Ele deu uma risada. – Mas não se preocupe, dessa vez não foi culpa sua. Fui eu que priorizei Rue em vez da Kline. É comigo que ele está irritado.

– Mas eu dei o voto de minerva. Fiquei do seu lado. – Ela sugou uma quantidade enorme da bebida pelo canudo. – Como você sabia que eu iria concordar, aliás?

A verdade era que ele *não sabia*. Não antes que Hark sugerisse uma votação. O que ele *sempre soubera* era que Rue estava prestes a perder algo que significava muito para ela, e Eli não estava disposto a aceitar isso sem brigar.

– Sabe o que eu acho? – disse ele.

– O quê?

– Que o que quase aconteceu com Rue foi tão parecido com o que Florence fez com a gente que não sei se ele teria deixado rolar também. Hark tentou ser babaca, mas... não acho que ele viveria bem com isso.

– Acha que ele estava querendo que nós ficássemos contra ele?

Eli deu de ombros.

– Uau. Ele é um idiota mesmo.

– Não posso provar.

– Ele é um *suposto* idiota.

Eli riu e um silêncio confortável se instalou entre eles, quebrado apenas pelos sons de cigarras e o sorver do canudo. Até que Minami perguntou em voz baixa:

– Já temos o acordo?

Ele assentiu.

– Os advogados estão redigindo.

– E como ficou?

– Florence não vai vender a patente e nenhum outro ativo da empresa. A titular da patente vai ser Rue. Em troca, não cobramos o financiamento e ficamos com sessenta por cento da Kline. Os outros investidores ficam com 35.

– E ela ganha...?

– Cinco por cento. O que já é cinco por cento a mais do que ela merece. Deixamos que ela fique como CEO. Vamos indicar três dos cinco diretores, e podemos participar das reuniões da diretoria. E, de bônus, ainda dei um presentinho para ela.

– Qual?

– Não vou arranhar o carro dela.

– Você é muito generoso.

– Sou?

Ele respirou fundo, ponderou sobre a dor e o vazio em seu peito, reprimiu a vontade de massagear o esterno só de pensar em Rue. Já sabia o que queria dela havia um tempo, mas colocar em palavras tinha trazido o sentimento à tona, realçando quanto cada nervo de seu corpo *queria* ficar com ela.

– Talvez eu seja apenas um idiota.

– Não existe esse talvez. E como foi falar com Florence cara a cara?

Eli se lembrou do rosto corado de Florence quando ele disse que tinha os registros financeiros. A amargura e a resignação dela enquanto negociavam os pormenores do acordo.

– Eu tinha tentado imaginar, sabe? Como seria. O que eu diria quando finalmente a encontrasse de novo.

– Tipo, no chuveiro? Quando temos aquelas conversas de quarenta minutos com nós mesmos?

Ele a encarou, espantado.

– Quanto tempo dura o seu banho?

– O tempo normal, cala a boca.

– Nas minhas conversas imaginárias sustentáveis, que não desperdiçam água, eu pensava em contar a ela sobre a merda que minha vida tinha se tornado depois do que ela fez. Sobre meus pais, sobre Maya. Como tive que aceitar dois empregos que pagavam salário mínimo literalmente três dias depois que tudo aconteceu, e a humilhação de ter falhado na única coisa que me importava. Minha ideia era jogar na cara dela cada minuto de tristeza, raiva e desespero pelos quais nós três passamos nos últimos dez anos e perguntar...

– "Está achando divertido?"

Ele riu.

– Algo assim. Hark e eu falamos sobre isso muitas vezes, em geral quando estávamos bêbados. Ele sempre dizia que queria que ela *pagasse*. Que se sentisse uma idiota pelo que fez conosco. E parte de mim entende, mas a maior parte...

– Você só queria que ela entendesse a dor que causou. E talvez pedisse desculpas sinceras.

– Como você sabe?

– Eu conheço *você*. Sei que não é uma pessoa rancorosa. – Ela revirou os olhos. – Precisa de umas aulas.

– Não sei, não. Porque quando eu estava lá com Florence... Só fiquei com pena dela. Bastante. – Ele encarou os olhos escuros de Minami. Seu rosto redondo, tão querido e familiar. Seu queixo inclinado em expectativa. – Ela está completamente sozinha nessa confusão que criou. Sempre só levou em conta ela mesma. Está colhendo o que plantou. Se eu não quisesse negociar a patente de Rue, poderíamos tê-la expulsado da Kline por completo. Nada de cinco por cento nem de ser CEO. Mas nem sei se isso importa, porque tudo que ela tem foi construído em cima de mentiras, e ela não mudou. Mas nós mudamos. E ficamos do lado um do outro.

– Bom, Hark provavelmente vai precisar de algumas semanas para se acalmar antes de querer ficar do nosso lado de novo.

– Talvez até um mês. Mas a questão é que tudo que ela tem pode ser tirado dela. Mas nós construímos algo que...

– Por favor, não diga que o verdadeiro valor da tecnologia do biocombustível são os amigos que fizemos pelo caminho.

Ele colocou a cerveja na mesinha de vidro e a encarou.

– Minami, eu vou te expulsar da minha varanda e mandar você se foder.

Ela fez um barulho que Eli só podia descrever como uma gargalhada.

– Sul diz que eu sou engraçada.

– Sul é mais submisso do que uma esposa nos anos 1950.

– Só não sabe cozinhar.

– Pois é.

– McKenzie podia dar umas dicas.

– Podia mesmo.

– Vou mandar uma mensagem para ela. Além disso, ele só é submisso porque eu sou engraçada.

– Eu nunca vi aquele homem rir.

– E é por isso que ele está apaixonado por *mim*, e não por *você*. Eu faço ele rir. Na privacidade do nosso lar.

Eli balançou a cabeça. Rue também o fazia rir. Despertava nele a vontade de fazer coisas indizíveis só para passar mais um minuto com ela. Ela o fazia desejar aquele silêncio confortável entre eles. Ela o fazia parar e pensar, e acima de tudo ela o fazia *ansiar* pelas coisas, de um jeito que não se achava mais capaz, e ele só queria passar o resto da vida fazendo uma lista de todos os motivos pelos quais ela não devia ser a pessoa *certa* para ele e, ainda assim, conseguia ser *perfeita*.

Rue o tinha virado pelo avesso e o transformado numa nova pessoa. E se mesmo assim ela não queria ficar com o resultado...

Bom, ele tinha que aceitar.

– Se tivesse me perguntado há duas semanas, eu teria dito que o único final feliz pra nossa história era expulsar Florence da Kline. Mas agora...

Os lábios de Minami se curvaram num pequeno sorriso, seu rosto tão familiar quanto o da irmã para ele.

– Temos o controle da diretoria e da tecnologia. Acho que foi até melhor terminar assim.

– É?

– Criamos a Harkness por vingança, e o rancor foi nosso combustível. Não me entenda mal, não me arrependo, mas nós alcançamos muito mais coisas e...

– Fizemos amigos pelo caminho?

Ela deu um soquinho no braço dele.

– Ganhamos muito dinheiro. Trabalhamos com cientistas incríveis e os ajudamos a desenvolver projetos incríveis. E, tudo bem, nós temos um ao outro. E talvez não seja exatamente o que tínhamos planejado, mas é bom. – Seus olhos reluziram de um jeito desconfiado. – E agora você tem Rue.

Eli olhou para o sol que se punha atrás das árvores.

– Se Rue algum dia quiser ou estiver pronta pra isso.

– Todos nós temos problemas pra resolver. É só uma questão de tempo.

Ele não disse nada e se permitiu sentir aquele nó na garganta, a dor que vinha de não saber quando ou *se* ele a veria de novo. Ele tinha feito a sua jogada, e a resposta silenciosa dela foi ouvida em alto e bom som. O olhar em choque quando ele disse que a amava. Infelizmente, a distância entre "não é só sexo" e "quero um relacionamento" é maior do que o Mar de Sargaços.

– Não sei.

Minami estendeu a mão para segurar a dele.

– Sinto muito.

– É. Eu também.

– Juro que não estou querendo ser condescendente...

– Um começo de frase muito promissor.

– ... *mas* eu sei que toda essa coisa de se apaixonar perdidamente é nova pra você, então vou compartilhar um pouco de sabedoria. Está pronto?

– Vá em frente.

– Ninguém morre por causa de coração partido.

Ele soltou uma risada fraca.

– Bom saber, porque dói pra caramba. – Respirou fundo. – Tem uma coisa que quero fazer por ela. Mas não sei se vai aceitar vindo de mim.

Minami fez uma cara de preocupação.

– Acho que você já fez o suficiente, Eli. Não deveria manter pelo menos um *pouquinho* da sua dignidade?

Foi uma piada, mas Eli deu uma resposta séria:

– O bem-estar dela é mais importante do que a minha dignidade.

– Deus do céu. – Minami olhou para ele, horrorizada. – Pensando bem, talvez você *possa* morrer de coração partido.

Ela bebeu o que restava da vaca-preta e colocou o copo na mesa.

– Ok, pode falar. O que você precisa que essa mulher cansada, sobrecarregada e grávida faça por você?

38

TODOS NÓS TEMOS TRAUMAS

Rue

Entreguei meu pedido de demissão a Florence pessoalmente, um dia depois de os advogados me mandarem o contrato homologado pela direção que me dava a titularidade da patente provisória. Um dia depois de descobrir do que Eli abrira mão em troca.

Eu não devia um confronto a Florence. Mas me lembrei do que Eli dissera sobre conclusões. A segurança que eu tinha da minha própria habilidade como julgadora de caráter alheio era baixíssima, mas se havia alguém em quem eu podia confiar era Eli. Agora eu sabia disso, e já tinha noção antes mesmo de ter o contrato em mãos graças a ele.

Eu tinha feito merda. Das grandes. Mas havia hora e lugar para demonstrar vulnerabilidade, e numa reunião com Florence Kline definitivamente não era o ideal.

– Você tem algo em vista? – perguntou Florence, sentada à mesa e olhando para algum ponto da minha testa.

Ela estava pálida. A exaustão criara rugas profundas ao redor dos lábios e círculos escuros em volta dos olhos.

– Só entrevistas. Semana que vem.

Eu tinha marcado quatro delas depois de entrar em contato com conhecidos da pós-graduação, meu orientador do doutorado e uma recrutadora. Eu não gostava de mudanças e trocar de trabalho nunca seria fácil para mim, mas era inevitável.

– Que bom. – Florence assentiu. – Precisa de uma carta de referência?

– Já pedi a outra pessoa.

Ela fez uma careta quase imperceptível.

– Tudo bem.

Ela massageou a têmpora.

– Estou certa em imaginar que Tisha vai sair também?

Ela estava.

– Vai ter que perguntar a ela.

Ela suspirou.

– Rue, eu não tinha escolha. Você entregou os documentos a eles e me colocou na situação de precisar vender...

Eu não tinha nenhuma intenção de ouvir as justificativas de Florence, então me levantei.

– Obrigada por tudo – agradeci, com sinceridade. – Vou voltar ao trabalho. Você avisa ao RH ou devo avisar?

– Vou cuidar disso. – Ela apertou os lábios. – Se isso vale de alguma coisa, eu *sinto muito*, Rue. Eu me importava com eles, e não ia magoá-los se não tivesse sido absolutamente necessário. E me importo com você também, acredite ou não.

– Eu acredito. Você se importa mais com você mesma, e está no seu direito. Eu prefiro não ter ao meu redor pessoas que estão dispostas a pisar em mim pra avançar, e esse é um direito meu.

Os olhos dela endureceram.

– Então não vai sobrar muita gente pra ter ao seu redor, Rue.

Eu dei de ombros, saí da sala e pensei que ela estava errada. Pensei em Eli.

Almocei com Tisha e combinamos de não falar sobre Florence. Tínhamos passado dias analisando cada sinal de alerta, cada pista que não enxergamos, cada passo em falso, e estávamos exaustas. Duas horas depois, enquanto terminava um relatório para Matt, recebi um e-mail do RH da Kline me avisando que a demissão passaria a valer na semana seguinte.

Você tem direito aos benefícios do seguro-desemprego, que consiste em receber um mês de salário para cada ano trabalhado.

Eu me recostei na cadeira e fiquei olhando para o calendário de Tisha. Pela primeira vez desde que tinha descoberto o que Florence fizera, eu me permiti sentir um pouco de tristeza em meio à raiva. Perdera uma amiga e já não tinha muitas para começo de conversa.

Eu também me importo com você, Florence.

Levantei da mesa às cinco em ponto. No estacionamento, enquanto vasculhava a bolsa em busca dos óculos escuros, ouvi alguém me chamar. Minami estava recostada no para-choque de um Fusca verde e minha única reação desesperada e confusa ao vê-la foi: *Eli*.

Eli, Eli, *Eli*.

Foi como se uma rajada de fogo corresse pelas minhas veias, um lembrete daquilo com que eu estava tentando lidar durante boa parte da semana. Minhas mãos tremeram e as enfiei no bolso de trás da calça.

– Oi! – Minami abriu um sorriso. – Como você está?

Eu levei alguns segundos para me acalmar o suficiente e responder:

– Bem. E você?

– Tudo bem! Não vou tomar muito do seu tempo, mas queria te dar isso.

Ela me entregou um documento dentro de uma pasta de plástico. Eu o peguei, mas devo ter feito uma expressão bem confusa, porque ela começou a explicar:

– É um contrato que detalha as parcelas de pagamento para a outra metade da sua casa. Casa? Era uma casa, certo? Não me lembro. Enfim, nossos advogados entraram em contato com seu... irmão? Não lembro bem se era isso.

Senti a pulsação acelerada na veia do pescoço.

– O que isso significa?

– Bom, nada se você não assinar. Mas nosso departamento jurídico fez a mediação, encontrou pessoas para elaborar estimativas e chegou a um acordo de pagamento. É a mesma coisa que você acabaria fazendo.

– Como?

Ela deu de ombros, como se jurisprudência de imóveis fosse um tema tão obscuro quanto necromancia para ela.

— Temos advogados muito bons. E eles já são nossos funcionários mesmo. Podemos usá-los sem problemas. Isso vai te economizar tempo e dinheiro. E não, Eli não me contou a história toda por trás disso. Não estou me metendo na sua vida.

— *Ele* te pediu pra transmitir o recado?

Era uma pergunta idiota, mas Minami fez a gentileza de não destacar isso.

— Ele não queria que você ficasse numa situação desconfortável ou achasse que estava em dívida com ele ou se sentisse pressionada a... namorá-lo? Ir a clubes de sexo? Não sei muito bem o que vocês fazem.

Eu franzi a testa e pensei que, se Eli achava que eu podia ser pressionada a namorar alguém, talvez ele não me conhecesse tão bem. Minami deu uma risada.

— O que foi? — perguntei.

— Nada. É que ele disse algo como "não que ela seja o tipo de pessoa que se sinta pressionada a fazer qualquer coisa que não queira" e, pela expressão no seu rosto, acho que ele estava certo e...

Minami riu mais um pouco e fez um gesto de "deixa pra lá" com a mão.

— Eu sei o que vocês fizeram — falei.

— O que fizemos?

— A Harkness. Não cobrar o financiamento. Foi uma troca pela minha patente, não foi? Deixaram Florence ficar como CEO. Vocês abriram mão da vantagem que tinham pra que eu ficasse com a minha patente.

— Bem, sim. Mas também... — Minami suspirou. — Nós temos a diretoria. E finalmente estamos livres dessa coisa horrível que aconteceu há dez anos. Conseguimos chegar a uma conclusão e talvez não tenha sido o círculo fechado e perfeito que imaginamos... Está mais para uma linha *bem* torta. E todos podemos seguir em frente, então estou satisfeita.

— Obrigada, então.

Olhei para o contrato, que provavelmente seria a única conclusão que eu teria com Vince. Uma linha bem torta e complicada também. Mas talvez eu pudesse seguir em frente.

— E obrigada por isso.

— Imagina. É só avisar aos advogados se concorda e eles vão finalizar tudo.

Eu assenti, fechei os olhos e imaginei Eli pedindo aos advogados que agilizassem tudo. Falando ao telefone à noite, sentado à mesa da cozinha com

Mini aninhado a seus pés. E dizendo: "Eu tenho uma... amiga que precisa de ajuda." Eli preocupado. Preocupado o suficiente para...

– Você está bem? – perguntou Minami.

– Sim. Ele...?

– Eli? – Minami hesitou. – Não está ótimo, mas vai ficar bem. Não estou te contando isso pra você se sentir mal. Sei como é quando alguém de quem a gente gosta está apaixonado e não conseguimos retribuir. É complicado, você se sente culpada e...

– Não é isso – interrompi de repente.

As palavras saíram descontroladamente da minha boca, e aquilo foi tão atípico que quase não reconheci minha voz.

– Não é essa a questão – acrescentei parecendo calma. Mas, por dentro, senti um calor repentino e paralisante.

Minami inclinou a cabeça para o lado.

– Não se sente culpada?

Eu engoli em seco.

– Não é que eu não... sinta o mesmo.

– Ah. – Minami olhou ao redor, espantada. Passou a mão na barriga algumas vezes. – Hum. Quer conversar sobre isso?

Eu mal conseguia explicar para mim mesma o profundo pânico que me atingiu quando Eli disse que me amava. A certeza excruciante e imediata de que, se eu aceitasse o que ele estava oferecendo, com certeza ia decepcioná-lo. E aí, quando ele saiu da sala de reunião, o sentimento de perda me atingiu em cheio no estômago. Eu tinha feito uma merda gigante e sabia disso, mas os porquês e comos necessários para consertar aquilo eram algo que eu ainda estava analisando. Enquanto isso, por dentro, eu estava sensível e dolorida como um músculo distendido.

– Na verdade, não.

Minami riu, aliviada.

– Tudo bem. Bom, então... – Ela deu de ombros e estendeu a mão para a porta do carro, mas parou no meio, como se tivesse se dado conta de algo crucial. – Eu não faço ideia do que está rolando entre vocês. E só conheço você superficialmente, então posso estar falando besteira. Mas, se o que te levou a terminar com Eli não foi falta de interesse, e sua preocupação está em... – ela fez um gesto leve, como uma pintora entusiasmada – não ser boa o suficiente para ele, não saber se tem algo a oferecer ou ter medo de um relacionamento com ele ser muito complicado, acho que você deveria entrar em contato. Todos nós temos traumas, e Eli não é o tipo de pessoa que liga muito para isso. Embora, para falar a verdade, para mim fosse até melhor se as coisas não dessem certo entre vocês.

Fiquei atônita.

– Seria melhor?

– Eu *adoro* o nome Rue. Sou muito fã de *Jogos Vorazes*. – Ela apontou para a própria barriga. – Se for menina, e *é* uma menina, estou considerando de verdade esse nome.

Olhei para a barriga de Minami. Ela estava...?

– Mas, se vocês namorarem, pode acabar sendo muito confuso, então... – Minami abriu um enorme sorriso e entrou no carro murmurando: – Cara, eu sou muito *altruísta*.

Observei enquanto ela ia embora, acenei de leve quando passou por mim e deixei que suas palavras ressoassem em meus ouvidos até a noite.

39

FEITOS UM PARA O OUTRO, OU QUALQUER MERDA ASSIM

Eli

A primeira coisa que ele pensou ao entrar no rinque vazio e pouco iluminado foi: *Merda*.

Porque o rinque na verdade *não* estava vazio. Isso significava que ele tinha ido até lá à toa.

Ele suspirou, parou bem no meio do corredor, pendurou os patins no ombro e foi olhar a mensagem que Dave tinha mandado mais cedo naquele dia:

> Não tem treino hoje. Alec e eu vamos estar fora, mas você
> pode ir lá no rinque se quiser.

Só que as luzes da pista de gelo estavam acesas. O som de lâminas raspando no gelo ecoava. E, ao chegar ao fim do corredor, ela ficou claramente à vista.

Ela.

Deslizando suavemente, com aquela elegância etérea que só era alcançada por pessoas que tinham passado metade da vida sobre o gelo. Dando a volta na pista em giros. Parando com perfeição assim que o viu, e então o observando, os olhos escuros sob a luz fraca, as curvas transformadas em ângulos duros pelas sombras, as roupas pretas contrastando com o rosto branco.

Eli sabia reconhecer uma armadilha, assim como também sabia o valor de um recuo estratégico. Ainda assim, se aproximou, até que a única coisa entre eles fosse a barreira de plástico. E os milhões de coisas que ele queria e que ela talvez nunca estivesse disposta a lhe dar.

– O que é isso? – indagou Eli.

Não tinha notícias dela havia mais de uma semana, e o silêncio de Rue depois da última conversa fora suficiente. Não era culpa dela não querer o que *ele* queria – na verdade, era parte do motivo por que Eli se apaixonara, aquela confusão, a sinceridade sem rodeios. Mas precisava de um pouco de espaço para conseguir lidar com o que seria o resto da vida.

– Rue. O que está acontecendo? – perguntou de novo, meio impaciente.

– Quer patinar?

Ele ergueu a sobrancelha, mas a expressão dela se manteve indecifrável.

– Foi Dave que mandou você fazer isso?

– Não. Mas eu pedi para ele te mandar uma mensagem.

– Por quê?

– Por favor, Eli. Pode calçar os patins e vir até aqui?

Ela apontou para os patins que ele carregava. Parecia calma, mas Eli nunca a vira se apressar para falar.

– Achei que tínhamos concordado que patinar juntos não fazia parte do nosso tipo de relação.

– Por favor – pediu ela, a voz suave.

Porque tudo, *tudo* nela era suave, até mesmo sua armadura, e, em vez de responder o que deveria – *Rue, eu faço qualquer coisa que você pedir, mas, por favor, tenha pena de mim, porque não sei quanto mais vou aguentar* –, ele tirou os sapatos, calçou os patins e entrou na pista sem esconder a tensão nos músculos.

Estava no gelo, seu primeiro lar. Diante da mulher que amava, cuja resposta à sua declaração de amor fora... nada. Por mais que quisesse ter esperanças de que o motivo para Rue tê-lo atraído até ali fosse dizer que via a possibilidade de um futuro no qual ela também o amava, era mais provável que...

Ah, *merda*. Ele *sabia* por que ela o levara até ali. Ia passar os próximos vinte minutos fazendo um agradecimento formal por tê-la ajudado a resolver a questão da patente.

Se ela oferecesse um boquete para agradecer, ele ia chorar que nem um bebê.

– De nada – disse ele, já se adiantando.

Rue lhe lançou um olhar confuso em meio ao silêncio.

– Não é por isso que estamos aqui? Para você me agradecer pela patente?

Ela mordeu o lábio, e Eli teria usado todo o dinheiro disponível em sua conta bancária para pagar pelo direito de libertá-lo com o polegar.

– Acho que deveria fazer isso, sim. Será que podemos...?

Ela fez um gesto, apontando para o gelo.

Claro. Por que não? Se patinassem lado a lado, ele não teria que encará-la enquanto Rue dizia quanto tinha apreciado sua ajuda valorosa.

– Eu devia ter mandado uma mensagem. Não queria criar uma emboscada. – Eles já estavam se movendo em sincronia. Como se fossem feitos um para o outro, ou qualquer merda assim. – Mas você queria que patinássemos juntos, e eu... achei que você gostaria de um gesto grandioso.

– É? – Ele balançou a cabeça. – Não sei se eu e você somos do tipo que faz gestos grandiosos, Rue.

– E, mesmo assim, você fez muitos por mim.

– Fiz?

– Repetidamente. – Ela riu em silêncio. – Praticamente roubou todas as minhas possibilidades. Nem sei como fazer alguma coisa que seja remotamente parecida com te devolver seu bem mais precioso. Não tenho como ganhar.

Aquilo era legal. Fofo, até. Mas gratidão era a última coisa que Eli queria dela.

– Fico grato, Rue. De verdade. Mas não fiz isso para ouvir quanto você está agradecida...

– Bom, eu estou muito agradecida. Mas, como você já sabe, podemos pular essa parte e passar ao próximo assunto.

Graças a Deus.

– Que seria?

– Um pedido de desculpas.

A voz dela era clara e límpida. Para a surpresa dele, Rue se virou e começou a patinar de costas, diante de Eli, como se o contato visual fosse crucial para o que estava prestes a dizer.

– Você me pediu para confiar em você e eu te tratei como se você fosse o tipo de pessoa que ia me ferrar, mesmo depois de você ter sido sempre sincero comigo. Meu comportamento não levou isso em conta. Então, sinto muito, Eli.

O pedido de desculpas era ainda mais deprimente do que a gratidão, se é que era possível.

– Rue, você tinha acabado de descobrir sobre Florence. Acho que era de se esperar uma falta de confiança generalizada na humanidade. – Ele abriu um sorriso tranquilizador e parou com um movimento preciso. Ela o imitou, cerca de um metro adiante. – Se não se importa, eu vou para casa...

– Eu me importo.

Ele inclinou a cabeça.

– Como é?

– Eu me importo. Tenho mais coisas a dizer. – Eli sentiu uma onda de calor e esperança, até que ela acrescentou: – O que você fez por mim, com relação ao meu irmão.

Ele realmente precisava parar de se enganar.

– Foram os advogados, mas vou transmitir seus agradecimentos. Tenha uma boa...

– Para.

Ela segurou a manga da camisa dele e a puxou. Eli sentiu os nós dos dedos dela roçando de leve em sua pele, o toque eletrizante como sempre.

– Por favor, Eli. Me deixe falar. Cinco minutos.

Ela parecia mais vulnerável do que nunca, e era tão linda que ele teve que se esforçar para manter o ar nos pulmões, e... Que merda. Talvez ficar perto dela provocasse uma dor lancinante, mas dizer não para alguém que amava não era muito melhor. Ele podia dar a Rue os cinco minutos do resto de sua vida. Podia dar *qualquer coisa*.

– Claro.

Ele voltou a patinar.

Ela também, dessa vez a seu lado.

– Eu...

Ela ficou em silêncio. Abriu a boca mais algumas vezes, sem conseguir falar nada, o que foi bem atípico da Rue que ele conhecia. E então, quando ele estava prestes a perguntar o que estava acontecendo, ela enfim falou:

– Posso contar uma história?

– Pode me contar o que quiser, Rue.

Ela assentiu.

– Eu costumava achar que os finais tinham que ser ou felizes ou tristes. Que as histórias eram ou felizes ou tristes. Que as *pessoas* eram ou felizes ou tristes. E sempre imaginei que o final da minha história seria triste.

Ele teve vontade de abraçá-la, mas deixou que ela continuasse:

– Aí eu conheci você. E você me fez pensar, pela primeira vez, que havia uma falha no meu raciocínio. Talvez as pessoas pudessem ser felizes *e* tristes. Talvez as histórias fossem complicadas e caóticas. Talvez os finais nem sempre tenham soluções que encerram tudo perfeitamente. Mas isso não significa necessariamente que serão trágicos.

– Fico feliz que pense assim.

Ele ficava mesmo. Talvez Rue tivesse lhe roubado a paz de espírito, mas ainda queria que ela tivesse alguma paz. Mais um defeito da humilhante tarefa de se apaixonar, pelo visto. Perturbador. Autodestrutivo. Doce e excruciante ao mesmo tempo.

– Mas você disse que a gente era.

A expressão dela era solene, séria, tão *Rue* que ele sentiu nos ossos.

– Desculpa. Não estou entendendo.

– Na Kline. Na sala de reunião. – Ela engoliu em seco. – Você disse que nós éramos trágicos.

Ah. Então eles estavam relembrando e dissecando a sua declaração de amor malsucedida.

– Eu não quis dizer...

– E eu quero que você saiba que não precisamos ser. Porque tragédias têm finais tristes, e nós não precisamos ter. Na verdade, não precisamos nem ter um final.

Eli continuou deslizando ritmicamente sobre o gelo enquanto as palavras penetravam em seu lobo frontal.

– Não precisamos ter um final – repetiu ele, devagar, relutando em deixar a esperança adicionar significados à frase. – Da última vez que conversamos, Rue, eu achei que não tínhamos nem começado.

– Sinto muito por deixar você acreditar nisso. Eu acho... – Ela balançou a cabeça, ainda patinando com a mesma postura impecável. – Sabe, eu acho que o sexo é grande parte do problema.

– O sexo?

– É.

Ele deu uma risada.

– Rue, se tem *uma* coisa que nunca foi problema entre a gente, foi o sexo.

– Não foi isso que eu quis... Era ótimo. E eu adoraria continuar fazendo. – Ela mordeu o lábio. – Mas ele acabava se sobrepondo às outras coisas que eu queria fazer com você. Falar. Ouvir. Só ficar perto. Para mim, é novidade isso de desejar a presença de alguém. Querer pedir sua opinião a respeito das coisas. Compartilhar uma refeição com você... que você tenha preparado, de preferência.

Ele sentiu o sangue pulsar nos ouvidos, cheio de esperança.

– Então está querendo contratar um cozinheiro que cobre barato – murmurou ele, para abafar aquele pulsar.

Ela estava lhe dando muito pouco. Ele tinha dito que a amava; Rue só estava admitindo que gostava de sua companhia.

Talvez Eli não tivesse nenhuma dignidade, mas estava disposto a aceitar.

– Na verdade eu sei cozinhar até muito bem...

Com um impulso nos patins, Eli se pôs diante dela e bloqueou seu caminho. Rue quase deu um encontrão nele e se segurou em seus braços para se equilibrar.

Àquela distância, ele conseguia até contar a quantidade de cílios dela. Observar seus lábios trêmulos apertados.

– O que você quer, Rue?

– Estou tentando articular, mas não sou muito boa nisso.

– Não me diga. Sério mesmo?

As bochechas dela ficaram vermelhas.

– Diga o que você quer dizer, agora – mandou ele. – Você tem dois minutos.

Ela desperdiçou trinta segundos olhando ao redor do rinque, procurando sabia-se lá o quê, e o estômago de Eli começou a se contorcer, apavorado de mais uma vez ter enxergado coisa demais onde não havia nada. Mas ela enfim respirou fundo e, quando começou a falar, seu tom de voz era firme e confiante:

– Eu achei que nunca fosse ser feliz. Mas com você, Eli... Eu nunca me senti como me sinto com você. *Nunca*. E acho que é por isso que levei tanto tempo para conseguir colocar em palavras.

O coração dele estava prestes a sair pela boca.

– Que palavras?

– Segura – respondeu ela.

Ele se obrigou a ficar em silêncio.

– E aceita.

Mais silêncio. Foi mais difícil dessa vez.

– E suficiente.

Então ele não aguentou.

– Rue, você sempre foi suficiente.

Ela desviou o olhar e secou a bochecha com as costas da mão.

– E mais uma coisa. Uma coisa que eu nem tinha vocabulário para expressar. Estava crescendo entre nós, e eu não sabia nomear. Mesmo quando enfim consegui imaginar uma vida a dois. Mesmo quando confiei em você. Mesmo quando não havia outra coisa na minha cabeça a não ser você. Nunca houve ninguém como você, e durante muito tempo eu não soube qual era a palavra.

– Que palavra?

– Amor.

O mundo parou. Virou de cabeça para baixo. Voltou ao estado original – só que estava mais brilhante. Mais nítido. Mais doce.

Perfeito.

– Se você ainda quiser que eu te ame, eu acho de verdade que *consigo* te amar também. Porque eu já amo. – Duas lágrimas rolaram pelo rosto dela. – E, se você não quiser, acho que vou continuar te amando de qualquer jeito. Mas, se você me der uma segunda chance...

– Meu Deus.

Ele queria soltar uma gargalhada. Queria girar com ela no colo. Queria pedi-la em casamento ali naquele exato instante, antes que ela mudasse de ideia.

Ela abriu e fechou a boca.

– Isso é um não para a segunda chance?

– Meu Deus, você é tão... – Ele balançou a cabeça, segurou o rosto dela com as mãos e se aproximou. Sentiu seu perfume. – Eu te amo, Rue. *Você é a única chance que existe para mim.*

Os olhos dela brilharam.

– Sério?

– Sério.

Ele sentiu uma felicidade quente e penetrante, como se ela tivesse tirado uma faca de seu coração e devolvido para a gaveta. Ainda tinha o poder de destruí-lo. Sempre teria, ele suspeitava. Sempre o teria na palma da mão.

Torcia para que ela tivesse piedade.

– Isso significa que vamos namorar? – perguntou ela, séria.

Sua boca teve até um pouco de dificuldade de pronunciar aquela última palavra. Ele levou o polegar até os lábios dela, não conseguiu evitar.

– Significa que...

Você é minha!, gritou a parte mais selvagem dele. *Que vou te levar para casa e me apropriar de você.*

– Que vou ser completamente aberto com você, porque nem sempre eu fui, e isso foi um erro. Tudo bem?

Ela assentiu.

– Significa que não vou entrar nessa pensando que uma hora vai acabar. Entende o que eu quero dizer?

Ela assentiu de novo.

– E eu vou... vou querer te ver todo dia. Vou aprender novos pratos e preparar seu almoço e escrever bilhetinhos fofos na sua marmita. Vou perguntar se você quer passar a noite na minha casa ou na sua, mas sempre presumir que vamos passar a noite juntos. Vou pensar em você a merda do tempo inteiro. Imagino que vou molhar suas plantas quando você estiver viajando. Vou andar com você de mãos dadas em público. Vou te *beijar* em público. Vou organizar festas-surpresa com a sua amiga. Vou te mandar centenas de mensagens todo dia com links de coisas idiotas que quero que você veja. Grudento pra cacete, Rue. Você aguenta? Me aguenta como namorado?

Aquela palavra parecia meio reducionista, *namorar*. *Por enquanto*, ele disse a si mesmo. *Por pouco tempo.*

– Eu sou péssima em responder mensagens.
– Eu sei.
– E não gosto muito de festa-surpresa.
– Eu *sei*.
– Mas todo o resto... – Ela sorriu, ainda com o polegar dele em seus lábios. – Sim, por favor.

Ele se inclinou até o ouvido dela.

– Vou fazer as coisas mais indecentes com você.

A respiração dela ficou ofegante.

– Você tem mesmo um apetite sexual meio exagerado.
– Você também.
– Eu também.

Ele se afastou e foi a vez dela de dar um beijo de leve em seu dedo, ainda que seus olhos estivessem bem sérios quando ela disse:

– Eu nunca vou ser uma pessoa fácil de conviver, Eli.

Ele sabia disso. E *amava* isso. Não queria mais nada além de aprender cada detalhe sobre a garota complicada e temperamental dos seus sonhos.

Ele se inclinou para lhe dar um beijo. Mas, antes, respondeu:

– Consigo imaginar um futuro bem pior que esse.

EPÍLOGO

Rue
Um ano depois

Minha voz foi abafada pelo travesseiro e por meus próprios dentes cerrados, mas odiei como ela ainda saiu esganiçada e desesperada quando falei:
– Odeio isso.
– Jura?
Eli continuava imóvel dentro de mim, mas a palma de sua mão passeava pelas minhas costas, acalmando os tremores. Não fazia nenhuma diferença, porque, com a outra mão, ele prendia meus pulsos ao colchão.
– Porque *eu* estou gostando.
Claro que estava.
Ele tinha gozado.
Duas vezes.
Dentro de mim, onde quer que desejasse.
Mas eu não. Fazia horas, e eu tinha virado um caos, trêmula e insaciada. Ele ficava assim às vezes – insistente, controlador e onipresente, e eu não conseguia...

Gemi com o rosto no travesseiro.

– Não está mesmo gostando? – sussurrou ele no meu ouvido.

– Não – menti.

– Pobrezinha.

Ele soltou um muxoxo, e dessa vez eu ia matá-lo. Assim que ele me soltasse. E me deixasse gozar.

– E por quê?

Porque sim.

– Já está demais, Rue?

Ele passou o nariz pelo meu pescoço, e o movimento o fez penetrar ainda mais fundo em mim. Eu já estava inchada, consumida, e era tão gostoso que dava vontade de chorar. Na verdade, já estava lacrimejando.

– É brócolis, meu bem?

– Não! *Não*. É só que...

– Só que?

Eu rebolei contra a virilha dele, e ele soltou um grunhido silencioso e divertido, e segurou meu quadril para que eu ficasse parada. Babaca.

– Por que está se esfregando em mim, amor? – Ele deu um beijo no meu ombro. – Nós dois sabemos que você não consegue gozar nessa posição mesmo.

– Então por que você não deixa eu me *mexer*?

– Porque *eu* consigo gozar nessa posição. E estou tentando me guardar para você.

Eu gemi – meio de apelo, muito de frustração.

– Por favor. Eu preciso que você...

– Eu sei *exatamente* do que você precisa. – Ele roçou os dentes na minha orelha por um momento. – Não precisa me dizer. – Ele fez um "tsc". – Fala sério, Rue. Estou ofendido.

– Então por que você não...

– Porque estou me divertindo. Quer que eu pare? É só dizer.

Eu poderia. Poderia ter dito para ele parar com aquilo. Já tinha feito isso, quando eu não aguentava mais, quando eu estava me contorcendo de agonia, e ele tinha parado sem nem questionar. Ponderei a possibilidade: Eli me virando de frente, me fazendo gozar com sua boca, me embalando em seus braços por longos minutos até eu afastá-lo ou cair no sono, o que viesse primeiro.

Mas, por mais que eu *odiasse* aquilo, eu também *amava* demais para desistir. E por que eu ia pedir para ele parar se tinha outras maneiras de conseguir o que eu queria? Um pouco canalha. Manipuladora, talvez. Mas astuciosa. Eu sabia exatamente quais palavras o fariam desistir e murmurei contra o travesseiro para ganhar vantagem.

Eli ficou paralisado.

Encostou a cabeça entre minhas escápulas.

E então perguntou:

– O que foi que acabou de dizer?

Dessa vez ergui a cabeça e falei claramente:

– Eu te amo.

Aquilo mudou tudo. Eu o senti estremecer dentro de mim. Apertar meu quadril com mais força. Respirar fundo, meio entrecortado. A excitação borbulhava em seu corpo – doze meses já tinham se passado, e aquelas palavras ainda causavam esse efeito.

– Ok, quer saber de uma coisa?

Balancei a cabeça contra o travesseiro, trêmula.

– Acho que cansei de jogar. Quero olhar para você. Vamos só...

Ele soltou meus punhos e me virou de frente. Foi até meio atordoante como tudo mudou rápido.

Seus olhos encontraram os meus.

Os beijos se intensificaram.

Ele me segurou pela cintura e puxou para perto.

Estava dentro de mim novamente em questão de segundos, bem fundo, mas a sensação era completamente diferente agora. Dessa vez, nenhum dos dois podia se esconder. Desse jeito, *desse* jeito, eu podia mesmo...

– Oi – disse ele, com um sorriso que eu não tinha condições físicas de retribuir.

Em vez disso, apenas respondi um "oi" solene, e então ele começou a se mover dentro de mim e a sussurrar palavras doces no meu ouvido, sobre quanto eu era perfeita, quanto ele gostava de mim, que era impossível eu ser tão linda, e que ele sabia, ele sabia *muito bem* o que eu acabara de fazer, mas sempre ia me deixar sair impune desse truque, porque amava demais ouvir aquela frase. E aí seus dedos encontraram meu clitóris e tudo se acabou. Dessa vez eu gozei, e ele se segurou, depois começou a gemer e a se entregar junto comigo. *De novo*.

– No que está pensando? – perguntou ele depois, o suor ainda esfriando, o coração batendo sob a minha orelha.

Senti meus lábios se curvarem num pequeno sorriso.

– Que esse é um ótimo jeito de começar nossas férias.

Minha vida podia até ter mudado, mas eu não. Isso não era um problema, porque Eli não se importava com meu jeito – e era assim que funcionava.

Todas as vezes que eu tinha me imaginado em um relacionamento, previra uma exaustiva lista de pormenores sociais, aparências que precisaria manter, conversinhas e papo furado que eu não sabia se conseguiria sustentar nem sob pressão. Mas, surpreendentemente, Eli não me demandava quase nada disso. Ele ficava de boa com meu silêncio e ao mesmo tempo mantinha longas conversas comigo quando eu queria. Ele me dava espaço, mas me puxava de volta para sua vida se eu começava a me distanciar demais. Tirava sarro de mim, principalmente quando eu fazia o mesmo com *ele*.

Estar com ele tinha me dado outras coisas também, como aceitação incondicional em seu grupo de amigos, um relacionamento crescente com a sua irmã, um *cachorro*. Mas eu achava que era opressor lidar com pessoas antes de me apaixonar por uma delas, e continuava tendo dificuldades com muitas situações sociais. Como Tisha tinha me dito: *Você não precisa topar qualquer situação social só porque gosta de estar com Eli. Ele gosta tanto de você que duvido que se importe*. Depois disso, tudo tinha se ajeitado.

(Mas eu precisava admitir que tinha me apegado a Mini.)

(Eu estava disposta a morrer por aquela fera, e olha que eu não era uma pessoa com tendência ao exagero.)

Então, não, eu não tinha mudado. Mas minha vida tinha um pouco mais de brilho. Era isso.

– O deque precisa de uns reparos – disse Eli, na varanda da minha cabana, enquanto eu colocava a coleira em Mini e deixava que ele lambesse minha bochecha como a otária que eu tinha me tornado. O poder dos cachorros era impressionante. – Acho que consigo fazer eu mesmo.

Eu não tinha esperado sentir uma conexão imediata com a cabana do meu pai, e estava certa. Mas agora que eu era proprietária de um imóvel, aquilo era legal, ter a posse de algo que outra pessoa quisera me dar. Eu adorava o isolamento do lugar, o ar puro, o cenário do bosque. Além disso, o sinal pegava, pensei, quando ouvi a notificação da mensagem.

– Tisha? – perguntou Eli. – Mais perguntas sobre o seu manual de instruções totalmente sensato com 43 passos para cuidar das crianças?

Ele estava falando das minhas plantas.

– Não.

Mostrei a ele a notificação e Eli bufou de deboche.

– Ah, fala sério.

– O quê?

– Você tem que desinstalar esse aplicativo.

– É como nos conhecemos. Tem valor sentimental.

– E você é muito sentimental.

Ele me puxou pelo caminho que dava na trilha que planejávamos fazer.

– E você? Deletou o seu?

– Eu deletei o meu perfil depois que você dormiu na minha casa pela primeira vez.

Olhei para ele e senti aquele calorzinho que sempre surgia quando ele estava por perto.

– É de mau gosto, e já passou do ponto.

– O quê?

– Ficar se gabando de que você soube antes de mim.

Ele riu e me puxou para um abraço.

– Não acho que passou do ponto. Na verdade, acho que ainda nem chegou ao ponto.

Ao nosso redor, tudo era vida selvagem. As árvores coloridas pelo sol, o som dos pequenos animais vivendo suas vidas, a exploração entusiasmada de Mini.

– Se voltarmos aqui no inverno – disse Eli depois de uma hora caminhando, quando paramos para descansar –, talvez a gente possa patinar naquele lago.

Ele se abaixou para amarrar o cadarço e olhei para a água com um sorrisinho no rosto.

No inverno.

– Está pensando de quantas maneiras nós poderíamos morrer? – perguntou ele atrás de mim.

– Isso.

Até poderíamos tentar, mas íamos ter que furar o gelo primeiro para checar. Seria preciso uns 12 centímetros de...

– Ei, Rue.

– Oi – respondi distraidamente.

– Já que estamos aqui...

– O quê?

– Eu estava pensando...

Eu me virei. Ele ainda amarrava o cadarço, a cabeça baixa.

– Você quer se casar?

Eli ergueu o rosto. Olhou nos meus olhos. As palavras pairaram na minha mente por alguns segundos, seu significado ainda meio confuso. Então eu enfim entendi, e de repente meu corpo inteiro ardia em brasa.

– O que você disse?

– Casamento. Você gostaria?

Eu abri a boca. E ela ficou aberta.

– Comigo, quero dizer. Eu devia ter especificado.

Eu conseguia sentir minha pulsação na ponta dos dedos. Meu corpo, meu cérebro, tudo era apenas um coração pulsante.

– Eu... É assim que se faz um pedido?

Era uma pergunta genuína.

– Não sei. – Eli deu de ombros. – Nunca fiz isso.

– Fez, sim. Você foi noivo.

– Fui?

– Eu a conheci. Ela é muito legal. Preparou um jantar pra gente e...

– Ah, é. Estou lembrando. Bom, aquele noivado aconteceu quando nós dois nos olhamos e decidimos que casar era o próximo passo. Não teve um pedido oficial.

– Entendi.

Você quer se casar?

Ele tinha dito aquilo mesmo. Não tinha?

– Você não devia... – Minhas bochechas ardiam. Eu estava tonta. – Não devia estar ajoelhado?

Ele olhou para si mesmo. Ele estava ajoelhado, na verdade. E eu sabia. Só estava... atordoada. Só isso.

– E oferecer um anel? – acrescentei.

– Meu Deus, Rue. – Seu sorriso parecia muito satisfeito. – Para alguém que me deixa te amarrar e enfiar uma série de plugues em todos os seus orifícios toda semana, você está me saindo muito *tradicional*.

– Não é isso. – Eu respirei fundo. Tentei pensar no assunto com calma. – É que não me parece uma coisa boa para se decidir num impulso. Você não pode pedir a minha mão do nada, no meio de uma caminhada. Talvez devesse ter pensado um pouco melhor. Para saber se é isso mesmo que quer.

Ele revirou os olhos e tirou algo do bolso. Era um...

Tive um sobressalto.

– Melhor agora?

– Quando foi que você...

– Uns onze meses e três semanas atrás.

Meus olhos quase saltaram das órbitas.

– Isso é uma insanidade.

– Eu sei. Mas você perguntou.

Ele abriu um sorrisinho e minhas mãos tremeram. O resto do corpo também. Ele estava mesmo...?

– Isso é porque você gosta muito da minha cabana? E da minha patente?

– Isso, Rue. Estou te pedindo em casamento porque no Texas os imóveis estão sujeitos a comunhão de bens e eu quero metade das suas posses. Você descobriu meu golpe. Vai desmaiar agora?

– Talvez – respondi, com toda a sinceridade.

– Então saia de perto desse precipício, por favor.

Dei um passo para a frente e lá estávamos nós. Ele tinha feito a pergunta. Eu tinha ouvido e compreendido. E a única coisa que faltava era a minha resposta.

– Tudo bem se não estiver pronta. Isso não é um ultimato.

Seus olhos, sua voz e seu sorriso eram suaves. Ele não parecia nervoso nem assustado, e eu pensei que aquele homem... ele conhecia meu coração tanto quanto eu.

– Eu já queria pedir há um tempo, então resolvi fazer de uma vez. Mas posso perguntar de novo daqui a alguns meses.

– Não.

– Não quer que eu pergunte de novo?

357

Balancei a cabeça.

– Não precisa, não tem por quê. Já me decidi e não vou mudar de ideia.

Era uma pegadinha barata, e qualquer outra pessoa teria caído. Mas Eli... Eli compreendeu exatamente as minhas palavras, sorriu, pegou minha mão e colocou o anel no meu dedo. Ele nem se levantou, apenas enfiou o rosto na minha barriga, esfregando o nariz.

Passei a mão pelos cabelos dele, olhei para as árvores, senti o cheiro da terra e disse:

– Eu estava tão errada.

– Sobre o quê? – perguntou ele contra a minha camisa.

Ele provavelmente não estava vendo meu sorriso, o que era uma pena.

– Por achar que minha história nunca seria feliz.

AGRADECIMENTOS

Thao Le, minha agente, e todo mundo da SDLA. Sarah Blumenstock, minha editora, assim como todo o restante do time de romance da Berkley (Liz Sellers, Kristin Cipolla e sua *cipollina*, Tara O'Connor, Bridget O'Toole, Kim-Salina I), e todo mundo dos diversos departamentos da PRH que trabalhou para produzir este livro e colocá-lo nas mãos nos leitores. Lilith, pela ilustração de capa perfeita. Katie Shepard, pelas dicas sobre as partes de finanças. Margaret Wigging e, claro, Jen, por me ajudarem a transformar essa bagunça numa bagunça um pouquinho menos bagunçada. Minhas editoras estrangeiras. Livreiros, bibliotecários e todo leitor que já pegou um exemplar de qualquer um dos meus livros ou clicou em uma das minhas fanfics. Meus amigos autores e meus amigos que não são autores. Minha família – incluindo meus gatos, meu cervo, meus guaxinins, minhas raposas e meu único gambá. Amo vocês, pessoal.

LEIA UM TRECHO DE OUTRO LIVRO DA AUTORA

A hipótese do amor

Capítulo Um

> ♥ **HIPÓTESE**: *Quando me for dada a possibilidade de escolher entre A (uma situação ligeiramente incômoda) e B (um pandemônio de grandes proporções com consequências desastrosas), eu vou acabar, inevitavelmente, optando por B.*

Em defesa de Olive, o homem não parecia se importar tanto com o beijo.

Sim, ele levou um momento para se acostumar – o que era perfeitamente compreensível, dadas as circunstâncias repentinas. Foi um minuto constrangedor, desconfortável e um tanto doloroso, no qual Olive ao mesmo tempo pressionava os lábios contra os dele e ficava na ponta dos pés para manter a boca na mesma altura do seu rosto. Esse cara precisava ser *tão* alto?

Aquele beijo estava parecendo uma cabeçada meio desengonçada, e ela foi ficando ansiosa, achando que não ia conseguir levar a coisa toda adiante. Sua amiga Anh, que Olive tinha visto se aproximando havia alguns segundos, ia olhar aquilo e saber na mesma hora que não tinha a menor chance de Olive e o Cara do Beijo estarem no meio de um encontro romântico.

Mas então o momento angustiante passou e o beijo ficou... diferente. O homem inspirou fundo e inclinou de leve a cabeça, fazendo com que Olive deixasse de parecer um mico escalando um baobá. As mãos dele – que eram grandes e quentinhas no ar condicionado do corredor – abraçaram a cintura dela. Elas se moveram mais alguns centímetros para cima, puxando Olive para mais perto. Nem muito grudado, nem muito longe.

Na medida certa.

Estava mais para um selinho prolongado do que qualquer outra coisa, mas era gostoso, e naqueles poucos segundos Olive se esqueceu de muitas coisas, inclusive do fato de estar atracada a um homem desconhecido e aleatório. Esqueceu que mal tivera tempo de sussurrar "Posso te beijar?" antes de grudar os lábios nos dele. E apagou da mente a razão que a levara a dar aquele showzinho – a esperança de enganar Anh, sua melhor amiga.

Um beijo dos bons é mesmo capaz disso: fazer uma garota se esquecer de si mesma por um tempo. Olive já estava se aninhando naquele peito largo e firme. As mãos dela passeavam do queixo definido até os cabelos surpreendentemente fartos e macios e, então... então ela ouviu a si mesma suspirando, como se já estivesse sem fôlego, e foi aí que se deu conta, como se uma pedra tivesse caído em sua cabeça. Não. Não.

Não, não. *Não*.

Ela não deveria estar curtindo. Era um cara aleatório e tudo o mais.

Olive teve um sobressalto e se afastou dele, olhando em volta desesperadamente, à procura de Anh. Sob o brilho azulado das onze da noite no corredor do laboratório de biologia, não havia nem sinal da amiga. Estranho. Olive tinha certeza de tê-la visto alguns segundos antes.

O Cara do Beijo, por outro lado, estava parado bem na frente dela, a boca entreaberta, o peito subindo e descendo e um brilho estranho nos olhos, e foi então que ela percebeu a enormidade do que tinha acabado de fazer. Ou de *quem* ela tinha acabado de beijar...

Puta merda.

Ela estava ferrada.

Porque o Dr. Adam Carlsen era conhecido por ser um babaca.

Esse dado, por si só, não seria exatamente digno de nota. No mundo acadêmico, qualquer posição acima do nível de estudante de doutorado (o nível de Olive, infelizmente) exige algum grau de babaquice para que se consiga durar um tempo ali, e o corpo docente titular está bem no topo da pirâmide dos babacas. O Dr. Carlsen, no entanto, era um caso especial. Pelo menos se os boatos fossem verdadeiros.

Tinha sido por causa dele que Malcolm, o colega de quarto de Olive, precisou começar dois projetos de pesquisa do zero e ia provavelmente atrasar a formatura em um ano; por causa dele Jeremy vomitou de ansiedade antes do exame de qualificação. Ele fora o único culpado por metade dos alunos do departamento terem precisado adiar suas defesas de tese. Joe, que era do grupinho de amigos de Olive e a levava toda quinta à noite para assistir a filmes europeus desfocados com legendas minúsculas, tinha sido assistente de pesquisa no laboratório de Carlsen, mas resolveu desistir depois de seis meses por "motivos pessoais". Provavelmente foi melhor assim, já que a maioria dos assistentes dele que sobraram estava sempre com as mãos trêmulas e parecia não dormir havia um ano.

O Dr. Carlsen podia ter sido um jovem astro do mundo acadêmico e um prodígio da biologia, mas também era cruel e exageradamente crítico. Pelo jeito que falava e se portava, era óbvio que se considerava o único fazendo um trabalho decente no departamento de biologia de Stanford. No mundo inteiro, provavelmente. Ele tinha fama de ser um cretino temperamental, antipático e assustador.

E Olive tinha acabado de beijá-lo.

Ela não tinha certeza de quanto tempo durou aquele silêncio, apenas sabia que foi ele quem o quebrou. O cara estava parado na frente de Olive, absolutamente intimidador com aqueles olhos escuros e cabelos mais escuros ainda, olhando-a do alto – devia ter pelo menos uns quinze centímetros a mais que ela, com certeza mais de 1,80 metro. Ele fez uma careta, uma expressão que ela já tinha visto nos seminários do departamento e que normalmente precedia o momento em que ele levantava a mão e chamava atenção para alguma falha grave no trabalho que estava sendo apresentado.

"Adam Carlsen, destruidor de carreiras de pesquisadores", Olive tinha escutado sua orientadora dizer uma vez.

Está tudo bem. Tudo tranquilo. Supertranquilo. Ela ia fingir que nada tinha acontecido, acenar com a cabeça educadamente e sair de fininho dali. *Isso, um plano perfeito.*

– Você... Você acabou de me beijar?

Ele parecia confuso e talvez um pouco sem fôlego. Seus lábios estavam inchados e... Meu Deus. Não tinha a menor condição de Olive contestar o que tinha acabado de acontecer.

Ainda assim, valia a pena tentar.

– Não.

Para sua surpresa, aparentemente funcionou.

– Ah. Tudo bem, então.

Carlsen fez que sim com a cabeça e se virou, parecendo um tanto desorientado. Deu alguns passos no corredor até o bebedouro – talvez estivesse indo para lá antes daquilo tudo.

Olive começava a acreditar que conseguiria se safar quando ele parou e se virou para ela novamente, uma expressão incrédula no rosto.

– Tem certeza?

Droga.

– Eu... – Ela cobriu o rosto com as mãos. – Não é o que parece.

– Está bem. Eu... Está bem – repetiu ele, devagar. Sua voz era grave, baixa e soava como se ele estivesse prestes a ficar bem irritado. – O que está acontecendo aqui?

Simplesmente não havia como explicar. Uma pessoa normal teria achado a situação de Olive esquisita, mas Adam Carlsen, que obviamente considerava empatia um empecilho e não um traço de humanidade, nunca entenderia. Ela deixou as mãos penderem ao lado do corpo e respirou fundo.

– Eu... Olha, não quero ser grossa, mas isso não é da sua conta.

Ele a encarou por um instante, depois assentiu.

– Sim. É claro. – Ele devia estar retornando ao seu estado habitual, porque o tom de voz perdeu aquele ar de surpresa e voltou ao normal: seco e lacônico. – Vou então voltar pra minha sala e começar a redigir minha queixa baseada no Título IX.

Olive soltou um suspiro de alívio.

– Sim, isso seria ótimo, já que... Espera aí. Vai fazer o quê?

Ele empinou o nariz.

– Título IX é uma lei federal sobre condutas sexuais impróprias no ambiente acadêmico...

– Eu sei o que é.

– Entendi. Então você escolheu deliberadamente desrespeitar a lei.

– Eu... O quê? Não, eu não fiz isso!

Ele deu de ombros.

– Devo estar enganado. Alguma outra pessoa deve ter me assediado.

– Assédio... Eu não *assediei* você.
– Você me beijou.
– Mas não *de verdade*.
– Sem primeiro garantir meu consentimento.
– Eu *perguntei* se podia te beijar!
– E você me beijou sem esperar a minha resposta.
– O quê? Você disse sim.
– Como é que é?

Ela franziu a testa.

– Eu perguntei se podia te beijar e você disse que sim.
– Errado. Você perguntou se podia me beijar e eu ri.
– Eu *tenho certeza* que ouvi você dizer sim.

Ele arqueou uma sobrancelha, e por um minuto Olive se permitiu sonhar que estava afogando alguém. O Dr. Carlsen. Ela mesma. Ambos pareciam ótimas opções.

– Olha, eu sinto muito mesmo. É uma situação estranha. Podemos só esquecer que isso aconteceu?

Ele a analisou por um bom tempo, seu rosto anguloso com uma expressão séria e algo mais, alguma coisa que ela não conseguiu interpretar porque estava muito ocupada percebendo, mais uma vez, como ele era alto e largo. Enorme. Olive sempre foi franzina, quase magra demais, mas garotas com 1,72 metro raramente se sentem pequenas. Pelo menos até estarem ao lado de Adam Carlsen. Ela já sabia que ele era alto, óbvio, de tanto vê-lo por ali no departamento ou andando pelo campus, e por pegar o elevador com ele, mas os dois nunca tinham interagido. Nunca tinham ficado assim tão próximos.

A não ser um minuto atrás, Olive. Quando você quase enfiou a língua na...

– Você está com algum problema? - perguntou ele, parecendo quase preocupado.

– O quê? Não, não estou.

– Porque - continuou ele, com calma - beijar um estranho no meio de um laboratório de ciência à meia-noite talvez seja um indício de que tem algo errado.

– Não tem.

Carlsen assentiu, pensativo.

– Pois bem. Espere receber uma notificação nos próximos dias, então.

O homem começou a se afastar, e ela se virou e gritou:

– Você nem perguntou meu nome!

– Com certeza qualquer pessoa pode descobrir, já que você passou seu crachá para entrar no laboratório depois do expediente. Tenha uma boa noite.

– Espera aí!

Ela se inclinou para a frente e segurou seu pulso. Ele parou imediatamente, embora pudesse se soltar sem qualquer esforço, e ficou olhando para o exato lugar onde os dedos dela envolviam sua pele, bem abaixo do relógio que provavelmente custava uns seis meses de sua bolsa de doutorado. Talvez o ano inteiro.

Ela o soltou e deu um passo para trás.

– Desculpe, eu não quis...

– O beijo. Explique.

Olive mordeu o lábio. Ela realmente tinha se ferrado. Precisava contar a ele.

– Anh Pham. – Ela olhou em volta para se certificar de que Anh realmente não estava ali. – A garota que estava passando na hora. Ela é aluna de doutorado no departamento de biologia.

Carlsen não deu qualquer indício de saber quem era Anh.

– Anh tem... – Olive colocou uma mecha de cabelo atrás da orelha. Era aí que a história ficava meio constrangedora, complicada e meio infantil. – Eu estava saindo com um cara do departamento, Jeremy Langley. Ele é ruivo e trabalha com o doutor... Enfim, nós saímos algumas vezes e eu o levei à festa de aniversário de Anh, e eles meio que se deram muito bem e...

Olive fechou os olhos. Aquilo provavelmente tinha sido uma má ideia, porque de repente ela estava visualizando de novo a cena: sua melhor amiga e seu ficante conversando animados na pista de boliche, como se já se conhecessem a vida inteira; os assuntos que nunca tinham fim, as risadas e, então, no fim da noite, Jeremy olhando para Anh a cada movimento que ela fazia. E a dor de saber com certeza em quem ele estava interessado.

Olive abanou com a mão e tentou sorrir.

– Para encurtar a história, quando Jeremy e eu terminamos, ele chamou Anh pra sair. Ela disse que não podia, por causa da lealdade entre amigas e tal, mas eu sei que ela gosta *mesmo* dele. Está com medo de me magoar e, por mais que eu diga que está tudo bem, ela não acredita em mim.

Sem contar o outro dia, em que eu a ouvi confessar ao nosso amigo Malcolm que ela acha Jeremy incrível, mas que nunca me trairia saindo com ele. Sua voz pareceu triste, decepcionada e insegura, nada a ver com a Anh ousada e expansiva que ela conhecia.

– Então eu menti e disse a ela que já estava saindo com outra pessoa. Porque ela é uma das minhas melhores amigas e eu nunca a tinha visto gostar tanto de um cara, e quero que ela tenha todas as coisas boas que merece, e sei que ela faria o mesmo por mim, e... – Olive percebeu que estava tagarelando e que Carlsen não dava a mínima. Parou e engoliu em seco. – Hoje à noite. Eu disse a ela que tinha um encontro *hoje à noite*.

– Ah.

A expressão dele era indecifrável.

– Só que não tenho – continuou Olive. – Então decidi vir trabalhar e fazer um experimento, mas Anh apareceu também. Não era pra ela estar aqui. Mas estava. Vinha na minha direção. E aí eu entrei em pânico. – Olive secou o rosto com a mão. – Não pensei direito.

Carlsen não disse nada, mas em seus olhos estava claro que ele pensou: "Deu pra ver."

– Eu precisava fazer ela acreditar que eu estava num encontro.

Ele fez que sim com a cabeça.

– E aí você beijou a primeira pessoa que passou no corredor. Perfeitamente lógico.

Olive fez uma careta.

– Quando você coloca dessa forma, talvez não tenha sido meu melhor momento.

– Talvez.

– Mas não foi o meu pior também! Tenho quase certeza de que Anh viu a gente. Agora ela vai achar que eu estava num encontro com você e talvez se sinta liberada pra sair com Jeremy e... – Ela balançou a cabeça. – Olha. Eu sinto muito, muito mesmo, pelo beijo.

– Sente?

– Por favor, não me denuncie. Eu realmente achei que você tinha dito sim. Juro que não tinha a intenção de...

De repente, a enormidade do que ela acabara de fazer ficou evidente. Ela tinha beijado um cara aleatório, um cara que por acaso era a pessoa mais desagradável do departamento de biologia. Havia confundido uma risada com consentimento, praticamente o atacara no corredor, e agora ele olhava para ela de um jeito estranho e reflexivo, tão focado e próximo dela e...

Merda.

Talvez fosse o avançado da hora. Talvez fosse porque tomara seu último café dezesseis horas antes. Talvez fosse porque Adam Carlsen estava olhando para ela *daquele* jeito. De repente, a situação toda ficou insustentável para ela.

– Na verdade, você está totalmente certo. E eu lamento muito. Se você se sentiu assediado por mim, devia mesmo me denunciar, porque é justo. Eu fiz uma coisa horrível, embora não fosse minha intenção... Não que a minha intenção tenha alguma importância. É mais como foi a sua percepção de...

Merda, merda, merda.

– Vou embora agora, está bem? – anunciou ela. – Obrigada e... Eu sinto muito, muito, *muito mesmo*.

Olive deu meia-volta e saiu correndo pelo corredor.

– Olive. – Ela o ouviu chamar. – Olive, espere...

Ela não parou. Desceu correndo as escadas até o primeiro andar, depois saiu do prédio e seguiu pelas ruas mal iluminadas do campus de Stanford, passando por uma garota com um cachorro e um grupo de alunos rindo diante da biblioteca. Continuou correndo até chegar à porta de seu apartamento, parando apenas ao destrancá-la, e avançou em linha reta até o quarto na esperança de evitar seu colega e qualquer pessoa que ele tivesse trazido para casa.

Foi só quando ela estava jogada na cama, olhando para as estrelas coladas no teto que brilhavam no escuro, que ela se deu conta de que não tinha checado seus ratos no laboratório. Ela também havia deixado o notebook na bancada e o casaco em algum lugar por lá, e também esquecera totalmente de parar no mercado para comprar café, como tinha prometido a Malcolm que faria.

Merda. Que dia desastroso.

Olive nunca percebeu que o Dr. Carlsen – conhecido por ser um babaca – a tinha chamado pelo nome.

CONHEÇA OS LIVROS DE ALI HAZELWOOD

A hipótese do amor
A razão do amor
Odeio te amar
Amor, teoricamente
Xeque-mate
Noiva
Não é amor
No fundo é amor

Para saber mais sobre os títulos e autores da Editora Arqueiro,
visite o nosso site e siga as nossas redes sociais.
Além de informações sobre os próximos lançamentos,
você terá acesso a conteúdos exclusivos
e poderá participar de promoções e sorteios.

editoraarqueiro.com.br